profiler

II

feda

프로파일러 Ⅱ 에페타 · 2

1판 1쇄 찍음 2017년 12월 6일
1판 1쇄 펴냄 2017년 12월 13일

지은이 | 김도경
펴낸이 | 고운숙
펴낸곳 | 봄 미디어

기획·편집 | 김민지, 김자우, 홍주희, 김현주
표지 디자인 | 김수지

출판등록 | 2014년 08월 25일 (제387-2014-000040호)
주소 | 경기도 부천시 원미구 길주로64, 1303(굿모닝 오피스텔)
영업부 | 070-5015-0818 편집부 | 070-5015-0817 팩스 | 032-712-2815
E-mail | bommedia@naver.com
소식창 | http://blog.naver.com/bommedia

값 9,000원

ISBN 979-11-5810-425-2 03810
　　　979-11-5810-423-8 03810(세트)

※파본은 구입하신 서점에서 교환하여 드립니다.

프로파일러 II éfeta

profiler

II

feta

김도경 장편 소설

Contents

※본 글의 소재는 미국에서 실제 발생한 [조디악 킬러] 연쇄 살인 미제 사건으로 작가의 상상력이 더해진 창작물입니다.

※「 」는 영어, " "는 한국어입니다.

1장

이틀 후 오후 늦게 LA지부에서 기다리던 연락이 왔다.

조사 결과, 해변에서 채취해 간 나무 밑둥에 기호가 새겨진 시기는 1990년대 초반으로, 1990년에서 1992년 사이일 확률이 가장 높다고 했다.

시우의 분석에 따르면, 에페타 킬러의 마지막 범행은 1989년 9월 20일이었다.

그 후 엠마 브라헤는 1990년에 스탠퍼드 로스쿨을 졸업하고 몇 달 후인 이듬해에 뉴욕주로 이사를 했다. 그리고 바로 로펌에서 일을 시작했다.

숀쇼어 사쳄의 1991년 1월 1일 자 일기에는 '아이들이 찾아 왔다!' 라는 문구도 적혀 있었다.

만나지는 못했지만, 아침에 깨어나 보니 현관 앞에 편지 한 장이 덩그러니 놓여 있었다고 한다.

할머니,

열 개의 부정한 영혼을 마니투께 바칩니다.

마니투를 대리하는 사챔으로서 우리의 평온함을 위해 빌어 주세요.

그 짧은 내용의 편지 위에는 돌멩이 열 개가 세모꼴로 쌓여 있었단다.

숀쇼어 사챔은 그것들을 본 순간 그녀들이 왔다 갔다는 사실을 알 수 있었다고 했다. 세모꼴로 쌓은 돌멩이 열 개가 무엇을 의미하는 지도.

그때부터 숀쇼어 사챔은 그녀들을 위해 돌멩이를 쌓아 신께 기도를 드리기 시작했다고 했다.

시우가 스피커폰으로 연결되어 있는 헨리 팀장에게 말했다.

「종합해 보면, 그녀들이 몰래 롬폭에 와서 다이아나가 사고를 당했던 장소의 나무 밑동에 표식을 새기고 제사를 드린 날은 1990년 12월 31일 자정 무렵부터 1991년 1월 1일 새벽 4시 이전일 것으로 추론됩니다.」

─이로써 마이클 쉬렉과 제시 브라운을 살해한 범인이 엠마 브라헤고 그 사건의 피해자였던 다이아나와 엠마 브라헤가 공모해서 에페타 킬러 사건을 저질렀다는 주장을 입증할 만한 증거들이 일부 확보되었군요. 수고했습니다, 이시우 박사. 그리고 매기, 주호정 씨도요.

그러면서 그는 낮은 한숨을 내쉬었다.

─하지만 그것만으로는 그들이 에페타 킬러였다는 것을 입증

하기엔 아직 부족해요. 엠마 브라헤는 이미 사망했고 다이아나의 생사도 불투명한 지금으로선 글록17처럼 확실한 물증이 필요합니다.

시우가 말했다.

「롬폭에서의 조사는 이제 끝났습니다. 샌프란시스코 쪽은 아무래도 시간이 더 필요할 것 같고요. 바로 뉴욕으로 출발하겠습니다.」

—그래요. 그럼 나도 그쪽으로 출발하죠. 뉴욕에서 봅시다.

헨리 팀장과의 통화가 끝나자 매기가 기지개를 켜며 일어났다.

「으, 드디어 빅애플(뉴욕의 별명)로 가는구나. 30분 후에 로비에서 봅시다.」

매기가 손을 흔들며 방을 나갔다. 호정도 목발을 짚고 영차하며 몸을 일으켰다. 시우가 서둘러 다가가 부축을 했다. 그녀를 내려다보는 눈빛이 곱지 않았다.

"꼭 같이 가야겠어?"

LA지부에서 검사 결과가 나왔다는 소식에 호정은 서둘러 퇴원했다. 정우와 시현은 호정에게 사건에서 그만 빠지고 자신들과 함께 보스턴으로 가는 것이 어떻겠느냐고 넌지시 물었다.

"발목 염좌라고 우습게 보면 안 돼. 지금 너한테 필요한 건 절대적인 안정이야."

호정은 그런 말이 나올 줄 예상하고 있었다. 그래서 엊그제

밤에는 그 부분에 대해서 헨리 팀장과 미리 상의도 했다. 헨리 팀장은 그녀만 괜찮다면, 뉴욕 수사에도 합류해 주면 좋겠다고 했다.

그녀는 사건에서 그만 빠질 것을 제안하는 두 사람에게 확실하게 자신의 뜻을 피력했다.

"걱정하시는 두 분 마음, 잘 알아요. 그런데 발목 조금 삔 거 가지고 이제 와서 저만 빠질 수는 없어요. 계속 같이하고 싶어요. 죄송해요. 그리고 걱정 마세요. 정말 조심할게요."

호정의 확고한 표정에 두 사람은 더 이상 그녀를 만류하지 못했다.

그런데 시우는 아직 미련을 버리지 못했나 보다. 그녀는 압박붕대가 감긴 왼쪽 발목을 힐끗 한 번 내려다보고는 시우를 쳐다보았다.

"네가 대답해 봐."

"뭘?"

"네가 내 일을 도와서 뭘 같이 하다가 다리를 조금 다쳤어. 중요한 일은 이제부터 시작인데 말이야. 그런 상황에서 넌 어떻게 할 거니? 나 혼자 하라고 하고 넌 손 털고 집에 돌아갈 거야?"

시우의 미간이 미세하게 찌푸려졌다.

"그걸 지금 맞는 비유라고 하는 거야?"

"다를 건 뭔데. 내 생각에는 딱 맞는데?"

"누나."

답답한 마음에 시우는 저도 모르게 그녀에게 한 걸음 가까이 다가서며 가는 팔뚝을 잡았다.

호정은 자신의 팔을 잡는 시우의 손을 부드럽게 떼어 냈다. 싱긋 미소 지은 그녀는 그의 어깨를 툭툭 치곤 절룩거리며 문으로 향했다.

"시간도 없는데 그 얘기는 이제 그만하자. 아줌마, 아저씨한 테는 30분 뒤에 출발한다고 내가 말씀드릴게. 좀 이따 보자."

그녀가 방을 나가고도 시우는 한동안 꼼짝 않고 방문을 바라보았다. 그의 표정이 조금 이상했다. 방금 전까지 그녀를 염려하던 표정과는 사뭇 다른 표정, 다른 얼굴.

시우가 그녀의 팔뚝을 움켜잡았던 자신의 손바닥을 망연히 내려다보았다.

"경직되지 않았어……?"

⁕

시우는 반덴버그 공군기지로 향하는 동안 국장과 긴밀하게 통화를 했다.

그의 얘기를 신중하게 들은 국장은 샌프란시스코 지부와 LA 지부를 통해 그가 부탁한 조사들을 비밀리에 진행시키겠다고 약속했다.

시우와 국장의 통화는 차가 반덴버그 공군기지에 도착할 때까지 계속 이어졌다.

차에서 내린 그들은 대기 중이던 FBI 전용기에 올라 각자 편한 자리에 짐을 풀었다. 당연히 정우와 시현도 함께 전용기에 올랐다. 호정까지 다친 마당에 두 아이들만 뉴욕으로 보낼 수는 없었다.

정우는 대각선 쪽에 나란히 앉아 대화를 나누고 있는 시우와 호정을 바라보았다. 절로 흐뭇한 미소가 지어져 남편의 귀에 대고 속삭였다.

"정말 예쁜 애들이에요, 그렇죠?"

시현도 흐뭇하게 미소 지으며 고개를 끄덕였다. 정우가 또다시 속삭였다.

"호정이의 무조건 반응(Unconditioned Response)으로 인한 공포증도 많이 완화된 것 같아요. 정말 다행이에요."

"점차 호전되고 있기는 했지만, 롬폭에 오기 전보다 확실히 좋아졌어. 홀에 추락했다는 말을 처음 들었을 땐 무의식에 잠재되어 있던 PTSD(Post Traumatic Stress Disorder)*가 외부로 표출되면 어떡하나 걱정했는데, 오히려 더 나아진 것 같아. 이런 걸 보고 전화위복이라는 말을 쓰는 거겠지?"

시현이 턱으로 아들을 가리키며 낮게 웃었다.

"저 녀석 표정 좀 봐. 저렇게 가까이 붙어 있는데도 호정이의 무의식적 거부감이 발현되지 않으니까 기분이 이상한가 봐. 저렇게 멍청한 표정은 처음 봐."

다른 사람 눈에는 평소와 다름없어 보일 터였다. 그러나 부모

---

*Post Traumatic Stress Disorder : 외상성 스트레스 증후군.

의 눈에는 좋은데도 당혹스럽고, 얼떨떨하면서도 설레어하는 아들의 내면이 훤히 다 보였다. 그런 시우를 더없이 깊은 사랑으로 바라보는 호정의 눈빛도 시나브로 읽혀졌다.

누나, 동생 사이였던 애들이 언제 저렇게 됐을까. 볼 때마다 새롭다. 꼬마였을 때부터 서로에게 유난히 특별했던 아이들이었지만 연인 사이로 발전할 줄은 미처 생각지 못했었다.

정우가 시현의 어깨에 머리를 기댔다.

"저렇게들 서로 좋아하는데, 빨리 잘됐으면 좋겠어요."

"잘될 거야. 강한 애들이잖아."

정우가 고개를 들어 남편을 올려다보았다. 시현은 그녀가 아는 세상 어느 누구보다 가장 강하고 현명한 사람이었다. 다른 사람이었다면 유아기 때 겪었던 끔찍했던 트라우마와 그 후에 밝혀진 충격적인 진실에 무너지고 말았을 것이다.

그러나 그는 모든 것을 극복하고 이겨 냈다. 그뿐인가. 시현은 그녀도 일으켜 세워 주었다. 자칫했으면 사상 최악의 소시오패스로 성장했을 아들의 인성을 올바르게 잡아 주고 모범이 되어 준 것 또한 남편이었다.

그런 그를 어떻게 사랑하고 존경하지 않을 수 있을까.

그런 남자가 자신의 남편, 아이의 아버지라는 사실에 정우는 늘 감사했다.

Rrrr. Rrrr.

정우의 휴대폰이 울렸다. 액정을 확인해 보니 호석이었다. 또 그새를 못 참고 호정이 걱정되어 전화를 한 모양이다. 호정은 자신이 다친 것을 비밀로 해 달라고 했지만 아무리 생각해도 그릴 수 없어 호석에게 사실을 알렸었다.

다행히 큰 부상은 아니니 걱정 말라고 호석을 안심시켰다. 호정은 비밀로 해 달라고 했는데 몰래 말해 주는 것이니 아는 척하지 말라는 당부도 잊지 않았다.

그 후부터 호석은 동생 대신 두 사람에게만 번갈아 가며 전화를 해대고 있었다. 남편에게 액정을 보여 주니 그가 빙긋 웃는다. 정우도 미소 지으며 얼른 전화를 받았다.

"어, 이사장. 우리 조금 아까 이륙…… 뭐?"

정우의 표정이 대번에 달라지며 음성이 높아졌다. 시현은 물론 시우, 호정, 매기까지 깜짝 놀라 그녀를 쳐다보았다.

"천천히 얘기해 봐. 대체 그게 무슨 소리야. 민, 아니 차 팀장이 왜 긴급 체포가 돼? ……뭐? 살인?"

무슨 일이지? 하고 어리둥절해 있던 사람들의 눈이 휘둥그레 커졌다. 호석과 통화하는 정우의 표정은 점점 더 심각해져 갔다.

"확실한 거야? 영사관이 잘못 안 거 아니야? 청운복지재단의 차민수 팀장이 확실하대?"

정우가 얼굴을 감싸고 신음을 흘렸다.

"알았어. 마침 가는 중이니까 도착하는 대로 내가 자세히 알아볼게. ……그래, 분명히 무슨 큰 착오가 있었을 거야. 차 팀장이 그런 짓을 저질렀을 리가 없잖아. 걱정 마. ……응, 그래."

정우의 통화가 끝나자마자 시우와 호정이 심각한 표정으로 다가왔다. 대화 내용을 알 리 없는 매기까지 그녀의 주변으로 향했다. 시현이 먼저 황급히 물었다.

"대체 그게 무슨 소리야? 차 팀장이 체포됐다니! 그것도 뭐, 살인? 말도 안 돼. 대체 왜, 언제?"

"어젯밤에 NYPD한테 현장에서 체포됐대요."

"어젯밤? 게다가 LAPD가 아니라 NYPD라고? 그럼 뉴욕에서 체포됐다는 말이잖아. LA에 간다고 한 사람이 뉴욕에는 왜……? 차 팀장이 확실하대?"

"차 팀장은 확실한 것 같아요. 영사관에서 바로 재단으로 연락이 온 걸 보면."

호정이 믿을 수 없다는 표정으로 말했다.

"그럴 리가 없어요. 민수 씨가 왜……."

호정은 차마 살인이라는 말을 입에 담지 못했다. 미간을 찌푸린 시우가 담담한 어조로 말했다.

"현장에서 검거된 것이 확실하답니까?"

"그렇다고는 하는데…… 후우, 자세한 상황은 가서 확인해 봐야 알 수 있을 것 같아. 도착하는 대로 우리는 차 팀장이 수감되어 있다는 관할서로 가 볼 테니까 너희는 예정대로 뉴욕지부로 가서 합류해. 너무 걱정 말고. 틀림없이 뭔가 착오가 있었을 거야. 그렇지 않고서야……."

말은 그렇게 하면서도 정우의 표정은 점차 심각하게 굳어져 갔다. 호석의 말이 사실이라면 상황이 너무 좋지 않았다.

점점 어두워지는 정우의 낯빛에 민수가 처한 상황이 단순한 오해나 착오가 아닌, 보통 심각한 상황이 아님을 호정도 직감했다. 마른침을 꿀꺽 삼킨 그녀가 말했다.

"아줌마, 아저씨, 저도 같이 갈게요. 시우야, 나 잠깐 갔다 올게. 그래도 되지?"

⬥

"아니야, 아니야……."

민수는 피 묻은 손으로 얼굴을 감싼 채 고통스런 신음을 흘렸다.

「차민수 면회.」

민수는 아무런 대답도 하지 않았다. 그저 고통에 몸부림칠 뿐이었다.

「차민수 씨가 면회를 거부합니다.」

정우와 시현, 그리고 호정이 급하게 선임한 변호사와 함께 웨스트 할렘 관할서를 찾아갔을 때 민수는 그들의 면회 요청을 거부했다.

정우는 할 수 없이 FBI 신분을 밝혔다.

「FBI로서 NYPD 관할 사건에 개입하려는 게 아닙니다. 공식적인 방문도 아니고요. 그랬다면 변호사를 대동하고 오지도 않았겠죠. 피의자가 묵비권을 행사하고 있다고 했죠? 우리가 도울 수 있어요. 차민수 씨를 꼭 만나게 해 주세요.」

아무것도 모른 채 경관에게 이끌려 방으로 들어서던 민수는 안에서 자신을 기다리고 있는 세 사람을 보고는 삽시간에 하얗게 질려 얼어 버렸다.

"안 돼. 이러지 마. 제, 제발……."

바들바들 떨며 중얼거리던 그는 경관에게 매달려 애원했다.

「난 모르는 사람들입니다. 이 방에서 내보내 주세요. 제발.」

그럼에도 경관이 방으로 밀어 넣고 문을 닫아 버리자 그는 돌변했다. 수갑을 찬 손으로 미친 듯이 문을 두드리며 소리쳤다.

쾅쾅쾅!

「문 열어! 문 열라고, 이 개새끼야! 모른다고 했잖아. 난 모르는 사람들…….」

자리에서 벌떡 일어나 '민수 씨, 어떻게 된 거예요?' 라고 물어보려던 호정은 너무 놀라 아무 말도 할 수 없었다.

하루 만에 변한 그의 모습에 충격을 받은 시현이 자리에서 벌떡 일어났다.

"차 팀장!"

그의 날카로운 부름에 민수의 몸은 그대로 굳어 버렸다. 시현이 그의 등 뒤로 성큼성큼 다가갔다.

"차 팀장, 대체 왜 이러나. 충격이 컸으리라는 것은 이해하네만 이러는 건 자네답지 않아. 이럴수록 빨리 사태를 수습할 생각을 해야지!"

한숨을 푹 내쉰 시현은 천천히 그의 어깨로 손을 뻗었다. 평소와 다름없는 차분하고 부드러운 음성으로 민수를 달랬다.

"차 팀장, 우리가 도와주겠네. 그러니까 그만 진정하고 이리 와 앉게."

"그래요, 차 팀장. 두려워할 것 없어요. 우리가 왔잖아요. 우린 차 팀장을 믿어요. 그러니까 진정하고 이리 와서 앉아요. 어떻게 된 일인지 얘기해 봐요. 그래야 도와주지. 응?"

정우도 그를 진정시키기 위해 부드럽게 달랬다.

그러자 뻣뻣하게 굳어 있던 민수의 몸이 순식간에 사시나무처럼 떨리기 시작했다.

"으으으……."

민수가 미끄러지듯 주르륵 바닥으로 무너졌다. 그는 그대로 한참 동안 상처 입은 짐승처럼 흐느꼈다. 그의 내면을 송두리째 무너트리고 있는 절망과 고통의 비명이 처절한 흐느낌이 되어 좁은 방 안을 가득 채웠다.

호정은 입을 막고 터져 나오려는 떨림을 막았다.

민, 민수 씨……!

발작에 가까웠던 그의 상태는 한참이 지나서야 진정되었다. 민수는 더 이상 울지도, 난동을 피우지도 않았다. 시현이 이끄는 대로 얌전히 의자에 앉았다.

마음을 애써 진정시켰지만 무언가를 하려는 의지 없이 입을 꾹 다물어 버렸다. 고개를 푹 숙인 채 세 사람을 쳐다보지도 않았다.

진짜 엄청난 죄라도 지은 죄인처럼.

그 모습에 호정은 설마, 하면서도 가슴이 철렁했다. 사실 정우와 시현도 그녀와 크게 다르지 않았다. 그만큼 민수의 모습은 죄를 인정하고 고개를 못 드는 범죄자처럼 보였다.

하지만 정우는 그런 민수의 모습에서 더욱 강한 의구심이 들었다.

단순히 고아인 자신을 믿고 후원해 준, 오늘의 그를 있게 해 준 고마운 이들의 믿음을 배신한 죄책감 때문이라고 하기에는 정도가 너무 과했다.

뭔가가 있어.

그러고 보니 갑자기 LA에 간다고 할 때부터 이상했었다. 동창에게 왔다는 그 전화 한 통. 그건 정말 동창생의 전화였을까? 아니면 다른 이의 전화였을까.

아니, 그건 필시 동창이 아닌 다른 누군가의 전화였을 것이다. 민수를 LA가 아닌 뉴욕으로 급히 달려올 수밖에 없게 만든 누군가의 전화.

정우는 테이블 위로 오른팔을 뻗어 손바닥을 내밀어 보였다.

"차 팀장, 내 손 좀 잡아 봐요."

그러나 민수는 고개만 더욱 깊이 숙일 뿐이었다.

"차 팀장."

"……."

"민수야."

정우는 민수가 재단에 들어온 이후로는 언제나 그를 깍듯이 직책으로 불렀다. 참으로 오랜만이었다. 고아원의 가장 후미진 곳에 혼자 웅크리고 앉아 있던 아이에게 처음 손을 내밀었던 그때처럼 그의 이름을 부르는 것은.

정우의 다정한 음성에 민수의 굳은 어깨가 다시 채찍이라도 맞은 듯 움찔 떨렸다.

정우가 다시 그의 이름을 불렀다.

"민수야."

"……."

"차민수, 아줌마 손 계속 부끄럽게 할 거니?"

민수의 질끈 감긴 눈에서 뜨거운 눈물이 후드득 떨어졌다. 그럼에도 그는 정우의 내민 손을 잡지 못했다. 그저 고개만 세차게 가로저었다.

그의 마음을 헤아린 정우가 다시 다정하게 말했다.

"괜찮아. 더러워도 상관없어."

오히려 민수가 피 묻은 손을 씻지 않은 것이 얼마나 다행인지 모르겠다.

"조금만 볼게."

그렇게 몇 번을 더 달래자 겨우 민수가 그녀의 손바닥 위에 제 손을 멈칫거리며 올려놓았다.

정우는 떨리는 그의 손을 꼭 한 번 잡아 준 뒤 검붉은 피가 덕지덕지 굳어 있는 양손을 꼼꼼히 살폈다. 시현도 그녀와 함께 민수의 손을 앞뒤로 살폈다. 두 사람의 눈매가 더없이 날카로워졌다.

잠시 후, 두 사람은 서로 안도하는 눈빛을 주고받으며 고개를 끄덕였다. 호정도 그 순간 두 사람의 표정과 눈빛을 놓치지 않았다. 호정은 깊은숨을 들이쉬며 주먹을 꼭 쥐었다.

정우가 천천히 그의 손을 놓아주었다. 민수는 그녀가 손을 놓아주기 무섭게 후다닥 탁자 밑으로 제 손을 감췄다.

"자, 그럼 이제 말해 봐. 처음부터 끝까지 하나도 **빼놓지 말고 전부 다.**"

그러나 민수는 여전히 묵묵부답이었다. 정우가 다소 냉정한 음성으로 말했다.

"민수야, 넌 지금 1급 살인 현행범으로 현장에서 긴급 체포됐어. 골목에는 너와 피해자, 단둘뿐이었고 바닥에는 피해자를 스물일곱 번이나 찌른 단도가 떨어져 있었지. 그런데 그 칼 손잡이에서 네 지문이 나왔어."

신고를 받고 경찰들이 달려갔을 때 피해자는 이미 사망한 후였고 민수는 피해자 옆에 멍하니 앉아 있었다고 한다. 온몸과 손에 피해자의 피를 흠뻑 묻히고서.

또한 그는 정신이 완전히 나가 버린 듯 반항 한 번 없이 체포되었다고 했다. 그리고 세 사람이 오기 전까지 계속 패닉 상태였다고.

정우가 목을 가다듬고 말을 이었다.

"때문에 경찰은 네가 범인이라고 확신하고 있어."

당연했다. 확실한 정황과 물적 증거까지 있으니까.

"하지만 넌 범인이 아니야."

정우는 확신에 차 말했다.

"사람을 정면에서 바라보며 칼로 수차례 찌를 경우에는 전문 킬러가 아닌 이상, 범인의 손에도 상처가 나기 마련이야. 칼을 쥔 손에 땀이 차거나 피해자의 피 때문에 손잡이가 미끄러워지면서 어쩔 수 없이 찌를 때마다 손이 칼날 쪽으로 미끄러지거든."

그래서 전문적으로 칼을 쓰는 사람들은 일반적으로 손잡이 앞부분에 테이핑 처리를 해 놓거나 가죽 장갑으로 손을 보호한다.

"그런데 현장에서 수거된 칼의 손잡이에는 테이핑 처리가 되어 있지 않았어. 장갑도 없었고."

경찰은 신고를 받고 출동했던 그 짧은 시간 안에 민수가 어딘

가로 가서 장갑을 버리고 현장으로 돌아왔을 거라는 의심 하에 은폐 가능한 범위를 모두 수색했다고 했다.

"하지만 어디에서도 네 지문이 있는 피 묻은 장갑은 발견되지 않았어. 결과적으로 확실한 물증은 오직 피해자의 피와 네 지문뿐이야."

정우의 시선이 민수의 탁자 밑에 감춘 손으로 향했다.

"그런데 네 손 어디에도 무언가를 찌를 때 생긴 상처 따위는 없구나. 응고된 피만 묻어 있을 뿐, 양손 모두 깨끗해."

때문에 경찰들도 그 부분을 내심 의아하게 여기고 있을 것이다. 현장에서 범인을 검거했는데 빈 곳이 생겼으니 말이다. 다만, 다른 정황과 증거가 워낙 확실해서 조용히 덮어 두고 있겠지.

"그러니까 민수야, 이제 그만 말해 봐. 네가 왜 그곳에 있었는지, 대체 무슨 일이 있었던 건지."

정우가 얼굴을 보여 주지 않으려 고개를 푹 숙이고 있는 민수의 까만 정수리를 안타깝게 바라보며 말을 이었다.

"내가 너를 도울 수 있게 해 줘."

좁은 방 안에는 한동안 무거운 긴장감만이 흘렀다. 영겁처럼 느껴질 만큼 긴 시간이 흐른 후, 마침내 민수가 버석하게 말라 버린 입술을 달싹였다.

"돌아가세요. 전 드릴 말씀이 없습니다. 저는…… 절 가만 내버려 두세요. 다시는 찾아오시지도 마세요. 제발 절 이대로…… 죄송합니다."

현재까지의 뉴욕 수사 상황을 파악하고 밤늦게 호텔로 돌아온 시우를 또 다른 골치 아픈 사건이 기다리고 있었다.

안 그래도 민수를 만나고 뒤늦게 합류한 호정의 안색이 너무 안 좋아서 내내 신경 쓰였는데 부모님의 안색도 이만저만이 아니었다.

호정에게 대충의 얘기를 전해 듣기는 했다. 시우는 먼저 부모님이 머물고 있는 방을 찾았다.

부모님은 변호사와 보석금으로 차민수를 빼내는 일로 통화 중이었다.

통화 내용을 들어보니 예상하는 보석금은 100만 달러 내외. 그중 보증금인 10%만 납부한다고 해도 한화로 1억이 넘는 큰 금액이었다.

「보석금은 걱정하지 말아요. 내일 오전까지 준비될 거예요.」

부모님은 그 큰 금액을 선뜻 내놓으실 생각인 모양이었다. 그만큼 차민수의 무죄를 확신하신다는 뜻일 터.

시우는 차민수가 어떤 사람인지 잘 모른다. 자신이 믿고 사랑하는 사람들이 신뢰하고 인정하는 인물이라는 것과 룸폭에서 잠깐 본 것이 전부였다.

그가 본 차민수라는 사람은 바르고 성실해야 한다는 의지가 강박에 가까울 만큼 강한 사람이었다.

그 부분은 비슷한 환경에서 유년 시절을 보낸 아버지나 호석과 비슷했다. 그러나 그에게는 두 사람과 다른 큰 차이점이 있었다.

차민수에게는 스스로에 대한 믿음이 결여되어 있었다.

또한 그는 솔직하지도 않았다. 비밀이 아주 많은 사람이었다. 누구나 마음속에 품고 있는 한두 가지의 비밀 정도가 아닌, 뭐라고 할까.

보다 근본적이고 절대적인 코어에 가까운…….

일종의 역린이라고 해야 할까?

어쨌든 그에 대한 첫인상은 그다지 긍정적이지 않았다. 차민수가 호정에게 품고 있는 연정이 마음에 안 들기는 하지만 그 때문만은 절대 아니었다.

하지만 대략의 얘기만 전해 들은 그도 차민수 사건에 미심쩍은 부분이 몇 가지 있기는 했다.

이를테면 사건 발생 즉시 근처 공중전화로 신고된 부분이라든가, 사람을 스물일곱 번이나 찌르고도 멀쩡한 손, 사이렌 소리에 도망가기는커녕 패닉 상태로 피해자의 곁을 지키고 있었다는 점, 그리고 자신을 위한 변호 한마디 없이 오히려 도움을 거절하고 두려움에 떨고 있다는 점 등이 바로 그것이었다.

아마 부모님의 확신도 바로 그런 이유들에 기반하고 있을 것이다. 시우는 부모님의 통화가 끝나기를 기다렸다가 입을 열었다.

"진짜 차민수 씨가 범인이 아니라고 확신하세요?"

시우의 냉랭한 음성에 정우는 아들의 눈을 똑바로 정시했다.

"모든 정황과 증거는 민수를 가리키고 있지만, 내가 보기엔 아니야."

"그렇게 확신하시는 이유는요?"

아니나 다를까. 정우는 그가 예상했던 대답을 내놓았다. 시우가 반대 입장에서 반론을 제기했다.

"차민수 씨가 묵비권을 행사하고 있지만 NYPD는 곧 그의 최근 행적들을 모두 밝혀낼 겁니다. 물론 통화 내역까지도요. 그럼 LA로 간다고 했던 그가 롬폭에서 바로 뉴욕으로 간 행적도, 그곳으로 간 이유와 그때 통화했던 사람이 누구였는지도 모두 밝혀질 겁니다."

그와 통화했던 사람은 십중팔구 대학 동창이 아닐 것이다. 심지어 그에게는 LA에 거주하는 대학 동창 자체가 없을 가능성이 컸다.

"또한 통화 상대자가 누구였든지 간에 그 통화 내용은 틀림없이 이번 사건과 어떤 식으로든 깊은 연관이 있을 겁니다. 그럼 어떻게 되는지는 어머니가 더 잘 아실 텐데요."

정우가 무거운 음성으로 말했다.

"계획범죄에 의한 1급 살인으로 기소되겠지."

"그런데도 두 분은 고작 차민수 씨의 손에 상처가 없다는 이유만으로 결백을 확신하시는 거예요?"

시현이 착잡한 표정으로 아들을 바라보았다.

"시우야."

그는 아들을 부르고도 잠시간 선뜻 말을 잇지 못했다. 정우가 그런 남편을 바라보며 손을 뻗었다. 부부는 서로의 손을 꼭 잡고 깊은 눈빛을 주고받았다.

말없는 눈빛 속에 많은 말들이 오고 갔다.

마침내 시현이 입을 열었다.

"한 소년이 있었다. 어른들한테 늘 귀엽다, 예쁘다, 착하다는 말을 듣는 총명한 아이였단다. 그런데 아이는 친구들과 어울리지 못하고 늘 외따로 혼자 떨어져 지냈단다. 심지어 아이는 잘 먹지도, 자지도 못했어. 말도 거의 하지 않았지."

시현의 음성은 담담하면서도 애련했다.

"아이의 마음속에는 늘 원인 모를 커다란 슬픔과 두려움이 자리하고 있었거든. 그 슬픔과 두려움이 그저 엄마, 아빠에게 버림받은 자신이 고아원에서도 설 자리가 없으면 어쩌나, 하는 막연한 두려움인 줄로만 알았단다. 실은 그보다 더욱 근본적인 원인이 있었는데 말이야."

시우의 미간이 꿈틀거렸다. 아버지가 누구 얘기를 하시는지 바로 알아차렸기 때문이었다. 그의 동요에도 시현의 말은 계속 이어졌다.

"아이는 정말 열심히 노력했어. 어른들 말씀도 잘 듣고 공부도 열심히 하고 더럽다, 냄새난다는 말 들을까 봐 매일 숨어서 열심히 씻었지. 그런데 아무도 그 아이를 데려가지 않았어. 다른 아이들한테는 새엄마, 아빠가 생기는데 말이다. 아이는 이해할 수 없었단다. 그래서 아이는 더 슬프고 두려워 매일 밤 숨죽여 울었어."

시우의 가슴이 욱신거리며 아파왔다. 혼자 알아내어 어느 정도는 알고 있는 얘기였지만, 아버지 입으로 직접 당신의 이야기를 듣는 것은 처음이었다.

"아버지······."

"그러던 아이가 무럭무럭 자라서 고아원을 나가야만 하는 나이가 됐단다. 두려웠지만 아이는 잘해 낼 자신이 있었어. 아이는 더 이상 엄마, 아빠가 필요한 소년이 아니라 당당하게 자신의 미래를 그릴 수 있는 청년이 됐거든."

허공을 응시하는 시현의 눈빛이 아련해졌다.

"악착같이 공부한 덕분에 청년이 된 아이는 대학도 가고, 유학도 가고 의사도 되었단다. 하지만 그건 혼자만의 노력으로 이뤄진 건 아니었어."

시현은 무거운 한숨을 내쉬었다.

"그토록 바라던 엄마, 아빠 대신…… 아버지처럼 큰 울타리가 되어 주는 든든한 후원자를 만난 덕분이었지."

시현은 정우를 돌아보며 다정하게 미소 지었다.

"여러 우여곡절이 있었지만 그 덕분에 아이는 평생의 반려자인 사랑하는 여자도 만나고 세상에 하나뿐인 사랑하는 아들도 보게 되었단다. 그렇게 청년에서 어른이 되었지."

정우도 다정하게 미소 지으며 시현의 손을 꼭 잡았다. 두 사람의 서로의 눈을 바라보았다.

"여보……."

"그런데 어느 날, 유년 시절의 자신과 너무 닮은 남자아이를 만나게 되었지 뭐냐. 생김새도 다르고 때가 잔뜩 낀 게 어린 시절의 자신과는 너무 달랐지만, 마음속의 두려움은 비슷했거든. 아이들과 어울리지도 않고 잘 먹지도, 자지도 않으며 잔뜩 겁에 질려 혼자 구석에 웅크리고 있는 모습이 말이다. 심지어 말을 하지 않는 것까지 똑같았지."

시우는 묵묵히 시현의 이야기를 들었다.

"원장 선생이 그러더구나. 아이가 고아원 앞에 버려진 지 만 1년째가 되었다고. 네 엄마와 내가 그 아이를 처음 만난 게 아홉 살 때였으니까, 여덟 살 때 버려진 거지. 그 나이쯤 되면 엄마, 아빠는 물론 집에 대한 건 웬만한 건 다 알고 기억할 나이인데 그 아이는 자신의 이름만 얘기할 뿐, 다른 건 모른다며 입을 열지 않았다는구나."

조용히 남편의 얘기를 경청하고 있던 정우가 그제야 입을 열었다.

"심지어 출생 신고조차 되어 있지 않았대. 나중에 경찰의 도움으로 겨우 알게 되었지. 그 아이가 어디서 왔는지……."

정우는 한국에 주둔해 있는 미군 캠프 중 의정부의 레드 클라우드 캠프에 대한 이야기를 했다. 그리고 민수가 살았을 것으로 추측되는 캠프 주변 스트립 바나 사창가에 대한 이야기도 빼놓지 않았다.

침묵을 지키고 있던 시우가 천천히 시선을 들어 부모님을 바라보았다.

"그 아이가 차민수 씨였군요."

시현이 아들의 손을 부드럽게 감싸 잡았다.

"나는 이 모든 것이 운명일지도 모른다는 생각이 들어. 네가 한국에 와서 호석이와 호정이를 처음 만났을 때, 우리는 후원하는 고아원들을 둘러보다가 나와 닮은 모습으로 혼자 아파하고 두려움에 떨던 어린 민수를 우연히 처음 만났지. 그래서일까. 나는 민수가 과거의 나처럼 어른들의 잘못으로 인해 지금까지도 고통을 받고 있는 것이 아닌가, 하는 그런 안타까운 생각이 머릿속에서 떠나지 않아."

시현은 다시 한번 무거운 한숨을 토해 냈다.

"너도 알지? 엄마와 아빠가 어떻게 만났는지. 그때 아빠 상황이 어땠었는지. 만약 그때 네 엄마가 날 믿어 주지 않았다면 지금의 나는 없었을지도 몰라. 지금의 민수처럼 모든 정황이 나를 가리키고 있었거든."

시우와 시현의 시선이 허공에서 단단하게 얽혔다. 그는 아들에게 진심이 전해지기를 바라며 말을 이었다.

"나는, 그리고 네 엄마는 현재 드러나 있는 정황이나 증거보다 우리가 오랫동안 지켜봐 왔던 민수를 믿는다. 그 녀석은 절대로 살인을 저지를 만큼 품성이 그릇된 악한 사람이 아니란다."

시우는 두 눈을 지그시 감았다가 떴다.

"무슨 말씀이신지 잘 알겠습니다."

시우는 마음속으로 뒷말을 이었다.

저도 차민수의 무죄를 믿어 보죠. 하지만 그건 아버지, 어머니처럼 그를 믿기 때문이 아닙니다. 저는 그 사람을 무조건적으로 믿어 줄 만큼 알지 못합니다. 제가 믿는 건 아버지, 어머니예요. 두 분이 그 사람의 무고함을 확신하니까. 저는 그런 두 분을 믿을 뿐입니다.

물론 시우가 믿는다고 해서 달라질 것은 아무것도 없을 터였다. 그저 부모님의 마음을 조금이라도 편하게 해 드리는 것 외에는.

시우는 자신의 방으로 돌아오며 생각했다.

내일 잠깐이라도 시간을 내어 차민수를 한 번 만나 봐야겠다
고.

2장

그러나 일은 시우의 생각대로 진행되지 않았다. 에페타 킬러 수사 일정은 이른 아침부터 그를 기다리고 있었다.

시우와 호정은 FBI 뉴욕지부에 별도로 꾸려진 임시 사무실에서 찰리, 다른 호텔에 묵고 있는 매기와 합류했다.

헨리 팀장은 아직 뉴욕에 도착하지 않았다. 도착하는 대로 더스틴 브라헤가 소유하고 있는 엠마 브라헤의 저택에서 만나기로 했다.

네 사람은 그 전에 먼저 더스틴 브라헤를 만나러 갔다. 더스틴 브라헤는 뉴욕지부와 그리 멀지 않은 맨해튼 시내의 고급 맨션에 살고 있었다.

뉴욕에 오자마자 더스틴 브라헤를 먼저 만나 봤던 찰리가 앞장을 섰다.

지잉. 지잉. 지잉.

벨을 세 번이나 눌러서야 안에서 누군가 나오는 기척이 났다.

「누구요?」

잠이 덜 깬 것 같은 불분명한 발음으로 중얼거리는 중년 남성의 음성이 들려왔다. 찰리가 대답했다.

「FBI입니다.」

「FBI? 며칠 전에도 와 놓고선 뭘 또 와. 그것도 꼭두새벽부터 귀찮게. 하여튼 엠마 그건 죽어서도 사람을 귀찮게 한다니까.」

구시렁거리는 소리와 함께 현관문이 벌컥 열렸다. 가운만 대충 걸친 40대 후반의 중년 남자가 모습을 드러냈다.

호정의 눈이 살짝 커졌다가 작아졌다.

사진으로 봤던 더스틴 브라헤가 맞다. 그런데 사진으로 봤던 것보다 더 브라헤 남매와 닮지 않았다. 와이어트와 엠마는 성별이 달라도 얼굴 골격과 눈매가 많이 닮았던데.

찰리가 빙긋 미소 지으며 신분증을 제시했다.

「안녕하십니까, 미스터 브라헤. 며칠 전에도 한 번 뵀었죠?」

「그래요. 며칠 전에도 와 놓고서 왜 또 온 겁니까? 또 엠마가 살인을 저질렀다느니 어쨌다느니, 그런 말도 안 되는 소리나 지껄이려고?」

「미스터 브라헤, 몇 가지만 더……..」

더스틴이 버럭 소리쳤다.

「저번에 다 얘기했잖소! 죽기 훨씬 전부터 연 끊고 살았었다고. 왜 자꾸 날 귀찮게 하는 거요! 내가 그 집을 소유하고 있는 건 그나마 가까운 유족이 나뿐이라서 상속받은 거라니까!」

「그 부분은 저희도 확인했습니다. 수색을 허락해 주신 것도 감사하게 생각하고요.」

「그런데 왜 또 새벽부터 사람들을 우르르 끌고 와…… 어?」

버럭 소리치던 더스틴의 눈이 갑자기 휘둥그레졌다. 그의 시선은 다른 사람들보다 머리 하나가 껑충 위로 올라가 있는 시우의 얼굴에 꽂혀 있었다.

더스틴이 휘둥그레진 눈을 깜박거리며 손가락질했다.

「혹시…… 이시우 박사?」

시우의 한쪽 눈썹이 힐끗 추켜올라갔다 제자리를 찾았다.

「그렇습니다만.」

더스틴의 눈이 더욱 부릅떠졌다.

「정말 콜드케이스 헌터, 이시우 박사가 맞다고요? 와우! 반갑습니다, 반가워요!」

갑자기 태도가 돌변한 더스틴은 찰리를 밀치고 시우의 손을 덥석 움켜잡았다.

「출판사에 그렇게 편지를 보내도 전화 한 번 없더니, 이렇게 보게 되는군요.」

출판사? 시우의 눈썹이 다시 미세하게 꿈틀거렸다.

흥분한 더스틴이 눈을 반짝이며 말했다.

「박사도 FBI 요원들과 같이 온 거요?」

「그렇습니다.」

「오오, 그럼 이젠 보스턴 경찰이 아니라 FBI하고 같이 일하는 겁니까? FBI에서 일할 생각은 조금도 없다니…… 하하하. 그럼 FBI가 수사한다는 엠마 사건을 박사가 지휘하는 거요?」

「자문을 하고 있습니다. 그래서 몇 가지 묻고 싶은 게 있어서 찾아왔습니다.」

「박사와 내가 직접 묻고 답한다, 이거죠? 하하하. 그래요, 그 럽시다. 들어와요, 들어와.」

그제야 현관문이 활짝 열렸다. 더스틴은 시우의 손을 잡아끌 며 너른 거실로 안내했다.

맨해튼 한복판에 자리한 고급 맨션답게 더스틴의 집은 근사 했다.

정면과 측면의 커다란 통 유리창 너머로는 브로드웨이의 전 경이 한눈에 내려다보이고 새하얀 대리석 바닥에 자리한 소파나 가구들은 하나같이 고급스러웠다.

다만 바닥 곳곳에 어지러이 흩어져 있는 남녀의 옷가지와 속 옷들이 흠이라면 흠이랄까. 더스틴은 그것들을 얼른 주방 쪽으 로 휙 던져 버렸다.

그는 소파에 자리를 권하며 시우의 맞은편에 앉으려고 했다. 그러다 로브 사이로 털이 숭숭 난 맨 허벅지가 드러나자 아차, 하며 벌떡 몸을 바로 세웠다.

「하하하, 이거 옷차림이 나만 좀 그러네. 잠깐만 기다려 줘요, 박사. 얼른 옷만 갈아입고 나오죠.」

더스틴은 부리나케 걸음을 옮겼다. 그러든 말든, 시우는 신경 도 쓰지 않고 호정을 부축해 소파에 앉혔다.

자신 때문에 괜한 민폐를 끼치는 것 같아 매기와 찰리의 눈치 가 보이는 호정은 면구스러워 속삭이듯 작게 말했다.

"괜찮아. 나 혼자 할 수 있어."

그러나 시우는 속을 알 수 없는 눈빛으로 그녀를 힐끗 쳐다만 볼 뿐, 대꾸도 하지 않았다. 요즘 들어 부쩍 스킨십이 잦아진 시우였다.

그때 거실 끝에 있는 방문이 딸깍하고 열리며 발가벗은 젊은 여자가 눈을 비비며 걸어 나왔다.

「선생님, 누구 왔어요?」

「어? 아니야. 들어가자, 들어가.」

「어? 누가 왔잖아요. 선생님, 저 사람들 누구예요?」

「넌 알 거 없어. 빨리 들어가.」

더스틴은 발가벗은 여자를 거칠게 떠밀며 얼른 방으로 들어갔다. 상체를 틀어서까지 그 모습을 지켜보던 찰리가 피식, 헛웃음을 쳤다.

「여자가 또 바뀌었네. 그러고 보면 극작가라는 직업도 참 좋아. 젊고 예쁜 여배우들이 선생님, 선생님 하면서 알아서 달라붙어 주잖아. 저 나이가 되도록 왜 싱글인지 이유를 알겠군.」

혼잣말을 중얼거린 찰리가 미세하게 미간을 찌푸리고 있는 시우를 돌아보았다.

「그런데 이 박사, 더스틴 브라헤하고는 어떻게 아는 겁니까?」

「모릅니다.」

「하지만 더스틴 브라헤는 박사를 아는 눈치던데요?」

시우 대신 호정이 대답했다.

「이 박사가 그동안 출간한 책을 영화나 연극으로 올리고 싶다는 제안들이 출판사로 많이 와요. 이 박사는 거기에 일절 관여하지 않고요. 무조건 'No'거든요. 그래서 출판사에서 알아서 거절하거나 대응하지 않는데, 더스틴 브라헤도 출판사로 연락했던 사람들 중 하나였나 봐요.」

아, 하며 찰리와 매기가 고개를 끄덕였다. 찰리가 입술을 비죽였다.

「그래서 갑자기 태도가 확 달라졌군. 저번에 왔을 땐 집에 들여보내 주지도 않고 현관에서 몇 마디 나눈 게 고작이었는데. 무조건 자기는 상관없다, 모른다고만 하고. 오늘은 이 박사 덕분에 얘기가 잘 통할 것 같네요.」

그러면서 찰리는 혼자 큭 웃었다.

그러나 시우는 물론이고 호정과 매기는 웃을 수 없었다. 더스틴의 크고 호화로운 집과 얼마 전 방문했던 라스베이거스의 라일리 집이 오버랩되며 어쩔 수 없이 비교되었기 때문이었다. 금방이라도 무너질 것처럼 낡고 좁고 초라했던 라일리의 집. 절로 기분이 씁쓸해지는 세 사람이었다.

잠시 후, 말끔해진 더스틴이 재킷까지 걸치고 거실로 돌아왔다.

「오래 기다리게 해서 미안합니다. 다들, 차라도 한 잔씩 드릴까요?」

매기가 됐다고 말하기 전에 찰리가 먼저 주책없이 대답했다.

「차까지는 필요 없고요. 그냥 시원한 생수면 충분합니다.」

레몬까지 동동 띄운 탄산수 다섯 잔을 가지고 온 더스틴이 시우의 맞은편에 앉았다. 눈을 빛내며 가슴 앞으로 팔짱을 끼고 시우를 바라보았다.

「저 FBI 말로는 엠마가 옛날에 롬폭 어느 비치에서 총 맞고 죽었던 마이클하고 제시를 죽인 진범이라고 하던데, 진짭니까?」

「당시 더스틴 브라헤 씨도 같은 고등학교에 재학 중이었던 것으로 알고 있습니다. 혹시 당시 상황에 대해서 특별히 기억나는 것이 있습니까?」

더스틴은 고개를 가로저었다.

「없어요. 그때 난 열다섯밖에 안 됐었고, 마이클이나 제시 같은 애들하고는 어울리지 않았으니까.」

「엠마 브라헤는요?」

「엠마도 마찬가지였을 겁니다. 특히 엠마는 걔들뿐만 아니라 친구 자체가 거의 없었어요. 워낙 결벽증이 심한 데다 어디 틀어박혀서 혼자 책 보는 것만 좋아했죠.」

더스틴은 '그 덕분에 잘나가는 변호사까지 됐지만'이라며 어깨를 으쓱였다.

「그리고 무엇보다 엠마가 뭐가 부족해서 마이클, 제시 같은 애들을 총으로 쏴 죽인답니까. 걔들하고 문제가 있었다고 해도 아빠나 할아버지한테 말하면 그 부모들까지 한 방에 싹 쓸어 버릴 수 있었을 텐데요.」

그는 말도 안 된다는 듯 콧방귀를 뀌었다. 슬쩍 곁눈질로 시우를 바라보았다.

「하지만…… 이시우 박사까지 나선 걸 보면 괜한 오해가 아닌 것 같기는 하네요. 실은 나도 엠마에 대해서 아는 게 조금 있긴 하거든요. 이를테면 죽기 전에 보였던 굉장히 이상한 행동들 같은 거 말입니다.」

「그게 뭡니까?」

「하하하, 보기보다 성격이 많이 급하시네. 그렇게 서두를 필요 없어요. 다른 사람이라면 몰라도 이시우 박사라면 얼마든지 말해 줄 용의가 있으니까. 그런데 나도 조건이 하나 있습니다.」

더스틴이 눈을 반짝 빛내며 말을 이었다.

「내가 아는 한도 내에선 이시우 박사가 궁금해하는 건 뭐든 다 말해 주겠습니다. 대신 박사는 내 부탁 하나만 들어줘요. 그게 뭐가 됐든지 간에 무조건.」

시우의 눈매가 가늘어지자 그는 얼른 검지를 흔들며 말을 이었다.

「노노, 걱정 말아요. 불법적인 건 절대로 아니니까. 어때요, 구미가 당기는 조건 아닙니까? 박사한테 훨씬 유리한 거래이기도 하고요. 어때요, 나랑 거래하겠소?」

「더스틴 브라헤 씨가 거짓말을 하지 않는다는 전제하에 수락하겠습니다. 단, 브라헤 씨가 한 번이라도 거짓말로 대답한다면, 거래는 무효가 될 겁니다.」

「오케이! 난 자신 있어요. 난 원래 거짓말을 못하는 사람이거든. 박사나 나중에 딴말하지 마시오. 하하하. 그럼 거래 성립의 의미로 악수나 한 번 할까요?」

호탕하게 웃은 더스틴이 오른손을 내밀었다. 시우는 가라뜬 속눈썹 밑으로 그의 오른손을 힐긋 내려다보고는 천천히 시선을 들어 올렸다. 더스틴을 서늘하게 응시하며 그의 오른손을 살짝 잡았다가 놓았다.

더스틴의 입술 끝이 양쪽으로 찍 벌어졌다.

「하하하. 자, 그럼 거래가 성사됐으니 본격적으로 시작해 볼까요? 일단 박사 먼저. 뭐든지 물어봐요. 다 대답해 드리지.」

「조금 아까 엠마 브라헤 씨가 사망하기 전부터 연을 끊고 지 내셨다고 말씀하셨죠?」

「그래요.」

「왕래가 전혀 없었습니까?」

「전혀 없었던 건 아니고…… 내가 뉴욕에 오고 한 1, 2년 됐을 때까지는 가끔 연락도 하고, 1년에 한두 번이지만 밖에서 저녁 도 먹고 그랬어요. 그런데 그 일이 있고 난 후부터는 내가 먼저 연락을 딱 끊어 버렸죠. 연이 완전히 끊긴 건 그때부터요.」

시우가 되물었다.

「그 일이라는 게 아까 말한 그녀의 굉장히 이상했던 행동들과 관련이 있습니까?」

「바로 그거요. 그런데 사실 알고 보면 진짜 별일도 아니었어 요. 그런데 엠마가 갑자기 미쳐서 날뛰는 바람에…….」

「미쳐서 날뛰어요?」

「일단 대충 얘기하자면 이렇소. 몇 년 전에 내가 쓴 작품이 무대에 올랐는데, 관객 반응도 좋고 평단에서도 호평 일색이라 기분이 완전 날아갈 것 같았죠. 그래서 내가 평소에 안 하던 짓 을 좀 하긴 했는데, 그렇다고 그게 뭐 그리 난리 칠 일이라고 엠 마가 패악을 부렸죠. 미친년.」

기가 막힌다는 표정으로 고개를 절레절레 저은 더스틴은 그 때의 황당했던 일을 좀 더 자세히 얘기하기 시작했다.

더스틴은 뚫어지게 읽던 브로드웨이 소식지를 손에 움켜쥐고 자리에서 벌떡 일어나 만세를 불렀다.

「그래, 바로 이거야! 이제부턴 이 더스틴 브라헤 님의 시대가 열리는 거라고!」

브로드웨이에 온 후 작은 무대에 두어 작품을 올리긴 했지만 평단에서 호평을 받기는 처음이었다. 이틀만 지나면 공연이 내려갈 이 시점에 호평 기사가 늦게 올라온 점이 무척 아쉽기는 했지만 어쨌든 기분만은 째졌다.

역시 돈이 좋기는 좋다. 돈이면 평단의 호평이든 뭐든 안 되는 일이 없으니까.

더스틴은 더 이상 먹고 살기 위해서 글을 쓰는 극작가가 아니었다. 드디어 작년에 부친과 엄마가 몇 달 사이에 연이어 저세상으로 떠나 줬기 때문이었다. 덕분에 평생 먹고 살 만큼의 재산을 유산으로 두둑이 물려받았다.

하지만 더스틴의 마음만은 여전히 가난했다. 브라헤 가문의 장남인 와이어트와 잘나고 똑똑한 엠마 사이에서 늘 비교당하며 차별받았던 기억이 항상 그를 괴롭혔다. 그들과 달리 이제껏 제 능력으로 이룬 것이 하나도 없다는 사실도 그를 위축되게 만들었다.

사실 더스틴은 대학도 제 능력으로 들어간 것이 아니었다. 엄마가 부친 몰래 대학에 엄청난 기부를 했기에 가능했던 일이었다.

대학에 입학했을 때 같은 샌프란시스코에 사는데도 귀하고 잘난 딸 근처에는 얼씬도 하지 말라며 멀리 떨어진 곳에 집을 구해 준 부친의 처사가 되레 고맙기도 했었다. 사실 그 역시 숨 막히는 롬폭에서 겨우 벗어났는데 엠마와 같이 살고 싶은 생각은 요만큼도 없었다.

그래서 졸업 후 뉴욕으로 이사 왔을 때도 엠마와 멀리 떨어져 지냈다. 그래도 돌이켜 보면 집안 식구 중 그를 인간 취급해 준 사람은 유일하게 엄마와 엠마밖에 없었다. 그래서 그가 먼저 로펌으로 연락을 취했었다.

사실 그보다는 다른 이유가 더 컸지만.

엄마가 부친 몰래 보내 주는 돈이 뉴욕에서 살기에는 턱없이 부족했다. 때문에 유산을 물려받기 전까진 그도 나름 고생이라는 것을 조금 했다.

그때 그를 도와준 것이 엠마였다. 그녀는 로펌에 입사하자마자 무패의 잘나가는 변호사로 엄청난 연봉을 받고 있었다. 사정을 설명하고 도움을 청하니, 엠마는 의외로 큰돈을 선뜻 내주었다.

그때부터 엠마와는 가끔 연락도 하고, 1년에 한두 번씩은 밖에서 만나 식사도 하며 지냈다.

당연히 돈은 잘나가는 엠마가 냈고, 그는 여전히 그녀 앞에서 얼굴을 들지 못했다.

그런데 드디어 엠마한테 '나도 너만큼 잘났다!'라고 자랑할 일이 생겼다. 더스틴은 소식지를 집어던지고 재빨리 휴대폰을 집어 들었다.

「거봐, 내가 뭐라고 했어. 이 더스틴 님을 우습게 보지 말라고 했지! 아무리 네가 잘나가는 로펌의 변호사면 뭐하냐. 만날 그 타령인걸. 하지만 난 아니라고. 전 세계 무대에 내 작품이 올라가기만 하면 그날로 나는…… 뭐야, 왜 안 받아?」

아직 밤 10시도 안 된 시간이건만, 잘난 변호사님이 전화를 안 받았다.

사무실보다 집에서 집중이 더 잘 된다고 퇴근 시간 땡! 하자 마자 온갖 사건 서류들을 몽땅 싸들고 부리나케 집으로 가서 밤을 샌다는 사람이 말이다.

더스틴은 혹시 몰라 사무실로 전화를 걸어 보았다. 다행히 야근 중이던 직원이 전화를 받았다.

―브라헤 변호사님은 퇴근하셨습니다. ……아, 동생분이세요? 그럼 댁으로 걸어 보세요. 퇴근 후 바로 댁으로 간다고 하셨거든요.

더스틴은 전화를 끊고 다시 엠마의 휴대폰으로 전화를 걸었다. 역시 받지 않았다.

「어떡하지? 내일모레면 극장에서 내려가는데.」

내일 사무실로 찾아가서 줘도 될 테지만, 더스틴은 당장 마음이 급했다.

그래서 구겨진 소식지와 자신 앞으로 지급된 초대권 서너 장을 챙겨 들고 집을 나섰다.

차에 시동을 걸며 로펌으로 다시 전화를 걸어 엠마의 집 주소를 물어보았다. 사탕발림과 통사정으로 의심 많은 직원한테 겨우 엠마의 주소를 얻어 낸 더스틴은 조지 워싱턴교 건너에 있는 뉴저지주 테너플라이로 부리나케 달려갔다.

뉴저지주를 대표하는 중상류층 동네답게 근사한 저택들이 잔디가 깔린 너른 정원을 끼고 나무와 숲 사이에 듬성듬성 여유롭게 지어져 있었다. 물론 바로 옆 동네인 알파인과 비교하면 검

소한 수준이지만.

엠마의 저택은 한산한 전원주택 마을에서도 외진 곳에 깊숙이 처박혀 있었다. 때문에 찾느라 한참 애먹었다. 집 주변을 빽빽하게 둘러싸고 자란 키 큰 나무들 때문에 아깐 그저 길 끝의 숲인 줄 알고 차를 돌리기까지 했었다.

「음침하고 칙칙한 게, 꼭 저 같은 장소를 골랐군.」

정원 진입로로 들어서며 더스틴은 중얼거렸다. 뭐, 집 하나는 끝내주게 좋았다.

전조등에 비치는 저택은 디자인도 독특한 게 외벽까지 회색 암석 같은 걸로 지어져 있어서 집이라기보단 마치 웅장한 요새처럼 보였다.

가까이 다가갈수록 절로 휘익, 휘파람이 불어졌다.

「끝내주는데.」

현관 앞에 차를 정차시키고 내렸다.

그때였다. 다가오는 전조등 불빛과 차 소리를 듣고 알았는지, 육중한 현관문이 벌컥 열리며 엠마가 뛰쳐나왔다.

「여, 엠마. 깜짝 놀랐지? 나 왔……!」

「감히 여기가 어디라고 함부로 기어들어 와! 당장 나가!」

어찌나 무서운 얼굴로 호통을 치는지, 더스틴은 너무 놀라서 움찔 얼어붙고 말았다. 그러다가 번뜩 정신을 차렸다.

감히? 기어들어 와?

불쑥 화가 치밀었다.

「감히라니! 말이 너무 심한 거 아니야? 내가 여길 찾느라 얼마나 고생을 했는지 알아! 그래도 내 딴에는 누나라고 기껏 생각해서 왔더니 뭐, 감히? 감히이!」

「네까짓 게 감히 누굴 생각해! 지 앞가림 하나 못 하는 멍청한 새끼가.」

「뭐?」

「긴말 필요 없어. 당장 내 집에서 나가. 난 너 따위를 초대한 적 없으니까.」

소식지와 초대장을 움켜쥔 주먹이 부들부들 떨렸다. 더스틴은 야차처럼 자신을 죽일 듯이 노려보고 있는 엠마에게 한 걸음 가까이 다가갔다.

「너, 말 다했냐?」

「아니. 똑똑히 들어, 더스틴 브라헤. 그동안은 불쌍하다 싶어서 참고 견뎌 줬는데, 이제 더 이상은 못 참아. 마지막 경고야. 두 번 다시는 나한테 연락하지 마. 내 집 근처에도 얼씬거리지 말고. 한 번만 더 얼씬거리면 그날로 넌 죽을 줄 알아.」

「하! 이게 미쳤나.」

「꺼져!」

엠마의 손에는 어느새 권총까지 들려 있었다. 그녀가 음산하게 말했다.

「넌 남의 사유지를 허락도 없이 불법으로 침범했어. 나가라고 경고했는데도 무시했지. 셋 셀 때까지 꺼지지 않으면 쏜다.」

「미친. 너…… 혹시 약 했냐? 그래서 지금 머리가 어떻게 된 거야? 야, 엠마 브라헤, 정신 차려. 나 더스틴이야.」

엠마는 더스틴에게 총을 겨눈 채 숫자를 세기 시작했다.

「하나, 둘…….」

그 순간 더스틴은 하마터면 오줌을 지릴 뻔했다. 어이없고 황당하고 화나는 건 두 번째였다. 너무, 너무 무서웠다. 자신을 노려보는 엠마의 살벌한 눈빛과 그 표정이. 진짜 당장이라도 총구에서 불이 뿜어져 나올 것만 같았다.

더스틴은 정신없이 차로 달려갔다. 허겁지겁 시동을 걸었다. 시동 거는 손이 사시나무처럼 부들부들 떨렸다.

간신히 시동을 건 더스틴은 전속력으로 엠마의 집을 빠져나왔다.

얘기를 끝낸 더스틴은 동의를 구하듯 상체를 앞으로 내밀고 시우를 바라보았다.

「어때요, 정말 황당하지 않습니까? 그때 엠마는 진짜 제정신이 아니었어요.」

시우를 제외한 호정, 매기, 찰리는 긴장된 눈빛을 재빨리 주고받았다.

시우만 여전히 속을 알 수 없는 표정으로 서늘하게 더스틴을 응시할 뿐이었다.

「그 후, 그 집을 다시 찾아간 적은 없었습니까?」

「내가 미쳤습니까. 그 꼴을 당하고 또 가게. 엠마가 죽고 나서야 몇 번 갔죠. 거긴 이제 내 집이니까.」

「엠마 브라헤가 당신한테 그 집을 상속한 건 아니었죠?」

더스틴은 어깨를 으쓱거렸다.

「난 그저 법대로 내 권리를 찾은 것뿐이요.」

엠마가 자살했다는 소식이 믿기지 않았던 더스틴은 장례식장을 찾아갔었다. 더스틴은 거기서 그녀의 동료들이 하는 얘기를 우연히 듣게 되었다. 가족도 없는 엠마가 죽었으니 저택과 재산은 이제 시에 귀속되는 거냐고 하는 얘기를.

혹시나 싶어, 고민 끝에 와이어트한테 전화를 걸었다. 그런데 와이어트는 그의 예상대로 엠마의 집 따위에는 관심이 없다고 했다.

그러고는 너희가 죽든 말든 알고 싶지 않으니 자신에게는 두 번 다시 연락하지 말라며 전화를 쾅 끊어 버렸다.

「그래서 내가 유일한 가족으로 시하고 싸워서 이긴 겁니다. 그런데 생각보다 남은 재산이 별로 없었어요. 그 많던 유산하고 번 돈들은 다 어디로 갔는지, 재산이라고는 달랑 그 집 한 채뿐이었어요. 변호사 좋은 일만 시킨 거죠.」

「그 집을 처분하지 않고 소유하고 있는 이유는 뭡니까?」

「처분해야 할 만큼 나도 돈이 궁하진 않으니까요. 그리고 가까운 곳에 그런 세컨 하우스 하나 정도 가지고 있으면 폼 나고 좋잖아요. 그 덕분에 FBI가 이번에 가서 마음껏 수색도 할 수 있게 된 거 아닙니까? 내가 팔아 버렸으면 어림도 없었죠.」

더스틴이 거만한 표정으로 턱을 치켜들었다. 마치 '고맙지?' 하고 으스대는 것 같은 표정이었다.

「그리고 저 요원이 가 봤으니까 알겠지만, 안에 있는 가구들도 옛날에 엠마가 쓰던 거 거의 그대로입니다. 침대는 매트리스만 교체했고 오래된 가전제품 빼고는 하나도 안 바꿨어요. 거기는 굳이 비싼 가구로 꾸밀 필요 없이 그 자체로 임팩트가 강한 곳이기도 하고, 가끔 가서 쉬는 곳에 괜히 돈 쓸 필요는 없으니까요. 박사도 가 봤습니까?」

「아직 못 가 봤습니다.」

「왜요? 박사는 안 가 볼 겁니까?」

「가 볼 겁니다. 브라헤 씨가 양해해 준다면 오늘 중으로요.」

「하하하, 그렇지. 사유지니까 허락이 필요하지. 가 봐요. 가서 마음껏 둘러봐요. 오늘뿐만 아니라 언제든지 가서 둘러봐도 좋아요. 박사를 위해서 내 특별히 문을 항시 개방해 놓겠소.」

「감사합니다. 그럼 몇 가지만 더 묻겠습니다. 방금 말한 일은 정확히 언제 있었던 일입니까?」

더스틴이 확신에 차 말했다.

「엠마가 죽기 2년 전이었소.」

「확실합니까?」

「그럼요. 내 작품이 처음으로 브로드웨이 소식지에 실려서 호평을 받았을 땐데, 그걸 기억 못 하면 안 되지. 확실해요.」

「혹시 그때 집 안에 다른 사람이 있는 걸 보지는 못했습니까? 혹은 사람의 기척이라도 느낀 기억은요?」

더스틴이 고개를 갸웃거렸다.

「글쎄, 그런 기억은 없는데…….」

두 사람의 대화를 조용히 듣고만 있던 호정이 처음으로 입을 열었다.

「엠마 브라헤 씨가 사망하고 나서 그 집에 가 보신 건 언제가 처음이었습니까?」

「시하고 소송할 때였으니까 4, 5개월쯤 지난 후였을 거요.」

호정이 질문을 던진 것을 기회로 매기도 얼른 끼어들었다.

「혹시 그녀가 암호문 같은 걸 가지고 있거나 혹은 쓰는 걸 본적이 있나요? 롬폭에서나 샌프란시스코, 뉴욕 어디에서든지요.」

「저 요원도 저번에 같은 걸 물어보더니 똑같은 걸 물어보시네. 아니요. 난 그런 건 본 적이 없소. 엠마는 어렸을 때부터 와이어트나 나하고는 어울리지 않았어요. 할아버지가 똑똑하다고 늘 밖으로 데리고 다니면서 공부를 시켰거든. 한집에 살 때도 같이 있은 적이 거의 없죠. 워낙 음침하고 까칠한 성격이어서 혼자 있는 걸 더욱 좋아하기도 했고요.」

그러면서 더스틴은 샌프란시스코에 있을 때부터 뉴욕에 와서는 따로 살면서 아주 가끔씩만 봤었기 때문에 그런 것을 볼 기회가 일절 없었다고 했다.

시우가 다시 물었다.

「아까 엠마 브라헤가 권총을 꺼내 겨눴다고 하셨죠? 혹시 어떤 권총이었는지 기억납니까?」

더스틴이 씩, 웃었다.

「그렇지. 그런 걸 물어봐야지. 물론 기억나요. 총 모양부터 어떤 모델이었는지까지 전부. 내 이 두 눈으로 똑똑히 봤거든. 하하하, 뭘 그리 놀랍니까. 놀랄 것 없어요. 나도 총이라면 나름 일가견이 있거든요. 극작가들이 원래 그래요. 글을 써야 되니까 다방면으로 좀 박식하죠. 하하하.」

거드름을 피우며 잘난 척을 한 더스틴이 안타깝다는 표정을 지었다.

「그런데 이거 어쩝니까. 글록17은 아니었는데.」

시우의 한쪽 눈썹이 살짝 올라갔다. 그가 잘난 척을 했다.

「저 요원이 다녀간 뒤로 나도 나름 자료 조사를 해 봤습니다. 엠마가 마이클과 제시를 살해한 범인이라니, 너무 기가 막혀서 말이죠. 그런데 당시 기사들을 검색해 보니까 그들을 쏜 총이 글록17이라고 나오더군요. 그래서 역시 FBI가 뭘 잘못 짚었구나, 싶었습니다. 날 겨눴던 총은 글록17이 아니었거든요.」

호정이 말했다.

「사건 발생일로부터 30년이 넘는 긴 시간이 흘렀습니다. 그동안 엠마 브라헤 씨가 다른 총을 구입했을 가능성은 얼마든지 있습니다. 그런데 그 총이 글록17이 아니었다는 것만으로는 엠마 브라헤 씨가 범인이 아니었다고 단정할 수 없습니다.」

단호하게 말하는 호정을 쳐다본 더스틴이 입술을 비죽였다.

「그렇겠죠. 하지만 나도 단순히 그 이유만으로 그렇게 생각한다는 게 아니오. 나도 나름 합당한 근거를 가지고 논리적으로 추론하는 사람입니다.」

「그러시겠죠. 그럼 구체적으로 어떤……?」

「흠흠. 일단 그 총은 절대로 최신 모델이 아니었어요. 댁 말처럼 엠마가 새 총을 구입했다면 최소 글록26이나 28, 아니면 FBI인 당신들이나 U.S. 마셜(U.S. Marshal)*, DEA(Drug Enforcement Administration)*, BATFE(Bureau of Alcohol, Tobacco, Firearms and Explosives)* 등에서 정식으로 채용한 글록23 정도는 돼야 하는데, 그 총은 완전히 구닥다리였다, 이 말입니다.」

---

*U.S. Marshal:미국 연방 법원의 정리(廷吏), 집행관, 보안관.
*Drug Enforcement Administration:마약단속국.
*Bureau of Alcohol, Tobacco, Firearms and Explosives:총기단속국.

시우의 눈매가 살짝 가늘어졌다.

「정확하게 본 게 아니군요.」

더스틴이 발끈했다.

「봤다니까요!」

「그럼 정확히 어떤 기종이었습니까.」

「어, 그게 그러니까…… 끙. 갑자기 물어보니까 잘 생각이 안 나네. 확실히 리볼버는 아니었는데, 그게 뭐였더라…….」

「초기의 글록17과 견줄 만한 총이었습니까?」

「그래요.」

시우는 몇 가지 총기들을 술술 읊었다.

「베레타(Beretta) 92SB, 시그사우어(SIG—Sauer) P220, CZ75발터(Walther) P—38, 브라우닝의 그랑 랑드망(Grand Rendement) 혹은 하이 파워 Mk Ⅱ, 콜트 M1911. 이 중에 있습니까?」

더스틴이 손뼉을 짝 쳤다.

「그래요, 콜트 M1911, 그거였어요.」

매기는 고개를 뒤로 돌리고 작게 콧방귀를 뀌었다.

웃기네. 무서워서 눈앞에 들이밀어진 총이 뭔지 제대로 보지도 못한 게 딱 티가 나는고만. 허풍은.

매기가 고시랑거리는 사이에도 시우의 질문은 계속 이어졌다.

「당시 엠마 브라헤 상태가 정상이 아니었던 것 같다고도 하셨죠. 약을 복용한 상태였다고 생각하십니까?」

「약이요?」

「아까 엠마 브라헤 씨한테 약 했느냐고 물어봤다고 하지 않았습니까.」

「아, 그거요.」

「약이라면, 구체적으로 어떤 약을 말씀하시는 거죠?」

더스틴이 어이없다는 듯 시우가 있는 방향을 슬쩍 보고는 헛웃음 쳤다.

「이거 왜 이럽니까. 다 알면서. 대마나 마리화나, 헤로인 그런 거죠. 하지만 그건 아닐 거요. 나도 순간적으로 너무 황당해서 그런 생각이 들었던 거지, 진짜 그렇게 생각했던 건 아니었어요. 엠마는 머리가 아파도 아스피린 하나 절대 안 먹었거든요. 늘 맑은 정신을 유지해야 한다면서.」

「엠마 브라헤 씨가 두통을 자주 호소했습니까?」

「그런 셈이죠. 나하고는 가끔 보는데도 그때마다 늘 머리가 아프다고 했었으니까요.」

「더스틴 브라헤 씨는요?」

시우의 질문에 더스틴이 뜬금없다는 표정을 지었다.

「나? 내가 뭘 말이요?」

「혹시 가족들이 다 만성 두통 병력을 가지고 있습니까?」

「아, 그런 건 없어요. 두통을 달고 산 건 엠마뿐일 겁니다. 머리 좋은 것만 믿고 머리를 너무 많이 써서 그런 거겠죠. 아, 박사들으라고 한 말은 아닙니다. 오해 마시길. 그런데 말이오. 기왕 말이 나왔으니 하는 말인데, 혹시 박사도 만성 두통 같은 게 있습니까?」

「없습니다.」

더스틴이 다소 실망한 얼굴로 말했다.

「아, 박사는 그런 것도 없군요. 난 또 마약 얘기하다가 갑자기 만성 두통 얘기를 꺼내기에 박사도 두통이 심한가 보다, 했습니다.」

「난 더스틴 브라헤 씨가 그런 마약류에 대해서도 일가견이 있는 줄 알고 물어본 것뿐입니다.」

「내가요? 에이, 일가견은 무슨. 나는 그저 글을 쓰기 위해서 많은 분야의 정보를 꿰고 있을 뿐입니다. 나도 엠마처럼 마약 같은 건 절대로 취급 안 합니다. 글을 쓰려면 늘 맑은 정신 상태를 유지해야 하거든요.」

시우는 고개를 끄덕거렸다.

「그럼 그땐 그녀가 왜 그토록 비정상적인 반응을 보였던 거라고 생각하십니까?」

「그거야 나는 모르죠. 다만 내 생각에는 이때다, 싶어서 사유지 무단 침입이다 뭐다 핑계 대며 나를 잘라 버렸던 거 아닌가. 뭐 그런 생각이 들 뿐이죠.」

시우가 수긍하듯 다시 고개를 끄덕이자 더스틴이 기대한 반응이 아니라는 듯 눈동자를 굴리며 물었다.

「왜 그런 생각이 들었는지는 안 물어봅니까?」

「네.」

「왜요?」

「굳이 물어볼 필요가 없으니까요. 그 이유라면 이미 알고 있기도 하고요.」

「알고 있다고요? 박사가 어떻게……. 말해 봐요. 대체 뭘 알고 있다는 겁니까?」

「더스틴 브라헤 씨는 부친인 아더 브라헤 씨의 친자가 아닙니다. 아더 브라헤의 부인인 클로이 브라헤가 다른 남자와의 사이에서 외도로 낳은 아들이죠. 그래서 어려서부터 가족들에게 인정받지 못한 채 자랐습니다.」

그럼에도 아더 브라헤가 더스틴을 받아 준 것은 아마도 클로이 브라헤가 그의 숱한 외도를 무기 삼아 강하게 요구했기 때문일 것이다.

외부에 그와 자신의 외도를 모두 밝히겠다고 협박을 했을지도 모르겠다.

결국 두 사람은 유서 깊은 브라헤 가문의 같잖지도 않은 명예를 지키고자 서로의 외도를 눈감아 주는 길을 선택했고, 그 결과가 바로 앞에 앉아 있는 더스틴 브라헤일 것이다.

더스틴의 얼굴이 놀라움으로 물들었다.

「그걸 도대체 어떻게 알았습니까? 설마 나와 죽은 우리 엄마 뒷조사까지 한 거요?」

「아닙니다.」

「그런데 어떻게……?」

「더스틴 브라헤 씨가 본인 입으로 다 말하지 않았습니까.」

「내가? 언제요?」

시우가 천천히 자리에서 일어났다. 여전히 놀란 얼굴로 자신을 올려다보는 더스틴을 서늘하게 내려다보았다.

「궁금하면 나중에 본인이 직접 녹음한 걸 들어 보시죠.」

「네?」

「재킷 안주머니에 녹음기가 들어 있다는 거 알고 있습니다.

거기에 앉아 팔짱을 끼면서부터 녹음을 시작했다는 것도요.」

더스틴뿐만 아니라 호정과 매기, 찰리도 깜짝 놀라 멍하니 시우를 올려다보았다.

시우의 말은 계속되었다.

「그럼에도 제지하지 않은 이유는 첫째, 어차피 녹음된 음성 중 엠마 브라헤와 관련된 진술을 하는 사람은 브라헤 씨 본인뿐일 테니 추후에 불법으로 공개된다고 하더라도 문제 될 일은 없다. 둘째, 엠마 브라헤의 집을 개방해 놓고 언제든 둘러봐도 좋다는 말 이외에 더스틴 브라헤 씨의 발언 몇 가지를 기록으로 남겨 둘 필요가 있겠다는 이유 때문이었습니다. 물론 브라헤 씨가 녹음을 삭제한다고 해도 상관은 없습니다.」

「그건 또 대체 무슨……?」

「더스틴 브라헤 씨, 녹음을 시작하면서 당신이 제시한 거래 조건을 기억합니까? 당신은 아는 대로 대답할 테니 나한테 뭐든 물어보라고 했습니다. 대신 당신의 부탁을 무조건 한 가지만 들어 달라고 했죠. 거기에 나는 '당신이 거짓말을 하지 않는다면' 이란 전제를 제시했습니다. 당신은 그 제안에 응했고요. 기억납니까?」

더스틴의 눈이 빠르게 깜박였다. 시우의 냉랭한 음성은 계속이어졌다.

「그런데 당신은 방금 거짓말을 두 번이나 했습니다. 하나는 권총을 제대로 보지 못했음에도 봤다고 했습니다. 물론 심증뿐이니, 확인은 불가능합니다. 하지만 두 번째 거짓말은 당장이라도 브라헤 씨 눈앞에 확실한 물증을 제시할 수 있습니다.」

「그, 그게 무슨……」

「당신의 두 번째 거짓말은 마약을 취급하지 않는다고 한 말입니다. 당신은 오늘 새벽에도 마리화나를 흡입했습니다. 바로 저, 침실에서요.」

시우의 길고 하얀 손가락이 처음 집 안에 들어왔을 때 발가벗은 여자가 나왔던 방을 가리켰다.

「문을 연 순간, 공기 중에 배어 있는 마리화나 특유의 쑥 냄새가 희미하게 맡아진 것을 보아, 대략 세 시간이 채 안 됐을 겁니다. 아닙니까? 아니라고 한다면 당장이라도 여기 있는 요원들이 저 방에 들어가서 증거를 확보해 올 수도 있습니다만.」

더스틴의 얼굴이 벌겋게 달아올랐다.

「아, 저, 그, 그건…… 의료용 마리화나요! 의료용으로 처방받은 건 합법입니다!」

「오피오이드(Opioid)*라. 병명은요?」

「그, 그건……」

「암, 에이즈, 파킨슨, 루게릭, 간질, 척추 신경 섬유 손상, 다발성 경화증, 만성 두통. 이 중에 어떤 병을 앓고 있습니까? 참고로 PTSD 즉, 외상성 스트레스 환자들의 마리화나 처방 허용 법안은 아직 뉴욕주 의회를 통과하지 못했습니다.」

당황한 더스틴이 눈동자를 굴리며 말했다.

「만, 만성 두통으로 처방받았소. 처방전을 제시하고 합법적으로 구입한 거라고요!」

---

*Opioid:마약성 진통제의 일종으로 의사 처방으로 구입할 수 있는 의약품에 해당.

「조금 전 말과는 다르군요. 본인 입으로 분명히 말하지 않았습니까. '가족 병력 같은 건 없다', '두통을 달고 산 건 엠마뿐이다', '나도 그녀처럼 마약 같은 건 절대로 취급 안 한다', '글을 쓰려면 늘 맑은 정신 상태를 유지해야 하기 때문이다' 라고요. 그런데 만성 두통으로 처방받은 오피오이드다? 그럼 진위를 파악하기 위해서 처방전부터 확인해 봐야겠군요.」

「아니, 내 말은 그러니까…….」

시우가 마지막 판결을 내리는 재판관처럼 그를 싸늘하게 내려다보며 말했다.

「더스틴 브라헤 씨, 당신은 불법 마약 소지 및 사용과 의료법 위반으로 곧 체포될 겁니다. 또한 법적인 처벌과는 별개로 더스틴 브라헤 씨와 내가 조금 전에 한 거래는 당신의 약속 위반으로 무효가 됐습니다. 즉, 당신이 거래 조건이라고 제시한 '딱 한 가지 부탁' 이라는 것을 내가 들어줄 필요가 없게 됐다는 말입니다.」

「설마 너…… 고작 내 부탁 하나 들어주기 싫어서 이따위 유도 신문으로 날 옭아맨 거냐?」

「그럴 리가요. 물론 나는 당신의 성이 브라헤라는 것을 떠나서 당신처럼 마약에 취한 사람한테 내 책의 판권을 넘길 생각이 전혀 없습니다. 하지만 그것과는 별개로 당신이 체포되는 것은 내 탓도 아니고, 계획적으로 더스틴 브라헤 씨를 함정에 빠트려 옭아맨 것도 아닙니다. 모두 당신이 한 말이고, 당신이 한 일에 대한 대가일 뿐이죠. 그럼.」

고개를 까닥한 시우는 호정을 부축해 일으켜 세웠다.

"가자. 여기 일은 이제 끝났어."

그러고는 멍하니 자신을 쳐다보고 있는 매기와 찰리에게 다소 짜증스러운 시선을 던졌다.

「물증 확보하지 않고 뭘 그렇게 넋 놓고 있습니까? NYPD 마약 단속반한테 연락은 누가 할 겁니까?」

3장

맨해튼 시내를 빠져나온 두 대의 차량이 조지 워싱턴교를 빠른 속도로 건너갔다. 뉴저지 주로 접어든 차량은 곧장 테너플라이로 향했다.

Garden State.

정원과 같다고 하여 붙여진 이름처럼 테너플라이는 타운 전체가 푸른 정원과 숲 속에 자리한 듯 그림처럼 아름다웠다. 저마다 울창한 나무와 너른 정원을 차지하고 있는 저택들도 하나같이 동화 속에 나오는 집처럼 아름다웠다.

그 아름답고 고즈넉한 타운 끝자락에 엠마 브라헤의 저택이 있었다. 울창한 나무 벽을 지나 정원으로 들어선 순간, 호정의 입에서 절로 낮은 탄성이 흘러나왔다.

"와."

웅장한 요새 같다던 더스틴 브라헤의 말이 맞았다. 2, 3층 높이의 회색빛 석회암으로 지어진 저택은 오면서 본 테너플라이의 거리에 있던 집들과는 사뭇 달랐다.

시우가 말했다.

"외부로부터 누군가를 숨기고 살기에는 안성맞춤이네."

"안은 어떻게 생겼을까? 궁금해."

"들어가 보면 알겠지."

현관 앞에는 누군가가 먼저 와 그들을 기다리고 있었다. 헨리 팀장이었다. 차에 기대어 담배를 피우던 그가 다가오는 차를 향해 미소 지으며 손을 들어 보였다.

"내리지 말고 잠깐 기다려."

시우가 현관 앞에 차를 세우며 말했다. 또 사람 민망하게 보 닛을 돌아와 차 문을 열어 주고 부축까지 할 모양이다. 미안하 지만 공주 대접은 그만 사양하고 싶다.

호정은 시우가 차에서 내리자마자 얼른 차에서 따라 내렸다. 서둘러 보닛을 돌아오려던 시우가 못마땅한 눈빛으로 그녀를 찌 릿, 쳐다보았다.

호정은 못 본 척 고개를 돌리고 성큼 다가오는 헨리에게 반갑 게 인사했다.

「오랜만에 뵙네요, 팀장님.」

「그러게요. 보름도 채 안 됐는데 되게 오랜만에 보는 것 같네 요. 호정 씨, 발목은 괜찮아요?」

「네, 많이 나았습니다. 심려 끼쳐서 죄송합니다. 그런데 언제 오셨어요? 오래 기다리셨어요?」

「아니, 나도 방금 왔어요.」

헨리는 시우에게 시선을 돌리고 반갑게 악수를 청했다.

「이 박사. 그동안 정말 수고 많았어요.」

시우는 '아닙니다'라는 빈말 한마디 없이 당연하다는 듯 어깨만 으쓱이고 말았다. 그런데 악수를 청한 헨리의 오른손을 잡으려던 그의 손이 허공에서 잠시 멈칫했다. 이내 시우는 헨리의 오른손을 잡으며 그를 바라보았다.

「손을 다치셨군요.」

「아, 이거. 엊그제 바보처럼 문틈에 끼었지 뭡니까. 다행히 크게 다치진 않았어요.」

「그런데 붕대까지 감으셨네요.」

「재수가 없으려니까 살갗이 좀 크게 찢어져서. 그런데 진짜 별거 아니에요. 신경 쓰지 마요. 매기, 찰리. 자네들도 그동안 수고 많았어.」

헨리는 뒤차에서 내리는 매기와 찰리를 향해 서둘러 인사를 건넸다.

다시 모인 에페타팀은 육중한 현관문을 열고 저택 안으로 들어갔다. 이번에도 먼저 와 본 적이 있는 찰리가 앞장섰다.

「여기 정말 대단해요. 모두 깜짝 놀랄 겁니다.」

「그렇겠죠. 밖에서만 봐도 이렇게 대단한데 내부야 뭐…… 우와.」

시큰둥한 반응으로 들어서던 매기의 입에서 탄성이 터져 나왔다.

저택 안에는 또 하나의 정원이 온실처럼 중앙에 자리하고 있었다. 이른바 집 안의 마당이라고 불리는 '중정'이었다. 그러나 흔히 보는 중정과는 차원이 달랐다. 중정을 위해 집을 지었다고 해도 과언이 아닐 정도였다.

중정 안에는 소파며 테이블, 심지어 성인 한두 명이 가볍게 오가며 수영할 수 있는 길쭉한 모양의 미니 수영장까지 있었다. 거실이 없는 대신, 아니 중정 자체가 거실이자 또 하나의 정원이었다.

중정은 뒤쪽 정원까지 쭉 이어져 있었다. 맞은편 벽면은 전체가 유리창으로 되어 있어 뒤편 정원이 고스란히 내다보였다.

내부 구조가 정말 독특했다. 중정을 품고 하늘을 향해 양팔을 뻗은 것 같은 'ㄷ' 구조는 흔히 보지 못하는 모습이었다. 뿐만 아니라 중정 양옆으로 기다란 복도가 뻗어 있었다. 밖에서 봤을 때 최소 2층일 것 같았는데, 그저 층고가 엄청 높은 단층이었다.

그럼에도 실내는 조금도 어둡거나 음침하지 않았다. 천정이 없는 커다란 중정에서 폭포처럼 쏟아져 내리는 눈부신 햇살이 집 안 곳곳으로 퍼져 어둠을 몰아내고 있기 때문이었다.

눈이 휘둥그레진 매기가 탄성을 터트렸다.

「와아, 이게 다 뭐야. 이런 집은 또 처음 보네.」

찰리가 매기를 돌아보았다.

「더 재미있는 거 보여 줄까?」

찰리는 중정으로 나가는 커다란 유리문에 붙어 있는 패널로 손을 뻗었다. 여러 개의 버튼 중 하나를 꾹 눌렀다. 손가락으로 중정 위를 가리켰다.

「이 버튼을 누르면 저 위에 유리 돔 같은 것이 자동으로 닫혀. 저기 저 위에, 보이지?」

매기가 다시 한번 탄성을 터트렸다. 찰리가 어이없다는 듯 고개를 가로저었다.

「나도 여기 처음 왔을 때 엄청 놀랐어. 신기하기도 하고 뭐 이런 집이 다 있나 싶어서. 돈 많다고 돈 지랄하는 것도 아니고. 참 나.」

「그러게. 그런데 그 말은 세이린 요원이 할 말은 아닌 것 같은데.」

매기의 떨떠름한 말에 찰리가 '네?' 하고 반문했다. 매기가 고급 슈트를 쫙 빼입은 그를 아래위로 흘겨보았다.

「돈이라면 세이린 요원도 꽤 많은 것 같아서 말이야.」

「아, 내가 원래 슈트 핏이 좀 끝내줘. 부모님 덕분에 돈 걱정 없이 살 만큼의 돈도 좀 있고. 하지만 이 정도는 아니야. 이렇게 지으려면 돈이 엄청 들었을 텐데, 공간을 버리면서까지 왜 굳이 이렇게까지 지었는지 도저히 이해가 안 가.」

시우가 무덤덤한 음성으로 말했다.

「밖에 나갈 수 없는 다이아나를 위해서였겠죠. 여기 있으면 굳이 바깥에 나갈 필요가 없을 테니까요.」

「하긴, 여기에만 있으면 남들 눈에 안 띄고 산책이든 운동이든 광합성이든 마음껏 할 수는 있겠네요.」

주변을 살펴본 호정이 말했다.

「그리고 보니까 집에 계단도 없어요.」

아직 샅샅이 둘러보지는 않았지만 어디든 문턱 하나 없지 않을까 싶다. 휠체어 탄 사람이 마음껏 돌아다닐 수 있도록 말이다.

헨리가 호정의 말을 받아 시니컬하게 중얼거렸다.

「다이아나만을 위해서 이 큰 집을 이렇게 지었다니. 엠마가 그녀를 얼마나 끔찍하게 생각했었는지를 단적으로 보여 주는 예로군. 하긴, 그러니까 둘이 살인도 저지르고 다녔겠지만. 배다른 자매의 정이 눈물겹네.」

헨리를 힐끗 쳐다본 시우가 말했다.

「흩어져서 좀 더 살펴보도록 하죠. 나와 주호정 씨는 우측 복도로 가 보겠습니다.」

우측의 기다란 복도에는 세 개의 방문이 있었다. 첫 번째 방은 서재였고, 두 번째 방은 욕실, 가장 넓은 마지막 세 번째 방이 침실이었다.

첫 번째 방은 서재답게 책들이 정말 많았다. 책장으로 이루어진 벽이 기다란 책상을 사이에 두고 서로를 마주 보고 있었고 책장 안에는 온갖 책들이 빽빽하게 꽂혀 있었다. 법률 서적부터 역사, 기호학, 수학 등등 분야도 다양했다.

하지만 호정의 눈에는 그리 새롭지도, 놀라워 보이지도 않았다. 이 정도 규모의 서재라면 그녀도 익히 보아 오던 거니까. 정우, 시현의 서재나 시우의 서재에 비하면 솔직히 약과였다.

몇 가지 다른 점이 있다면, 책들이 거의 예전에 출간된 책들이라는 점과 오랫동안 사람의 손을 타지 않아 먼지가 앉아 있다는 정도였다.

개중에는 최근에 출간된 책들도 더러 눈에 띄긴 했다. 그것들은 모두 연극이나 영화 등에 관한 책이었다. 더스틴이 가져다 둔 책이 아닐까 싶었다.

어쨌든 시우의 분석대로, 고차원의 암호 체계를 만든 다이아나 역시 시우나 정우 아줌마 못지않은 천재가 맞긴 한가 보다. 서재의 모습이 거의 비슷한 것을 보면.

호정은 그 부분이 흥미로웠다. 천재들의 서재는 다 비슷하구나.

시우를 힐긋 돌아보았다. 그는 서재 중앙에 서서 양쪽의 책들을 흥미로운 눈빛으로 빠르게 훑어보고 있었다. 그러다 이내 흥미를 잃은 듯 시큰둥해졌다. 이 수많은 전공 서적들 중에 그의 흥미를 끌 만한 책은 한 권도 없는 모양이다.

그녀의 시선을 느낀 시우가 호정을 바라보았다. 호정이 얼른 손끝으로 책들을 가리켰다.

"혹시 여기에 있는 책 중에 단서가 될 만한 메모 같은 게 꽂혀 있진 않을까?"

찰리와 다른 요원들이 일차적으로 샅샅이 살펴봤다지만, 수많은 책들을 일일이 꺼내 보진 않았을 것이다. 그랬다면 이렇게 먼지가 쌓여 있지는 않았겠지.

시우가 어깨를 으쓱이며 다가왔다.

"한 번 살펴볼 필요는 있겠지. 하지만 나중에. 일단 집 안 전체를 다 살펴본 다음에. 가자, 누나."

그러면서 은근슬쩍 그녀의 어깨를 끌어안듯이 등 뒤로 팔을 둘렀다. 그러고는 알 수 없는 눈빛으로 그녀를 살피듯이 내려다보았다.

순간, 그녀의 심장이 제멋대로 콩닥 뛰어 버렸다.

아, 또 시작이다, 이시우. 부축을 빙자한 스킨십.

좋기는 한데 솔직히 조금 당황스러웠다. 심지어 얼마 전에는 실수로 안았다가도 제 풀에 놀라서 확 밀쳐 버리기도 했다.

확실히 트랭퀼런 산에서의 사고 이후 확 달라졌다. 그녀도 그녀지만 시우도 그녀에 대한 감정에 대해서 이른바 각성이라는 것을 한 모양이었다. 참 좋기는 한데, 때와 장소는 좀 가려 주면 좋겠다.

현장 조사까지 와서 이건 좀 아니지 않나. 이 집에 지금 우리 둘만 있는 것도 아니고, 당장 저 문을 열고 누가 들어올지도 모르는데 말이다.

호정은 문 너머의 기척을 살피며 어깨로 그의 단단한 가슴을 슬쩍 밀었다.

"왜 이래. 저리 가."

"왜?"

시우는 그녀의 어깨를 잡아 제 품에 더욱 꼭 끌어당겼다.

"으응, 하지 말라니까."

"뭘? 부축하는 건데. 아버지 말씀 못 들었어? 왼쪽 발에 무리 가지 않게 조심하라고 했잖아. 나한테 기대서 걸어. 그래야 조금이라도 왼발에 무리가 안 가지."

치, 핑계는.

속으로 헛웃음을 친 호정은 눈을 흘기며 양 손바닥으로 그의 가슴을 쭈욱 뒤로 밀었다.

"됐어. 이 정도 걷는 거로는 무리 안 가. 아저씨도 운동 삼아 적당히 걷는 건 괜찮다고 하셨어."

호정은 '그래도' 하면서 도로 다가와 어깨를 끌어안으려는 시우를 피해 얼른 걸음을 옮겼다. 절룩거리면서도 용케 그를 피해 문까지 갔다. 문손잡이를 잡고 뒤를 돌아보았다.

"뭐 해. 빨리 오지 않고."

그를 흉내 내며 한쪽 눈썹을 힐끗 추켜올렸다. 호정은 문을 활짝 열고 먼저 밖으로 나갔다. 몇 초 후, 등 뒤에서 큭, 하고 낮은 웃음소리가 들려왔다. 호정의 입가에도 설렘을 담은 잔잔한 미소가 걸렸다.

두 사람은 욕실을 살펴본 뒤, 맨 끝에 있는 침실로 향했다. 침실은 앞서 본 서재와 욕실을 모두 합쳐 놓은 것보다도 넓었다. 가장 먼저 눈에 띄는 것은 엄청난 크기의 더블 킹사이즈 침대와 한쪽 벽면을 차지하고 있는 대형 스크린이었다.

우아한 디자인의 앤티크한 서랍장이나 장식장 등과 달리 스크린은 최소 5, 6년 전쯤 된 모델인 것으로 보였다. 더스틴이 바꿨다는 것이 바로 이거였나 보다.

침실을 한 번 쓱 둘러본 시우는 침실 뒤편의 드레스 룸으로 향했다. 호정은 침실에 남아 주변을 좀 더 찬찬히 둘러보았다.

그러다 그것이 눈에 들어왔다. 장식장 뒤에 반쯤 가려져 있는 커다란 그림 액자. 한눈에 봐도 유화인 그림은 바닥에 비스듬히 세워져 있었다.

어? 저건…….

호정의 눈이 흠칫 커졌다가 작아졌다.

장식장에 가려 반밖에 보이지는 않지만 호정의 기억이 맞다면, 그림은 그녀가 익히 잘 알고 있는 고전 명화 중 하나였다.

자세히 보기 위해 가까이 다가간 호정은 잠시 고민하다가 그림을 장식장 밖으로 쭉 빼냈다. 완전히 빼 놓고 보니, 그림은 대형 스크린과 엇비슷할 만큼 컸다.

그림을 내려다보는 호정의 눈동자가 반짝였다. 그녀가 아는 그 작품이 맞았다.

그림 속에는 하늘을 나는 두 여신이 있었다. 한 여신은 횃불을 들고 있고 그 옆의 다른 여신은 한 손에는 칼, 다른 한 손에는 심판의 저울을 들고 있었다. 여신들 아래에는 두 명의 남자가 있었다. 한 명은 발가벗은 채 피 흘리고 죽어 있고 다른 남자는 발가벗은 남자를 죽이고 도망치는 살인자였다. 여신들은 살인자를 쫓고 있었다.

호정은 그림의 제목을 낮게 읊조렸다.

"죄악을 뒤쫓는 정의의 여신과 복수의 여신."

그녀는 하버드대학교 영문학도로서 4대 서양 서사시인 호머의 《오디세이》, 《일리아드》, 그리고 밀튼의 《실낙원》과 단테의 《신곡》을 수없이 읽고 공부했었다. 그때 책에서 저 그림을 봤었다.

그림이 실려 있던 책은 일리아드 자체에 대한 문학적 평론뿐 아니라 그 서사시가 다른 문화와 예술에 어떤 영향을 끼쳤는지에 대해서 자세히 소개하는 책이었다.

그중 영국의 대표적인 조각가이자 삽화가인 존 플랙스먼이 그린 일리아드의 삽화를 보고 프랑스의 어느 화가가 그렸다는 그림이 책 양면에 걸쳐 크게 실려 있었다. 바로 저 그림이었다.

비록 책에 실려 있는 화보였지만, 호정은 저 그림을 처음 봤을 때 한동안 시선을 떼지 못했다. 우아하면서도 비극적인 강렬한 색채가 그녀의 마음을 사로잡았었다.

화가 이름이 뭐였더라? 아, 푸뤼동!

풀 네임까지는 기억나지 않지만 푸뤼동이라는 19세기의 프랑스 화가였다는 건 확실하다.

다이아나와 엠마, 스스로들을 칼리와 데비라고 일컫었던 두 사람이 살았던 집에 정의의 여신과 복수의 여신을 주제로 한 그림이 있다니.

이게 과연 우연일까? 글쎄. 아닐 것 같다.

저 그림은 아마도 더스틴이 아니라 그녀들이 소장하고 있던 그림이 아닐까 싶다.

마른침을 꿀꺽 삼킨 호정은 그림에 좀 더 가까이 다가갔다. 책으로만 보던 작품의 모사품일지라도(진품은 루브르박물관이 소장하고 있으니 눈앞의 그림이 진품일 리는 없었다) 엄청난 크기의 그림으로 실체를 접하니, 새삼 감동이 밀려왔다. 손끝이 저릿할 만큼 가슴이 빠르게 뛰었다.

"후우. 진짜 강렬하네. ……푸뤼동의 죄악을 뒤쫓는 정의의 여신과 복수의 여신."

"재미있군."

바로 등 뒤에서 낮은 음성이 들려왔다.

그 음성을 듣는 순간, 호정은 그 목소리의 주인공이 시우라는 것을 바로 알아챘다. 그런데도 그녀는 소스라치게 놀라 뒤를 획 돌아보았다.

그와 눈이 마주쳤다.

순간 시우의 표정이 급격하게 굳었다. 표정도 묘하게 달라졌다. 긴장한 듯도 싶고, 안타까워하는 듯도 싶은 묘한 표정. 그가 뒤로 천천히 두어 걸음 물러났다.

"아, 또⋯⋯."

그는 알 수 없는 말을 신음처럼 흘렸다.

시우의 표정이 너무 극적으로 변해서 호정이 되레 더욱 놀라고 뻘쭘해졌다.

내가 너무 심하게 놀랐나?

그러고 보니 어깨는 빳빳하게 굳어 있고 손까지 바들바들 떨리고 있었다. 스스로 보기에도 깜짝 놀란 것치고는 상당히 격한 반응이었다. 그것도 상대가 다른 사람도 아니고 시우인데⋯⋯.

겸연쩍어진 호정은 괜히 한 번 눈을 흘기고는 아무렇지 않은 표정으로 고개를 바로 했다. 흠흠, 목을 가다듬고 말했다.

"뭐가 '아, 또'야. 몰래 와서 사람 놀라게 해 놓고선. 심장 떨어지는 줄 알았잖아. 그런데 네가 왜 더 충격 받은 표정이야. 남들이 보면 내가 너 놀라게 한 줄 알겠다."

갑작스레 찾아온 이상한 떨림은 다행히 금방 가라앉았다. 순간적으로 너무 놀라서 그랬나 보다. 호정은 아직도 저만치 떨어져 묘한 표정으로 서 있는 시우를 곁눈질로 쳐다보았다.

"됐으니까 그만하고 아까 하던 말이나 계속해 봐. 뭐가 재미있다는 거야?"

대답은 바로 돌아오지 않았다. 몇 초 후 돌아온 말은 다소 뜬금없었다.

"괜찮아?"

"뭐가?"

"⋯⋯아니야."

시우의 표정이 또 금세 달라졌다. 조금은 멍해진 듯한 표정이었다.

쟤가 요즘 왜 저러지? 감정 표현에 박한 이시우 답지 않게 요 며칠 표정 변화가 참 드라마틱하다. 어깨를 으쓱한 호정은 그의 팔을 잡아끌었다.

"엉뚱한 얘기 그만하고 빨리 얘기나 해 봐. 뭐가 재미있다는 거야?"

그럼에도 시우는 조금은 멍하고, 조금은 긴장한 듯한 묘한 표정으로 그녀를 한참 동안 바라보기만 했다. 눈매가 가늘어진다 싶더니 날카로운 눈빛으로 그녀의 머릿속을 해부하려는 듯 뚫어지게 응시하기도 했다.

그러더니 불현듯 어이없다는 듯 피식 웃으며 고개를 가로저었다. 마치 지상 최대의 불가사의한 난제라도 만난 것 같은 의아함과 호기심이 가득한 눈빛으로 그녀를 빤히 바라보면서.

어쨌든 그것으로서 서로 놀라고 놀란 해프닝은 마무리되었다. 평소의 이시우로 돌아간 그는 그녀의 질문에 한참이나 늦은 대답을 내놓았다.

"파우더 룸에도 그림 한 점이 걸려 있는데 그건 디케거든. 가에타노 간돌피가 그린 '정의의 여신의 우의화'라는 작품. 그것 역시 이것처럼 정교한 모사품이긴 하지만."

'그래?' 하며 미간을 찌푸린 호정이 진지한 눈빛으로 눈앞의 그림을 내려다보았다.

"복수의 여신인 네메시스와 정의와 율법의 여신인 테미스, 거

기다 테미스의 딸이자 정의의 여신인 디케까지……. 자신들이 에페타 킬러로 살인을 한 행위들이 모두 정당했다고 말하고 싶었던 걸까?"

"일종의 자기 세뇌였겠지. 파우더 룸의 디케는 화장대 바로 뒤편에 걸렸어. 의자에 앉으면 거울을 통해서 그림이 정확히 보이는 위치에 걸려 있지. 그것도 정확히 우측 어깨 부근에 걸리도록."

"우측 어깨 부근?"

"그래야 거울 속의 디케가 앉아 있는 사람을 외면하지 않고 바라보게 되거든."

시우는 눈앞의 그림에서 시선을 돌려 그림이 걸려 있었을 것으로 추정되는 대형 스크린과 저쪽 뒤편의 침대를 차례대로 쳐다보았다.

"더스틴 브라헤는 자신이 이 집에서 손 댄 것을 언급하면서 침대가 아니라 매트리스만 교체했다고만 말했어. 그렇다면 다이아나와 엠마도 바로 저 침대를 사용했을 거야."

"오래되어 보이기는 한다. 서랍장이나 장식장하고도 분위기가 어울리기도 하고. 그런데 위치도 저기였을까?"

시우는 고개를 끄덕였다.

"저 정도 크기와 무게의 바디를 옮겼다면 어떤 식으로든 바닥에 긁힌 자국이 남아 있어야 하는데, 바닥에는 무거운 걸 끌었을 때 생길 만한 스크래치가 하나도 없어."

하긴, 그녀 같아도 저 침대를 함부로 옮길 생각은 하지 않을 것 같았다. 시우 말대로 엄청난 크기와 무게도 문제겠지만, 최고의 물푸레나무로 제작된 저 정교한 조각품 같은 침대가 저기에 있어 줌으로 너른 방 안의 분위기가 딱 잡힌다.

침대의 한쪽 라인에는 운신이 불편한 사람들을 위한 가이드 봉도 설치되어 있었다. 하반신 불구인 다이아나를 위해 특별 제작된 것이 아닐까 싶었다.

"두 사람은 매일 밤 잠들기 전까지 이 그림을 바라보며 잠들었을 거야. 다음 날 깨어나서 가장 먼저 보게 되는 것도 당연히 이 그림이었을 테고 말이야."

그리고 그들은 씻으러 가거나 치장하고 옷을 갈아입으러 갈 때에는 네메시스와 데미스 대신 디케와 만났다. 욕실이나 드레스 룸을 가려면 디케가 걸려 있는 파우더 룸을 반드시 지나쳐야만 하니까.

복수와 정의의 여신들에게 둘러싸여 살았다고 해도 과언이 아닐 터였다.

고개를 끄덕인 호정이 무거운 목소리로 말했다.

"그만큼 에페타 킬러라는 이름으로 자신들이 저질렀던 살인에 대한 정당성이나 당위성을 부여하는 일에 강한 집착, 일종의 강박증을 가지고 있었다고 봐야겠네."

"그만큼 죄책감에 시달렸다는 반증이기도 해. 죄책감이 없었다면 역으로 강박증에 시달릴 일도 없었을 테니까."

한동안 말없이 서로를 바라보던 두 사람은 반대편 복도도 가 보기로 했다.

호정은 침실을 나서며 '죄악을 뒤쫓는 정의의 여신과 복수의 여신'을 다시 한번 돌아보았다. 아주 잠깐, 그녀의 고개가 갸웃

기울어지며 미간이 미세하게 찌푸려졌다.

반대편에는 3분의 2가 주방이고 방은 하나밖에 없었다. 그나마 하나뿐인 방도 서재에 다 꽂지 못한 책들만 잔뜩 쌓여 있는 작은 창고 같은 모습이었다. 중정도 샅샅이 살펴봤지만, 저택에선 더 이상의 단서나 새로운 사실은 발견되지 않았다.

다이아나의 행방은 여전히 오리무중이었다.

암호문의 문구처럼 그녀는 존재하나 존재하지 않는 신기루 같았다. 빠른 속도로 진실에 근접해 가던 수사가 다이아나가 사라진 뉴욕에서 더 이상 나아가지 못하고 브레이크에 걸려 버렸다.

현재로선 NYPD와 연계해 지금 이 시간에도 끈질기게 진행되고 있는 엠마 주변과 테너플라이 탐문 수사에 기대를 걸어 보는 수밖에 없었다.

그동안 시우는 엠마 브라헤와 이든 리 알랜의 자살 사건을 좀 더 집중적으로 파헤쳐 보기로 했다.

저택을 나서는 길. 호정은 자꾸 뒤를 돌아보았다. 무언가가 그녀의 신경을 잡아챘다. 그러나 그것이 무엇인지는 자신도 알 수 없었다.

무언가를 꺼림칙해 하는 호정의 표정에 시우가 나지막이 물었다.

"왜? 마음에 걸리는 거라도 있어?"

"어?"

흠칫 놀라 시선을 들어 그를 바라본 호정은 잠시 머뭇거렸다. 그러나 이내 피식 웃으며 고개를 가로저었다.

"아니야, 아무것도. 가자."

그녀 자신도 모르는 무언가를 설명할 수는 없었다. 호정은 나중에 시간을 두고 찬찬히 고민해 보자고만 생각했다.

뉴욕지부 사무실로 향하는 차 안. 시우와 호정은 잠시 짬을 내어 정우에게 전화를 걸었다. 시우는 법원이 민수의 보석 신청을 받아들였는지부터 물어보았다.

스피커폰을 통해 정우의 무거운 한숨 소리가 흘러나왔다.

─……후우. 아니.

"기각 사유는요?"

─법원이 기각한 게 아니라 민수가…… 거부했어.

심지어 민수는 자신이 고용한 게 아니라며 변호사의 접견도 거부하고 해고까지 시켜 버렸다고 했다.

시우가 낙담한 어머니를 달랬다.

"그 정도는 어머니도 예상하고 있던 일이었잖아요. 문제는 차민수 씨가 어머니, 아버지의 도움을 왜 완강하게 거절하는지, 왜 저지르지도 않은 죄를 뒤집어쓰려고 하는지에 대한 답을 찾는 겁니다. 혹시 짐작 가는 거 없으세요?"

─그게…….

정우의 음성이 더욱 침중해졌다.

─유전자 검사 결과가 나왔어. 그런데…… 후우. 아무래도 민수가 그러는 이유가 그것 때문이 아닐까 싶구나.

"결과가 어떤데요?"

—그게…… 우리가 예상했던 것과는 완전히 달라.

"차민수 씨와 피해자가 남매일지도 모른다고 했던 거요?"

정우와 시현, 시우와 호정은 물론 NYPD 역시 그런 의심 혹은 예상을 하고 있었다.

모두가 그렇게 예상하는 이유는 간단했다. 첫째는, 민수가 소지하고 있던 휴대폰과 호텔에서 압수된 노트북으로 그간 그의 행적이 어이없을 만큼 쉽게 밝혀졌기 때문이었다.

민수는 한국에 있을 때부터 지난 1년간 미국의 제임스 하디라는 탐정에게 의뢰해 피해자인 차지수를 찾았다. 1994년 주한 미군이었던 케네스라는 미국인과 결혼해 도미한 1974년생의 차지수라는 한국 여자를.

민수의 이메일에는 그동안 탐정과 주고받은 메일이 한 장도 빠짐없이 모두 보존되어 있었다. 제임스 하디를 굳이 소환해서 참고인 조사를 할 필요도 없을 만큼 그들이 주고받은 메일 내용은 매우 구체적이었다.

제임스 하디는 4개월간의 수소문 끝에 민수가 의뢰한 차지수라는 한국 여자를 찾았지만, 그녀는 이미 케네스 마클과 이혼한 후 잠적을 감춘 상태였다. 두 사람의 결혼은 3년 남짓으로 매우 짧았다.

메일에는 두 사람의 이혼 사유에 대해 이렇게 적혀 있었다.

케네스 마클을 직접 만나 이야기를 들어 본 바에 따르면, 차지수가 사창가에 있을 때의 버릇을 못 고치고 여러 남자와 바람을 피우고 다녔기 때문이라고 함.

그러나 주변인들의 증언에 따르면, 케네스 마클의 폭력에 견디다 못한 그녀가 도망친 것이라는 의견이 지배적임.

참고:케네스 마클은 차지수와의 이혼 후 2개월 만에 현재의 부인과 재혼하였으며, 차지수의 행방에 대해서는 전혀 아는 바가 없음. 차지수의 행방은 계속 추적 중.

그 후, 탐정이 드디어 차지수의 행방을 찾은 것 같다는 메일을 그에게 보내온 것은 민수가 미국으로 여행 오기 딱 15일 전이었다.

차지수가 뉴욕에 거주 중인 것이 확인됨. 그러나 주거지가 불분명하여 최종 주거지는 미확인. 그러나 곧 좋은 소식이 있을 것으로 사료됨.

그때부터 민수는 부랴부랴 ESTA 단기 여행 비자를 신청하고 연차, 월차를 모두 긁어모아 재단에 휴가 신청을 낸 것으로 확인되었다.

그가 처음에는 뉴욕행 티켓을 끊었다가 며칠 뒤에 취소하고 버지니아행 티켓을 발급받았다는 사실도 밝혀졌다.

NYPD는 그 이유가 탐정에게 받은 문자 메시지 때문이라고 확신하고 있었다.

〈차지수의 행방을 또 놓쳤습니다. 미안합니다. 하지만 실마리를 잡고 있으니 머지않아 다시 찾을 수 있을 겁니다. 그래도 최소 일주일 정도의 시간은 더 필요한데 어쩌죠? 미국에는 언제 들어옵니까?〉

하지만 NYPD는 민수가 왜 첫 번째 행선지로 버지니아를 선택했는지, 그 이유까지는 알지 못했다.

마지막 문자 메시지를 보낸 후 며칠 뒤 탐정이 민수에게 전화를 걸었고, 민수는 통화를 끝낸 후 몇 시간 뒤에 LA에서 뉴욕으로 날아갔다.

그리고 그날 밤 새벽, 사건이 벌어졌다.

때문에 NYPD는 그 사건이 우발적인 범행이 아니라 오랜 기간 치밀하게 계획된 범행이라고 확신했다.

또한 민수가 묵비권을 행사하고 있기 때문에 정확한 동기까지는 밝혀내지 못했지만, NYPD는 두 사람이 남매 관계일 거라고도 확신하고 있었다.

두 사람이 '차' 씨라는 동일한 성을 가지고 있으며, 둘 다 고아였고 상당히 닮은 외모에 열세 살이라는 나이 차이가 났기 때문이었다.

물론 정우와 시현, 시우와 호정도 그 점만은 NYPD의 예상과 대동소이했다. 민수가 범인이라는 데에는 동의할 수 없지만, 모든 정황을 살펴봤을 때 두 사람이 남매 사이일 거라는 것이 가장 합리적인 추론이었다.

그런데 유전자 검사 결과가 모두의 예상과 전혀 다르게 나왔다고?

의아함에 시우와 호정의 고개가 동시에 갸웃거려졌다.

스피커폰을 통해 정우의 무거운 음성이 흘러나왔다.

—그게…… 두 사람이 모자(母子) 사이라는구나.

시우는 미간을 찌푸렸고 호정이 놀라 소리쳤다.

"네? 그게 무슨 말씀이세요. 모자 사이라니요? 두 사람의 나이 차이가 겨우 열세 살밖에 나지 않는데……."

—우리도 처음에는 믿을 수 없었어. NYPD도 마찬가지였고. 그래서 과학수사대에서 재검까지 실시했다는데…… DNA검사 결과 대립 유전자 불일치 유전자가 하나도 없이 99.99%가 일치한다는구나.

"마, 말도 안 돼……. 어떻게 열넷에 출산을……!"

그렇다면 누군가 그 어린애한테…….

순간, 칼날처럼 예리한 무언가가 그녀의 뇌리를 사납게 관통했다. 호정의 낯빛이 비정상적으로 창백하게 얼어붙었다.

그녀 스스로 자신이 뻣뻣하게 굳어가는 것을 인지했다.

그런데 왜?

방금 들은 정우의 이야기가 충격적인 것은 분명하지만 호정은 자신이 왜 이러는지, 그 이유를 알지 못했다.

그러나 한 가지는 확실했다.

오랫동안 잊고 있었던 저 심연 속의 어두운 공포가 불쑥 고개를 쳐들었다는 것만은.

"누나, 누나!"

바로 앞에서 소리쳐 부르는 시우의 음성마저 이명처럼 아득하게 들렸다.

끼이이익!

차체가 크게 흔들린다 싶더니, 달리던 차가 멈춰 섰다. 스피커폰으로 정우의 외침이 터져 나왔다.

—무슨 일이야! 시우야, 왜 그래. 호정아!

순간, 호정의 양어깨가 우악스러울 만큼 강한 손길에 단단히 틀어 잡혔다.

무서우리만큼 차갑게 굳은 시우의 얼굴이 바로 코앞까지 다가왔다. 그의 붉은 입술이 달싹거렸다.

"나 봐. 주호정, 정신 차리고 내 눈을 똑바로 보라고, 어서!"

"시, 시우야……."

'나 이상해. 나 왜 이래?' 라고 말하고 싶은데 말이 나오지 않았다.

어깨를 움켜잡고 있던 커다란 손이 그녀의 얼굴을 단단히 부여잡았다. 모든 것을 꿰뚫어 보는 것 같은 아름답고 날카로운 갈색 눈동자가 그녀의 흔들리는 동공을 단단히 움켜잡았다.

그가 다시 악다문 잇새 사이로 낮게 소리쳤다.

"괜찮아. 누나는 안전해."

"으…… 으."

"눈 감지 마."

"어…… 어."

"날 봐. 내 눈 똑바로 보고 말해 봐. 내가 누구야."

"……시우."

"그래, 나야, 이시우."

그가 바들바들 떨리는 호정의 손을 강하게 움켜잡고 그녀의 눈높이로 들어 올렸다. 호정의 초점 잃은 눈동자가 자신의 손을 틀어쥐고 있는 길고 하얀 손가락으로 향했다.

시우의 손.

그제야 멍하니 잡혀만 있던 그녀의 손가락들이 꿈틀, 움직였다. 자유 의지를 가진 양 손가락들이 꿈틀거리며 길고 하얀 손가락을 그러잡았다. 그러고는 점점 힘을 주어 움켜잡았다.

시우의 눈동자가 반짝였다.

"그래, 그렇게 잡는 거야."

"어……."

"절대로 놓지 마. 난 무슨 일이 있어도 절대 안 놓을 거니까."

그렇게 얼마나 있었을까.

단단히 얽힌 엉겅퀴처럼 서로를 꽉 마주 잡은 손과 시우를 번갈아 보는 호정의 떨리던 눈동자가 차츰차츰 진정되어 갔다.

4장

시우와 호정은 뉴욕지부 사무실로 돌아가지 않았다.

시우는 헨리에게 전화를 걸어 혼자 서류들을 검토해 봐야겠다는 말로 양해를 구하고 호텔로 향했다.

호텔에는 정우와 시현이 두 사람을 기다리고 있었다. 정우가 호정을 의자에 앉히며 다정하게 물었다.

"괜찮니?"

호정은 갑작스러웠던 이상 증상만큼이나 빠르게 진정을 되찾았다. 그녀는 괜한 걱정을 끼친 것 같아 시선을 내리깔고 잦아드는 음성으로 대답했다.

"네, 전 괜찮아요."

"갑자기 어떤 차가 앞에 끼어드는 바람에 누나가 많이 놀랐어요."

시우가 어른들이 묻지도 않은 질문에 뻔한 거짓말로 대답했다. 허공에서 정우와 시현, 시우의 시선이 조용히 마주쳤다. 시현이 먼저 입을 열었다.

"그랬구나. 다친 곳은 없고?"

"네."

"됐다, 그럼."

시우의 어깨를 툭툭 두드린 시현이 호정의 앞에 한쪽 무릎을 꿇고 앉았다. 깜짝 놀란 호정이 '아저씨!' 하며 일어나려고 하자 자상하게 웃으며 그녀를 도로 앉혔다.

"다친 발목 좀 보려고 그래. 앉아 있어."

"저 괜찮다니까요, 아저씨."

"놀라면 근육들이 자동으로 수축해서 다친 인대에까지 영향을 미쳤을 수도 있어. 정형외과가 아저씨 전공은 아니어도 이 정도쯤은 충분히 볼 수 있으니까 잠깐만 보자꾸나."

시현은 세운 한쪽 무릎에 호정의 다친 왼발을 올리고 압박 붕대를 풀었다. 멍과 붓기가 아직 완전히 빠지지 않은 발목을 유심히 살피고 조심스럽게 원을 그리며 돌려 보았다.

순간 발목에 찌릿한 통증이 일었다. 호정의 미간이 저절로 살짝 구겨졌다. 시현이 혀를 쯧쯧, 찼다.

"이럴 줄 알았어. 아무래도 무리가 많이 간 모양인데. 안 되겠다, 호정아. 너는 당분간 탐문 조사에서 빠지고 쉬는 게 좋겠다."

흠칫 놀란 호정이 얼른 고개를 가로저었다.

"아니에요, 아저씨. 저 정말 괜찮……."

"호정아."

부드럽고 자상하지만 결코 거부할 수 없는 나직한 음성에 호정은 입술을 말아 물고 고개를 숙였다.

"……네."

"사건에서 아예 빠지라는 게 아니야. 며칠만 쉬라는 거지. 오래 쉬라고도 안 해. 이삼일만 여유를 갖고 좀 쉬자. 서류 검토는 호텔에서도 충분히 할 수 있잖니?"

정우도 옆에서 거들었다.

"그래, 호정아. 이 다리로 계속 걸어 다니는 건 무리야. 아저씨 말씀대로 며칠만 우리랑 같이 쉬자, 응?"

정우는 뒤에 서 있는 시우를 돌아보았다.

"그래도 되지?"

두 분이 어떤 마음으로 저리 말씀하시는지를 알기에 시우는 기꺼이 고개를 끄덕였다.

"네."

그는 호정에게로 시선을 내렸다.

"누나. 부모님 말씀대로 해. 어차피 당분간 우리는 내부에서 이전 사건 보고서나 탐문 수사 보고서들 검토하고 분석하는 것 외에는 크게 할 일도 없어. 그렇게 하자."

그리고 진심을 다해 마지막 말을 던졌다. 그녀가 도저히 거절할 수 없는 강력한 한마디.

"내가 이렇게 부탁할게."

결국 호정은 고개를 끄덕일 수밖에 없었다.

시우는 자신보다 더욱 큰 심적 안정을 줄 수 있는 부모님께 그녀를 부탁하고 호텔을 나섰다.

수갑을 차고 방에 들어서던 민수는 탁자에 비스듬히 기대어 서 있는 커다란 남자의 뒷모습을 보고는 흠칫 놀라 걸음을 멈췄다. 경찰이 그런 민수의 등을 툭 밀어 방으로 들여보냈다.

민수는 경찰의 투박한 손길에 어깨가 짓눌려 강제로 의자에 앉혀졌다. 그럼에도 남자는 민수를 돌아보지 않았다.

좁은 방 안에 감도는 긴장감에 숨이 막혀 올 무렵, 비로소 남자가 고개만 틀어 민수를 돌아보았다.

민수의 눈이 부릅떠졌다.

이시우?

민수는 그가 자신을 찾아오리라고는 전혀 생각지 못했었다. 당혹감과 함께 어쩔 수 없는 수치심이 밀려왔다. 민수의 고개가 아래로 푹 떨어졌다.

시우는 천천히 돌아서 그의 맞은편 의자에 앉았다.

기다란 탁자를 사이에 두고 마주 앉은 두 남자는 그대로 한동안 아무 말이 없었다.

시우는 감정이 깃들지 않은 서늘한 눈빛으로 고개를 숙이고 있는 그의 머리만 조용히 응시했다.

결국 견디다 못한 민수가 자리에서 벌떡 일어났다.

"도, 돌아가요. 난 그쪽한테 할 말이 없습니다."

순간 시우의 입에서 서릿발 같은 차가운 음성이 흘러나왔다.

"수치심 때문입니까, 아니면 두려움 때문입니까."

무형의 회초리라도 맞은 듯 민수의 전신이 움찔, 떨렸다. 그런 민수의 등 뒤로 채찍 같은 시우의 차가운 음성이 연이어 떨어졌다.

"아니면 둘 다입니까."

민수는 부릅떠진 눈을 깜박이며 마른침만 삼켰다.

"그렇다면 차민수 씨는 내가 생각하는 것보다 훨씬 더 어리석고 비겁한 겁쟁이로군요."

민수는 꼼짝 않고 선 채 수갑이 채워진 제 손만 뚫어지게 내려다보았다. 시우의 말은 계속 이어졌다.

"나는 차민수 씨가 어떤 사람인지 잘 모릅니다. 때문에 나는 당신이 어떤 삶을 어떻게 살아왔는지 알지 못합니다. 솔직히 알고 싶지도 않습니다. 하지만 적어도 차민수 씨가 힘들게 찾은 생모를 스물일곱 번이나 칼로 찔러 죽일 만큼 잔인하고 악한 사람은 아닐 거라고 믿습니다."

'생모'라는 단어에 민수의 두 눈이 질끈 감겼다. 그는 아랫입술을 찢어져라 으득 깨물고 속으로 외쳤다.

왜? 어떻게? 당신이 나에 대해서 뭘 안다고…….

그러나 그 말은 소리가 되어 나오지 못했다. 그런데 그의 내면에서만 메아리치는 외침을 어떻게 알았는지, 시우가 '왜?'라는 질문에 바로 대답해 주었다.

"내가 믿고 사랑하는 사람들이 차민수 씨, 당신을 믿기 때문입니다."

민수의 고개가 더욱 밑으로 숙여졌다.

안다. 지금 이시우가 말하는 '그들'이 누구인지, 그들이 자신을 얼마나 믿어 주는지. 그래서 민수는 더욱 죄스럽고 서러 웠다. 그래서 더욱 고통스러웠다. 이런 상황에서도 자신을 믿어 주는 사람들이 바로 그들이라서.

차라리 그들이 자신을 끔찍하다고 외면하고 버려 줬으면 좋 겠다. 그럼 마음의 고통이 조금은 덜할지도 모르는데. 그렇다면 눈앞에서 죽어 간 가엾은 어미의 죽음을 마음껏 분노하고, 애통 해할 수 있을지도 모르는데. 그럼 어떻게든 누명을 벗기 위해 발버둥 쳤을지도…….

하지만 지금은 도저히 그럴 수가 없었다.

평생을 짓밟혀 살아온 불쌍하고 가여운 어미를 낄낄거리며 잔인하게 죽인 악마 같은 놈! 그놈을 잡는 것보다 혹여 이번 일 로 그들에게 제 마지막 진실까지 밝혀지지는 않을까. 그것이 더 욱 두려웠다.

안 돼! 그것만은 절대로……!

그렇게 되느니 차라리 이대로 친족 살인의 누명을 쓰고 평생 감방에서 썩는 것이 낫다. 아니, 차라리 죽어 버리는 것이 낫겠 다.

때문에 민수는 어떤 말도 할 수가 없었다. 부들부들 떨리던 민수의 창백한 얼굴이 다시 결심이 선 듯 딱딱하게 굳어 갔다.

시우의 눈매가 가로로 길게 가늘어졌다. 그는 혼잣말처럼 낮 은 음성을 잇새로 흘려보냈다.

"생각했던 것보다 훨씬 더 어리석군."

민수는 시우가 뭐라고 하든 상관없었다. 자신은 이미 결정을 내렸고 결코 변하지 않을 터였다. 그는 두 눈을 질끈 감은 채 문을 향해 몸을 돌리려고 했다.

그런데 그 전에 시우의 채찍 같은 음성이 또다시 민수의 등을 후려치듯 날아왔다.

"당신이 이대로 입 다물고 형을 받으면 모든 비밀이 영원히 묻힐 수 있을 거라고 생각합니까?"

순간 딱딱하게 굳어 있던 민수의 얼굴에 균열이 생겼다. 굳은 근육들이 제멋대로 꿈틀거리며 경련을 일으켰다.

모든 비밀?

이번에는 '모든'이라는 말에 심장이 바닥으로 곤두박질쳤다.

'모든'이라니…… '모든'이라니!'

이시우는 대체 뭘, 어디까지 알기에 저딴 말을 지껄이는 걸까. 민수는 불안했다. 두려웠다. 두꺼운 눈꺼풀 안의 눈동자가 겁에 질려 무섭게 흔들렸다.

일순 시우의 눈매가 한층 더 날카로워졌다. 자신의 한마디에 기겁해서 떠는 그의 두려움이 손에 잡힐 듯 훤히 다 읽혔기 때문이었다.

역시 아직 밝혀지지 않은 무언가가 더 있군.

지금쯤이면 차민수도 NYPD가 자신의 행적과 차지수와 자신의 관계를 모두 알아냈고, 정우와 시현 역시 변호사를 통해 그 사실을 통보받았다는 것을 알고 있을 터였다.

그런데도 그는 여전히 묵비권을 행사하며 정우와 시현의 도움을 철저히 거부하고 있다. 그것이 민수가 품고 있던 비밀의 전부라면, 그것이 모두 밝혀진 이상 더 이상은 감출 이유도, 명분도 없어졌는데 말이다.

그것은 결코 일반적이거나 정상적인 반응이 아니었다.

지금껏 밝혀진 것 이상으로 세상에 알려지면 안 되는 더 충격적인 무언가가 남아 있는 것이 틀림없었다.

겨우 찾은 어미를 자신의 눈앞에서 난자한 살인범을 잡는 것보다, 그 죄를 자신이 뒤집어쓰고 형벌을 살게 된다고 할지라도 반드시 감추고 지켜야만 하는 그 무언가.

그것이 과연 무엇일까.

궁금하긴 하지만 사실 지금 중요한 건 그것이 아니었다. 자신이 부모님을 대신해 이곳에 온 목적. 시우는 오직 그것만을 생각하기로 했다. 그의 눈빛이 여느 때보다 한층 더 매섭고 날카로워졌다.

"차민수 씨, 당신은 여덟 살에 의정부 한빛 고아원에 맡겨지기 전까지 의정부의 한 사창가에서 자랐습니다. 그곳에서 당신을 키운 사람은 그곳 사창가의 매춘부이자, 당신의 생모이며 이번에 살해당한 차지수 씨입니다."

시우는 NYPD가 밝혀낸 사실들과 부모님한테 들었던 이야기들을 부러 더 냉정하고 잔인하게 이야기했다.

"그녀는 사고무친의 고아였으며 열넷의 어린 나이에 출산을 했을 만큼 그녀의 삶은 충분히 끔찍하고 비참했습니다. 그럼에도 그녀는 사창가에서 어린 아들을 키웠습니다. 적어도 매춘부인 자신을 사랑하고 결혼까지 해 주겠다는 남자를 만나기 전까지는 말입니다. 결국 그녀는 지옥에서 탈출하기 위해 어린 아들을 고아원에 버렸습니다."

민수의 호흡이 조금씩 거칠어지기 시작했다. 불끈 움켜쥔 주먹이 부들부들 떨렸다. 그럼에도 그는 시우에게 말려들지 않기 위해서 악착같이 버텼다.

그 모습이 안쓰러워 보일 법도 했지만 시우는 가차 없었다.

"그 후 22년이라는 세월이 지났습니다. 고아원에 버려진 어린 아들은 장성해 어른이 됐죠. 그것이 2016년, 작년이었습니다. 어른이 된 아들, 즉 차민수 씨는 그때부터 자신을 버리고 간 생모를 은밀하게 찾기 시작했습니다."

민수가 1년간 탐정에게 지불한 금액만 해도 5천만 원이 넘었다. 연봉의 대부분을 생모를 찾는 데 쓴 셈이었다. 그러다 마침내 지난달, 탐정인 제임스 하디로부터 차지수의 행방을 찾았다는 메일을 받았다.

"그 직후부터 사건이 발생한 3일 전 새벽까지의 일은 굳이 말할 필요가 없겠죠."

시우는 부러 잠시 뜸을 들였다가 냉정하게 말을 이었다.

"이 비밀이 밝혀지는 데에는 결코 오랜 시간이 걸리지 않았습니다. 고작 이틀이면 충분했죠."

시우는 민수의 주의를 환기시키기 위해서 그의 이름을 냉정하게 불렀다.

"차민수 씨."

민수의 목울대가 크게 위아래로 오르내렸다.

"내가 왜 굳이 당신한테 이런 말을 하는지, 그 이유를 알겠습니까?"

민수는 하얗게 질린 얼굴로 바들바들 떨면서도 여전히 고집스레 입을 꽉 다물고 미동조차 하지 않았다.

톡톡톡.

의자에 기대어 몸을 비스듬히 기울인 시우는 손끝으로 탁자를 정확히 세 번 두드렸다. 그러곤 천천히 시선을 들어 민수를 차갑게 응시했다.

"당신이 그토록 찾아 헤맨 어머니가 눈앞에서 살해를 당했음에도 그 누명을 기꺼이 뒤집어쓰고 묵비권을 행사하게 만들 만큼 당신이 최후까지 지키고자 하는 그 마지막 비밀. 그것이 밝혀지는 데에도 결코 오랜 시간이 걸리지 않으리란 것을 알려 주기 위해서입니다."

민수의 전신이 다시 한번 경련했다. 그럼에도 그는 여전히 이를 악물고 버텼다. 급기야 억센 이에 짓눌린 여린 살갗이 두두둑, 찢어졌다. 허옇게 튼 그의 입술은 금세 붉은 피로 물들었다.

그러나 시우는 여전히 냉정하고 여유로웠다. 그의 입가에는 옅은 미소까지 어렸다.

"'그런 건 없다'라고 말하고 싶겠죠. 하지만 과연 그럴까요?"

"……."

"아니면 혹시 당신이 입을 다물고 있는 한 그것만은 절대로 밝혀질 리 없다고 생각하는 겁니까?"

시우는 피식, 웃으며 고개를 끄덕였다.

"물론 끝까지 침묵한 채 죄를 뒤집어쓴다면 당신이 생각하는 대로 될 수도 있습니다. 정황과 증거가 확실한 만큼 NYPD는 더 이상의 수사를 하지 않을 겁니다. 수사를 한다고 해도 그들의 능력으로는 진실을 밝혀낸다는 것 자체가 불가능하기도 할 테고요."

바로 다음 순간, 시우의 입가에 그나마 옅게 어려 있던 미소가 싹 사라졌다. 강조하듯 한 글자씩 끊어 내뱉는 그의 음성이 소름 끼치도록 나지막해졌다.

"하지만 나는 다릅니다."

그 한마디에 떠질 줄 모르던 민수의 눈이 번쩍 떠졌다. 그의 부릅떠진 눈 꼬리가 바르르 떨렸다.

시우의 음성이 더욱 낮아졌다. 낮아진 만큼 더욱 냉혹해진 음성으로 시우가 말했다.

"나는 당신이 이 자리에서 혀 깨물고 죽는다고 해도 당신만이 알고 있는 그 마지막 비밀을 알아낼 능력도, 자신도 있습니다. 내가 못 할 것 같습니까?"

안 그래도 창백한 민수의 얼굴이 하얗게 질려 갔다. 민수는 간신히 입술을 달싹거렸다.

"무, 무슨 말을 하는 겁니까. 마, 마지막 비, 비밀 따위는 없습니다. 헛소리 집어치워요!"

"과연 그럴까요? 그건 두고 보면 알겠죠."

"도, 도대체 왜…… 나한테 왜 이러는 겁니까."

"나는 우리 부모님과는 다른 사람입니다. 당연히 주호석 씨나 주호정 씨와는 더욱 다르죠. 나는 그들보다 뛰어난 것을 가지고 있지만 그들은 내가 가지고 있지 않은 것을 가지고 있습니다. 내가 머리로 이해하고 학습해야 할 것들을 그들은 기본적으로 가슴에 품고 있습니다. 그것은 내가 감히 흉내조차 낼 수 없는 특별하고 위대한 겁니다."

이건 또 갑자기 무슨 소리인가. 민수는 시우의 흐름을 따라가기 버겁고 혼란스러웠다. 그는 이제 그만 이 방에서 나가고 싶었다. 이시우의 말 따위, 더 이상은 듣고 싶지 않았다. 그러나 그조차도 쉽지 않았다. 민수는 그의 말이 끝날 때까지 무형의 사슬에 갇힌 듯 꼼짝도 할 수 없었다.

시우의 붉은 입술이 다시 움직였다.

"그래서 나는 그들을 사랑하고 존경합니다."

시우는 부모님과 호정, 호석을 통해서 머리가 아닌 가슴으로 타인과 교감하는 법을 배웠다. 물론 아직도 그는 타인의 감정을 머리로 이해하고 분석할 때가 많다. 그조차도 귀찮아서 생략해 버리는 경우가 대부분이긴 하지만.

그때마다 그를 깨우쳐 주는 것이 바로 그들이었다. 그에게도 뜨거운 가슴이 있다는 사실을 매 순간 일깨워 주는 유일한 존재들. 그에게 그들은 한 사람, 한 사람이 모두 절대적인 의미였다.

"그런데 그들 모두 당신의 과거에 가슴 아파하며 당신의 현재와 미래를 진심으로 염려하고 있습니다. 만약 차민수 씨가 이대로 그들의 도움을 거부하고 생모를 죽인 죄를 뒤집어쓴다면, 그들은 지금보다 더 가슴 아파하며 슬퍼할 겁니다. 난 그들이 눈물 흘리는 것이 싫습니다."

시우는 이제껏 눈물을 흘려 본 적이 없다. 감정은 그들을 통해 익히고 배우며 깨우쳤지만, 희로애락에 의한 눈물은 아직 단한 번도 흘려 본 적이 없다. 그래서 시우에게 그들의 눈물은 신기하면서도 가장 아름다운 것이었고, 동시에 아프고 싫은 것이기도 했다.

"그것이 내가 여기까지 당신을 만나러 온 이유입니다. 당신을 빼내기 위해서. 아니, 부모님의 도움을 받아들이게 하기 위해서. 그런데 당신이 내 제안마저 거절한다면, 할 수 없죠. 차민수 씨가 목숨처럼 지키고자 하는 비밀을 이용하는 수밖에. 그것으로 결정을 번복시키든가 아니면 아예 터트려 버리든가."

시우의 입가에 다시 옅은 미소가 지어졌다. 그것은 소름 끼치도록 잔인한 미소였다.

"그럼 적어도 내가 사랑하고 존경하는 그들이 당신 때문에 눈물까지는 흘리지 않을 것 같은데…… 차민수 씨 생각은 어떻습니까."

헉! 경악한 민수는 한순간 숨도 쉬지 못했다. 일찍이 경험한 적 없는 공포가 그를 덮쳤다.

시우의 나직한 말은 계속 이어졌다.

"그것이 내가 그들을 사랑하는 방법이고, 사랑하는 그들을 지키는 나의 방식입니다."

"다, 단지 그 때문이라고? 당신이 사랑하는 이들이 나 때문에 가슴 아파하고 눈물 흘리는 것이 싫어서……. 그, 그게 여기까지 날 찾아와서 마, 마지막 비밀이니 뭐니 하면서 협박하는 이유의 전부다, 이 말입니까?"

부들부들 떨리는 민수의 얼굴이 형편없이 일그러졌다. 그러나 돌아오는 대답은 어이없을 만큼 간결했다.

"네."

쾅! 결국 민수가 폭발했다. 그동안 분출되지 못하고 내재되어 있던 분노, 공포, 두려움…… 온갖 감정들이 시우의 단호한 대답에 한순간에 폭발해 버리고 말았다.

부들부들 떨리는 주먹으로 탁자를 내려치며 시우에게 달려들 듯 그를 향해 상체를 뻗었다. 야차처럼 일그러진 민수의 얼굴이 시우의 코앞까지 다가갔다.

그러나 시우는 놀라기는커녕 달려들 듯 코앞까지 다가온 그의 얼굴을 무심하게 바라볼 뿐이었다.

"이……, 이……!"

하지만 민수 역시 거친 숨을 몰아쉬며 그를 죽일 듯이 노려보기만 할 뿐, 아무 말도 할 수 없었다. 시우가 무슨 말을 하는지 알 것 같았다. 그가 왜 이렇게까지 하는지, 그 마음이 어떤 것인지 모두…….

결국 민수는 무너졌다.

"으…… 으…….."

탁자에 얼굴을 파묻고 오열하던 그의 몸이 뒤로 주르르 미끄러졌다.

쿠당탕! 털썩.

쏟아져 내리는 그의 체중에 밀린 의자가 뒤로 내동댕이쳐졌다. 민수는 그대로 바닥에 무너지듯 주저앉았다. 그는 갑작스레 터져 나온 온갖 감정의 회오리에 이리저리 휩쓸리며 각혈하듯 오열했다.

어미가 도륙당하듯 살해당하는 것을 눈앞에서 목격한 그날 이후, 처음 흘리는 눈물이었다.

그렇게 얼마나 있었을까. 좁은 방에는 다시 적막만이 감돌았다.

민수가 형편없이 쉬고 갈라진 음성으로 맥없이 물었다.

"나한테 원하는 것이 뭐요. 내가 뭘, 어떻게 해야 합니까."

끼이익.

시우가 의자를 밀고 일어났다. 바지 주머니에 양손을 찔러 넣고 천천히 걸음을 옮겼다.

뚜벅뚜벅, 탁!

기진맥진한 듯 힘없이 주저앉아 있는 민수의 등 뒤에서 그가 멈춰 섰다. 시우는 그를 내려다보지도 않았다. 차가운 회색빛 벽만 조용히 응시하며 말했다.

"이 방을 나가는 즉시 해고한 변호사를 다시 선임하고 보석 절차에 응하십시오."

"그다음에는요?"

"보석 허가를 받고 여기서 나가는 거죠."

"그다음에는요?"

"부모님이 마련해 둔 임시 거처가 있습니다. 그곳에서 조용히 기다리십시오."

"무엇을, 언제까지요."

"어머니가 당신의 무죄를 입증할 증거를 찾아낼 때까지. 오래 걸리지는 않을 겁니다."

민수가 힘없이 고개를 가로저었다.

"아무리 박사님이라도…… 힘드실 겁니다. 녀석이 날 유인할 때 주변에는 정말 아무도 없었어요. 나도 녀석의 얼굴을 보지 못했고요. 내가 본 것도 녀석의 차…… 그리고 골목에서 엄마를 칼로 난도질하던 뒷모습…… 하아. 그, 그게 전부니까."

시우의 한쪽 눈썹이 힐끗 추켜올라 갔다. 그제야 그는 시선을 내려 민수를 내려다보았다.

"유인이라고 했습니까?"

민수가 고개를 힘없이 주억거렸다.

"어떤 방식으로요?"

"앞에 차가 서더니 조수석 창문이 열리고…… 뒤에서 녀석이 엄마의 목에 칼을 대고 살리고 싶으면 따라오라고……."

"그런데도 그자의 얼굴을 보지 못했습니까?"

"네. 엄마 뒤에 철저히 숨어 있어서……."

"그래도 목소리는 들었겠군요."

민수의 고개가 힘없이 가로저어졌다.

"그, 그자는 뒤에서 속삭이기만 했어요. 마, 말은 엄마가 다 했어요. 내가 아, 아들인지도 모르고 겁에 질린 눈으로 날 보면서……."

「저기요. ……이, 이 칼 보이죠? ……나, 나를 살리고 싶으면 따, 따라오래요. ……흐흐흑! 제발 나 좀 살려 줘요. 난 아직 죽고 싶지 않아. 뭐든 다 할 테니까 제발……. 으악!」

조용히 다가온 차의 창문이 열리고 자신을 손짓하여 부르던 엄마의 창백한 얼굴, 공포에 질려 있던 그 눈동자, 떨리던 음성, 비명 소리. 그 모든 것이 생생하게 기억난다.

"흐흐흑. ……어, 엄마."

민수는 양손으로 머리를 부여잡고 다시 한번 흐느꼈다.

시우의 미간이 미세하게 찌푸려졌다. 차민수의 말이 사실이라면, 단순 살인 사건도 아니고 그가 누명을 뒤집어쓴 것 또한 결코 우연이 아니었다.

치밀한 계획하에 치러진 살인이 틀림없었다.

그렇다면 범인의 범행 목표도 차지수가 아니라 차민수였을 가능성이 있다는 말인데…….

또한 범인은 전문 킬러 혹은 연쇄 살인마일 가능성도 있었다. 자신의 존재와 흔적을 전혀 남기지 않고 짧은 시간에 살인을 저지른 수법이 너무 능숙하다.

그런데 여기서 드는 가장 근본적인 의문이 있었다.

대체 왜?

아무래도 이 사건 역시 좀 더 면밀히 들여다볼 필요가 있겠다.

바로 그 순간, 시우는 어머니한테만 차민수 사건을 맡길 수는 없다는 생각이 머리를 스쳐 지나갔다. 현재까지 그가 연류된 사건은 뉴욕주에서 발생한 단일 사건이었다.

따라서 FBI가 개입할 여지도, 근거도 없었다. FBI인 어머니가 공식적으로 개입하기 위해선 연방 사건이라는 단서가 반드시 필요했다. 그 전까지는 어머니 혼자 개인적으로 수사할 수밖에 없었다.

그러기에는 너무 위험해.

이곳에서 나가자마자 바로 확인해 봐야 할 것들의 우선순위를 머릿속으로 빠르게 정리했다.

민수가 바닥을 짚고 비척거리며 몸을 일으켰다. 얼마 전 롬폭에서 봤던 사람과 동일 인물이라고는 도저히 믿기 힘든 몰골로 그가 시우를 올려다보았다.

"그러니 당신도 약속해 주시오."

시우의 시선이 힐끗 그에게로 날아갔다.

"뭘 말입니까."

"결과에 상관없이 당신이 시키는 대로 그분들 마음을 편하게만 해 드리면 당신도…… 더 이상은 나를 괴롭히지 않겠다고요."

시우의 눈매가 가늘어졌다. 민수는 더 이상 시우의 날카로운 시선을 피하지 않았다. 그의 눈을 똑바로 응시하며 말했다.

"나 역시 그분들을 사랑하고 존경합니다. 내가 이러는 것은 날 위해서만이 아닙니다. 그분들을 사랑하고 지키기 위한 당신만의 방식이 있듯이 나 역시 나만의 방식으로 그분들을 지키고자 했을 뿐입니다."

이를 악물고 말하는 민수의 턱이 바들바들 떨렸다.

"그러니 당신도 약속을 지켜 주시오. 더 이상은 나에 대해서 알려고도 하지 말고, 괴롭히지도 않겠다고. 제발…… 날 가만히 내버려 둬요."

시우와 민수의 시선이 허공에서 첨예하게 대립했다.

잠시 후, 시우가 입술을 달싹거렸다.

"약속하죠."

"고맙……습니다."

"고맙다는 인사는 나중에 받기로 하죠. 당신 어머니를 살해하고 당신을 함정에 빠트린 진범을 잡은 후에."

무슨 말을 하려다 말고 민수는 입을 꾹 다물어 버렸다. 일그러진 그의 입술이 마음속에 부는 격정을 감당해 내지 못하고 부들부들 떨렸다.

대신 그는 눈동자로 차마 입 밖으로 내뱉지 못한 말들을 토해 내고 있었다.

꼭…… 제발 그놈을 잡아 주십시오. ……가엾은 우리 엄마를 장난감처럼 난도질하며 죽인 그, 그 악마 같은 살인자 새끼를 꼭……!

시우는 두 눈을 지그시 감았다가 떴다. 긴 속눈썹 아래로 민수의 눈을 깊숙이 응시했다. 눈동자 속에서 처음으로 드러난 민수의 분노와 슬픔, 그리고 진심을 보았다.

시우는 짧게 고개를 까닥했다.

두 눈을 질끈 감은 민수의 눈에서 굵은 눈물이 주르륵 흘러내렸다.

고개를 떨구는 민수의 곁을 시우는 천천히 지나쳐 갔다.

호정은 늦은 밤까지 잠들지 못했다.

방 안을 서성이며 낮에 차 안에서 있었던 발작을 수없이 되풀이하며 곱씹었다.

대체 왜 그랬을까. 민수와 그의 모친으로 밝혀진 피해자의 나이 차이가 고작 열세 살밖에 나지 않는다는 사실이 충격적이긴 해도 자신이 왜 그 순간 발작을 일으켰단 말인가.

시우와 아줌마, 아저씨의 반응도 이상했다.

특히 시우.

차에서 그는 분명히 이렇게 말했었다.

"괜찮아. 누나는 안전해."

"누나는 안전해……."

호정은 그가 했던 말을 입안에서 조심스럽게 굴려 보았다.

갑자기 비이상적인 쇼크가 온 사람한테 과연 맞는 말이었을까? 아니, 아무리 생각해 봐도 그 상황에서는 맞지 않는 말이었다.

그렇다면 왜 그는 그런 말을 했을까. 대체 무엇으로부터 안전하다는 뜻이었을까.

호정은 발작이 일어나기 전 상황을 역으로 곰곰이 되짚어 보기 시작했다.

"절대로 놓지 마. 난 무슨 일이 있어도 절대 안 놓을 거니까."

"아니야. 그건 발작이 일어난 후에 시우가 했던 말이야."

고개를 가로저은 호정은 눈을 감고 집중했다.

가장 먼저 뇌리에 떠오른 건 길고 하얀 손가락이었다. 그녀가 움켜잡고 있던 길고 하얀 손가락.

시우의 손, 그의 손가락이었다.

그가 맞잡은 손을 눈앞에 들어 보였었다. 덕분에 까무룩 넘어가려던 의식에 파란불이 들어왔다. 그제야 뿌연 안개가 젖히고 그와 자신의 손, 그리고 시우의 얼굴이 흐릿하게나마 보이기도 했었다.

"날 봐. 내 눈 똑바로 보고 말해 봐. 내가 누구야."

"……시우."

그의 물음에 간신히 대답한 건 바로 그 직전이었다. 그리고 그즈음이었을 것이다. 시우가 이를 악물고 '누나는 안전해'라고 말한 순간이.

"그럼 그 전에는 무슨 일이 있었지?"

시우가 어깨를 부서트릴 듯 움켜잡고 흔들었다. 정신 차리라고 외쳤고, 차가 크게 흔들리며 갑자기 급정거했다. 스피커폰을 통해 아줌마의 놀란 외침도 들려왔었다.

그런데 아줌마가 뭐라고 소리쳤었지?

미간을 찌푸린 호정은 수분 후 손톱을 자근자근 깨물며 웅얼 거렸다.

"무슨 일이냐고 소리쳤던 것 같기는 한데……."

정확하지는 않았다.

그 순간에는 모든 것이 이명처럼 웅웅거리며 아득하기만 했었다. 그리고 몇 년간 죽은 듯이 잠들어 있던·공포가 갑자기 깨어난 순간이었다.

"그러니까 왜…… 그 순간 갑자기 깨어난 거냐고."

초조하게 방 안을 서성이던 호정은 털썩 의자에 주저앉아 머리를 감싸 안았다.

주파수가 고장 난 라디오처럼 기억 속의 말들이 한꺼번에 뒤섞여 여기저기서 터져 나왔다. 머리 전체가 거대한 스피커라도 된 듯 지직, 지직 날카로운 소음을 냈다.

지지지직.

"기각 사유는요?"

"네, 어머니."

지지직.

—법원이 기각한 게 아니라 민수가…… 거부했어.

—유전자 검사 결과가 나왔어.

지직.

"누나, 누나!"

"눈 감지 마. 날 봐. 내 눈 똑바로 보고 말해 봐. 내가 누구야."

지지지직.

—우리가 예상했던 것과는 완전히 달라.

"차민수 씨와 피해자가 남매일지도 모른다고 했던 거요?"

지지직.

"그래, 그렇게 잡는 거야."

―두 사람이 모자(母子) 사이라는구나.

―DNA검사 결과 대립 유전자 불일치 유전자가 하나도 없이 99.99%가 일치…….

찍! 지지지직.

"괜찮아. 누나는 안전해."

"절대로 놓지 마. 난 무슨 일이 있어도 절대 안 놓을 거니까."

찍! 찍! 지지지지지!

"마, 말도 안 돼……. 어떻게 열넷에 출산을……!"

"으윽!"

또다시 섬광 같은 날카로운 통증이 그녀의 뇌리를 관통했다. 호정은 금방이라도 깨져 버릴 것 같은 머리를 부여잡고 날카로운 비명을 터트렸다.

"눈 감지 마."

"내 손 잡아."

"날 봐."

"그래, 그렇게 잡는 거야."

"절대로 놓지 않아."

"괜찮아. 누나는 안전해."

뇌수가 터질 것 같은 극심한 고통 속에서도 시우의 음성만은 또렷하게 들려왔다.

"안전해…… 안전해……."
"울지 마, 누나. 누나는 이제 안전해."

돌연 잇새로 씹어 뱉듯이 터져 나오는 시우의 낮고 서늘한 음성과는 완전히 다른 어린아이의 음성이 그의 음성 위로 덧입혀졌다.

순간, 고통을 참느라 질끈 감겨 있던 호정의 두 눈이 번쩍 떠졌다.

뭐지? 누구……?

"울지 마, 누나. 누나는 이제 안전해."

시체처럼 창백하게 질린 그녀의 입술에서 신음처럼 가느다란 목소리가 흘러나왔다.

"……시……우."

시우였다. 현재가 아니라 아주아주 오래전 꼬마였던 시우의 목소리. 언제였는지는 기억나지 않는다. 하지만 틀림없이 꼬마 시우의 목소리였다.

의식을 잃고 까마득한 어둠 속으로 끌려갈 때마다 들려오던,

어둠 속에서 그녀를 잡아 건져 올려 주던 바로 그 꼬마의 목소리.

꿈이라고 생각했었다. 환청이었다고 생각한 적도 있었다. 물론 그땐 구세주 같던 그 목소리가 누구인지 깨닫지 못했었다.

그런데 이제 확실히 알겠다.

아주 오래전부터 심연의 공포로부터 그녀를 지켜 주고 구해 줬던 목소리가 바로 시우였다는 것을.

"시우…… 시우야……."

호정은 그의 이름을 쉼 없이 되뇌는 입으로 떨리는 손을 가져갔다. 그리고 불현듯 깨달았다.

"시, 시우는 알고 있어. 내가 왜 이러는지……."

호정은 비틀거리며 몸을 일으켰다.

"시우한테…… 가야 돼."

가서, 만나서 물어봐야겠다. 자신이 왜 이러는지.

어느덧 뇌를 터트릴 듯 조여 오던 통증은 거짓말처럼 사라지고 없었다. 그러나 전신을 뒤흔드는 떨림은 여전했다.

호정은 비틀거리며 간신히 문으로 걸어갔다.

"헉헉……."

문손잡이로 손을 뻗었다. 사시나무처럼 떨고 있는 제 손이 보였다. 손잡이를 앞에 두고 그녀의 손이 허공을 긁었다. 호정은 제 손목을 다른 손으로 부여잡고 품으로 끌어당겼다.

그녀는 두 눈을 질끈 감고 벽에 기댔다. 전신을 뒤흔드는 떨림이 가라앉을 때까지 그대로 꼼짝도 하지 않았다.

그렇게 얼마나 있었을까.

마침내 떨림이 가라앉았다. 그녀의 두 눈이 스르르 위로 떠졌다. 호정은 입을 크게 벌리고 폐부 깊숙이 공기를 밀어 넣었다.

"하아."

됐다. 이 정도면 그를 마주할 수 있겠다.

딸깍. 호정은 문손잡이를 힘껏 잡고 문을 열었다.

순간 그녀의 눈이 다시 부릅떠졌다.

"시……!"

거짓말처럼 그가 바로 눈앞에 서 있었다.

5장

호정이 걱정되어 방문 앞을 서성이던 시우는 갑자기 문이 열
리자 흠칫 놀랐다.

"누나······."

그러나 놀란 것도 잠시. 그의 눈매는 이내 가늘어졌다. 무심
코 연 방문 앞에 단순히 누가 서 있어서 놀랐다고 하기엔 호정
의 모습이 심상치 않았다. 창백한 안색, 불안하게 흔들리는 눈
동자, 이마에 맺혀 있는 땀방울과 땀에 젖어 있는 머리카락들.

아까 저녁 식사를 할 때까지만 해도 저 정도는 아니었다. 그
래서 그나 부모님 모두 내심 안심했었다. 그런데 지금은······.

그녀가 피곤해서 일찍 자겠다고 방에 들어간 지 네 시간이 채
지나지 않았다. 언제부터 저랬을까. 설마 방에 들어온 순간부터
계속 저 상태였던 걸까.

"피곤해서 일찍 잔다더니, 왜 나왔어. 잠이 안 와?"

"······너는 왜 여기 있어?"

호정의 갈라진 음성이 여리게 흘러나왔다. 시우의 눈매가 조금 더 가늘어졌다. 그녀에게서 시선을 떼지 않은 채 고갯짓만으로 복도 끝, 정우와 시현이 머물고 있는 방 쪽을 가리켰다.

"두 분하고 상의할 게 좀 있어서. 지금 내 방으로 가는 길이었어."

자신의 머릿속을 꿰뚫어 보는 것 같은 그의 날카로운 시선에 호정은 저도 모르게 고개를 숙였다. 그러다 더 이상 피할 수는 없다고 생각이 들어 번쩍 고개를 들었다.

알고 싶었다. 자신이 왜 이러는지.

그래서 시우를 찾아 나선 길이었다.

호정은 더 이상 그의 시선을 피하지 않았다. 날카롭게 자신을 살피는 옅은 갈색 눈동자를 응시하며 고집스레 되물었다.

"그래. 그런데 내 방 앞에는 왜 서 있었는데?"

시우의 미간이 미세하게 꿈틀거렸다.

"누나 방에서 신음 소리 들린 것 같아서. 혹시 또 안 좋은 꿈이라도 꾼 거야?"

신음 소리가 들렸다는 건 거짓말이었다. 방음 시설까지 완벽한 최고급 호텔에서 미세한 소리가 복도까지 흘러나올 리는 없었다. 비명을 지르지 않는 다음에야.

그의 예상대로 호정이 움찔했다. 호정은 고집스레 들었던 시선을 피했다. 그녀도 그처럼 거짓말을 했다.

"아니."

거짓말은 아니었다. 악몽 따위를 꾼 건 아니었으니까. 그녀는 아예 잠들지 못했었다. 시현이 준 진정제도 오늘은 효력을 발휘하지 못했다.

두 사람은 잠시 그대로 대치하듯 서 있었다. 깊은 새벽으로 달려가는 시간 속의 호텔은 잠든 듯 고요했다. 시우가 먼저 움직였다.

"들어가 있어. 아버지한테 여쭤보고 수면제라도……."

"시우야."

돌아서려는 그의 발길을 호정이 황급히 낚아챘다. 시우가 천천히 그녀를 돌아보았다.

마른침을 삼킨 그녀가 입술을 달싹거렸다.

"할 말이 있어. 잠깐만 들어올래?"

시우의 가는 눈매가 다시 흠칫 커졌다.

시간은 덧없이 흘러갔다. 흘려보낸 시간만큼 긴장감은 더욱 팽배해졌다. 두 사람의 조심스런 들숨과 날숨 속에 말이 되지 못한 생각들만 어지러이 부유했다.

호정은 돌아서려는 시우를 붙잡아 놓고 막상 그가 방으로 들어오자 무엇을 어디서부터 어떻게 물어봐야 할지 감을 잡을 수 없었다. 자신이 모르는 자신을 타인에게 물어본다는 건 각오했던 것보다 훨씬 더 난감하고 두려운 일이었다.

그러나 아무리 두려워도 이젠 그만 진실에 다가서야 할 때였다. 자신만 모르는 자신 안의 진실에.

이겨 낼 자신은 있나?

……솔직히 모르겠다. 두렵다.

그래도 이대로는 더 이상 안 될 것 같다.

호정은 떨리는 두 손을 세게 그러잡았다.

"시우야."

시선을 들어 그를 바라봤다. 화장대에 비스듬히 기대서 있는 그와 시선이 마주쳤다. 조용히 그녀를 응시하고 있는 시선은 유리알처럼 차고 시렸다. 그가 무슨 생각을 하고 있는지 도무지 알 수 없었다.

한때는 그의 저런 시린 눈빛, 속을 알 수 없는 무심한 표정에 혼자 아파하고 오해한 적도 있었다. 그러나 이제는 아니다. 저 냉담한 겉모습 속에 어떤 마음이 숨어 있는지 이제는 안다.

덕분에 시끄럽던 마음이 오히려 차분하게 가라앉았다.

"넌 네가 어떤 사람인지 아니?"

"……."

"알겠지. 넌 모르는 게 없으니까."

호정은 숨을 깊이 한 번 들이마시고 내뱉었다.

"2, 3살 때 일들도 기억나?"

"……."

"기억나겠지. 넌 뭐든 다 기억하니까."

호정은 다시 한번 숨을 깊이 들이마시고 내뱉었다.

"난 하나도 기억 안 나. 예닐곱 살 때 일도 단편적으로 아주 조금씩만 기억나고. 나는 그게 당연하다고 생각했어. 다른 사람들도 거의 그러니까."

호정의 입가에 아주 살짝 미소가 어렸다.

"그래도 너 처음 만났을 때 일은 기억나. 처음 가 본 아저씨,

아줌마네 서울 집도 기억나고. 난 그때 그렇게 크고 좋은 집은 처음 가 봤었어. 마당이 그렇게 넓은 집도 처음이었고."

그녀의 미소가 조금 더 깊어졌다.

"너 그때 진짜 예뻤는데. 작고 하얀 얼굴에 눈은 이만큼 커서는…… 후후, 진짜 인형 같았어."

"눈이 아무리 커도 얼굴의 반 이상이 눈인 사람은 없어. 그럼 괴물이지. 그리고 난 그렇게 눈 컸던 적 없어. 그때도 지금만 했어."

"그런가? 이상하다. 내 기억에는 엄청 컸던 것 같은데. 어쨌든 그 집에서 널 처음 만났던 날은 거의 다 기억나. 오빠랑 너랑 나랑 그 큰 마당 막 뛰어다니면서 술래잡기하고 그랬던 거. 아 참."

호정이 눈을 반짝 빛났다.

"혹시 기억나니? 내가 네 손잡고 막 뛰어다니고 놀다가 아는 풀 있다고 이름 알려 주면서 막 잘난 척했던 거. 그게……."

호정이 기억이 잘 안 났다는 듯 고개를 갸웃거리자 시우가 바로 대답해 줬다.

"강아지풀."

"맞아. 그거였어. 지금 생각하니까 좀 창피하다. 공자 앞에서 문자 쓴 거였잖아. 솔직하게 말해 봐. 너 그때 내가 말해 주기 전에 이미 다 알고 있었지? 그게 뭐였는지."

시우는 글쎄, 하는 표정으로 어깨만 살짝 들썩였다. 호정이 피, 하며 입술을 비죽였다.

"역시, 알고 있었구나. 그럴 줄 알았어. 넌 뭐든 다 알고, 다 기억하는 천재니까."

호정이 잠시 숨을 가다듬고 말을 이었다.

"그럼 그날 밤 일도 당연히 기억하겠네. 갑작스런 천둥 때문에…… 내가 발작을 일으켰던 거."

시우의 미간이 꿈틀거렸다.

이제껏 호정은 그때 일을 전혀 기억하지 못했었다. 뿐만 아니라 어렸을 때의 호정은 자신이 천둥, 번개에 발작을 일으킨다는 것 자체를 기억하지 못했었다.

폭우나 천둥, 번개 등을 두려워하는 뇌 공포증(Astraphobia)을 앓고 있다는 사실을 인지하기 시작한 것은 그로부터 한참이 지난 열두세 살 이후부터였다.

다행히 그 무렵의 발작 증상은 많이 완화되어 정신을 잃을 정도로 심하지 않았었다. 그래서 그녀는 수많은 사람들이 다양한 형태로 앓고 있는 뇌 공포증 중 가장 일반적인 '천둥 번개 공포증'일 뿐이라는 어른들 말씀을 곧이곧대로 믿었다.

호정이 쓸쓸하게 미소 지었다.

"어, 이제야 기억났어. 네가 내 손을 잡고 해 줬던 말까지 모두."

호정이 시선을 들어 그의 눈을 똑바로 바라봤다. 머릿속에 맴돌던 그의 말을 토씨 하나 틀리지 않고 조용히 말했다.

"울지 마, 누나. 누나는 이제 안전해."

시우의 눈이 다시 흠칫 커졌다.

대체 어떻게…… 언제부터 기억이 난 걸까.

"좀 아까 갑자기 기억났어. 신기하지?"

시우는 어디까지 기억났느냐고 묻고 싶었지만 섣불리 물을 수 없었다. 호정의 이야기는 계속 이어졌다.

"그 이후에도 내가 발작을 일으킬 때마다 네가 내 손을 잡고 곁을 지켜 줬다는 것도. 그때마다 넌 그랬지. '울지 마, 누나. 누나는 이제 안전해'라고."

그를 바라보는 호정의 눈동자가 아득할 만큼 깊어졌다.

"고마워, 시우야. 내가 기억하지 못하는 그때부터 날 지켜 줘서. 그리고 미안해. 이제야 겨우 기억해 내서."

두 사람의 시선이 허공에서 미묘하게 얽혔다.

"그런데 시우야, 한 가지 이해 안 가는 게 있어. 왜 '괜찮아'가 아니라 '누나는 이제 안전해'였던 거니? 그건 어떤 의미였어?"

"……."

"말해 줘, 시우야."

"특별한 의미는 없어. 말 그대로 누나는 안전하니까 천둥, 번개 따위를 무서워할 필요 없다는 의미였을 뿐이야."

그렇게 대답할 줄 알았다. 호정은 두 눈을 지그시 감았다가 떴다.

"그런데 넌 아까 낮에도 그랬어. '누나는 안전해'라고. 그러니까 네 손 놓지 말고 꼭 잡으라고, 내 손 안 놓을 거라고. 그럼 아까 그 말들은 뭘 무서워할 필요가 없다는 의미였는데?"

"무슨 말을 하고 싶은 거야?"

"하고 싶은 게 아니라 듣고 싶은 거야. ……내가 알지 못하는 나에 대한 진실을."

시우는 기대고 있던 몸을 천천히 바로 세워 바지 주머니에 양손을 찔러 넣고 그녀를 가만히 내려다보았다.

"그걸 왜 나한테 묻지? 누나 자신이 모르는 걸 내가 어떻게 알아."

"넌 뭐든 다 알고, 뭐든 다 기억하는 사람이잖아. 행동 하나, 말 한마디, 아무 의미 없이 할 사람도 아니고, 실수 따위를 할 사람은 더더욱 아니고."

"나도 가끔 실수해."

그는 매정하다 싶을 만큼 시니컬하게 얘기했다.

"유년 시절 때 일들이 잘 기억나지 않는다고 해서 진실 운운하는 건 너무 거창한 거 아닌가. 진실 따위가 아니라 그만큼 큰 의미가 없는 일이었기 때문에 기억이 안 나는 걸 수도 있는 건데 말이야."

"시우야."

호정이 여린 속살을 지그시 깨물었다.

"만약에 네가 '괜찮아, 이제 안전해'라고만 했어도 난 전혀 몰랐을 거야. 그런데 넌 발작을 일으킨 나를 진정시킬 때마다 늘 '누나는'이라고 했어."

호정은 천천히 고개를 가로저었다.

"아무리 생각해도 너무 부자연스러워. 그건 내가 두려워하는 어떤 원인 때문에 다른 사람은 안전하지 못해도 난 이제 안전하다는 의미거든. 시우야, 나도 그 정도 분석은 할 줄 알아."

억지로 미소 짓는 그녀의 입가가 살짝 떨렸다.

"그래서 알았어. 내가 기억하지 못하는 기억 속에 나도 다른 누군가처럼 안전하지 못했던 때가 있었던 거구나, 라는 걸. 그리고 넌 그 이유를 알고 있다는 것도……. 그래서 넌 항상 그렇게 말한 거야. '누나는'이라고. 그리고 그건 아마 나의 오랜 발작, 공포증의 원인일 거야."

그녀의 입가에서 억지로 짓고 있던 미소가 서서히 사라졌다.

"처음에는 내가 단순히 다른 사람들보다 조금 더 유별나고 예민하다고만 생각했었어. 그런데…… 아니야. 맞지?"

"아니. 누나는 다른 사람들보다 유별날 정도로 예민한 거 맞아. 지금은 필요 이상으로 신경이 예민해진 것뿐이고."

미간에 살짝 주름이 생긴 시우는 그답지 않게 억지를 부렸다.

"그리고 그건 당연한 거야. 한국에서 돌아오자마자 쉬지도 못하고 사건에 뛰어들었잖아. 거기에 구덩이에 떨어지는 사고까지 당했지. 과도한 스트레스와 긴장감이 계속 쌓이면 그럴 수 있어."

그러고는 툭, 대수롭지 않게 말했다.

"안 되겠다. 이번 사건에서 그만 손 떼. 누나한테 지금 필요한 건 휴식이야."

"시우야."

돌아서려는 시우의 발길을 호정이 다시 황급히 붙잡았다.

"그만해. 대체 언제까지 이럴 건데."

"뭘?"

호정은 아랫입술을 꽉 깨물었다. 그를 원망스레 바라보며 입을 열었다.

"민수 씨 친모가 열넷에 출산했다는 얘기를 듣고 발작을 일으컸어. 그럼 열두 살에 누군가와 성관계를 했다는 건데, 대체 누가 열두 살의 여자아이한테 그런 끔찍한 짓을 했을까! 그런 생각을 하다가 갑자기."

호정은 몇 번이나 마른침을 삼킨 후에야 다시 말을 이었다.

"그게 정상이니? 그게 정말 단순히 스트레스 때문에 신경이 과민해진 탓이라고 생각해?"

호정은 의자 손잡이를 잡고 천천히 몸을 일으켰다. 떨리는 주먹을 빠듯하게 움켜쥐었다.

"그럼 이건 어떻게 설명할 건데?"

호정은 중·고등학생 때 성, 섹스란 단어만 들어도 발작을 일으켰던 이야기를 최대한 담담하게 털어놓았다. 다행히 정신을 잃을 정도는 아니었지만 사춘기 소녀들이 할 법한 가벼운 음담패설에도 그녀 혼자서만 벌벌 떨며 식은땀을 흘렸던 얘기를.

"가끔이지만 심할 땐 호흡 곤란 증상까지 있었어."

시우의 미간이 와그작 일그러졌다. 처음 듣는 얘기였다. 수시로 호정의 상태를 체크하던 부모님께 호석은 한 번도 그런 얘기를 한 적이 없었다.

"오빠는 몰라. 내가 철저하게 비밀로 했거든. 그런 얘기는 할 수가 없었어. 너무 창피하고 무섭고 이상해서. 나 혼자 극복해 볼 생각이었어. 그래서 매일 밤 노력했지."

치밀어 오르는 공포를 참고 이런저런 책, 영상들을 뒤져 봤던 우습지도 않은 이야기를 털어놓으며 호정은 허탈하게 웃기도 했다.

"덕분에 대학교 2, 3학년 때부터는 많이 나아졌어. 덩치 큰 남자들에 대한 거부감이 호전된 것도 그 덕분이었고."

호정은 숨을 깊이 들이마셨다가 천천히 내뱉었다.

"그러면서도 늘 생각했었어. 나는 왜 이럴까. 대체 뭐가 문제일까. 이유가 뭘까."

그래서 일부러 더 악착같이 그런 책들과 심리학 책들을 봤다. 두려움에 벌벌 떨면서도 심연 속의 공포를 끝없이 들여다본 적도 있었다.

"하지만 아무리 들여다봐도 아무것도 안 보이더라. 끝없는 어둠뿐이었어. 그때마다 번번이 정신을 잃고 쓰러지기만 했어. 그래서…… 나중에는 그냥 포기해 버렸어. 이렇게까지 했는데도 아무것도 떠오르지 않는 걸 보면 정말 아무것도 없나 보다, 그냥 이렇게 생겨 먹은 앤가 보다, 하고."

그런데 이젠 알겠다. 아무것도 아니어서 보이지 않았던 것이 아니었다는 것을.

"그런데 시우야, 실은 아무것도 아니었던 게 아닌 거야. 내 안에 너무 깊이 뿌리 박혀 있어서 차마 보지 못했을 뿐이지."

호정이 그를 다시 바라보았다. 그녀의 눈동자는 굳은 결심에도 불구하고 겁에 질려 파르르 떨리고 있었다.

"나…… 아주 어렸을 때 무슨…… 일을 당했던 거니?"

시우의 얼굴이 무섭게 굳었다.

"시우야…… 넌 알잖아. 말해 줘."

시우가 자신을 향해 뻗어 나오는 그녀의 손을 거칠게 쳐냈다.

"그만해. 누나가 아무리 애원해도 모르는 걸 말해 줄 수는 없어."

주호정. 제발 부탁이야. 나한테 이러지 마. 나는…… 절대로 말 못 해. 어떤 말도 들을 수 없을 거야.

시우는 그대로 방을 나가 버리려고 했다. 호정이 그런 시우의 앞을 황급히 가로막았다.

"시우야."

그녀를 내려다보는 그의 눈빛이 더없이 차갑고 매서워졌다.

"누나 말대로 기억하지 못하는 어떤 일이 있었다고 쳐. 그래서? 그걸 지금 알아서 어떻게 할 건데? 누나 말대로라면 스스로 자신을 보호하기 위해서 기억을 지운 걸 거야. 그렇다면 그럴 만한 이유가 있을 거라는 생각은 안 들어?"

"그렇게 29년을 살았어."

"그럼 계속 그렇게 살아."

잔인하도록 냉정한 말에 호정의 두 눈이 질끈 감겼다. 가쁜 숨을 몰아쉰 그녀는 눈을 감은 채 속삭이듯 말했다.

"어렸을 때 발작했던 기억들이 갑자기 떠올랐어. 어린 네가 내 손을 잡고 속삭여 주던 말들도 다. ……그러니까 어쩌면 그 일도 오늘처럼 갑자기 불쑥 기억날지도 몰라. 아무런 준비도 안 되어 있는 상태에서. 그건 싫어, 시우야."

그녀의 눈이 천천히 떠졌다. 눈앞의 그를 똑바로 정시했다.

"그럼 나…… 무너질지도 몰라."

시우의 턱관절이 우드득 소리를 내며 꿈틀했다.

"지금은 감당할 자신이 있고?"

떨리는 입술을 말아 문 호정은 천천히 고개를 가로저었다. 그녀는 솔직하게 대답했다.

"아니, 자신 없어. 솔직히 지금도 많이 무서워. 내가 생각하는 그런 일이…… 정말 나한테 일어났었을까 봐."

그녀의 두 눈이 다시 질끈 감겼다가 떠졌다.

"그런데 이젠…… 알아야겠어. 내가 왜 이러는지. 나한테 대체 어떤 일이 벌어졌었던 건지. 지금 아니면 다시는 용기를 내지 못할 것 같아."

"용기 따위 낼 필요 없어. 누나가 생각하는 그런 일 따위는 벌어진 적 없으니까."

"시우야……."

시우의 입에서 날카로운 음성이 터져 나왔다.

"그만!"

흠칫 놀란 호정의 얼굴이 창백하게 얼어붙었다. 시우가 이를 갈듯이 말했다.

"대체 나한테 왜 이래."

주호정, 왜 하필 나야.

"너밖에 없으니까. ……내가 믿을 수 있는 사람이 너밖에 없어, 시우야. 넌 날 있는 그대로 사랑해 주고, 내가 무너지거나 망가져도 일으켜 주고 지켜 줄 사람이니까. 내가 그런 너를…… 믿고 사랑하니까."

사랑을 고백하기에는 어울리지 않는 순간이었다. 그러나 어쩌면 오랜 시간 마음속에만 품고 있던 사랑을 고백하기에는 가장 적당한 타이밍이었는지도 모르겠다.

호정은 다른 무엇보다 그가 알고 있는 진실에 대해서 알고 싶었다. 스스로 감당하지 못할 진실이라고 해도, 그가 그런 자신을 사랑한다면……. 아니, 그럼에도 그녀를 사랑하고 있으니 그 사랑으로 이겨 낼 수 있지 않을까.

그런 믿음이 그녀 안에는 존재하고 있었다.

호정은 그에게 한 걸음 더 다가갔다.

"나, 이제 용기 내어 볼게. 이겨 내 볼게. 준비……됐어. 그러니까…… 앗!"

순간 호정은 그에 손에 잡혀 앞으로 끌려갔다. 시우는 그녀를 화장대 앞 거울 앞에 세웠다. 등 뒤에서 그녀의 허리를 바짝 끌어당겨 안았다.

헉!

갑작스런 상황에 호정이 놀랄 새도 없이 시우가 그녀의 목덜미에 얼굴을 파묻었다. 그의 입술이 닿기도 전에 호정은 여지없이 경직됐다.

거울을 통해 부릅떠진 호정의 눈과 실낱처럼 가늘어진 시우의 눈이 마주쳤다. 시우는 불안하게 흔들리는 그녀의 눈동자를 집어삼킬 듯이 응시하며 나직하게 속삭였다.

"자세히 봐. 시체처럼 창백해진 누나의 얼굴, 온몸으로 거부 반응을 보이는 굳은 어깨, 떨리는 손. 저게 믿고 사랑하는 남자의 품에 안긴 여자의 모습일까? 뭐가 준비됐다는 거지."

"시, 시우야……."

"누나는 항상 이랬어. 간절히 원하는 눈빛으로 날 바라보면서도 내 손이 닿으면 언제나. 물론 누나의 잘못은 아니야. 나이기 때문도 아니고. 스스로도 인지하지 못하는 남자에 대한 본능적인 거부 반응일 뿐이니까."

내가…… 항상 이랬다고?

"물론 예전에 비하면 많이 나아진 건 맞아. 최근엔 거부 반응도 거의 보이지 않아서 나도 놀라면서도 떨렸지. 하지만 지금은 아니야. 다시 예전으로 되돌아가 버렸어. 똑똑히 봐. 현재의 누나가 어떤 상태인지. 누나는 아직 준비되지 못했어. 그런데 진실을 알고 싶다고? 누나 스스로가 지워 버린 기억을? 왜? 무엇 때문에?"

거울 속의 시우는 낯설었다. 호정은 그가 저토록 마음속의 격정을 온전히 드러낸 모습은 일찍이 본 적이 없었다. 그녀를 집어삼킬 듯이 노려보는 눈동자 속에는 시푸른 불꽃이 거세게 일렁이고 있었다.

시푸른 불꽃은 얼음꽃처럼 차가운가 싶으면 불꽃처럼 뜨겁기도 했다. 알 수 없는 아픔과 고통이 느껴지기도 했다. 그와는 전혀 어울리지 않는 두려움도 시나브로 읽혔다.

아! 순간 호정은 깨달았다. 푸른 불꽃 안에 타오르고 있는 저 아픔과 고통의 이유가 무엇 때문인지를.

그랬구나. 그래서 늘 우연인 양, 실수인 양 다가왔다가 싸늘하게 돌아서곤 했던 거구나. 그가 더욱 흠칫 놀라선 밀어내고는 했던 거구나. 그런데 난 그런 줄도 모르고…….

"시, 시우야……."

항상 차갑게 돌아서는 그를 원망하고 오해했었다. 혼자 낙담하며 가슴 아파했었다. 롬폭에서의 사고로 비로소 자신의 마음을 깨달은 줄로만 알았다. 그래서 기뻤는데……. 그조차 혼자만의 착각이었다. 오해였다.

나는…… 바보였다.

질끈 감긴 호정의 눈에서 뜨거운 눈물 한 줄기가 흘러내렸다. 예전 어느 때처럼 그가 흠칫 놀라 뒤로 한 걸음 물러나는 것이 느껴졌다. 허리를 단단히 옥죄고 있던 강한 압력이 사라지고 목덜미를 달구던 뜨거운 호흡도 저 멀리 사라져 버렸다.

안 돼.

호정은 돌아서려는 시우의 목을 끌어안았다. 회초리를 맞은 듯 그의 전신이 움찔 경직됐다.

나도 이랬겠지. 아니, 어쩌면 지금 이 순간 그녀의 몸은 점점 더 차갑게 경직되어 가고 있는지도 모르겠다.

가슴 한쪽이 무너져 내렸다.

그도 이만큼 아팠겠지. 아니, 그는 이보다 몇 배는 더 아팠을 것이다. 그것도 매번, 매 순간…….

미안, 시우야. 이런 나라서 정말 미안해.

호정은 힘껏 까치발을 들었다. 다친 발목에 욱신, 통증이 일었다. 아무래도 좋았다. 이따위 통증쯤은……. 눈물로 흠뻑 젖어 버린 얼굴을 들고 흐느낌이 새어 나오려는 입술로 그의 굳어 버린 입술에 입맞춤했다.

시우는 여전히 굳어 버린 듯 꼼짝도 하지 못했다.

어쩌면 굳어 버린 건 그가 아닌 그녀 자신인지도 모르겠다. 하지만 이제 그 어떠한 것도 상관없었다.

호정은 필사적으로 그에게 매달렸다. 두 팔로 딱딱하게 굳은 그의 목을 휘어 감고 꼼짝도 하지 못하는 몸에 자신의 몸을 밀착시켰다.

단숨도 새어 나오지 않는 차가운 입술에 악다문 입술을 비비며 가쁜 숨을 서럽게 토해 냈다. 막무가내로 비벼대기만 하는 어설픈 입맞춤에 여린 살갗이 얼얼함을 호소하며 금세 부풀어 올랐다. 상관없었다.

"흡, 하아아."

터져 나오려는 흐느낌을 참느라 아랫입술을 깨문다는 게 그의 아랫입술을 깨물고 말았다. 그의 전신이 다시 흠칫, 경련하게 떨렸다.

그것은 일종의 신호탄이었다.

소금 인형이라도 된 양 굳어 있던 그의 양팔이 호정의 등을 와락 끌어안았다. 쇠사슬처럼 그녀의 상체를 칭칭 휘감은 긴 팔이 부르르 떨렸다. 여린 척추를 부러트릴 듯 짓누르던 커다란 손이 그녀의 얼굴을 강하게 부여잡았다.

얼굴의 각도가 옆으로 젖혀진다 싶더니 얼얼하던 입술이 절로 벌어졌다. 뜨거운 혀가 그녀의 입술을 가르고 안으로 밀려들어 왔다.

뻣뻣하게 굳어 있던 호정의 무릎 한쪽이 후드득하며 꺾였다. 호정은 그에게 더욱 필사적으로 매달렸다.

신경 쓰지 마. 무시해 버려.

움찔 도망치려는 그의 혀를 따라 혀를 밀어 넣었다. 그의 입 안은 차가웠던 입술과 달리 뜨겁고 축축했다. 짭조름한 눈물 맛도 났다. 호정은 그제야 깨달았다. 자신이 아직도 울고 있다는 사실을.

시우가 그녀의 어깨를 잡고 뒤로 밀어내려고 했다. 그럴수록 호정은 더욱 필사적으로 그에게 매달렸다. 고개를 세차게 가로 저었다.

싫어. 밀어내지 마. 그러지 마, 시우야. 안 그래도 돼. 제발.

"누나…… 으음, 자, 잠깐만…… 호정아."

그의 허스키한 음성이 가쁜 호흡 속에 뒤섞여 흘러나왔다.

"하아, 하아. 주호정, 눈 떠. 알았으니까…… 잠깐만 눈 뜨고 나 좀 보라고."

그제야 호정의 젖은 눈꺼풀이 힘겹게 위로 올라갔다. 물안개에 휩싸인 듯 흠뻑 젖어 버린 시야에 가쁜 숨을 몰아쉬는 시우의 얼굴이 오롯이 들어와 박혔다.

"시, 시우야……."

겁먹은 아이처럼 커다래진 옅은 갈색 눈동자가 물기 머금은 그녀의 까만 동공을 잡아채고 속속들이 살피듯 깊숙이 응시해 왔다.

"괜……찮아?"

가라앉은 시우의 목소리가 그녀를 살피는 눈빛만큼이나 조심스러웠다. 호정은 온 힘을 다해 미소 지었다.

"너니까…… 너라서 난 괜찮아."

"누나……."

"너 혼자 오래 아프게 해서 미안해. 오해해서 미안해. 나 혼자만 도망치려고 해서 미안해."

호정은 떨리는 손을 들어 그의 뺨을 어루만졌다.

"이런 날…… 사랑하게 해서 미안해."

"누나."

"이런 날 사랑해 줘서 고마워. 내 손, 놓지 않아 줘서, 기다려 줘서 고마워."

시우의 눈동자가 가엽도록 거세게 떨렸다. 호정은 파르르 떨리는 그의 눈가를 어루만졌다. 그녀의 시야에 제 손끝이 주저하며 들어왔다.

사랑하는 이의 떨리는 눈가도 마음껏 부드럽게 어루만져 주지 못하는 뻣뻣한 손가락이 원망스러웠다. 그러나 호정은 멈추지 않았다. 태어나 처음 눈 뜬 이가 보고 싶었던 이의 얼굴을 어루만지듯 시우의 얼굴을 하나하나 모두 어루만졌다.

그의 이마.

그의 눈.

그의 코.

그의 입술…….

마지막 닿은 시선에서 천천히 시선을 끌어올려 그의 눈동자를 뜨겁게 바라봤다.

"……사랑해, 시우야."

시우의 가슴이 크게 부풀어 올랐다 천천히 가라앉았다. 그답지 않게 한참을 머뭇거리던 입술이 마침내 뜨거운 마음을 토해 냈다.

"……사랑해, 누나."

달콤한 말을 속삭여 준 입술이 천천히 다가와 그녀의 입술을 부드럽게 머금었다. 시우의 입술은 더 이상 차갑지 않았다. 뜨겁고 촉촉했던 그의 입안처럼 따스했다.

조심스럽게 입술을 벌리며 스며드는 뜨거운 호흡 속에 그의 속삭임이 끼어들었다.

"사랑해. 사랑해. 사랑한다, 주호정."

시우는 그녀의 입술에, 귓가에 끊임없이 사랑한다고 속삭여 주었다. 그녀를 안고, 입 맞추고, 달콤한 숨결을 들이마시는 사람이 다름 아닌 이시우, 자신이라는 것을 그녀에게 끊임없이 확인시켜 주었다.

매초, 매 순간 그가 시우라는 것을 확인할 때마다 호정의 입가에 미소가 번져 갔다. 그의 손길에 뻣뻣하게 굳어 버린 몸은 조금씩, 조금씩 녹아 갔다.

호정이 먼저 시우를 침대로 이끌었다. 마른침을 삼키며 멈칫한 그가 호정보다 더욱 긴장했다. 그런 시우를 아직은 뻣뻣하게 굳어 있는 몸으로 호정이 부드럽게 달랬다.

괜찮아. 너니까. 너라서 난 괜찮아.

호정은 최선을 다해 그의 몸에서 옷가지를 벗겨 냈다. 그가 자신에게 해 준 것보다 배는 시간이 더 걸렸지만 결국 그녀 혼자의 힘으로 해냈다.

그녀를 내려다보는 그의 눈동자에 시푸른 불꽃 대신 붉은 불꽃이 조심스럽게 타올랐다. 붉은 불꽃은 그를 올려다보는 호정의 눈빛, 그를 향해 보내는 떨리는 미소, 그를 마주 끌어안는 팔의 움직임 하나하나에 일일이 반응하며 조심스럽게 타올랐다가 가끔씩 숨죽여 기다리고는 했다.

시우는 호정의 가느다란 신음 한 자락, 옅게 터져 나오는 호흡 하나도 놓치지 않았다.

차갑게 굳어 있던 새하얀 살결에 땀방울이 송골송골 맺힐 때까지 시우는 기다렸다. 그의 손길에 가쁘게 터져 나오는 호정의 뜨거운 숨결처럼 시린 체온이 뜨거워질 때까지 조심스럽게 어루만졌다.

조바심 날 만큼 조심스럽고 나른한 시우의 손길과 입술이 호정의 온몸에 닿지 않은 곳이 없을 즈음, 그녀가 먼저 그의 허리에 아찔한 다리를 감았다.

"하아, 하아…… 시우야……."

달뜬 숨결이 그를 재촉했다.

그럼에도 시우는 가녀린 몸만을 부드럽게 어루만지며 그녀를 애태웠다. 물론 그에게도 몇 번의 위험했던 고비가 있기는 했다. 그때마다 시우는 모든 움직임을 멈추고 치솟아 오른 욕망을 억눌렀다. 움찔움찔 떨리는 굳은 근육에서 흘러내린 땀방울로 시트는 이미 젖어 버린 지 오래였다.

그 순간에도 그는 거친 숨을 몰아쉬며 호정의 귓가에 다정하게 속삭였다.

"괜찮아. 조금만 더…… 사랑해, 누나. 사랑해, 호정아. 사랑해. 사랑해……."

끊임없는 다정한 속삭임이 가쁜 신음 속에 간간이 흩어지기 시작한 것은 그로부터도 한참이 흐른 후였다.

시우의 가쁜 신음 속에 호정의 아찔한 신음이 뒤섞였다. 하나 된 두 사람의 몸짓은 뜨거워진 만큼 더욱 조심스럽고 더욱 감미로워졌다.

"아…… 호정아 괜찮아……? 사랑해."

"하아, 하아. 괜, ……난 괜찮아, 시우야, 시우야……."

"내 손 잡아."

호정은 흔들리면서도 그의 손을 빠듯하게 움켜잡았다.

"절대로 놓지 마. 난 누나 손, 절대로 안 놔."

"으응. 절대로 안 놓을게. 절대로……"

한없이 조심스럽고, 감미롭던 두 사람의 몸짓이 점점 급박해져 갔다. 그러다 어느 순간 시간이 정지된 것마냥 우뚝 멈췄다.

멈춰진 시간 속에 드디어 그는 그녀가 되고, 그녀는 그가 되었다. 하나 된 그 순간에도 맞잡은 두 사람의 손은 떨어질 줄 몰랐다.

끝없이 서로를 달래 가며 조심스럽게 타올랐던 두 사람의 사랑은 눈물이 날 만큼 아름다웠다. 땀으로 흠뻑 젖은 호정의 이마에 시우의 뜨거운 입술이 내려앉았다. 지친 듯 가쁜 숨을 몰아쉬는 호정을 품에 가득 안고 그가 속삭였다.

"사랑해, 사랑해…… 사랑해."

끊임없이 들려오는 시우의 다정한 속삭임에 호정은 스르르 잠들었다.

나른한 미소는 그 밤 내내 호정의 입가에서 사라지지 않았다.

6장

「여기예요, 여기 이 장면! 봤어요?」

「…….」

「못 봤어요? 에이, 이게 첫 번째 클라이맥스인데 이걸 놓치면 어떻게 해요. 앞으로 돌려 줄 테니까 다시 잘 봐요.」

그는 재빨리 영상을 앞으로 돌려 다시 플레이 버튼을 눌렀다. 얼른 그녀의 눈앞에 노트북 화면을 들이댔다. 그녀의 얼굴 옆에 제 얼굴을 바짝 갖다 대고 영상을 보던 그가 소리쳤다.

「바로 여기! 캬, 저 피 튀기는 거 보여요?」

말하면서 그녀를 힐끔 쳐다보니, 아니나 다를까. 시큰둥하던 그녀의 눈빛이 반짝 빛을 발하는 것이 보였다.

그럼 그렇지. 그녀가 좋아할 줄 알았다. 기분이 좋아진 그는 신이 나서 떠들기 시작했다.

「간만이라서 그런지, 칼이 쑥 들어갈 때 기분이 진짜 끝내주더라고요. 순간적으로 눈이 확 뒤집혀서 정신없이 찔렀다니까요. 몇 번이나 찔렀는지 알아요?」

큭큭. 키득거린 그는 짐짓 으스대며 말했다.

「스물일곱 번.」

「와, 정말? 그렇게나 많이?」

「봐요. 엄청 빠르잖아요. 너무 빨라서 손이 잘 보이지도 않죠? 슬로우로 보면 다 보이는데. 실은 나도 슬로우로 보면서 몇 번인지 세 보고 알았어요. 찌를 땐 너무 정신없어서 내가 몇 번이나 찔렀는지 몰랐거든요. 크크.」

때문에 모처럼 세운 재미난 계획을 망칠 뻔한 건 비밀이었다. 그녀한테 말하면 기껏 그 새끼를 유인해 놓고 그걸 깜박하는 멍청이가 어디 있느냐고 한바탕 훈계를 할 것이 뻔했다.

「사냥할 때는 아무리 쉬운 먹잇감이라도 마지막 순간까지 긴장을 늦추면 안 된다고 했잖아. 특히 함정을 파거나 모방범한테 뒤집어씌울 땐 하나부터 열까지 시나리오가 모두 완벽해야 돼. 안 그러면 계획을 망치는 것만으로 끝나는 게 아니라 네가 위험해진다니까.」

치, 그렇게 잘 알면서 지는 왜 그랬대?

그는 속으로 고시랑거리며 입술을 이죽거렸다. 그리고 제 풀에 점점 부아가 치밀면 이런 말까지 나올지도 모른다.

「내가 이러려고 널 가르친 줄 알아! 한심한 놈!」

으, 거기까지 가면 또 한바탕 난리가 나는 거다. 그건 그가 제일 싫어하는 말이니까. 아무리 그녀라고 해도 그 말만은 절대로 못 참는다. 그럼 자신도 꼭지가 휙 돈다. 그도 성질이라면 그녀 못지않으니까.

예전에는 그 때문에 대판 싸운 적도 몇 번 있었다. 뭐, 그래 봐야 부부 싸움은 칼로 물 베기라고 시간이 지나면 언제 그랬냐는 듯 다시 찰싹 붙어서 서로 좋아 죽고 못 살긴 했지만.

어쨌든 그 얘기는 가급적 하지 않는 것이 좋다. 가뜩이나 밖의 일 때문에 머리 복잡해 죽겠는데 집 안에서까지 그녀와 얼굴을 붉히고 싶지는 않다. 그는 그녀를 정말 사랑한다.

그녀를 위해서라면 못 할 일이 없다. 처음에 살인을 한 것도 그 때문이었다. 그녀를 즐겁게 해 주기 위해서. 뭐, 반은 제 내면에서 꿈틀대는 살인욕을 충족시키기 위해서였기는 하지만.

「아, 여기!」

잠깐 딴생각에 빠져 있던 그는 영상 하나가 지나가자 손가락으로 화면을 가리키며 소리쳤다. 화면에는 두 번째 클라이맥스가 펼쳐지고 있었다.

「저 새끼가 내가 말한 그 새끼예요. 큭큭큭. 표정 봤어요? 진짜 웃기죠? 실제로는 더 했어요. 너무 웃겨서 하마터면 저기서 배꼽 잡고 떼굴떼굴 구를 뻔했었다니까요.」

영상 속의 남자는 공포에 질린 듯 넋이 완전히 나가 버린 얼굴이었다. 그는 그런 남자를 보며 진짜 배를 잡고 한참을 낄낄대며 웃었다.

그렇게 한참을 웃다 보니 영상이 벌써 끝났다. 그는 그녀를 힐끔 돌아보았다.

「재미있죠? 또 볼래요?」

그러나 그녀는 고개를 가로저었다. 재미있다고 낄낄대며 웃을 때는 언제고 그녀는 금세 흥미가 떨어진 듯 시큰둥한 표정을 짓고 있었다.

「넌 저게 재미있니? 시시해.」

그는 그녀의 눈치를 살피며 뒷머리를 긁적였다.

「시시……하긴 하죠.」

그는 이미 여러 번 반복한 변명을 또 주절주절 되풀이했다.

「실은 나도 싱싱한 거 하나 잡아 와서 여기서 천천히 재미 보려고 했는데, 멍청한 새끼가 숨어서 년들을 계속 훔쳐보고 있잖아요. 그래서 계획을 변경할 수밖에 없었다니까요.」

그는 노트북을 책상에 갖다 놓고 얼른 그녀 옆자리로 돌아갔다. 그녀가 짜증을 내기 전에 얼른 꼭 끌어안고 살살 달랬다.

「기다려 봐요. 조만간 싱싱한 거 하나 잡아 와서 당신 맘에 쏙 들게 해 줄 테니까. 기대해도 좋아요. 약속해요.」

「어떻게 해 줄 건데?」

「음, 어떻게 해 줄까요? 말만 해요. 뭐든 다 해 줄게요. 난 당신이 원하는 건 뭐든 다 하잖아.」

그는 씨익 웃으며 머릿속에 떠오른 것 중 그녀가 제일 재미있어 했던 방법들을 하나둘 나열하기 시작했다.

「옷을 싹 벗겨 놓고 헛간에 매달아 놓는 거예요. 이틀만 매달아 놔도 기진맥진해서 힘을 못 쓰니까. 그런 다음에…….」

매달아 놓은 이틀 동안 그녀 몰래 딴 재미를 좀 볼 거라는 건 또 절대 비밀이었다. 안 그런 척하지만 그녀는 질투가 굉장히 심한 편이다. 게다가 그녀는 10대 때 자신이 한 번 당한 전적이 있어선지, 잡아 온 것들한테 그 짓을 하는 걸 엄청 싫어한다.

이해는 한다. 그 때문에 하반신 불구가 된 사람이니까.

그래도 기껏 잡아 온 걸 재미 한 번 못 보고 처리한다는 건 너무 아깝지 않나. 그래서 그는 그 사실만은 그녀한테 또 철저하게 비밀로 했다.

그런데 그녀는 영상만 보고 그가 한 짓을 바로 알아챌 때가 있다. 그럴 땐 솔직히 좀 소름 끼친다. 머리가 너무 좋아도 피곤하다더니, 그녀가 딱 그 경우였다.

하지만 그것도 이젠 다 옛날 얘기다. 그녀도 나이가 먹더니 많이 달라졌다. 말수도 줄고 그의 말도 꽤 잘 듣는다.

그래서 그는 예전의 그녀보다 요즘의 그녀가 훨씬 더 좋다.

그가 그녀의 이마에 입을 맞추며 다정하게 속삭였다.

「내 영원한 사랑, 다이아나.」

❦

"잘됐네요. ……그럼 오늘은 거기서 주무시고 올 거예요? ……그렇겠죠. ……걱정 마세요."

시우가 통화하다 말고 호정을 지그시 돌아보았다. 그녀가 입술을 동그랗게 모아 '왜?'라고 소리 없이 물었다.

"누나 옆에는 제가 있으니까."

시우는 전화를 끊으며 깍지 낀 그녀의 손을 입으로 가져갔다. 그녀의 눈을 지긋이 응시하며 호정의 손등에 입을 맞췄다.

그는 아직도 많이 조심스러운가 보다. 연인의 손을 잡고 손등에 작은 입맞춤을 하는 순간에도 호정의 기색을 살핀다.

예전에는 왜 몰랐을까. 저렇게 빤히 보이는 그의 눈빛을. 그 안에 깃들어 있는 깊은 사랑과 어찌할 수 없는 불안감과 안타까움을.

당장은 모든 불안감과 안타까움이 사라지리라 생각하지 않는다. 시간이 더 필요할 터였다.

그도, 그녀도.

호정 역시 자신을 살피는 그의 눈동자를 깊이 들여다본다. 그 깊은 눈동자에 비친 제 모습을 살피고 시우의 기색을 살핀다.

그리고 최선을 다해 활짝 미소 짓는다.

난 괜찮아. 너도 괜찮지?

그도 그녀를 향해 진심을 다해 미소 짓는다.

어. 우리는 괜찮아.

그가 조심스레 다가와 그녀의 뺨에 가만히 입을 맞춘다.

"사랑해."

그녀가 수줍게 대답했다.

"나도."

그러면서도 호정은 예쁘게 눈을 흘기며 맞닿아 있는 그의 가슴을 어깨로 슬쩍 밀었다.

"좀 떨어져. 누가 옆에 있으면 집중 안 된다고 할 때는 언제고. 너무 붙어 있는 거 아닙니까, 이시우 박사님?"

호정은 시우가 오전에 임시 사무실에서 받아 온 두툼한 서류 뭉치 하나를 그의 품에 안기고 얼른 바닥에서 몸을 일으켰다. 한 걸음도 떼기 전에 그에게 손목을 잡혔다.

"그건 누나한테만 국한된 얘기였어. 그런데 지금은 누나가 옆에 있어야 집중이 더 잘돼. 가지 마."

그녀를 올려다보는 시우의 옅은 갈색 눈동자가 어쩐지 강아지의 눈망울을 닮았다. 현관 앞에서 자신도 데려가 달라고 주인을 올려다보는 강아지의 간절한 눈망울. 이시우와는 절대적으로 어울리지 않는 매칭이었지만 그 순간 호정의 눈에는 그렇게 보였다.

결국 호정은 할 수 없이 그의 옆에 다시 자리를 잡고 앉았다. 시우가 빙긋이 미소 지으며 그녀를 바라봤다. 호정은 일부러 그를 돌아봐 주지 않았다. 침대에 기댄 채 모른 척 서류를 살폈다.

그런데 이 남자, 도통 시선을 거둘 생각을 하지 않는다. 뺨이 다 따가웠다. 결국 그녀가 졌다. 훗, 웃음을 삼키며 그를 돌아봤다. 괜히 미간을 찌푸리고 엄한 표정을 지어 보였다.

"이시우, 일 안 해?"

"해."

"말로만? 듣고만 있어도 무슨 내용인지 알 수 있는 초능력까지 생긴 게 아니면 서류 좀 보지?"

그는 고개를 끄덕이면서도 시선을 거두지 않았다.

시우는 아직도 어젯밤 일이 믿어지지 않았다. 서로의 사랑을 확인하고 주호정이 이시우의 여자가 됐다는 사실이 꿈만 같다. 언젠가는 그리될 거라고 굳게 믿고는 있었지만 솔직히 그날이 이렇게 빨리 올 줄은 몰랐다.

앞으로 10년, 적어도 5, 6년은 더 기다려야 되지 않을까 싶었다. 때문에 그는 그녀에게서 도저히 시선을 뗄 수가 없다. 믿기지가 않아서, 꿈만 같아서 자꾸 보고 또 자꾸 확인하게 된다.

바닥에 나란히 앉아 어깨를 맞대고 있는 그녀를.

그의 시선만으로도 발갛게 물들어 버리는 사랑스러운 뺨을.

수줍은 설렘을 떨림과 함께 머금고 있는 저 입술을.

물론······.

그녀는 본능적인 거부 반응을 아직 온전히 떨쳐 내지 못했다. 나란히 맞닿아 있는 가녀린 어깨에 가끔씩 힘이 들어갔다. 발갛게 물든 뺨에는 한두 번씩 스산한 긴장감이 스쳐 지나가기도 했고.

물론 스스로는 모르는 반응들이다.

그래도 예전에 비하면, 특히 어젯밤에 비하면 놀라운 변화였다. 그래서 시우는 그녀가 고마우면서도 미안하고, 안심이 되면서도 불안하다.

오늘 새벽, 호정은 그의 품에 안겨 나른하게 미소 지으면서도 이렇게 말했었다.

"결국 듣고 싶었던 얘기는 하나도 못 들었네."

심장이 덜컥했다. 시우는 마른침을 두어 번 삼키고 나서야 겨우 입술을 달싹거렸다.

"아직도…… 듣고 싶어?"

호정은 바로 대답하지 않았다. 그녀가 물음에 물음으로 답한 건 그로부터 한참이 흐른 후였다.

"시우야, ……나 아직도 굳어 있어?"

그 역시 바로 대답하지 못했다. 호정의 미소에 씁쓸한 체념이 어렸다.

"그렇구나. ……많이?"
"……조금."

그녀는 낯선 말이라도 되는 양 '조금'이라는 단어를 입안에서 천천히 굴려 보았다. 이내 그녀의 입에서 깊은 한숨이 흘러나왔다. 후, 뿜어져 나온 따스한 숨결이 그의 맨 가슴을 간질였다. 살갗은 간지러운데 심장은 욱신거렸다.

제 마음을 아는 건지 호정이 굳은 손가락으로 가슴 한구석을 부드럽게 어루만졌다. 그리고 나지막하게 속삭였다.

"아파하지 않기."

호정은 그를 어루만진 손으로 자신의 심장도 토닥거렸다.

"그리고 나는…… 미안해하지 않기."

호정이 그를 올려다보며 윤슬처럼 미소 지었다.

"그럼 공평하지?"

시우는 아무 말도 할 수 없었다. 그 순간 그가 할 수 있는 거라고는 그녀를 따라 미소 지으며 고개를 끄덕여 주는 것. 그것뿐이었다.

호정은 그런 그의 얼굴을 그의 가슴에 턱을 괸 채 한참 동안 바라보았다. 시우는 알까? 지금 그의 얼굴이 얼마나 낯선지.

금방이라도 울 것 같은 그의 얼굴, 그의 미소.

낯선 만큼 미안하고 아팠다.

호정은 천천히 고개를 돌리고 그의 가슴에 뺨을 댔다. 두 눈을 감고 낮지만 힘찬 심장 소리에 귀를 기울였다.

쿵. 쿠쿵. 쿵. 쿵.

숨죽인 듯 낮게 뛰는 심장 박동은 힘찼지만 불안한 듯 불규칙했다.

그녀가 사랑하는 사람의 심장 소리였다.

그녀를 사랑하는 사람의 심장 소리였다.

그녀가 사랑해서, 그녀를 사랑해서 숨죽인 채 불안하게 뛰는 심장 소리였다.

호정이 나직하게 속삭였다.

"안 되겠다. 그 얘기는 나중에 들을게. 내가 더 단단해진 다음에…… 준비가 된 다음에."

그래서 네가 나 때문에 더 이상 불안해하지 않게 됐을 때, 우리 그때 다시 얘기하자.

두 사람은 창밖이 밝아 올 때까지 쉬이 잠들지 못했었다.

"그만 봐. 닳겠다."

호정이 돌아보지도 않고 타박했다. 그제야 시우는 고개를 돌리고 그녀가 쥐여 준 서류를 내려다보았다. 서류 제일 앞 장에는 '이든 리 알랜 보고서'라는 문구가 커다랗게 찍혀 있었다.

"아저씨, 아줌마 오늘 안 돌아오신대?"

시우가 서류를 거의 다 읽어 갈 때 즈음, 호정이 지나가는 어투로 물었다. 시우의 손이 허공에서 잠시 멈칫했다.

"응."

그도 서류에서 눈을 떼지 않은 채 무심한 투로 대답했다.

시우는 그녀 앞에서 '차민수'라는 이름을 꺼내기가 조심스러웠다. 아니, 정확하게 말하면 불안했다.

'차민수'라는 이름 석 자에 자동으로 연상되어 버리는 '차지수', '살인', '함정', '열네 살 출산' 등의 단어와 그것들이 내포하고 있는 의미들…….

그것들이 어제처럼 불한당처럼 달려들어 호정의 '심연의 공포'를 흔들어 깨울까 봐 시우는 불안했다. 그래서 가급적 그녀 앞에선 '차민수'라는 이름을 입에 올리지 않을 생각이다.

차민수는 시우의 협박 아닌 협박대로 정우와 시현의 도움을 받아들였다. 변호사를 재선임하고 법원에 보석을 신청했다. 다행히 법원은 보석금 100만 달러(한화 약 11억 4,750만 원)로 그의 보석을 허가했다.

　정우와 시현은 차민수의 보석금 중 10%에 해당하는 보증금 10만 달러(한화 약 1억 4,750만 원)를 기꺼이 대신 납부하고 오후에 차민수를 빼냈다.

　두 사람은 지금 퀸즈에 급하게 마련한 차민수의 임시 거주지에 그와 함께 있었다. 아까 전화도 정우가 그곳에서 건 전화였다.

　—아무래도 오늘 밤은 여기서 민수와 함께 있어야 할 것 같아. 물어볼 것도 많고 혼자 두고 가기 불안하기도 하고.

　"그렇겠죠."

　—호정이는 어때, 괜찮지?

　"걱정 마세요. 누나 옆에는 제가 있으니까."

　—후후, 알았어. 걱정 안 할게. 네가 어련히 알아서 잘할까. 그래도 시우야, 이거 하나만. 잊지 마. 호정이한테는 긴 호흡이 필요하다는 거. 알지?

　그러면서 정우는 '아아, 역시 사랑은 위대한 거야'라는 말을 혼잣말처럼 덧붙였다. 당연히 시우는 거기에 대해선 아무런 말도 하지 않았다.

　오늘 오전만 해도 그랬다. 식당에 나타난 아들의 얼굴만 보고도 간밤에 무슨 일이 벌어졌는지를 단박에 알아챈 분한테 새삼 무슨 말을 하겠나.

평소와 달리 아침 식사 자리에 나타나지 않은 호정이 걱정되어 일어나려는 시현을 도로 앉힌 사람은 바로 시우가 아닌 정우였다.

"더 자게 놔둬요. 많이 피곤할 텐데. 후우. 여보 이래서 전화위복이라는 말이 있나 봐요. 어쨌든 이렇게 또 한고비가 넘어가네요. 아니지. 한 번에 두 고비를 넘겼으니까, 전화위복복이라고 해야 하나?"

그러면서 정우는 고개를 갸웃거렸고, 그게 갑자기 무슨 뚱딴지같은 소리인가? 하고 의아해하던 시현은 금세 눈이 휘둥그레져서는 시우를 휙 돌아봤었다.

호정은 어젯밤 그와의 일을 두 분이 눈치챘다는 사실을 아직 모른다. 그녀가 부끄럽고 부담스러워할까 봐 정우와 시현은 모른 척했고, 시우도 굳이 말하지 않았다.

호정에게는 긴 호흡이 필요하다는 정우의 말.

그 말이 어떤 의미인지 시우도 잘 안다. 그래서 그는 어제보다 오늘이 더욱 조심스러웠다.

호정도 그의 마음을 알기에 더 이상 묻지 않았다. 대신 옆으로 조용히 손을 내렸다. 게처럼 살금살금 걸어가 바닥을 짚고 있는 시우의 손가락을 톡 건드렸다. 꿈틀하는 기다란 새끼손가락에 자신의 손가락을 살며시 엮었다.

보지 않아도 알 수 있었다.

그의 입가에 아직은 낯선 미소가 달콤하게 피어오르고 있다는 것을.

그 또한 보지 않아도 알 수 있었다.

그녀의 입가에도 그가 준 향옥 목걸이보다 달콤한 미소가 곱게 피어 있다는 것을.

살며시 엮여 있던 두 사람의 새끼손가락들이 보다 단단하게 엮였다.

* * *

"여보, 여기예요."

정우가 금방이라도 무너질 것 같은 낡은 건물을 올려다보며 말했다. 다시 한번 주변을 둘러본 시현도 고개를 끄덕였다.

"그런 것 같군."

웨스트 할렘 뒷골목은 아직 이른 시간이라 거리에 나온 매춘부들은 그리 많이 눈에 띠지는 않았다. 그러나 큰길에서 밀려난 매춘부들이 모여 있는 장소에서 150여 미터가량 떨어져 있는 위치에, 민수가 말한 모든 조건에 딱 들어맞는 곳은 지금 두 사람 앞에 있는 건물뿐이었다.

민수는 어머니를 오랫동안 숨어서 훔쳐본 장소가 오래전에 폐업한 빅풋 대형 창고의 담장 바로 건너편에 있는 어느 건물이라고 했다. 그 건물 외벽에는 말콤 엑스의 얼굴과 함께 'if yoy're not ready to die for it, put the word 'Freedom' out of your vocabulary.'(만일 네가 네 꿈과 목표를 위해 죽을 각오가 되어 있지 않다면, 네 사전에서 '자유'라는 단어를 지워 버려라)라는 그의 명언이 같이 크게 그래피티되어 있었다고도 했다.

두 사람은 혹시나 해서 차를 타고 주변을 여러 번 돌아다녀 봤다. 하지만 포주들에게 밀려난 매춘부들을 지켜볼 수 있는 건물은 이것 하나밖에 없었다.

정우가 남편을 돌아보고 말했다.

"여보, 우리 내려서 한번 살펴봐요."

두 사람은 차에서 내려 민수가 서 있었을 것으로 추정되는 위치에 가서 섰다. 건물을 등지고 서서 전방을 주의 깊게 살폈다.

특별한 건 없었다. 다 쓰러져 가는 오래된 대형 창고의 담장이 맞은편 시야를 온통 다 가리고 있었고, 담장과 그들이 서 있는 인도 사이에는 좁은 도로가 있을 뿐이었다. 인도는 일렬로 불법 주차되어 있는 차량들 때문에 제구실도 거의 못하고 있었다.

민수는 범인의 차량이 짙은 색의 낡은 왜건이라고 했다. 범인은 그 차 속에 숨어 차지수를 몰래 훔쳐보는 민수를 지켜봤을 것이다. 바로 저기, 길 건너편에 차를 세워 둔 채.

그런데 범인은 왜 그들을 노린 걸까. 차지수 혹은 민수와 아는 사이였을까? 두 사람 중 누구에게 원한을 품고 범행을 저지른 걸까.

그 대상은 차지수였을 가능성이 높다. 범인은 그녀를 무려 스물일곱 번이나 칼로 찔러 죽였다. 개인적 원한이 의심되는 부분이었다.

반면 민수는 차지수를 찾아 이번에 미국 땅을 처음 밟았다. 여행도 급작스럽게 진행됐다.

그런데 그런 그에게 원한을 품고 있던 사람이 미국에 살고 있었고, 마침 민수를 뉴욕에서 우연히 보고는 이 모든 일을 저질렀다? 가설을 세우기에도 말도 안 되는 상황이었다.

그렇다면 범인은 차지수와 원한 관계에 있는 인물일 가능성이 높다고 보는 것이 가장 합리적인 추론이었다.

정우는 주변을 다시 빠르게 둘러보았다. 그녀의 뇌리에 두 번째 의문이 스쳐 지나갔다.

범인은 차지수와 민수의 관계를 어떻게 알았을까.

범인이 두 사람의 관계를 알지 못했다면, 모자(母子) 사이를 이용한 범행 자체는 성립하지 않는다. 그가 데려간 이가 차지수가 아니었다면 민수가 그 차를 쫓아가지 않았을 테고, 그랬다면 차지수를 죽인 범인으로 민수가 몰릴 일도 없었을 테니까.

그렇다면 두 번째 의문에 대한 답 역시 차지수다.

차지수와 비밀을 공유할 만큼 매우 밀접한 관계에 있는 사람이 아니라면 민수를 이용한 범행 자체가 성립하지 않으니까.

"아, 그런데 그것도 아니란 말이야."

정우는 고개를 흔들며 혼잣말을 중얼거렸다. 혹여 아내에게 무슨 일이라도 생길까, 보디가드처럼 바짝 붙어 주변을 경계하던 시현이 걱정 가득한 눈빛으로 정우를 내려다보았다.

"뭐가?"

"아, 그게…… 사건 자체만 두고 보면 범인은 차지수와 밀접한 관계가 있는 인물로 원한이 깊은 인물이어야만 가능한데, 조사 결과는 정반대라서요. 솔직히 혼란스러워요."

시현은 정우가 무슨 말을 하는지 바로 이해했다. 그도 그 점을 매우 의아하게 여기고 있었다.

NYPD는 사건 초기부터 피해자인 차지수의 주변을 샅샅이 조사했다. 그중에는 민수 이외에는 범인으로 의심될 만한 인물이 단 한 명도 없었다.

그녀는 케네스 마클과 이혼한 후에 전 미국을 떠돌아다니며 되는 대로 살았다. 어느 한곳에 오래 정착한 적도 없었다. 그나마 뉴욕에서 가장 오래 머물고 있던 참이었다.

때문에 차지수 주변에는 죽음을 진심으로 애도해 줄 지인이 단 한 명도 없었다. 그녀의 존재를 알고 있는 사람들도 저 길 건너편에 하나둘 모여들고 있는 한물간 매춘부들뿐이었다.

그러나 그들 또한 그녀의 이름조차 제대로 알고 있지 못했다. 나이는 물론 이름조차 제대로 모르는 이들이 태반이었다. 그들 사이에서 차지수는 '옐로우바니'로 통했다. 토끼처럼 나름 귀엽게는 생겼지만 누런 토끼라는 뜻이었다.

심지어 그녀는 저 한물간 매춘부들 중에서도 가장 인기가 없었단다. 차지수는 저들 무리에서조차 가장 하찮고 우스운 존재였다.

그런데 그녀를 죽이기 위해 아들을 끌어들이고, 함정을 씌우는 등의 수고와 위험을 마다하지 않았다? 프로파일러가 아닌 시현이 생각해도 그건 말이 안 된다는 것 정도는 알겠다. 그러니 정우는 오죽할까.

시현이 넌지시 물었다.

"혹시 NYPD가 조사한 것들 중에 틀리거나 누락된 부분이 있지 않을까? 당신이 보기엔 어땠어? 정말 수사에는 문제가 하나도 없었어?"

"네. 단시간에 조사한 거라고는 믿기 힘들 만큼 굉장히 상세히 조사되어 있었어요. 물론 NYPD 자체 능력만으로 조사한 건 아니었지만요."

아마 민수가 고용한 탐정이 없었다면 차지수에 대한 조사가 그토록 빨리, 자세하게 이뤄지진 못했을 것이다. 아이러니하게도 NYPD가 민수를 범인이라고 확신하게 된 데에는 여러 가지 정황과 증거, 유전자 검사 결과 외에도 그가 1년 넘게 고용해 조사시킨 탐정의 '차지수 보고서'가 한몫 톡톡히 했다.

NYPD의 확신대로 모든 정황과 증거, 수사 결과와 보고서만 보면 민수가 범인이 맞았다.

하지만 민수는 아니었다. 범인은 따로 있었다.

놈은 이곳 어딘가에서 여전히 매춘부로 살고 있는 모친을 보고 괴로워하는 민수를 구경했다. 아들이 숨어서 자신을 보고 있는지도 모른 채 호객 행위에 여념 없는 차지수를 보며 재미있어 했을지도 모른다.

사건 발생 시간과 민수의 기억을 종합해 보면, 녀석은 차지수가 낡은 픽업트럭에서 일을 마치고 내리기를 기다렸다가 곧바로 차에 태운 것이 확실했다.

그리고 거리로 돌아와 민수 앞에 차를 세워 차지수의 목에 칼을 대고 그를 협박했다. 그것도 자신의 목소리가 아닌 차지수의 목소리로.

그러고는…….

한참 동안 골똘히 생각에 잠겨 있던 정우는 '아, 이것도 아니야'라고 중얼거리며 세차게 고개를 가로저었다. 무거운 한숨을 내쉰 정우가 시현의 팔뚝을 지그시 잡았다.

"이런 식으로는 안 되겠어요. 정보가 너무 부족해요."

남편의 어깨 너머로 저쪽 건너편을 힐끔 쳐다본 정우가 시현을 올려다보았다.

"여보, 내가 부탁한 거, 가지고 왔어요?"

시현은 50달러(한화 약 5만 7,290원) 지폐가 두둑이 들어 있는 재킷을 두드리며 고개를 끄덕였다.

"그럼, 준비해 왔지."

시현도 뒤를 힐끗 돌아보았다.

"그런데 이게 과연 효과가 있을지 모르겠군."

"50달러면 저들이 한 번 일해서 버는 돈이니까 경쟁하듯 입을 열려고 할 거예요. 그중에는 돈 받으려고 지어낸 거짓말도 있겠지만요. 하지만 그건 걱정 말아요. 내가 누구예요. 진실인지, 거짓말인지는 바로 가려낼 수 있어요."

정우는 싱긋 미소 지으며 남편을 향해 한쪽 눈을 찡긋했다.

"그리고 나한테는 최종 병기인 당신이 있잖아요. 가요, 여보."

정우는 시현의 팔짱을 끼고 건너편으로 걸음을 옮겼다.

잠시 후, 웨스트 할렘 뒷골목 중에서도 가장 외지고 어두운 골목에 보기 드문 진풍경이 벌어졌다.

포주와 젊은 매춘부들에게 쫓겨난 중년의 닳고 닳은 매춘부들이 이 골목과는 어울리지 않아도 너무 어울리지 않는 고상한 분위기의 동양인 중년 부부 뒤로 길게 줄을 늘어선 것이다.

뒤늦게 소문을 듣고 달려와 줄 끝에 선 이들은 혹여 제 차례가 오기 전에 돈이 바닥날까 안달하며 고래고래 소리를 지르기도 했다.

「야, 이년아! 넌 옐로우바니가 누군지도 모르잖아!」

「저년이 미쳤나. 내가 옐로우바니를 왜 몰라! 며칠 전에 칼침 맞고 뒈진 년 말하는 거잖아! 나도 걔 알아.」

「야! 넌 옐로우바니가 죽었던 날, 여기 오지도 않았었잖아! 저게 어디서 거짓말이야!」

「너나 지랄하지 마. 나 그때 빅풋에서 일하고 있었거든! 저기요, 진짜예요. 그날 옐로우바니하고 얘기도 했다고요. 거짓말은 저년이 하는 거예요. 저년에게 절대로 돈 주지 말아요.」

「야, 이 쌍년아, 너 방금 뭐라고 그랬어. 죽고 싶어? 죽어 볼래? 너 이리와. 이리 안 와!」

「까악!」

말 그대로 한바탕 난리가 벌어지기도 했다. 그때마다 시현이 나서서 서로 머리를 쥐어뜯으며 몸싸움을 벌이는 여자들을 말리며 진정시켰다.

신기하게도 여자들은 서로 씨근덕거리면서도 시현의 말은 잘 따라 주었다. 돈의 위력인지, 아니면 나이가 들수록 더욱 근사해진 시현의 고결한 분위기 때문인지는 알 수 없는 일이었다.

그렇게 얼마간의 시간이 더 흐른 후였다.

한눈에 봐도 알코올 중독자가 분명한 중년의 매춘부 한 명이
벌벌 떨며 다가왔다. 며칠 동안 술을 마시지 못한 모양이었다.
여자는 제 차례가 되자 눈을 희번덕거리며 말했다.

「옐로우바나나 그날 밤 일에 대해서 얘기하면 50달러 준다는
거, 진짜예요?」

「네. 단, 사실일 때만요.」

「걱정 말아요. 난 거짓말 같은 거 안 하는 사람이니까. 그런
데 50달러는 한 번만 줘요? 쓸 만한 얘기하면 더 안 주나?」

「진짜 쓸 만한 얘기고 진실이라면 더 드릴 수도 있어요.」

그러자 알코올 중독자인 매춘부의 얼굴 표정이 확 달라졌다.
잔뜩 흥분한 여자는 뒤를 힐끔 돌아보고는 두 사람 가까이 얼굴
을 들이댔다. 귓속말하듯 작게 속삭였다.

「실은 나, 그날 밤에 굉장한 걸 봤어요. 그런데 옐로우바나가
그렇게 돼졌다는 거 알고는 너무 무서워서 입도 벙긋 못 했어
요. 짭새가 와서 물어봤는데도 모른다고만 했어요. 내가 미쳤어
요? 죽은 년은 불쌍하지만, 내가 얘기했다는 거 알면 그 새끼가
찾아와서 나도 옐로우바나처럼 죽일지 모르는데. 안 그래요? 그
런데…… 돈만 많이 준다면 다 얘기해 줄게요.」

정우의 눈이 흠칫 커지며 반짝였다. 시현의 얼굴에도 긴장감
이 어렸다.

두 사람은 등 뒤로 서로의 손을 꽉 움켜잡았다.

7장

"난 아무리 봐도 특별히 이상한 점은 없는 것 같은데."

호정은 뻐근한 목을 좌우로 돌리며 중얼거렸다. 시우가 바로 반응을 보였다. 그녀의 말이 아닌 행동에.

"목 아파?"

"조금 뻐근……."

아차, 싶어 얼른 말을 덧붙였다.

"서류를 너무 열심히 봐서 그런가 봐. 너는 괜찮아?"

그는 대답 대신 그녀의 손에서 이든 리 알랜의 보고서 뭉치를 슬그머니 뺏어 갔다.

"어! 나 아직 다 안 봤는데……."

시우는 자신이 보던 서류 뭉치도 함께 바닥에 내려놓았다. 미간을 찌푸리는 그녀를 돌아보며 피식, 웃었다.

"휴식 타임. '뇌에도 휴식이 필요하다', 어릴 때부터 부모님한테 귀가 따갑도록 들은 말이야. 우리 잠깐만 쉬자."

"흐음, 그래. 딱 10분만 쉬자."

호정은 크게 기지개를 켰다. 그 모습을 가만히 바라보던 시우가 뜬금없는 말을 했다.

"돌아 봐."

"뭐?"

"돌아앉아 보라고."

"왜, 뭐하려고?"

호정은 미심쩍어 하면서도 그의 말대로 돌아앉았다. 등 뒤로 시우가 바짝 다가오는 것이 느껴지더니 이내 커다란 손이 그녀의 어깨에 얹혔다.

호정은 자신도 모르게 움찔 몸을 굳혔다. 커다란 손이 굳은 그녀의 어깨를 부드럽게 주무르기 시작했다.

"누나가 굳을 때마다 이렇게 해 주고 싶었어."

그런데 그럴 수가 없었다. 손만 닿아도, 닿을 듯 가까이만 다가가도 호정의 몸은 더욱 굳어 버렸으니까. 지금도 그녀는 자신도 모르게 경직과 이완을 반복하고 있었다.

그럼에도 기꺼이 몸을 내어 주는 그녀가 고마웠다.

"아프거나 불편하면 말해. 참지 말고."

조심스러운 손길만큼이나 조심스러운 음성에 호정은 고개를 끄덕이며 소리 없이 미소 지었다. 시우에게 받는 안마가 어색하지만 아프지는 않았다. 어색해서 조금 불편하긴 하지만 그가 말하는 의미의 불편함은 아니었다.

그녀는 아직 자신의 몸이 언제, 어느 강도로 경직되는지 알지 못한다. 자신이 시우에게마저 본능적인 거부 반응을 보인다는 것도 어제 처음 알았다. 아직은 의식적으로 인지만 할 뿐이다.

그래서 거울이 없어 뒤에 있는 그의 눈동자나 표정을 통해 자신의 상태를 짐작할 수도 없는 지금으로선 몸이 또 경직했는지 안 했는지도 알 수가 없었다.

그런데 불편하면 참지 말고 말하라니. 아무래도 휴식 시간 내내 그에게 안마를 받아야 할 모양이다.

"많이 딱딱해?"

"조금."

또 '조금'이란다. 아무래도 조만간 '조금'이라는 단어가 제일 싫어질 것 같다. 호정은 다소 뚱한 음성으로 말했다.

"그럼 너도 조금만 해."

"훗."

등 뒤에서 들려온 짧은 웃음에 호정도 이내 피식, 웃고 말았다. 호정은 몸이야 경직되든 말든 그의 손에 기꺼이 몸을 맡기고 두 눈을 지그시 감았다.

그러다가…… 깜박 잠이 들고 말았다.

두 사람은 그날 밤, 커다란 침대를 놔두고 바닥에서 잠들었다. 베개도, 시트도 없는 맨바닥이었지만 두 사람은 어느 때보다 깊고 달게 잤다. 아침이 될 때까지 단 한 번도 깨지 않았다.

아침에 깨어났을 때 호정의 시야에 가장 먼저 들이친 것은 커다란 유리창으로 스며든 눈부신 햇살이었다. 그다음으로 보인 것은 짙은 갈색의 카펫 위로 삐죽삐죽 솟아 있는 여러 개의 길고 가는 목제 다리들과 커다란 가죽 판이었다.

처음에는 그것들이 무엇인지 몰랐다. 무거운 눈꺼풀을 대여섯 번 깜박인 다음에야 호텔 객실에 비치되어 있는 탁자와 1인용 소파들의 밑동이라는 것을 깨달았다.

그러고도 한동안은 멍하니 바라보았다. 왜 눈앞에 카펫 하며 저것들의 밑동이 보이는 걸까, 하고. 그러다가 불현듯 깨달았다. 자신이 지금 바닥에 모로 누워 있다는 것을.

"바닥? 왜······?"

시우는?

그를 떠올린 순간 바로 깨달았다. 등 뒤에서 새근새근 잠들어 있는 사람이 바로 시우라는 것을. 그는 잠들어서도 호정의 허리를 꼭 끌어안고 있었다. 가슴이 두근거린 것과 동시에 입가에 설렘 가득한 미소가 피어났다. 호정은 잠든 그의 얼굴을 보고 싶었지만 돌아눕지 않았다. 깊이 잠들어 있는 시우가 깰 때까지 그대로 꼼짝도 하지 않았다.

그렇게 얼마나 지났을까.

"으음······."

잠기운에 깊이 가라앉은 허스키한 음성이 호정의 귓가를 나직하게 적셨다.

"누나······."

허리가 뒤로 당겨지고 따스한 숨결이 목덜미를 파고들었다. 호정은 떨리는 호흡을 가다듬고 간신히 입을 열었다.

"······깼어?"

"응. 누나는?"

"나도."

허리에 휘감긴 시우의 팔에 힘이 더욱 실린다 싶더니, 다음 순간 호정은 그의 품에 더욱 깊이 파묻혔다. 그가 목덜미에 자잘한 입맞춤을 하며 속삭였다.

"굿모닝."

"……굿모닝."

"우리 밤새 바닥에서 이대로 잔 건가?"

"그런가 봐."

"안 불편했어?"

"……응. 넌?"

살갗에 맞닿은 감촉으로 그의 입술이 부드러운 호를 그리며 말려 올라가는 것이 느껴졌다.

"이렇게 깊이 잔 건 정말 오랜만이야. 홋, 바다 체질인가? 아니면 누나 때문인가?"

허스키한 음성이 짙어질수록 살갗에 닿는 부드러운 입술의 온도가 점차 뜨거워져 갔다. 그의 뜨거워지는 숨결을 따라 호정의 숨결도 점차 가팔라지기 시작했다.

어느새 그녀의 등과 그의 가슴이 빈틈없이 바짝 밀착되어 있었다. 맞닿은 등을 통해 그의 가슴이 세차게 오르내리는 것이 고스란히 전해져 왔다. 그가 떨리는 음성으로 속삭였다.

"누나…… 하아, 괜찮아?"

"으……응."

그녀의 허리를 빠듯하게 움켜잡고 있던 커다란 손이 니트 속으로 부드럽게 침입했다. 움칫, 떨리는 호정의 아랫배를 기다란 손끝이 조심스럽게 어루만졌다.

"하아……."

호정은 자신도 모르게 가쁜 숨을 내쉬었다. 호정의 귓가로 시우의 뜨거운 숨이 뿜어져 나왔다.

"누나……."

그의 간절한 부름에 호정의 고개가 뒤로 돌아갔다. 발갛게 상기된 뺨, 열기로 흐릿해진 눈동자, 가쁘게 터져 나오는 숨결. 서로를 바라보는 두 사람의 모습은 한 치도 다르지 않았다.

누가 먼저라고 할 것 없이 움직인 두 사람의 입술이 하나로 겹쳐졌다. 깊어진 키스만큼 뜨거운 숨결이 합쳐지며 열기를 더했다. 호정이 몸을 돌려 그의 목에 팔을 둘렀다.

시우가 호정의 얼굴을 어루만지며 시선을 맞춰 왔다. 열기로 뿌옇게 흐려진 그녀의 동공을 깊숙이 응시하며 속삭였다.

"정말…… 괜찮아?"

호정은 여전히 불안해하는 그를 위해 큰 소리로 대답해 주고 싶었지만 그럴 수 없었다. 그를 원하는 열망이 너무 커서, 사랑하는 마음이 너무 깊어서 목소리가 되어 나와 주지 않았다. 대신 호정은 진심을 다해 고개를 끄덕여 주었다.

그녀가 먼저 그의 입술을 찾고 뜨거운 키스를 되돌렸다. 떨리는 손으로 하릴없이 납작한 배만 더듬은 커다란 손을 움켜잡았다. 그대로 자신의 가슴으로 이끌었다.

호정은 온몸으로, 온 마음으로 속삭이고 외쳤다.

난 괜찮아. 너라서 괜찮아. 사랑해, 시우야. 사랑해.

커다란 창문으로 눈부신 아침 햇살이 폭포처럼 쏟아지는 방은 금세 뜨거운 열기로 가득 찼다.

새벽에 시우가 바닥에 내려놓았던 서류들은 조심스럽게 격정을 토해 내는 누군가의 손길에, 사랑으로 흔들리고 흔들리는 발끝에, 욕망의 몸짓에 하릴없이 구겨지다 사방으로 흩어졌다.

그 위로 서로를 찾는 애타는 음성과 가쁜 숨소리들이 덧입혀졌다. 조심스럽기만 하던 사랑은 그렇게 조금씩, 조금씩 뜨겁게 깊어져 갔다.

❧

"이든 리 알랜의 부검 소견서를 보면 메스칼린 성분이 검출되기는 했지만, 신체 부위 어디에서도 몸싸움이나 저항의 흔적은 없었어."

호정은 의자에 앉아 형편없이 구겨져 버린 보고서를 항목과 순서대로 다시 차곡차곡 정리하며 의문을 제기했다.

"따라서 당시 수사관들이 내린 결론대로, 평소 우울증과 대인기피증에 시달리던 이든 리 알랜이 자신이 또다시 에페타 킬러 용의자로 지목되자, 심리적 압박감을 감당하지 못하고 환각제를 복용한 뒤 스스로 왼쪽 손목의 동맥을 그어 과다 출혈로 사망했다고 보는 것이 가장 합리적인 것 같은데?"

바닥 여기저기에 흩어져 있는 서류들을 마저 주워 테이블 위에 올려놓으며 시우는 어깨를 으쓱했다.

"조사된 보고서만 보면 누나 말이 맞아."

시우가 마지막으로 주워 온 서류들을 얼른 집어 들고 앞서 정리해 놓은 서류 뭉치와 하나하나 비교해 가며 항목과 순서를 맞추던 호정이 맞은편 소파에 앉는 그를 힐끗 쳐다보았다.

"보고서 외의 의문이 있다는 거야?"

"그런 건 있을 수 없지. 우리가 지금 확인해 볼 수 있는 건 보고서뿐이니까. 내 말은 보고서에 기재는 되어 있되, 조사가 완벽하게 이뤄지지 않은 부분에서 의문점이 있다는 뜻이야."

"그게 뭔데?"

시우도 얼른 호정의 손에서 서류 한 뭉치를 빼내 그녀가 분리해 놓은 대로 남은 서류들을 정리하기 시작했다.

"첫째, 경찰은 그가 메스칼린을 어디서 구입했는지 끝내 밝혀내지 못했어. 뭐, 당연하긴 해. 마약 단속반이라고 해도 모든 불법 유통 경로를 꿰고 있는 건 아니니까. 그들은 워낙 점조직으로 운영되며 특히 메스칼린의 경우에는 멕시코 일반 가정에서도 로포포라 선인장을 직접 재배해서 판매하는 자들이 있어 색출이 더욱 쉽지 않으니까."

"그런데?"

"이든 리 알랜이 수많은 환각제 중에서 왜 메스칼린을 선택했을까가 의문이야. 우울증이라면 GHB(Gamma-Hydroxybutyric acid)*를 처방받을 수도 있었을 테고 메스칼린보다 손쉽게 손에 넣을 수도 있는 대마초나 케타민, 심지어 효과가 400배나 높은 LSD도 있는데 말이야."

호정은 정리하던 손을 멈추고 그의 이야기에 집중했다. 시우

---

*Gamma-Hydroxybutyric acid:감마 하이드록시낙산. 일명 물뽕.

는 그녀 몫까지 빠르게 정리하면서도 이야기를 이어 나갔다.

"메스칼린은 아까 말했듯이 로포포라 선인장에서 추출되는 환각 물질이야. 정확하게 말하면 로포포라 선인장의 화두인 페요테에 환각 물질이 있지. 그런데 메스칼린은 공교롭게도 수천 년간 북미 남부 인디언들이 종교적 의식에서 사용해 온 환각제란 말이지."

때문에 메스칼린은 미국에서 불법 환각제로 지정되었음에도 불구하고 인디언들의 종교 의식에 한해서만은 현재까지도 사용이 허용되어 있었다.

호정이 미간을 찌푸리고 고개를 끄덕였다.

"아, 맞다. 나도 책에서 읽은 적 있어."

"우연치고는 너무 공교롭지 않아? 다이아나가 분노하며 응징하겠다고 다짐을 했던 대상이 죽기 직전에 선택한 것이 하필 인디언들이 전통적으로 사용해 온 환각제였다는 부분이."

만약 이든 리 알랜이 자살 훨씬 이전부터 메스칼린을 복용해 왔다는 것이 밝혀진다면 그의 의문은 '공교로운 우연'으로 치부할 수도 있을 터였다. 그러나 보고서 어디에도 그가 비단 메스칼린이 아니더라도 다른 환각제에 중독되어 있었다는 문구는 단한 줄도 적혀 있지 않았다. 물론 부검 소견서에도 약물 중독이 의심된다는 문구는 없었다.

호정은 고개를 끄덕였다.

"그러네. 그리고 또?"

"메스칼린은 LSD나 실로시빈 같은 일종의 알카로이드 환각제야. 망상, 구토, 현기증, 동공 확대, 맥박과 혈압 상승 및 체온

상승 등을 유발하지. 말초 신경계에 영향을 줘서 근육을 마비시키기도 해. 효과는 복용 후 1, 2시간 후부터 나타나고 10~12시간 정도 지속된다고 알려져 있어."

금세 서류 정리를 다 끝낸 시우는 박스에 서류 파일들을 차곡차곡 담기 시작했다.

"그런데 부검 소견서나 사후 강직으로 추정된 그의 사망 시간은 메스칼린 복용 후 최소 3~4시간이 지난 이후야. 그리고 그의 체내에 남아 있는 메스칼린 양과 사망 시간을 계산해 보면, 그가 복용한 양은 약 500mg으로 일반 복용량의 최고치라고 할 수 있어. 즉, 그 양과 시간을 감안하면 이든 리 알랜이 자살을 시도한 시간대가 약효가 가장 활발했을 시간대라는 얘기지."

"그런데?"

"약효가 돌며 제 몸 하나 가눌 힘도 없었어야 맞아. 그런데 이든 리 알랜은 주방 칼로 자신의 왼쪽 손목을 단 한 번의 실수도 없이 정확하게 그었어."

시우는 고개를 가로저었다.

"그러기는 쉽지 않아. 동맥은 피부에서 1cm 아래에 있기 때문에 대부분은 피부 바로 밑에 있는 정맥만 긋고 말지. 동맥까지 정확하게 긋기 위해선 아무리 남자라고 해도 꽤 많은 힘이 소요돼."

그런데 그는 환각제로 제 몸 하나 가눌 수 없는 가장 정점의 시간에 그것을 정확하게 해냈다. 그리고 욕조를 선택하지도 않았다. 그는 거실 흔들의자에 앉아서 자살을 시도했다.

"그리고 30분에서 1시간가량이 흐른 시점에 피가 응고되기 시작하자 다시 한번 정확하게 그었어."

그리고 거실 한복판에 쓰러져 있는 채로 발견됐다. 흔들의자에 앉아서 자살을 한 후, 사망하면서 바닥으로 미끄러진 것으로 추정되었다. 호정의 표정이 심각해졌다.

"그럼…… 진짜 누군가 그에게 환각제를 일부러 먹인 후 집에 몰래 침입해서 자살로 위장해 살해했다는 거잖아."

이든 리 알랜이 환각제를 먹은 것을 우연히 알고 범인이 들어가서 범행을 저질렀다고 보기에는 자살로 몰고 간 정황이 너무 치밀했다.

"그리고 사건 보고서에는 누군가 강제로 침입한 흔적이 없다고 되어 있어. 집 안 어디에서도 그의 지문이나 머리카락 외에 제3자의 것으로 추정되는 건 일절 발견되지 않았고. 그렇다면 범인은 그의 집에 언제, 어떻게 들어갔을까?"

호정은 조심스럽게 말을 덧붙였다.

"면식범일까?"

"일반적인 경우라면 면식범일 가능성이 가장 높지만, 이 경우에는 아닐지도 몰라."

"왜?"

"당시 이든 리 알랜은 에페타 킬러의 유력 용의자로 재수사 대상이었던 인물이야. 그런데 재수사가 시작도 되기 전에 사망해 버렸어. 당시 FBI 재수사팀은 언론의 비난과 의혹을 피하기 위해서 이든 리 알랜의 주변 인물들을 모두 샅샅이 조사했어. 하지만 사망 시간대에 모두 확실한 알리바이가 있었지. 면식범이었다면 재수사 과정에서 어떤 식으로든 의심스러운 부분이 발견됐었어야 돼."

그런데 이든 리 알랜의 단골 피자집 배달원까지 그의 주변 인물이라면 모조리 이 잡듯이 조사했으나, 단 한 명도 걸리는 인물이 없었다. 그러기도 쉽지 않을 터였다.

호정은 팔짱을 끼고 흐음, 낮은 한숨을 내쉬었다.

"면식범의 소행도 아니다, 이거지. 그럼 대체 누가 어떤 방법으로 그런 완전 범죄를 저지른 걸까."

시우가 탁자에 팔을 괴고 심각한 표정의 호정을 지그시 응시했다.

"완전 범죄란 없어. 어떤 범행이든 흔적은 반드시 남기 마련이야. 다만, 초동 수사가 잘못돼서 수사 방향을 잘못 끌고 가는 바람에 증거와 흔적들이 모두 훼손되고 증인들이 사라져 완전 범죄처럼 보이는 거지."

시우가 그녀에게 손을 내밀었다. 호정은 '왜?' 라고 입모양으로 물으면서도 그의 손위에 살포시 자기 손을 올려놓았다. 그가 손을 잡고 천천히 잡아당겼다.

"으응? 뭐 하는 거야."

어어, 하면서도 자리에 일어난 호정은 못 이기는 척 그가 이끄는 대로 그의 앞으로 갔다. 시우의 입가에 개구쟁이 같은 미소가 떠올랐다. 그의 눈까지 가 닿은 미소는 호정을 따라 웃음 지게 만들었다.

그녀의 입가에 웃음이 터지는 순간, 시우가 그녀를 확 잡아당겨 허벅지에 앉혔다.

앗!

깜짝 놀란 호정이 비명을 지를 새도 없이 시우가 그녀의 입술에 쪽, 하고 뽀뽀했다. 호정의 뺨이 금세 발갛게 달아올랐다.

조금 전에는 바닥에서 그보다 훨씬 야한 것도 했으면서.

그런데도 이런 어린아이 같은 기습 뽀뽀에 가슴이 더욱 설레는 이유는 뭘까. 귓불까지 발개진 호정은 아랫입술을 지그시 깨물고 괜스레 눈을 흘겼다.

"후후."

시우가 짙은 눈빛으로 그녀를 바라보며 가슴에서 울리는 낮은 웃음소리를 흘렸다. 그의 매력적인 미소를 바라보면서도 호정의 머릿속에는 어찌할 수 없는 생각이 반짝 스치고 지나갔다.

또 굳었으면 어떡하지?

그러나 이내 그녀도 후후, 웃으며 그의 목에 팔을 둘렀다.

그래도 상관없어. 괜찮아.

자신을 있는 그대로 사랑해 주고, 그녀가 온 마음으로 사랑하는 시우가 있으니까. 언젠가는 더욱 단단해지고 강해져서 그도, 자신도 모두 이겨 내리라는 것을 믿으니까.

호정은 다시 한번 괜스레 눈을 흘겼다.

"뭐 하는 거야. 심각한 얘기하다가 갑자기."

"너무 예뻐서."

"치."

"후우, 큰일이다."

"뭐가?"

"팀원들하고 전체 미팅이 있어서 사무실에 나가야 하는데, 가기가 싫어."

후후. 호정은 작게 웃으며 고개를 갸웃 기울이고 그와 시선을 맞추었다.

"빨리 갔다 와."

"같이 갈까?"

잠시 생각한 호정이 고개를 가로저었다.

"모레까지 쉬기로 했으니까 그냥 쉴래. 하루 만에 말을 번복하면 사람 실없어 보여. 후후. 그리고 아저씨, 아줌마하고도 약속했는걸."

"아버지, 어머니 저녁이나 되어야 돌아오실 거야. 나도 그럴 것 같고. 혼자 있어야 되는데, 괜찮겠어?"

"그럼. 내가 어린애니?"

호정은 낮은 한숨을 내쉬고 시우의 눈을 똑바로 응시했다.

"나 이제 정말 괜찮아, 시우야."

"알아. 그래서 너무 고마워."

시우가 호정의 허리를 꼬옥 당겨 안았다. 두 사람의 얼굴이 코끝이 닿을 듯 가까워졌다. 시우가 호정의 콧잔등에 또 쪽, 입맞춤했다.

"그래서, 혼자 뭐 할 건데?"

"음, 일단 잠을 좀 더 잘래."

호정이 그의 귓가에 나직하게 속삭였다.

"누구 때문에 등도 배기고 엉덩이도 뻐근하고…… 피곤해."

그녀를 바라보는 시우의 눈빛에 짙은 이채가 어렸다. 씨익, 미소 지은 그는 호정을 다리 채 모아 품에 그러안고 자리에서 벌떡 일어났다. 어! 하고 눈이 동그래진 호정을 침대에 천천히 눕혔다.

그 위로 지그시 상체를 겹치고 호정의 까만 눈동자를 빨아들일 듯 내려다보았다. 잠시 떨어지는 것도 아쉬워 그녀를 망막에 새겨 넣을 듯 보고 또 보며 낮은 신음을 흘렸다.

"흐음. 갔다 올게. 늦지 않을 거야. 저녁에 뭐 하고 싶어? 데이트하자, 우리."

호정은 느리게 눈을 깜박이며 고개를 끄덕였다.

"응."

"뭐 하고 싶어? 가 보고 싶은 데는?"

"글쎄. 당장은 떠오르는 데가 없는데. 생각해 볼게."

"알았어. 나 올 때까지 생각해 놔. 누나 다리 아직 다 안 나았으니까 오래 걷지 않는 코스로."

"알았어."

시우가 그녀의 얼굴을 가만가만 어루만졌다.

"자. 자는 거 보고 나갈게."

"여기서? 안 돼. 여기 네 방이잖아. 아저씨, 아줌마 일찍 돌아오시면 어쩌라고. 내 방 가서 자야지."

"그냥 여기서 자. 저녁에나 돌아오실 거니까."

"일찍 오실 수도 있잖아."

그가 고개를 갸웃하고 한쪽 눈썹을 힐끗 추켜올렸다.

"누나가 여기 있으면 두 분이 더 좋아하실 것 같은데."

호정도 안다. 두 분이 시우와 자신의 깊어진 관계를 아시게 된다면 누구보다 가장 기뻐하시고 축하해 주시리라는 것을. 그래도 아직은 쑥스럽다.

호정은 그의 어깨를 스윽, 밀었다.

"몰라. 방은 내가 알아서 할 테니까 넌 빨리 가기나 해. 이러다 늦겠다."

그제야 시우가 마지못해 그녀에게서 떨어졌다. 물론 상체를 일으키기 전에 이마와 코, 입술에 쪽, 입을 맞추고 방을 나가기 전에 다시 한번 입술에 진한 키스를 남기는 것은 잊지 않았다.

"누나, 여기 스페어 키. 갔다 올게. 잘 자."

딸깍.

그가 나가고 나니 방이 텅 빈 듯 허전했다. 호정은 바로 일어나 자신의 방으로 가려다가 마음을 바꿨다.

"30분만. 그리고 내 방으로 가자."

호정은 시우가 어깨까지 덮어 준 시트를 목 끝까지 끌어올리고 잠시 눈을 감았다. 그녀의 입가에 드리워진 잔잔한 미소는 좀체 사라질 줄 몰랐다.

❧

호정은 정확히 40분 뒤에 깨어났다. 시트를 탁탁, 정리하고 간단히 방 정리를 한 후에 혹여 미처 치우지 못한 간밤의 흔적 같은 게 있나 싶어 눈을 부릅뜨고 바닥을 훑었다.

다행히 눈에 띄는 것은 없었다.

시우는 절대로 호텔 직원한테 방 정리를 맡기지 않는다. 시트 정리와 방 정리는 당연히 본인이 하고, 타월과 교체할 시트도 직접 걷어 복도 끝에 있는 스태프 실 빨래 통에 집어넣는다. 그러니 당연히 시트도 본인이 다시 깔고 쓰레기도 직접 버린다.

그래서 호정도 간밤의 흔적들이 가득 담겨 있는 양철 쓰레기통과 꾸덕꾸덕 말라 버린 타월들을 품에 안고 방문을 열었다. 얼굴만 내밀어 좌우를 살핀 뒤 절룩거리며 복도 끝 스태프 실로 달려갔다.

타월은 빨래 통에 집어넣고 쓰레기는 지하로 자동 수거되는 통에 탈탈 떨어 버렸다. 호정은 서랍에 비치되어 있는 새 타월들과 깨끗해진 쓰레기통을 들고 얼른 시우의 방으로 돌아갔다.

"이쯤 되면 완전 범죄인데? 후우."

호정은 괜스레 혼자 쑥스러워 양손에 얼굴을 파묻고 끙, 신음을 흘렸다.

자신의 방으로 돌아와 일단 깨끗하게 샤워를 했다. 개운한 느낌에 잠을 더 자고 싶다는 생각이 싹 사라졌다.

"흠, 이제 나 혼자 뭐 하지?"

일단 배부터 채우자.

호정은 룸서비스로 간단한 수프와 샐러드를 시켜 먹었다. 다 먹고 나니 휴대폰이 울리기 시작했다. 정우와 시현이었다. 다친 곳과 별다른 일이 없는지를 궁금해하는 시현과 한참 이야기를 나누었다. 두 분은 급하게 중요한 일이 생겨서 저녁 늦게 돌아오실 것 같다고 했다. 말씀은 안 하셔도 그 급한 볼일이 민수 씨 일이라는 것 정도는 호정도 바로 알아챘다.

하지만 정우와 시현도 민수의 이름을 입에 올리지 않았고, 호정 또한 묻지 않았다. 민수 일이 걱정되긴 하지만 두 분이 계시니 조만간 잘 해결될 것이라 믿어 의심치 않았다. 갑작스러운 발작 때문에 이래저래 신경 쓰이고 미안한 일투성이였다.

두 분과의 통화를 마치고 얼마 지나지 않아 시우한테 바로 전화가 걸려 왔다.

—누나, 미안. 오늘 데이트 약속 다음으로 미뤄야겠어. 나 지금 애틀랜타에 가야 돼.

"애틀랜타에는 갑자기 왜?"

—이든 리 알랜이 자살했을 때 직접 현장에서 수사 지휘한 요원이 애틀랜타에 있대. 은퇴해서 고향에 사는데 건강이 좋지 않나 봐.

겨우겨우 연락이 닿았는데, 당시 상황을 자세히 얘기해 줄 수는 있지만 몸이 편치 않아서 뉴욕으로는 올 수 없다고 했단다. 그래서 헨리 팀장과 시우 둘이서만 전용기를 타고 갔다 오기로 했다고 했다.

애틀랜타면 비행기를 타고도 편도 2시간 반에서 3시간은 잡아야 된다. 지금 출발해도 오늘 돌아오기는 빠듯하지 않을까 싶다. 사건에 대한 얘기가 얼마나 길어질지도 모르니까.

데이트가 미뤄지는 건 아무래도 상관없었다. 시우가 너무 힘들까 봐, 그것만이 걱정이었다.

호정의 생각을 이젠 안 보고도 읽어 낼 수 있는지 시우는 바로 이렇게 말했다.

—전용기 타고 갔다 오는 거라 하나도 안 힘들어. 그리고 아무리 늦어도 오늘 중으로는 돌아올 거야.

"얘기가 길어질지도 모르잖아. 무리하지 마."

—확인이 필요한 얘기만 들으면 돼. 밥은 먹었어?

"응. 넌?"

—먹었어. 오늘 약속 못 지켜서 정말 미안해.

"됐어. 매일 같이 있는데, 뭐."

—그래도 오늘 우리 첫 데이트하기로 했는데.

시우는 정말 속이 많이 상한 모양이다. 목소리가 꽤 까칠했다. 계획은 틀어졌는데 그렇다고 마땅히 짜증 낼 상대도 없는 상황이라서 기분이 더 안 좋은 듯싶었다.

이럴 때 보면 꼭 뜻대로 안 돼서 심통 난 애 같다. 귀여워.

속으로 후후, 웃음을 삼킨 호정은 시우를 살살 달랬다.

"잘됐다. 실은 나, 우리 첫 데이트로 너랑 밤새 음악 들으면서 경치 좋은 곳을 실컷 걸어 다니고 싶었거든. 손 꼭 잡고. 다리 아프면 제일 먼저 눈에 띄는 곳에 들어가서 커피도 마시고, 맥주도 한 잔씩 하고. 그런데 네 말대로 다리 때문에 그런 건 아직 무리잖아. 다리 다 나으면 그때 우리 첫 데이트하자."

—그거 누나가 좋아하는 영화에 나오는 장면이잖아. '비긴어게인'하고 '비포선라이즈'.

"어머, 그걸 네가 어떻게 알아? 넌 유치하다고 영화도 안 보잖아."

—누나가 뭘 좋아하고 뭘 싫어하는지는 다 알아. 아마 누나 자신보다 내가 누나에 대해서 더 많이 알걸.

"설마."

—내기할까?

"아니."

호정은 곧바로 대답했다. 뭐든 한 번 보면 다 기억하는 절대

기억력의 천재와 내기하는 건 미친 짓이다. 그것이 아무리 그녀 자신에 대한 문제라도 말이다. 어쩌면 정말 그의 말대로 시우가 자신보다 자신을 더 많이 알고 있을지도 모르겠다는 생각이 들었다.

수화기 너머에서 '이시우 박사, 전용기 준비 다 됐어요. 갑시다!' 라고 소리치는 헨리 팀장의 음성이 들려왔다.

호정이 서둘러 말했다.

"시우야, 전화 그만하고 빨리 가. 조심하고."

—사랑해.

그러고 그는 한참 동안 전화를 끊지 않았다. 헨리 팀장이 '이시우 박사!' 하고 두 번이나 불렀는데도 말이다.

그가 무엇 때문에 전화를 안 끊고 기다리는지, 뒤늦게 깨달은 호정이 훗, 웃으며 냉큼 속삭여 줬다.

"나도 사랑해."

그제야 시우가 씩, 미소 짓는 게 느껴졌다.

시우와의 통화가 끝나고도 호정의 입가에는 한동안 미소가 떠나지 않았다. 그녀는 휴대폰을 가슴에 품고 방금 전 시우와의 통화를 떠올리며 혼자 웃고, 혼자 수줍어했다.

갑자기 혼자가 된 호정의 시간은 더디 흘러갔다. 읽을 만한 책이라도 있으면 좋으련만.

"사러 갈까?"

가까운 곳에 서점이 있을 것이다. 답답한데 산책도 할 겸 나가 보자.

호정은 백에 지갑과 휴대폰을 챙겨 들고 호텔을 나섰다. 밖으로 나오니 기분이 상쾌했다. 다친 다리가 불편하긴 했지만 천천히 걷는 건 문제없었다. 한 블록쯤 가자 책방이 하나 있었다.

"있을 줄 알았어."

호정은 서둘러 작은 책방으로 들어갔다. 읽을 만한 게 뭐가 있나, 살펴보다가 커다란 화보집 하나가 눈이 들어왔다.

19세기 세계의 명화 — 여신 편.

호정은 끌리듯 다가가 화보집을 꺼내 보았다. 한 장, 한 장, 천천히 넘기던 그녀의 손이 우뚝 멈췄다. 호정은 펼쳐진 페이지를 뚫어지도록 한참 동안 봤다.

호정의 고개가 갸웃 기울어지다 싶더니, 이내 흠칫 커졌다.

바로 이거였어!

탐방 수사 당시 무언가 이상하다 싶으면서도 딱 꼬집어 말할 수 없었던 의아함이 비로소 풀렸다. 그녀의 눈동자가 흥분한 듯 반짝거렸다. 그러나 호정은 이내 미간을 찌푸리고 한참을 더 고민했다. 그러다 마침내 큰 숨을 들이쉬고는 책을 탁 덮었다. 계산대에서 책값을 치른 후 호정은 밖으로 나와 택시를 잡았다.

10분여를 기다린 끝에 그녀 앞에 옐로우 캡 한 대가 멈춰 섰다. 택시에 오른 호정은 택시 기사에게 말했다.

「테너플라이로 가 주세요.」

8장

<u>스르르.</u>

잠겨 있으면 어쩌나 했는데 다행히 저택 현관은 호정이 잡아 당기는 대로 스르르 부드럽게 열려 주었다.

마른침을 꿀꺽 삼킨 호정은 일단 집 안으로 고개만 들이밀고 목청을 돋웠다.

「FBI 자문팀입니다. 잠시 들어가려고 하는데 괜찮을까요? ……아무도 안 계십니까?」

소리 높여 외치며 기다리기를 한참. 그러나 돌아오는 것은 공허한 울림뿐이었다.

아무도 없는 것이 틀림없었다. 호정은 용기를 내어 집 안으로 한 걸음 내디뎠다.

「실례하겠습니다.」

이번에도 역시 돌아오는 것은 공허한 울림뿐. 호정은 다시 한 걸음, 또 한 걸음 천천히 안으로 들어갔다.

쾅!

"꺄악!"

바람에 육중한 현관문이 그녀의 등 뒤로 요란한 소리를 내며 닫혔다. 그 바람에 심장이 땅에 떨어질 뻔한 호정은 저도 모르게 비명을 내질렀다.

소스라치게 놀라며 뒤를 돌아본 그녀는 자신이 놓쳐서 닫힌 문소리에 저가 놀라서 비명을 저지른 게 민망하면서도 어이없었다.

"……후우."

간신히 가슴을 쓸어내린 호정은 스스로의 어이없음에 피식, 헛웃음을 지었다. 호정은 몸을 돌리고 눈앞에 펼쳐져 있는 내부를 빠르게 둘러보았다.

얼핏 봐선 저번에 왔을 때와 달라진 것은 하나도 없는 것 같았다. 다만 오후 5시가 넘은 시간이라서 그런지, 저택은 저번에 왔을 때보다 전반적으로 어두웠다.

사실 호정은 집 안에 들어온 지금도 혼자 이곳에 온 것이 과연 잘한 결정인지 확신이 서지 않았다. 과거의 트라우마에서 온전히 벗어나지도 못한 주제에, 제 안의 진실에 대해서 들여다볼 엄두도 못 내는 주제에 이게 뭐 하는 짓인가, 싶기도 했다.

하지만 그조차도 호정의 궁금증을 이기지 못했다. 자신이 발견한 것이 맞는지 확인하고 싶을 뿐이었다.

"확인만 하고 빨리 나가자."

호정은 중정에서 퍼지는 은은한 빛무리에 의지해 우측 복도로 접어들었다. 서재와 욕실을 지나쳐 곧장 침실로 향했다.

삐이꺽.

호정은 숨을 깊이 들이마시며 침실로 들어갔다. 절룩거리는 자신의 발소리 때문에 너른 침실에서 울리는 불규칙적인 소리가 더욱 기괴하게 들리는 것 같았다. 중정에서 들어오는 빛이 차단된 탓에 침실은 복도보다 어둡고 음침했다.

"너무 어두워서 확인도 못 하겠네."

안 되겠다. 불이라도 켜야지.

호정은 벽을 더듬어 전등 스위치를 찾았다.

찾았다!

딸깍.

"어? 왜 안 들어오지?"

분명 저번에 왔을 때는 집 안에 전기가 공급되고 있었다. 그래서 찰리가 중정 돔이 개폐되는 것도 보여 주지 않았나. 그런데 왜 갑자기…….

꿀꺽.

별일 아닐 거다. 더스틴 브라헤가 평소에 관리도 잘 안 하고, 더구나 지금은 유치장 신세를 지고 있으니 전선 어딘가에 문제가 생겼을 가능성도 충분히 있었다.

그럼 이제 어쩐다?

컴컴하면 여기까지 온 의미가 없다. 그림이 자세히 보일 리가 없으니까.

"돌아갈까?"

여기까지 용기 내어 온 게 아쉽긴 하지만 이렇게 된 이상 어쩔 수⋯⋯. 아!

호정은 재빨리 백에서 휴대폰을 꺼냈다. 몇 번의 터치로 플래시를 켰다. 어두컴컴했던 공간이 그제야 조금 밝아졌다. 호정은 플래시로 어둠을 밀어내며 액자가 세워져 있던 벽으로 향했다.

"죄악을 쫓는 정의의 여신과 복수의 여신."

호정은 불빛에 얼비치는 그림을 내려다보며 중얼거렸다. 워낙 강렬한 그림이라 이렇게 보니 더욱 강렬하고 조금은 으스스한 기분까지 들었다.

"아, 이러고 있을 때가 아니지. 확인이나 빨리하자."

호정은 휴대폰 플래시로 그림을 비추며 점점 좌측 하단으로 내려갔다. 거의 바닥에 주저앉을 만큼 자세를 낮춘 호정은 왼쪽 발목에서 이는 찌릿한 통증에 낮은 비명을 질렀다.

"아!"

할 수 없이 호정은 바닥에 아예 엉덩이를 깔고 앉았다. 왼발은 무리가 가지 않도록 길게 뻗는 것도 잊지 않았다. 한결 편해진 자세로 호정은 본격적으로 다시 그림을 살피기 시작했다.

"여기쯤이었던 것 같은데⋯⋯."

둥근 불빛에 도망치는 살인자의 맨발이 드러나고 그 옆의 바닥이 어둠 속에서 모습을 드러냈다. 호정은 그림 속의 바닥을 따라 점점 더 좌측 하단 모서리까지 고개를 숙였다. 그림 속으로 들어가기라도 할 듯 코가 닿을 만큼 바짝 얼굴을 가까이 댄 호정의 표정이 점점 더 진지하고 심각하게 변해 갔다.

호정은 눈을 가늘게 뜨고 좌측 하단의 제일 끝 모서리에 걸려 있는 그림 속 돌멩이들을 뚫어지게 응시했다.

순간, 그녀의 눈이 흠칫 커졌다.

"……내가 본 게 맞았어."

그녀의 심장이 쿵쿵, 세차게 뛰어 댔다.

그림 속 좌측 하단의 제일 끝부분에 그려져 있는 돌멩이들에는 영문이 쓰여 있었다. 그녀가 기억하고, 아까 구입한 책에서도 확인한 것처럼 원래 그 돌멩이에는 작가명과 작품 년도가 적혀 있어야만 했다.

제일 앞의 돌멩이에는,

P.P.

두 번째 돌멩이는,

Prud'hon.

마지막 돌멩이에는,

1808.

그런데 눈앞의 그림에는 다른 글씨가 적혀 있었다. 누군가 그림 위에 색을 덧칠하고 급하게 쓴 것 같은 필체로.

제일 앞의 돌멩이에는,

H.M.

두 번째 돌멩이는,

Delta.

마지막 돌멩이에는,

180,2B.

"H.M?"

아, 아니다! H와 M 사이에 작은 글씨가 더 있다!

"아닌가? 번진 건가?"

너무 작아서 잘 안 보인다.

그녀는 그림에 플래시를 더욱 가까이 댔다. 그제야 보였다. 호정의 눈이 부릅떠졌다.

"elp, e……. 합하면 Help. Me……."

구해 달라고?

호정의 심장이 더욱 세차게 뛰기 시작했다. 눈을 더욱 부릅뜨고 돌멩이 부근을 더욱 세심하게 살폈다. 그러다 보니 또 하나의 작은 돌멩이에 쓰여 있는 글씨도 찾았다. 원작에는 글씨 자체가 적혀 있지 않은 돌멩이.

그 돌멩이에는 다음과 같은 단어가 적혀 있었다.

Scytale.

"스키테일?"

스키테일, 스키테일……. 분명 어디서 많이 들어본 단어인데…… 뭐더라?

순간, 그녀의 눈이 다시 흠칫 커졌다.

"고대의 비밀문서 혹은 고대 암호문……."

'암호문'이라는 단어가 떠오른 순간 가장 먼저 떠오른 이름이 하나 있었다.

"다이아나!"

호정은 가쁜 숨을 몰아쉬며 무섭게 뛰는 가슴을 진정시켰다. 시선을 돌려 두 번째, 세 번째 돌멩이를 노려보듯 쳐다봤다.

"델타(Delta), 180,2B. 이건 무슨 뜻이지?"

델타는 뜻 그대로 말하자면 그리스 알파벳의 넷째 글자 혹은 삼각주라는 뜻을 지닌 단어였다. 더 유명한 건 델타 항공이고.

그럼 '180,2B'는 무얼까. 원작의 '1808'은 작품 년도였다. 그럼 누군가가 일부러 덧칠하고 새로 쓴 '180,2B'도 년도?

"아니야. 중간에 쉼표가 있으니까 년도는 아닐 거야. B가 붙어 있는 것도 이상하고."

이것을 급하게 새로 적은 사람은 어떤 사람 몰래 살려 달라는 메시지를 전하려고 한 것만은 분명했다.

그리고 아마 그 사람은······.

"다이아나일 거야. 이 집에 살았던 사람으로 암호문에 해박한 사람은 그녀뿐이니까."

물론 엠마도 암호문에 일가견이 있기는 했다. 그러나 두 사람이 같이 사는 공간에서 상대방 몰래 어떤 메시지를 남기려고 한 자가 엠마라면 그녀는 절대 암호문으로는 남기지 않았을 것이다. 다이아나가 두뇌와 암호문에서 자신보다 훨씬 뛰어난 것을 알고 있는 상황에서 사용했다간 들킬 것이 뻔한데 왜 암호문을 이용했겠는가.

"더구나 엠마는 이 집에서만 생활한 게 아니었잖아."

그녀는 매일 뉴욕에 있는 로펌에 출퇴근했다. 다이아나 몰래 살려 달라는 메시지를 남길 거였다면 아예 이 집에 돌아오지 않고 떠날 수도 있었으며, 피치 못할 사정이 있었다고 해도 외부에서 다른 방법으로 도움을 요청했을 것이다.

"언제, 누구한테 발견될지 모르는 그림 속의 암호나 힌트를 이용해서가 아니라."

그러니 저걸 남긴 사람은 다이아나가 확실하다.

"지금껏 행방이 묘연한 다이아나에게 제3의 인물인 조력자가 있을 거라고 예상했었어. 그런데 그녀가 구해 달라는 메시지를 남긴 게 맞는다면, 제3의 인물의 조력으로 다른 곳으로 옮겨져 보호받고 있는 게 아니라 강제로 납치된 것일 수도 있어."

어쩌면 이미 죽임을 당했을지도…….

"내 능력으로 추론할 수 있는 건 여기까지야. 나머진 시우가 해야 돼."

시우 외에는 저 암호를 풀 사람이 없다.

"……시우한테 이 사실을 빨리 알려야 돼."

호정은 바닥에서 벌떡 몸을 일으켰다.

탁!

저도 모르게 손을 바들바들 떨고 있었는지 호정은 손에 들고 있던 휴대폰을 떨어트리고 말았다. 동시에 유일한 불빛이었던 플래시가 꺼져 버렸다. 떨어트리며 고장이라도 난 걸까. 플래시는 꺼져도 켜져 있어야 할 액정의 불빛마저도 어둠 속에 삼켜져 보이지 않았다.

시간이 얼마나 지난 건지, 처음 이 방에 들어왔을 때보다 어둠은 한층 더 짙어져 있었다. 너른 공간은 금세 칠흑 같은 어둠에 휩싸였다.

"아, 왜 하필……."

호정은 다시 몸을 낮추고 바닥에 네발짐승처럼 엎드렸다. 한 손으로는 백을 단단히 움켜쥐고 다른 손으로 바닥을 더듬으며 필사적으로 휴대폰을 찾았다.

"대체 어디 있는 거야……."

분명 이 근처 어디일 텐데, 손바닥에 만져지는 것이 없었다. 대신 바닥을 더듬으며 기어 다닐 때마다 바로 옆에서 쉭쉭, 괴이한 소리가 났다. 철 비늘로 뒤덮인 거대한 도마뱀 같은 것이 바로 옆에서 그녀를 따라 기어 다니는 것만 같았다.

"뭐, 뭐야. 저리 가!"

죽을 듯이 손에 쥐고 있는 백을 휘둘렀다.

퍽, 쉭. 퍽, 쉭.

아, 그제야 깨달았다. 바로 옆에서 쉭쉭거리며 기어 다니던 것은 다른 것이 아니라 자신의 백이었다는 것을.

"하아. 난 또……. 바보처럼……."

숨이 가빠서 말도 제대로 나오지 않았다. 헉헉대는 숨이 턱까지 차올라 기도를 엄습해 왔다. 그제야 까맣게 잊고 있던 두려움이 배 속에서 부글거리며 끓어오르기 시작했다.

"안 돼. 뭐가 무섭다고. 아무것도 아니야. 진정해."

호정은 일순 모든 움직임을 멈췄다. 이를 악물고 몇 초간 숨도 쉬지 않았다. 그러다 폐를 빵빵하게 부풀려 산소를 들이마셨다. 입을 꾹 다물고 코로 숨을 푸후, 내쉬었다.

머릿속으로는 시우를 생각했다.

꼬맹이 때부터 발작하는 그녀의 손을 잡고 달래 주던 꼬마 시우의 목소리.

"울지 마, 누나. 누나는 이제 괜찮아."

"날 봐. 그래, 그렇게 날 똑바로 봐."

"이 손 절대로 놓지 마. 난 누나 손 절대로 안 놓을 테니까."

"사랑해, 누나."

"사랑해."

"호정아."

"호정아."

"호정아."

그제야 기도를 압박해 오던 숨이 서서히 가라앉기 시작했다. 금방이라도 배 속에서 터져 버릴 듯 부글거리던 공포도 주춤 가라앉았다.

"하아, 하아…… 시우야……."

호정은 소리 내어 시우를 불러보았다. 확실히 효과가 있었다. 한결 마음이 놓였다. 그러나 손은 여전히 사시나무처럼 벌벌 떨리고 있었다.

호정은 네발 달린 짐승처럼 엎드려 있던 자세를 바꿔 바닥에 엉덩이를 깔고 앉았다. 두 눈을 감고 시우만을 생각했다. 다른 사람에게는 절대로 보여 주지 않는, 그녀만을 위한 환한 미소를 떠올렸다. 세계 최고의 난제인 듯 그녀만을 살피며 불안해하던 모습, 그녀의 손길에, 입술에 발작이라도 하듯 움칫 놀라던 모습.

그리고 눈물 나도록 조심스럽게 그녀를 안아 주던 시우. 그녀 안으로 들어오는 순간마저도 호정이 더 안쓰러울 만큼 조심스러워하던 그. 어쩔 수 없이 터져 나오는 그녀의 뜨거운 신음에도 촉각을 곤두세우고 살피고 또 살피던 사람.

"사랑해…… 아아, 하아, 괜찮아? 정말…… 괜찮은 거 맞지? 날 위해 참지 마. 난 괜찮으니까. 으음, 아프면, 못 참겠으면 언제든 말해, 알았지? 난 아무래도 상관 없…… 하아……. 으음. 아, 누나! 사랑해…… 사랑해, 호정아!"

"갔다 올게. 늦지 않을 거야. 저녁에 뭐 하고 싶어? 데이트하자, 우리."

"누나가 뭘 좋아하고 뭘 싫어하는지는 다 알아. 아마 누나 자신보다 내가 누나에 대해서 더 많이 알걸."

"사랑해."

두 눈을 꼭 감고 있는 호정의 입에서 '하아' 하고 옅은 신음이 흘러나왔다. 신기하게도 사시나무처럼 떨리던 그녀의 손은 더 이상 떨리지 않았다. 머리카락부터 등줄기까지 식은땀에 흠뻑 젖어 버린 것은 어쩔 수 없었으나 창백하게 질렸던 그녀의 뺨에도 서서히 혈색이 돌아오기 시작했다.

지금 이 순간, 호정은 시우와 함께 있었다.

그가 곁에 있다고 생각하니 더 이상 두렵지 않았다. 호정이 천천히 감았던 눈을 떴다.

한 치 앞도 안 보이는 칠흑 같은 어둠.

좀 전과 달라진 건 하나도 없었다. 그럼에도 더 이상은 무섭지 않았다. 호정은 느리게 눈을 깜박이며 어둠을 조용히 응시했다. 그러자 눈이 어둠에 익으면서 한 치 앞도 보이지 않던 어둠 속에 사물들의 형체가 보이기 시작했다.

"됐다……."

호정은 다시 엎드려 자세를 낮추고 천천히 바닥을 훑기 시작했다. 저 앞의 바닥에 유독 까맣고 손바닥만 한 크기의 물체가 떨어져 있는 것이 보였다. 호정은 천천히 다가가 그것을 손에 넣었다.

그녀가 떨어트린 휴대폰이었다.

"찾았다."

호정은 싱긋, 미소까지 짓고 천천히 몸을 일으켰다. 백을 어깨에 걸치고 휴대폰을 조작해 봤다. 다행히 고장 난 건 아니었다.

반짝.

액정에 다시 불이 들어왔다. 플래시 어플을 다시 켰다. 어둠이 다시 저편으로 물러났다. 호정은 절룩거리면서도 침착하게 너른 침실을 가로질렀다.

어둑한 복도마저 차분하게 걸어 나왔다.

스륵, 텅!

현관을 나서니 시원한 공기가 한달음에 밀려왔다. 서늘한 바람도 앞뒤로 불어왔다. 서늘한 바람은 서늘한 대로 좋았다.

호정은 폐부 깊숙이 시원한 공기를 들이마셨다.

스스스스슥. 우우웅, 휘이익!

저택을 벽처럼 둘러싸고 있는 나무들이 바람에 날리며 제각각의 소리를 냈다. 어둑한 하늘을 배경으로 높다란 나무들이 이리저리 춤을 추듯 흔들리는 모습이 을씨년스러웠다.

그럼에도 호정은 더 이상 두려움에 떨지 않았다. 호정은 천천히 걸어 큰길가로 걸어갔다. 큰길을 타고 저 멀리 보이는 불빛들을 따라 걸음을 옮겼다.

어둡고 한적하기만 하던 도로변에 서서히 불빛들이 보이고 반짝반짝 불을 켜 둔 근사한 저택으로 달려가는 차량들이 보이기 시작했다. 온몸이 땀에 젖어 절룩거리며 걸어가는 동양인 여자가 신기한 듯 차량 안의 사람들이 호정을 힐끔거렸다.

호정은 택시가 보일 때까지 걸음을 멈추지 않았다.

"맙소사! 거기가 어디라고 너 혼자 가!"

"호정아, 두 번 다시는 그러지 마라."

호정이 호텔에 돌아왔을 때, 정우와 시현은 이미 도착해 그녀를 기다리고 있었다. 한눈에 봐도 진이 다 빠진 모습으로 나타난 그녀를 보고 한바탕 난리가 난 건 당연지사였다.

무슨 일이냐고 걱정하시는 두 분에게 호정은 사실대로 말씀드렸다.

미심쩍었던 부분에 대해 확인해 볼 것이 있어서 테너플라이의 엠마 브라헤 집에 다녀오는 길이라고.

시우에게는 두어 시간 전에 애틀랜타에서 돌아오는 길이라는 전화를 받았던 터라 두 사람은 당연히 그녀가 매기나 찰리와 같이 갔을 줄 알았다.

그런데 혼자 갔다는 말에 말 그대로 혼쭐이 났다.

그러나 두 시간 뒤에 돌아온 시우에게 혼난(?) 것에 비하면 그

정도는 약과였다. 시우는 무섭게 굳은 표정으로 호정을 쳐다보기만 할 뿐 말 한마디 하지 않았다. 그가 얼마나 화가 났으며, 그 화를 얼마만큼의 인내로 참고 있는지는 움켜쥔 주먹과 관자놀이의 불끈거리는 혈관들로 미뤄 짐작할 수 있었다.

과장 하나 보태지 않고 호정은 그의 얼굴에 있는 혈관들이 모두 터져 버리는 줄 알았다.

오죽하면 정우와 시현도 시우의 눈치를 보며 당신들 방으로 슬금슬금 도망치셨겠는가. 두 사람은 시우와 호정에게 할 말이 무척 많음에도 불구하고 오늘은 일단 편히 쉬고 내일 얘기하자며 호정의 방을 나갔다.

"시우야, 지금 네 기분이 어떤지 잘 알겠는데, 너무 그러지 마. 호정이도 다신 안 그런다고 약속했어. 그치, 호정아?"

"네."

그럼에도 시우는 입 벙긋이 뭔가. 눈 한 번 깜박이지 않았다. 무서운 눈빛으로 호정을 죽어라고 쳐다보기만 했다.

드디어 방에 단둘이 남았다.

호정은 침대에 걸터앉아 간간이 한숨만 내쉬었다. 시우는 소금 인형이라도 된 양 소파에 미동도 없이 앉아 여전히 그녀를 무섭게 쳐다보기만 했다.

호정은 무슨 말이든 해 분위기를 풀고 싶었지만 시우가 먼저 말을 할 때까지 기다리기로 했다. 자신이 시우 입장이라면 어떨까, 생각해 보니 답은 금방 나왔다.

자신도 시우 못지않게 화를 낼 것 같았다. 아니, 그건 화가 아니었다.

그녀의 땀에 전 모습만으로도 호정이 느꼈던 공포의 무게를 어렵지 않게 알아챌 사람이 아닌가. 지금 그가 참는 것은 단순히 그녀에 대한 화가 아니라 호정이 느꼈을 공포에 대한 걱정과 그로 인해 그가 느끼고 있을 두려움일 터였다.

하여 호정은 아무 말도 할 수 없었다. 그가 먼저 입을 열기 전까지는.

그렇게 얼마나 지났을까.

호정은 시간의 흐름마저 잊어버린 지 오래였다.

마침내 몇 시간 동안 미동 한 번 하지 않던 시우가 쓱, 소파에서 일어났다. 침대에 걸터앉아 있는 그녀 앞으로 다가왔다. 그녀를 가만히 내려다보던 시우는 그녀 앞에 한쪽 무릎을 바닥에 대고 앉았다.

아무 말도 없이 호정을 가만히 끌어안았다.

호정은 그제야 알았다. 미동도 없이 앉아 있던 그가 사실은 아까의 자신처럼 떨고 있었다는 것을.

그녀를 가만히 감싸 안는 그의 팔은 여전히 바르르 떨리고 있었다. 등을, 뒷머리를 감싸는 커다란 손바닥도 떨리고 있기는 마찬가지였다.

시우는 그녀를 처음 안았던 그 밤처럼 호정을 눈물 나도록 조심히 품에 끌어안았다. 그러고는 또 한참 동안 꼼짝도 하지 않았다.

그녀는 왠지 자꾸 눈물이 날 것만 같았다. 호정도 그의 목에 팔을 두르고 시우를 가만히 끌어안아 주었다. 괜찮다고 속삭이 듯 그의 뒷머리와 굳은 등을 가만가만 어루만져 주었다.

"하아아아……."

드디어 그의 입에서 떨리는 숨이 폭포처럼 터져 나왔다. 조금만 힘을 줘도 깨지는 유리 인형이라도 되는 듯 그녀를 조심스럽고 소중하게 안고 있던 그의 팔이 불쑥 힘이 실렸다.

숨이 막힐 것 같았지만 호정도 시우를 있는 힘껏 마주 끌어안았다. 두 사람은 그렇게 서로를 으스러트릴 듯 끌어안은 채 또 한참 동안 움직이지 않았다.

"그래서 거길 혼자서 찾아간 거야?"

"응. 내 눈으로 꼭 확인해 보고 싶었거든."

시우가 옆에 누워있는 호정의 이마에 입을 맞추고 그녀의 눈을 깊이 응시했다.

"앞으로는……."

"안 그럴게."

시우가 하려던 말을 호정이 먼저 했다. 그의 등에 팔을 두르고 자꾸만 큰 숨을 몰아쉬는 가슴팍을 파고들었다. 시우의 단단한 가슴이 다시 한번 크게 오르내렸다.

"그곳에 제3의 인물이 와 있었을 수도 있어."

"알아. 그곳에 갔을 땐 거기까지 생각하지 못했었지만."

"제3의 인물이 없었다고 해도 마찬가지야."

"알아. 그것도 아깐 미처 생각하지 못했었지만."

그녀가 뭐든 다 끄덕이며 인정하자 시우가 어이없다는 듯 헛웃음을 쳤다. 그녀를 빤히 내려다보았다.

"그렇게 다 아는 사람이 아깐 왜 그랬어?"

"그러게. 아무래도 너랑 같이 일하다 보니까 닮아가나 봐."

"뭐?"

"넌 한 번 이상하다 싶은 건 바로 확인하고 답을 찾아내야만 직성이 풀리는 성격이잖아. 늘 그래 왔고 또 늘 그게 맞았고."

시우의 한쪽 눈썹이 슬쩍 위로 치켜 올라갔다.

"그래서 지금 내 탓이라는 거야?"

호정이 작게 미소 지었다.

"조금은? 후후."

시우가 고개를 절레절레 가로저으며 한숨을 폭 내쉬었다. 그러면서도 호정을 더욱 꽉 끌어안는 그였다.

"내가 정말 누나 때문에……."

"난 너 때문에 사는데."

그가 빤히 내려다보는 시선이 느껴졌다. 호정은 손끝으로 그의 뒷머리를 자분거리며 말했다.

"솔직히 너무…… 너무 무서웠었거든? 그런데 널 생각하니까 금방 나아졌어. 네 목소리, 네 얼굴, 네가 나한테 들려줬던 말들이 저절로 떠올랐어. 그러니까 숨도 쉬어지기 시작했고, 떨림도 점차 가라앉았어."

"……."

호정이 얼굴을 들어 시우를 올려다보았다. 묘한 표정이 된 그를 망막 한가득 담고 온 마음을 다해 속삭였다.

"난 너 때문에 살아, 시우야. 아니, 너 때문에 살 수 있는 것 같아. 네가 있어서, 네가 내 남자여서, 네가 내 사랑이어서. 고마워, 이시우. 내 사랑이 되어 줘서."

그의 눈동자가 한차례 일렁였다. 시우가 떨리는 입술을 달싹거렸다.

"내가 정말…… 누나 때문에 못 살겠다."

시우는 호정을 확 품에 끌어안고 그녀의 머리에 얼굴을 파묻었다.

그녀는 그를 닮아 가는 것 같다고 했다.

그런데 그는 그녀를 닮아 가나 보다.

왠지…… 눈물이 나올 것 같았다.

이시우의 전부가 되어 버린 이 여자 때문에.

그리고 이 여자가 자신을 전부라고 말해 주었으니까.

시우는 그 밤, 자신의 방으로 돌아가지 않았다.

비록 호텔 객실이어도 그 밤은 시우가 호정의 방에서 잠든 첫 밤이었다.

❦

FBI 뉴욕지부에 설치된 에페타 임시 사무실은 어젯밤 시우네와는 또 다르게 한바탕 난리가 났다.

결국 호정은 이틀 만에 말을 번복하고 살짝 속없는 사람이 될 수밖에 없었다.

호정은 지금 시우와 임시 사무실에 와 있었다.

그녀를 혼자 두기 영 불안해하는 시우 때문이기도 했지만 그보다 더 큰 이유는 그녀가 어제 찾아낸 그림 속의 힌트 때문이었다.

위험을 불사하고 찾아낸 사람이 그녀였으니, 당연히 브리핑도 호정의 몫이 되었다.

호정은 자신이 어떻게 '죄악을 쫓는 정의의 여신과 복수의 여신'을 주목하게 되었는지부터 시작해 어제 있었던 일을 하나도 빠짐없이 브리핑했다.

그녀의 말이 이어질 때마다 헨리를 비롯한 찰리, 매기 외 뉴욕지부의 지원 요원들의 표정들이 시시각각 변했다. '그런 게 있었어?'라고 고개를 갸웃거리는 사람이 있는가 하면, 작게 탄성을 터트리며 호정을 달리 보는 사람들도 있었다.

그중에서 가장 크게 놀란 사람들은 단연 헨리와 찰리, 매기였다. 세 사람은 호정을 완전히 다시 봤다며 혀를 내둘렀다. 매기는 괜스레 저가 더 어깨를 으쓱이기도 했다.

「난 우리 호정 씨가 또 한 건 해낼지 알고 있었어요. 롬폭에서도 호정 씨 아니었으면…….」

매기는 제 무용담 늘어놓듯 호정의 활약상을 신나게 얘기했다. 무안해서 그만하라는 호정을 간간이 돌아보며 엄지를 들어 보이고는 했다.

호정의 브리핑이 끝나자 쉴 틈도 주지 않고 시우의 브리핑이 이어졌다.

어제 애틀랜타까지 가서 만나고 온 은퇴한 요원한테 얻은 정보가 주된 내용이었다.

시우는 당시 내용을 머릿속에 그리며 설명하기 시작했다.

이든 리 알랜의 자살 사건을 지휘 조사했던 전직 요원은 자살이 확실하다고 장담하면서도 의미심장한 이야기를 몇 가지 해주었다.

사건 당일, 이든 리 알랜은 단골 피자집에서 피자를 배달시킨적이 없었는데 부검 결과 이든 리 알랜의 위에서는 채 소화되지않은 피자가 발견되었다고 했다.

「그런데 그의 집 어디에서도 피자 박스는 발견되지 않았어요.」

「사건 당일에 시켜 먹은 피자가 아니라 그전에 시켜 먹고 남겨뒀던 걸 그날 먹었던 걸 수도 있잖습니까. 그런데 왜 그걸 의아하게 생각했었죠? 그럴 만한 특별한 이유라도 있었나요?」

「왜냐하면 탐문 결과, 이든 리 알랜의 뒷집에 사는 사람이 그날오후에 피자집에서 그 집으로 배달 왔던 걸 확실하게 기억하고 있었기 때문입니다.」

뒷집 사람도 그 가게에 피자를 시켰는데 한 시간이 넘도록 오지 않아서 화가 많이 나 있는 상태였다고 했다. 그래서 이든 리알랜의 집에 먼저 배달되는 것을 보고 화가 나서 배달원을 붙잡고 한바탕 욕을 해 줬다고도 했다.

뒷집 남자는 그 피자를 자기가 먼저 먹어야겠다, 내놔라, 뺏으려고 했고 배달원은 끝까지 안 된다고 버텨서 실랑이를 벌였다고도 했다.

그런데 결국엔 뒷집 남자가 졌단다. 그래서 너무 화가 나서집에 들어가자마자 또 술을 엄청 마셨었다고.

「그런데 더 이상한 건 그 피자집에 알아보니까 그날 이든 리 알 랜의 집에서는 배달시킨 적이 없었다는 겁니다. 그 가게에서 배달 아르바이트하는 아이들한테 전부 확인했는데도 그 집에 배달 갔었다는 아이도 없었고요.」

시우는 뒷집 사람과 아르바이트 학생들을 모두 확인시켰느냐고 물었다.

「그럼요. 당연히 확인시켰죠. 그런데 기가 막힌 게 거기서 일하는 아르바이트 아이들 중에 그날 자신이 한마디 했던 아이는 없는 것 같다고 했다는 겁니다.」

「결국 그 아이는 찾지 못했습니까?」

「나중에는 자기가 술에 너무 취해 있었기 때문에 착각했던 것 같다고 말을 바꿨거든요. 그래서 더 이상 수사할 필요가 없었습니다. 본인 입으로 사실 그날 술에 너무 취해서 기억이 잘 안 난다는 사람 말을 어떻게 믿겠습니까. 처음에는 워낙 확실하게 얘기해서 이상하다 싶었지만요.」

「그 아이의 인상착의는 어땠습니까?」

「음, 그게 정확하지도 않고 너무 평범해서……. 그냥 10대 후반의 남자아이로 175cm에서 180cm가량의 신장에, 갈색 머리, 생긴 것도 그냥 평범했다고 했어요. 참 나. 솔직히 그게 인상착의라고나 할 수 있습니까? 길거리에 나가면 죄다 그런 애들인데.」

「그 외에 특별히 기억나는 부분은 없습니까?」

전직 요원은 한참을 생각하다가 이렇게 말했다.

「없어요. 그게 답니다.」

시우는 전직 요원과의 미팅을 마치고 뉴욕으로 돌아오는 비행기에서 이든 리 알랜 보고서를 다시 읽어 보았다고 했다.

그는 요원들을 바라보며 냉정하게 말했다.

「이든 리 알랜은 사망한 날 이전까지는 메스칼린을 복용했던 이력은 없습니다. 그는 우울증을 치료하기 위해 병원에서 프로작을 처방받아 먹었습니다. 그런 그가 사망 당일에만 메스칼린을 복용했습니다. 그것도 최고 섭취량보다 100mg이 초과한 500mg을 말입니다.」

메스칼린 자체가 LSD와는 달리 내성이 없다고 알려져 있기는 하지만 처음 복용하는 사람이 그 정도 양을 복용했다면 이든 리 알랜은 메스칼린을 복용한 후 30분부터 최고 절정에 이르렀을 터였다.

「그 말은 곧 환각과 함께 두통, 구토 증세를 보이며 근육 마비까지 일어났을 거라는 것을 의미합니다. 그런데 부검 소견서의 사망 추정 시간을 보면 이든 리 알랜은 절정에 이른 시점에서 단 한 번의 시도로 동맥을 끊었다고 되어 있습니다. 심지어는 30분에서 한 시간이 지나 다시 한번 그었죠.」

그건 상식적으로나 과학적으로 성립이 안 되는 추론이었다.

「때문에 이든 리 알랜의 사망 역시 자살이 아닌 타살로 전환하여 콜드케이스로 분리되어야 할 것입니다. 하지만 안타깝게도 이든 리 알랜의 수사는 여기서 더 진행되기는 어려울 것으로 판단됩니다.」

이유는 당시에 초동 수사가 제대로 이뤄지지 않았고, 추후 수사에서도 방향이 잘못 설정되어 오랜 시간을 허비한 탓에 증거는 물론 증인이 모두 훼손됐거나 없어졌기 때문이었다.

「하지만 아예 희망이 없는 것은 아닙니다. 이든 리 알랜의 죽음 뒤에는 에페타 킬러의 공범 중 한 명인 다이아나가 존재합니다. 시기적으로 판단컨대, 이든 리 알랜을 자살로 위장하며 살해한 범인은 다이아나와 밀접한 관계에 있는 제3자일 확률이 높습니다.」

시우는 날카로운 시선으로 좌중을 한 번 찬찬히 훑었다.

「때문에 현재 수사 중인 에페타 사건의 결과에 따라 이든 리 알랜의 진범도 밝혀질 수 있을 것으로 판단됩니다.」

뒤이어 헨리 팀장이 남은 수사 진행 상황을 지시했다.

두 사람의 브리핑이 끝난 후, 시우와 호정을 위시한 에페타팀은 다 함께 엠마 브라헤의 집으로 향했다.

호정과 함께 다이아나가 남겼을지도 모른다는 힌트들이 숨겨져 있는 그림 '죄악을 쫓는 정의의 여신과 복수의 여신' 앞에 선 순간, 시우는 확신했다.

"다이아나와 제3의 인물에게 이제 거의 다 왔어."

9장

시우는 그림의 좌측 하단 모서리 부근에 남겨져 있는 힌트를 잠시간 무섭게 응시했다. 가늘어진 눈매 속에 번뜩이는 눈빛이 칼날처럼 날카로웠다.

잠시 후, 그의 입가에 시린 미소가 어렸다.

호정이 숨죽인 음성으로 말했다.

「알겠어?」

그는 짧게 고개를 끄덕였다.

「제일 처음 돌멩이의 Help. Me는 그냥 Help Me야. 이것을 보고 자신을 구해 달라는 메시지, 그 이상도 이하도 아니야.」

「두 번째 돌멩이의 Delta는?」

「포네틱 코드(Phonetic Code)야. NATO 음성 문자(NATO phonetic alphabet)로 알파벳의 각 글자를 나타내는 단어의 집합이고 무선 통신이나 소음이 많은 곳에서 의미를 분명하게 전달하기 위해 사용되지. 군대나 항공, 선박 통신 등에서도 주로 사용되는 일종의 공용화된 통신 언어야.」

옆에 서 있는 헨리가 짐짓 알은체를 했다.

「그 정도는 다 알죠. A는 Alpha, B는 Bravo, C는 Charlie, D는 Delta, E는 Echo, F는 Fox—trot…….」

군인 출신인 매기도 톡 끼어들었다.

「왜 Golf, Hotel, India, Juliet, Z의 Zulu까지 알파벳을 다 읊지 그러세요. 문제는 저기에 왜 델타를 적어 놨느냐, 그걸 알아내야 하는 거 아닙니까.」

매기가 시우를 힐끗 돌아보며 물었다.

「저거 D나 네 번째를 가리키는 건데 그게 무슨 의미일 것 같아요?」

「우선 저걸 남긴 자가 어떤 목적으로 네 개의 힌트를 남겼는지를 알아야 합니다. 저 중에서 Help Me를 제외하면 가장 선명하고 직접적인 힌트는 저겁니다.」

시우의 손가락이 스키테일(Scytale)이라고 적혀 있는 돌멩이를 가리켰다.

「우선 저 위치는 원작에서는 글씨 자체가 쓰여 있는 곳입니다. 그럼에도 저기에 저 단어를 썼다는 것은 Help Me 만큼이나 이 그림을 보는 사람이 자신의 저의를 빨리 알아채 주기를 바랐기 때문일 겁니다.」

호정이 넌지시 물었다.

「스키테일이라면 고대 비밀문서, 고대 암호문을 말하는 건가?」

시우가 고개를 끄덕였다.

「스키테일은 역사상 가장 오래된 고대 그리스 전치 암호야.」

기원전 400년경의 고대 그리스를 그린 영화들을 보면 자주 나오니까 다들 한두 번씩은 봤을 것이다. 그리스와 스파르타가 싸우는 고대 전쟁 영화에는 그리스 군대가 암호를 주고받는 장면이 곧잘 나오니까.

「스키테일은 원통형 막대를 가리키는데 그 막대에 폭이 좁고 긴 양피지를 말아서 그 위에 가로로 전하고자 하는 내용을 적는 거야. 누군가 그걸 손에 넣어 양피지를 풀어도 무슨 내용인지 전혀 알 수가 없게 되지.」

만약 암호를 공유하지 않는 사람한테 양피지를 빼앗겨도 정보가 유출될 위험은 거의 없다. 작성자가 사용한 동일한 형태, 크기의 원통형 막대, 즉 스키테일이 아니라면 아무리 양피지를 돌려서 암호를 해석하려고 해도 그 뜻은 완전히 달라지기 때문이다.

「때문에 암호문을 주고받는 사람끼리 동일한 크기와 형태의 스키테일을 가지고 있어야 돼. 그래야 암호가 해독되니까.」

매기가 옆에서 또 끼어들었다.

「고대가 배경인 영화까지 갈 것도 없어요. 다빈치 코드나 해리포터에도 나왔으니까.」

호정이 고개를 끄덕이며 말했다.

「그럼 직접적으로 남긴 두 개의 힌트로 저 의미를 유추한다면, '내가 남긴 스키테일 암호를 해독해서 날 구해 줘'가 되겠네.」

「그렇지. 그렇다면 나머지는 스키테일 암호를 풀 수 있는 힌트들일 거야. 일단 스키테일 암호를 풀려면 아까 말한 것처럼 작성자와 동일한 스키테일이 있어야 하고 암호문이 있어야 돼.」

남은 힌트는 단 두 개였다. 'Delta'와 '180,2B'.

불현듯 시우는 그림에서 한 걸음 떨어져서 침실을 찬찬히 둘러보았다. 남은 힌트 풀 생각은 안 하고 갑자기 왜 침실을 휘 둘러보나 싶어 헨리가 고개를 갸웃했다.

시우의 시선은 방문에서부터 시작해서 그림이 원래 걸렸었던 서랍장 부근, 장식장, 그리고 두꺼운 암막 커튼이 드리어져 있는 창가로 해서 남은 가구들을 차례차례 살펴보았다.

그는 갑자기 침실을 가로질러 안쪽 끝의 욕실과 드레스 룸도 들어갔다 나왔다. 한순간 시우의 시선이 침대에 고정됐다.

그는 천천히 침대로 다가갔다. 시우는 6.1피트(약 186cm)인 자신의 신장을 가늠하며 침대의 너비와 길이를 추산했다. 그의 입매가 비스듬히 말려 올라갔다.

180, 2B는 해결됐군.

180cm 너비에 2m 길이의 더블킹 사이즈 침대가 바로 그 해답이었다. 아니, 어쩌면 'B'는 'Bed'가 아니라 'Bar'일 수도 있겠다.

그의 예리한 시선이 침대의 좌측에 길게 설치되어 있는 바로 향했다. 하반신 불구인 다이아나가 침대에 눕고 일어날 때마다 사용했을 것이 분명한 가늘고 기다란 가이드 바.

눈만으로 가이드 바의 굵기와 길이를 측정한 시우의 입가에 다시 옅은 미소가 어렸다. 바의 지름은 약 18cm, 길이는 침대 길이와 같은 2m였다.

스키테일, 찾았다.

시우는 다시 그림 앞으로 천천히 돌아왔다. 돌아선 그의 입가에선 미소의 흔적 따위는 찾아볼 수 없었다.

그럼 남은 것은 'Delta' 하나뿐이다. 델타는 어떤 의미로 쓰인 걸까.

델타, 델타, 델타…….

'180, 2B'가 스키테일을 가리킨 것이니 델타는 암호문을 감춘 위치를 가리키고 있는 것이 분명했다. 정확하게는 암호문을 감춘 장소. 어디에 감췄을까. D로 시작하는 데스크?

아니, 데스크는 아니다.

작성자, 즉 다이아나는 누군가에게 생명의 위협을 받았기 때문에 최후의 수단으로 도움을 요청하는 암호를 남겼다. 그렇다면 자신이 죽거나 혹은 납치될 가능성을 염두에 두고 이 모든 것을 남겼을 것이다.

자신이 이 공간에서 사라진다는 것을 염두에 두고 암호문을 작성했을 터. 그녀를 위협한 제3자나 다른 이에게 발각될 가능성이 높은 데스크, 즉 서랍장이나 장식장 등에 암호문을 숨겼을 리 만무했다.

시우는 팔짱을 끼고 턱을 매만졌다.

「그렇다면 델타는 이 방이 아니라 이 그림 안의 델타를 찾으라는 의미이거나 아니면…….」

스키테일 자체인 침대 혹은 가이드 바일 가능성이 높다.

그렇다면 결론은,

델타가 의미하는 것은 암호문이 숨겨져 있는 장소이고, 그 장소는 세 곳 중 하나다. 첫째는 그림 액자, 둘째는 침대, 셋째는 가이드 바.

시우의 눈동자가 그림과 침대를 오가며 빠르게 이동했다.

암호문을 어디에 숨겼을까.

스키테일이 긴 만큼 암호문의 길이 역시 길 터였다. 따라서 암호문을 충분히 감출 수 있을 만큼의 길이여야 한다.

그건 그림이나 침대 모두 길이가 충분해.

그림과 액자 사이의 공간을 이용해 밀어 넣을 수도 있고, 저 침대나 가이드 바에 비밀 공간 같은 곳이 있다면 침대나 가이드 바도 충분히 가능성이 있다. 저 침대는 엠마와 다이아나가 특별 제작한 것이니 비밀 공간을 만들려면 얼마든지 만들 수 있었을 것이다.

자, 그럼 두 번째 문제.

암호문을 쓰고 숨긴 사람의 특성과 당시 상황을 고려해 봐야만 한다. 다이아나는 하반신 불구로 휠체어 신세를 지고 있다. 그런 그녀가 구해 달라고 구조를 요청할 만큼 긴박한 상황에서 거의 빈틈이 없는 액자와 그림 사이에 긴 암호문을 눈에 안 띄게 밀어 넣을 수 있었을까?

당시엔 그림이 벽에 걸려 있었다고 해도 액자 틈 사이에 암호문을 완벽하게 감춘다는 건 결코 쉽지 않았을 것이다. 핀셋 등을 이용해 어찌어찌 간신히 밀어 넣었다고 할지라도 한군데라도 암호문이 비죽 튀어나온다면 그녀를 위협하는 인물에게 들킨 가능성이 매우 높았다.

한마디로 노력에 비해 들킬 위험 부담이 크다는 얘기다.

다이아나처럼 머리가 비상한 사람이 그 정도도 예상하지 못했을 리가 없다.

고로, 액자는 아니다.

「그렇다면 침대와 가이드 바만 남는다는 얘긴데.」

시우는 침대로 다시 천천히 걸어갔다. 그 뒤를 호정과 매기, 헨리, 찰리가 조용히 숨죽이고 뒤따랐다.

시우는 침대 발치에 서서 머릿속으로 침대의 구조를 입체적으로 그려 보았다가 분해하고 전후좌우로 돌려 보았다.

침대 바디 자체가 워낙 커서 마음만 먹는다면 헤드 및 좌우, 바닥 어디든 할 것 없이 비밀 공간을 만들 수 있을 것으로 보였다. 하지만 비밀 공간을 찾기는 쉽지 않을 터였다. 대충 두드리고 당겨서 열리는 공간이라면 굳이 힘들게 티 안 나게 제작할 필요도 없었을 테니 말이다.

침대 어딘가에 비밀 공간을 열 버튼이나 키 같은 것이 있을 거야.

그 버튼이나 키는 델타가 의미하는 삼각주 모양일 확률이 높았다. 그것을 알아보려면 일단 그가 엠마나 다이아나가 되어 보는 것이 가장 빠를 듯싶었다. 시우는 거침없이 침대로 올라갔다.

「시우야!」

「어, 뭐 하는 겁니까, 이 박사?」

깜짝 놀란 호정과 요원들이 영문을 알 수 없어 소리쳤지만, 시우는 들은 척도 하지 않았다. 호정에게만 걱정 말라는 듯 옅게 웃어 보일 뿐이었다.

시우는 가이드 바가 설치되어 있지 않은 우측이 엠마의 자리였을 거라 추측하고 그곳에 누워 머리 위 헤드와 바디의 오돌토돌하게 세공되어 있는 섬세한 조각들을 일일이 손으로 더듬어보았다. 의심될 만한 것은 없었다.

시우는 다이아나의 자리였을 것이 분명한 옆으로 몸을 옮겼다. 방금 전과 똑같이 팔을 머리 위로 뻗어 헤드의 조각들부터 천천히 더듬으며 좌측 바디로 손을 내렸다.

그렇게 얼마나 더듬었을까.

드디어 팔꿈치 부분의 좌측 바디에서 삼각형 모양으로 음각된 조각이 만져졌다.

찾았다.

시우의 눈동자가 아주 살짝 반짝였다. 그는 손끝에 만져지는 삼각형의 음각을 꾹 눌렀다.

순간, 놀라운 일이 벌어졌다.

시우가 누워 있는 발치의 바디 부분이 딸깍, 하는 소리와 함께 앞으로 스르르 미끄러져 튀어나왔다. 그 앞에 서 있던 매기와 찰리가 깜짝 놀라 소리쳤다.

「어머! 이게 뭐야? 침대 안에 비밀 공간이 있었던 거야?」

「헉! 어떻게 이 안에 이런 게…….」

후다닥 달려간 헨리와 호정의 눈도 금세 휘둥그레 커졌다. 길이 약 70cm, 높이 약 15cm, 깊이 약 35cm 크기의 서랍이 침대밖으로 비죽 튀어나와 있었기 때문이다.

서랍 안에는 둘둘 말아 놓은 기름종이 뭉치와 함께 권총 한 자루, 그 밑에는 여자 두 명이 함께 찍은 사진들이 들어 있었다.

호정이 가쁜 숨을 몰아쉬며 시우를 불렀다.

「시, 시우야…….」

「여기 있을 줄 알았지.」

침대에서 언제 내려왔는지 시우의 음성이 바로 등 뒤에서 들렸다. 호정은 얼른 뒤를 돌아보았다. 놀라움과 경외의 눈빛으로 시우를 올려다보았다. 그러나 그는 이쯤이야 당연하다는 듯 씩, 미소 지을 뿐이었다.

시우는 재킷 안주머니에서 미리 챙겨 온 라텍스 장갑을 꺼내 꼈다. 아직도 멍한 표정으로 서랍장만 내려다보고 있는 헨리의 어깨를 손끝으로 톡톡 두드렸다. 흠칫 놀란 그가 뒤를 휙 돌아보았다.

「뒤로 좀 물러나 주시죠.」

「네? 아, 네, 네…….」

시우는 서랍 앞에 한쪽 무릎을 꿇고 앉았다. 둘둘 말려 있는 기름종이 뭉치, 아니 암호문을 제일 먼저 꺼내고 그다음으로 낡은 권총 한 자루를 꺼냈다. 권총을 눈높이로 들어 올리고 말했다.

「루거 9mm. 드디어 찾았네요, 에페타 킬러의 총기.」

시우는 권총을 침대에 올려놓았다. 아직 제정신을 못 차린 듯한두 걸음 앞으로 걸어 나온 찰리가 홀린 듯 중얼거리며 권총으로 손을 뻗었다.

「와아, 이게 바로 에페타 킬러의 루거 9mm군요.」

찰리가 총을 잡는 순간, 시우의 입에서 날카로운 음성이 터져 나왔다.

「세이린 요원, 뭐 하는 겁니까. 당장 총 내려놓지 못해요!」

「네?」

「증거물을 맨손으로 만지면 어떡합니까!」

그제야 찰리가 소스라치게 놀라 권총을 침대로 휙 던져 버렸다.

「아! 죄, 죄송합니다. 나도 모르게 그만…….」

헨리가 혀를 쫏 차며 눈을 흘겼다. 얼른 라텍스 장갑을 끼며 소리쳤다.

「뭐 해! 다들 정신 차리고 빨리 장갑들 껴!」

그제야 찰리와 매기도 서둘러 장갑을 꺼내 꼈다. 호정도 얼른 장갑을 찾아 꼈다. 헨리가 다시 요원들에게 버럭 소리쳤다.

「세이린 요원은 빨리 증거물 수거할 케이스 가져와서 권총 수거하고 크로닌 요원은 빨리 사진 찍어. 서둘러!」

두 사람이 후다닥 그림 앞으로 달려갔다. 서둘러 돌아온 두 사람은 권총을 증거물 수거 케이스에 담고 다른 한 사람은 열심히 사진을 찍었다.

호정은 시우가 꺼내는 사진들을 한 장, 한 장 유심히 바라보았다. 사진 속에는 늘 두 명의 여자가 함께 있었다. 한 명은 쇼트커트 혹은 단발머리의 백인 여성이었고, 다른 한 명은 사진으로만 봐도 눈부실 만큼 아름다운 인디언 여자였다.

호정의 입에서 절로 두 사람의 이름이 흘러나왔다.

「엠마 브라헤와 다이아나…….」

엠마 브라헤의 얼굴은 사진으로 이미 여러 번 봐서 알고 있었지만 다이아나는 처음 보았다. 숀쇼어 사쳄에게도 그녀의 사진은 없었더랬다.

사진 속의 두 사람은 더없이 행복해 보였다. 진심으로 사랑하고 있다는 것이 느껴질 만큼 서로를 바라보는 눈빛이 한없이 깊고 사랑으로 가득 차 있었다.

무수히 많은 사진들 속에서 두 사람은 20대에서 점점 나이 들어가고 있었다. 나이가 들어갈수록 다이아나의 표정은 점차 어두워지고 있었다. 엠마를 바라보는 눈빛이나 미소가 서글퍼 보이기도 했다.

그 사진들도 모두 찰리의 손을 거쳐 증거물 수거 케이스에 차곡차곡 들어갔다.

이제 남은 것은 다이아나가 남긴 암호문을 해독하는 일뿐이었다.

시우는 일단 창가 앞에 있는 응접세트에서 의자 하나를 가져왔다. 가이드 바, 아니, 스키테일 앞에 의자를 내려놓고 호정을 앉혔다.

"보고 있어."

시우는 호정에 살짝 눈웃음을 지어 보인 뒤 침대를 향해 돌아섰다. 돌아선 그의 얼굴에는 눈웃음은 씻은 듯이 사라지고 없었다.

시우는 손에 든 기름종이를 쭉 펼쳐 보았다. 이렇게만 보아선 무슨 글인지 도저히 알 수 없는 알파벳 조합들이 가득 적혀 있었다. 시우는 침대 헤드 쪽을 시작점으로 두고 그 부분의 바부터 기름종이를 감기 시작했다.

가만히 보고 있던 호정이 얼른 다가가 시작점의 기름종이를 잡아 주었다. 그가 애써 찾아 감고 있는 암호문이 흐트러지기라도 할까 봐 잡아 주는 건데 시우는 못마땅한지 살짝 미간을 찌푸렸다.

"이거 다 감으려면 오래 서 있어야 돼. 누나, 발목도 아직 안 좋잖아. 하지 마. 놔둬도 돼. 기름종이라서 안 떨어져."

"여기 떨어지려고 하는데? 난 괜찮아. 이 정도 서 있는 건 문제 없어. 빨리 감아. 무슨 내용인지 너무 궁금해."

호정은 빙긋 웃으며 가만히 서 있는 시우를 재촉했다.

그러나 호정이 궁금하다는 말이 떨어지기 무섭게 시우는 벌써 기름종이를 다시 열심히 감기 시작했다.

기름종이는 한참만에야 다 감겼다.

"후우."

시우의 입에서도 낮은 한숨이 나왔다. 내용이 굉장히 길었다. 다이아나, 할 말이 무척 많았던 모양이다.

시우가 맨 처음 시작점으로 자리를 옮기자 모두 그의 뒤를 따라 옹기종기 모여 섰다.

암호문의 시작은 에페타 킬러의 암호문 패턴과 똑같았다.

내 이름은 다이아나다.

지혜로운 달빛의 정령이자

칼리이며 네메시스이기도 하다.

또한

에페타이기도 하다.

「하!」

매기가 탄성인지 장탄식인지 모를 소리를 질렀다.

「어쨌든 드디어 잡았네요, 에페타 킬러.」

그녀의 말에 모두 동의하듯 고개를 끄덕였다.

암호문은 계속 이어졌다.

그녀의 이름은 엠마 브라페다.

날카로운 바람의 심판자이자

데비이며 테미스이기도 하다.

또한

에페타이기도 하다.

우리는 홈폭에서 태어났다.

그곳은 우리에게 생명과 영원한 사랑을 준 천국인 동시에

더럽고 추악한 죄악이 난무하는 지옥이었다.

모든 죄악과 형벌은 그곳에서부터 시작되었다.

그날 밤 나는 사냥감이었다.

처참히 짓밟히고 죽었다.

인간으로서의 존엄성은 잔인하게 무너졌으며

짐승들에 의해 짐승으로 추락하여 유린당했다.

네메시스는 짐승을 가리켰고

206

테미스는 짐승을 처단했다.

그것이 에페타의 시작이었다.

매기가 절로 작아진 음성으로 말했다.

「마이클 쉬렉과 제시 브라운의 얘기네요.」

호정은 왜 두 사람이 침실에 '죄악을 쫓는 정의의 여신과 복수의 여신' 그림을 걸어 두고 매일 아침저녁으로 보며 잠들고 깨어났는지 알 것 같았다.

그 그림은 자신들의 이야기였다.

네메시스는 율법의 여신이자 복수의 여신이다. 하반신 불구가 된 다이아나는 그림에서처럼 네메시스가 되어 희생자를 지목했다.

그럼 테미스, 즉 정의의 여신인 엠마는 정의의 검과 심판의 저울을 들고 네메시스, 다이아나가 지목한 희생자를 처단했다.

그건 비단 마이클 쉬렉과 제시 브라운의 이야기만은 아닐 터였다.

인간으로서의 존엄성을 상실한 나는 회복되지 못했다.

존재하나 존재하지 않았던 나는

그렇게 인간이나 인간이 아닌,

산 것도 죽은 것도 아닌 경계 속에 내동댕이쳐졌다.

사냥감이었던 나는 사냥꾼이 되어

기꺼이 에페타가 되었으나

그녀는 나를 위해 에페타가 되었다.

그러나 그 시간은 결코 길지 않았다.

그날은 예정된 수순처럼 모든 것이 엉망이었다.
아비이나 아비가 아닌 자가
어미의 부고를 알려온 날.
나는 폭주했고 그녀는 슬퍼 울었다.

계획하지 않은 사냥을 그녀는 반대했다.
그녀의 반대는 나를 분노케 했고 초조하게 만들었다.
가여운 어미를 잃은 나는 피에 굶주렸다.

그자의 죽음은 그자의 탓이기도 했다.
피에 굶주린 내 앞에 나타난 건 그였다.
나의 굶주림은 해소되었으나
그것으로 끝이었다.

에페타도,
나도,
그녀도.

나의 폭주가 결국 비극의 시작이었음을
나는 오늘에서야 깨닫는다.

호정이 흠칫하여 시우를 돌아보았다. 시우와 눈이 마주쳤다. 시우는 담담히 고개를 끄덕였다.

「맞아. 에페타 킬러로서의 마지막 범행이었던 택시 운전사 폴 스미스 사건을 말하는 거야.」

시우의 추론이 모두 맞았다. 단 하나만 빼고.

택시 운전사 폴 스미스를 살해한 이는 엠마가 아니라 다이아나였다. 그녀가 제 손으로 직접 저지른 첫 살인일 터였다.

그날의 폭주로 나는 오랜 가뭄에 시달렸다.
그녀와 함께였으나 충분하지 않았다.
단 한 번의 폭주로 에페타를 버린 그녀가 원망스러웠다.

피에 굶주린 눈을 가진 소년이 내 앞에 나타났을 때
나는 그것이 운명이라고 생각했다.
하지만 지금은 아니다.
그것은 운명이 아닌 또 다른 지옥, 또 다른 지옥이었다.

모두의 눈이 움찔 커졌다.
드디어 제3의 인물이 등장했다!
그런데 소년이라니.

긴장을 감추지 못한 모두의 시선들이 빠르게 교차했다. 긴장한 탓일까. 헨리가 가라앉은 음성으로 말했다.

「소년이라면…… 박사 말대로 그 피자 배달부였다는 소년이었을 수도 있겠군요.」

고개를 갸웃하던 매기가 손가락으로 딱! 소리를 냈다.

「피자 배……? 아, 이든 리 알랜!」

그러고는 마른침을 꿀꺽 삼켰다.

「그게 또 이렇게 연결되네요. 그럼 뒷집 남자가 봤다는 10대 배달원이 바로 여기에 등장하는 피에 굶주린 눈을 가진 소년이 었을 확률이 높네요, 그죠?」

「그러게. 좀 더 읽어 보자고.」

소년은 나를 유혹했고 나는 소년을 유혹했다.
소년에게는 내가 필요했고
그녀가 에페타를 버린 이상
나 역시 소년이 필요했다.

나는 기꺼이 소년의 스승이 되었고
연인이 되었고
창부가 되었다.

그녀는 알지 못했다.
그녀는 알아선 안 되었다.
나는 에페타를 버린 그녀를 원망했지만
내 사랑은 오직 그녀뿐이었다.

매기가 중얼거렸다.

「뭐야. 사이코인 줄은 진작 알고 있었지만 와, 이 여자 진짜 사이코네. 스승? 이거 소년을 엠마 대신, 아니 자기 대신 사람 죽이는 칼로 만들었다, 그런 거잖아요.」

호정은 예상보다 내용이 너무 충격적이어서 아무 말도 할 수 없었다. 시우가 그녀의 손을 지그시 움켜잡았다. 시선이 마주쳤다.

그가 물었다.

괜찮아?

응, 괜찮아.

그런 두 사람을 헨리, 매기, 찰리가 힐끔 보았다. 누구는 부럽다는 표정으로, 누구는 흥미로운 눈빛으로, 누구는 묘한 표정으로 아쉽다는 듯 입맛을 다셨다.

2년 뒤 소년이 내게 선물을 가져왔다.

가슴이 벅차올랐다.

늦게라도 에떼타로서의 약속을 지킬 수 있게 되어 기뻤다,

그녀가 버린 에떼타를 다시 살린 듯하여

행복했다.

시우가 시니컬한 음성으로 말했다.

「이 부분은 이든 리 알랜을 응징하겠다던 약속을 말하는 거야.」

행복은 짧고 불행은 길었다.

소년은 나를 실망시켰다.

소년은 영악하나 아둔했고, 습득력은 빠르나 멍청했다.

그러나 소년은 나를 만족시키기 위해 최선을 다했다.

소년은 청년이 되었다.

청년은 나의 통제력을 벗어나기 시작했다.

청년의 목적은 오로지 피의 굶주림을 해소하는 것.

그것은 곧 피의 유희일 뿐이었다.

청년의 몸에 배인 피 냄새가 짙어질수록

청년의 미소는 어린아이의 그것처럼 점점 순수해졌다.

뒤늦게 알았다.

소년은 아둔하고 멍청했던 것이 아니라

유희에 의미를 남기는 것을 귀찮아했을 뿐이라는 것을.

유희를 위해 부모까지 죽일 수 있는 악마였다는 것을.

나는 청년이 점점 두려워지기 시작했다.

그녀가 청년의 존재를 알게 된 날,

나는 죽고 싶었다.

그러나 죽을 수 없었다.

죽음은 두렵지 않았다.

그녀를 잃게 될 것이 두려웠다.

두려움이 현실이 됐다.

나는 결국 그녀를 잃었다.

결국엔 내가 모든 것을 망쳤다.
내가 그녀를 죽음에 이르게 했다.

나는 내 자신을 용서하지 못한다.
시간을 되돌릴 수만 있다면…….
그녀를 위해
내가 할 수 있는 마지막 일을 하려고 한다.

그것이 내가 모든 진실을 밝히며
이 글을 쓰는 이유다.

먼 훗날,
누군가
이 글을 읽게 된다면,
그대가 청년이 아니라면,
부디 내 부탁을 들어주길.

날 구해 달라는 것이 아니다.

진실을 밝혀 주길.
그녀가 원하던 진실을.
내가 에페타다,
그녀는 에페타가 아니다.
그녀는 나의 대리인으로 나로 인해 더럽혀졌을 뿐,

그녀는 나를 사랑한 죄밖에는 없다.

그녀는 순결한 영혼.

그녀는 괴로워했다.

그녀는 에페타의 진실을 밝히고

속죄하며 살고자 했다.

그녀는 자살한 것이 아니다.

그녀는 내가 죽인 것이다.

내가 소년을, 청년을, 악마를 만들었다.

아니, 내가 그것을 만든 것이 아니다.

내 안의 분노에 눈이 어두워

나는 나를 찾아온 악마를, 청년을, 소년을

미처 알아보지 못했다.

내가 악마를 응징할 것이다.

그것이 나의 마지막 소임.

청년의 이름은 찬스 게니우스.

본명은 아닐 것이다.

게니우스라니!

그 이름을 처음 들었을 때 나는 소년을 비웃었다.

나는 소년을 소시오패스 하이브리스토필리아일 뿐이라고 생각했었다.

「하이브리스토필리아?」

고개를 갸웃하는 매기의 혼잣말에 시우가 간단히 설명하기

214

시작했다.

「하리브리스토필리아(Hybristophilia)란 강간, 연쇄 살인 등의 끔찍한 범죄를 저지른 범죄자를 강한 사람이라고 느끼고 그에게 매력을 느껴 동조하거나 추종하는 심리적 이상 증상이나 그런 이상 증상을 가진 사람을 말합니다.」

「아.」

매기가 고개를 크게 끄덕였다. 호정이 무거운 목소리로 말했다.

「여기에 쓰여 있는 것이 진실이라면, 엠마 브라헤도 바로 그 제3의 인물인 찰스 게니우스한테 살해당한 거예요.」

매기가 입술을 비죽였다.

「연쇄 살인마가 자신들이 키운 또 다른 연쇄 살인마한테 당한 거죠. 물론 그 자식은 엠마가 키운 연쇄 살인마는 아니었지만.」

그러고는 대차게 코웃음을 쳤다.

「하! 그래서 한마디로 말하면, 화가 났다 이거잖아요. 자신이 심판자라는 허울로 죽인 사람들은 생각지도 않고. 진짜 어이없지 않아요? 그래서 그다음에는 뭐라고 쓰여 있는 거예요?」

모두의 시선이 다시 암호문으로 향했다.

청년이 곧 나를 데리러 올 것이다.
게니우스는 아니나 게니우스 그 자체인 청년이
나를 온전히 소유하기 위해서.

현재는 2008년.

이 글을 보고 있는 당신의 현재는 언제일지 모르나,

내 계획이 성공했다면

청년은 이미 이 세상 사람이 아닐 것이다.

나 역시 이 세상 사람이 아닐 것이다.

하지만 내 계획이 실패했다면

청년과 나는 아직 살아 있을지도 모른다.

당신이 누구이든

이 글을 읽고 있는 당신은 인생 최고의 기회를 잡았다는 사실을 명심하라.

에페타 킬러의 정체를 밝힐 수 있는 기회.

이든 리 앨런을 시작으로 뉴욕 일대에서 벌어진

미해결 살인 사건들의 살인마를 잡을 수 있는 기회.

이번이 아니면 절대로 게니우스를 잡을 수 없다.

게니우스는 피와 죽음 그 자체를 즐길 뿐

어떠한 흔적도, 증거도 남기지 않으니까.

찬스 게니우스라는 이름에 집착하지 마라.

게니우스를 동경하던 사악한 소년은 흠모하고 추종하는 나에게도 진심을 말

하지 않았다.

결국 게니우스가 된 소년은 거짓과 음모, 살인과 은폐에 처음부터 능통하고

자유로웠다.

23세에서 25세.

5.8ft / 158lb.

백인. 갈색 머리, 갈색 눈동자.

찰스 게니우스.

알파인 거주.

중산층 이상.

10대 후반에서 20대 초반에 사고사로 부모를 잃고 상속자 됨.

컬럼비아대학교.

그자를 찾아라.

에페타의 주거 9mm는 이제 그대에게 넘어갔으나 나머지 진실은 모두 나에게 있다.

게니우스의 진실 또한 나에게 있다.

내가 남긴 흔적을 찾아온다면

당신은 원하는 모든 것을 얻을 것이다.

드디어 긴 암호문이 끝났다.

모두 심각한 표정으로 한동안 침묵을 지켰다. 미간을 찌푸리고 눈동자를 굴리던 헨리가 고개를 갸웃했다.

「23세에서 25세, 5.87피트(약 179cm)에 158파운드(약 72kg), 백인에 갈색 머리, 갈색 눈동자. 이건 틀림없이 찰스 게니우스의 외모를 말하는 건데 이름과 알파인 거주, 중산층 이상, 10대 후반에서 20대 초반에 사고사로 부모를 잃고 상속자 됨, 컬럼비아대학교는 왜 따로 적어 놨을까.」

골똘히 생각에 잠겨 있던 찰리도 한숨을 내쉬며 말했다.

「그러게 말입니다. 찾으라고 단서를 주면서도 혼선을 주려는 것인지 아니면 또 다른 인물이 있다는 얘기인지. 나 원 참.」

매기가 힐끗 찰리를 쳐다봤다.

「세이린 요원도 10대 때 이 근처 타운에서 자랐다고 했지?」

「그런데?」

「어디야?」

「하! 뭐야. 체격이나 외모가 암호문에 적혀 있는 것하고 비슷하다고 설마 지금 날 의심하는 거야?」

찰리가 어이없다는 표정으로 헛웃음을 쳤다. 매기가 눈살을 찌푸렸다.

「누가 의심한데? 궁금해서 물어보는 거지. 게다가 나잇대도 세이린 요원하고 엇비슷하잖아.」

「기가 막히는군. 난 데마레스트에서 자랐어. 알파인이 아니라. 그리고 난 뉴욕대학 출신이야. 체격이나 외모, 나잇대가 비슷하다고 바로 날 의심해? 같은 FBI 요원인 날?」

「그런 거 아니라니까 그러네. 지역도 비슷하고 나잇대도 비슷하니까 어쩌면 세이린 요원도 아는 인물일 수 있겠다 싶어서 물어본 것뿐이야. 게다가 세이린 요원은 우리가 합류하기 전부터 이 근처 탐문 수색에도 먼저 참여했었잖아. 그러니까 혹시 짚이는 게 없나, 해서…….」

매기가 되레 억울하다는 듯 펄쩍 뛰며 변명을 구구절절 늘어놓았다. 그러곤 자신이 생각해도 심했다 싶었는지 뺨을 긁적이며 바로 사과했다.

「에이, 아니다. 나 같아도 이 시점에 누가 나한테 그딴 걸 물어보면 엄청 기분 나쁠 것 같기는 하네. 기분 많이 상했어? 미안해. 하지만 난 정말 순수한 의도로 물어본 것뿐이야. 세이린 요원 기분 나쁘게 할 의도는 전혀 없었어. 정식으로 사과할게.」

찰리가 이를 갈았다.

「병 주고 약 주냐?」

「그래서 미안하다고 사과하잖아. 미안해.」

겸연쩍게 웃은 매기가 터프하게 자신의 어깨로 찰리의 어깨를 툭 쳤다. 그러나 이미 기분이 상할 대로 상한 찰리는 그녀의 사과를 받아 줄 마음이 생기지 않는 모양이었다. 불쾌한 표정을 지우지 못한 채 고개를 휙 돌려 버렸다.

그런 두 사람을 가만히 바라보던 헨리가 혀를 차며 한마디 했다.

「그만들 해. 지금 이 중요한 시점에 그런 시시껄렁한 농담들이 나와? 정신들 차려. 본격적인 수사는 진짜 이제부터야. 게다가 이 암호문이 사실이라면 찰스 게니우스라는 놈, 이든 리 알랜과 엠마 브라헤는 물론이고 그 외에도 수차례에 걸쳐 살인을 저지른 놈이야. 제 부모까지 죽였을 가능성이 있고. 존재조차 모르고 있던 희대의 연쇄 살인마가 또 한 명 등장한 거라고. 아무리 신입 요원들이라지만 이 중대한 시점에…… 쯧쯧. 사건에 집중들 좀 해, 집중!」

말을 하다 보니까 부아가 치미는지 헨리의 음성은 점점 크고 매서워졌다. 나중에는 버럭 언성을 지르는 수준까지 이르렀다. 움찔한 매기와 찰리는 신입 요원들답게 얼른 자세를 바로하고 그의 눈치를 살폈다.

두 사람을 매섭게 노려본 헨리가 후우, 큰 숨을 가다듬고는 시우를 돌아보았다.

「박사 생각은 어때요? 찰스 게니우스라는 놈이 진짜 뉴욕 일대에서 계속 살인을 저질러 온 연쇄 살인마일 것 같소?」

시우의 대답은 간단명료했다.

「네.」

「이 암호문에 쓰여 있는 얘기들이 모두 사실일 거다, 이거요?」

「네. 다이아나는 이전의 암호문들과 달리 이 암호문은 비교적 쉽게 찾고, 바로 의미가 전달될 수 있도록 쉽고 직접적인 언어로 암호문을 작성했습니다.」

그만큼 암호문을 발견한 사람이 자신 혹은 찰스 게니우스를 찾아내 주기를 간절히 바란 것일 터였다.

「그 말은 즉, 숨은 의미가 많지 않다는 얘기이기도 합니다. 엠마 브라헤의 죽음으로 일종의 각성을 했다고도 볼 수 있겠죠. 그것은 엠마 브라헤를 배신하고 죽음에 이르게 한 죄책감이자 찰스 게니우스에 대한 분노, 공포, 두려움일 수도 있습니다.」

「흠.」

「찰스 게니우스는 지금까지와는 완전히 다른 차원의 연쇄 살인마일 가능성이 높습니다. 연쇄 살인마는 통상적으로 살해 현장이나 피해자의 신체에 자신만의 시그니처를 남기며 대상이나 살인 방법에 있어서 모두 자신이 선호하는 바를 고집합니다.」

그러나 아무리 16세에서 18세, 23세에서 25세라는 차이가 있다고 해도 이든 리 알랜을 살해한 방법과 엠마 브라헤를 살해한 방법은 동일인이 저지른 짓이라고 볼 수 없을 만큼 유사성을 찾아보기 힘들었다.

「그 두 사건에서 표면적으로 드러난 유사성이라고 해 봐야 자살을 위장한 타살이라는 점밖에는 없습니다. 깊이 들어가 보면 에페타, 즉 다이아나라는 연결 고리가 있기는 하지만요.」

매기 때문에 기분이 나빴지만 궁금한 건 도저히 못 참겠다는 듯 찰리는 여전히 씨근덕거리면서도 얼른 입을 열었다.

「그럼 녀석의 살인 수법은 자살을 위장한 타살로 봐야 하는 것 아닙니까? 아무리 녀석이 연쇄 살인마의 기존 패턴을 따르지 않는 놈이라고 할지라도 두 건을 그렇게 처리했다면 그게 바로 녀석의 패턴이라고 할 수 있잖아요.」

일견 타당성이 있는 의견이었다. 크게 고개를 끄덕인 헨리가 시우보다 먼저 입을 열었다.

「그럴 수도 있겠지. 그럼 2001년부터 현재까지 뉴욕주에서 발생한 자살 건을 먼저 확인해 봐야겠군.」

시우의 서늘한 시선이 헨리에게 꽂혔다.

「시간 낭비입니다.」

「왜요?」

「암호문에 적혀 있지 않았습니까. 찰스 게니우스는 흔적이나 증거를 절대로 남기지 않는다고. 또한 앞서 말한 것처럼 게니우스는 자신만의 시그니처나 선호하는 대상, 수법을 고집하지도 않습니다. 게니우스는 자신의 기분과 상황에 따라 대상과 수법을 자유자재로 변경한다고 볼 수 있죠. 하지만 여기에도 단 하나의 공통점은 존재합니다.」

시우는 잠시 뜸을 들였다가 말을 이었다.

「어떠한 흔적이나 증거를 남기지 않는다는 것.」

「그럼 도대체 어떻게 하자는 겁니까. 뭐라도 해 봐야 할 것 아니오.」

「다이아나는 암호문에 게니우스에 대한 단서를 두 가지로 구분하여 남겼습니다. 하나는 게니우스의 외모, 다른 하나는 이름과 당시 거주지, 경제적 수준, 부모의 사망 그리고 출신 대학교. 그것들을 구분한 이유가 뭘까요?」

「안 그래도 나도 그게 궁금하던 참이었어요. 박사는 그 이유가 뭐라고 생각합니까?」

「외모는 다이아나가 직접 본 것으로서 사실 그 자체라는 의미일 겁니다. 그 외에는 모두 게니우스가 말해 준 것이니 사실이 아닐 가능성이 높기 때문에 별도로 구분하여 표기한 걸 겁니다.」

찰스 게니우스라는 이름에 집착하지 마라.

게니우스를 동경하던 사악한 소년은 흠모하고 추종하는 나에게도 진실을 말하지 않았다.

결국 게니우스가 된 소년은 거짓과 음모, 살인과 은폐에 처음부터 능통하고 자유로웠다.

이 부분에서의 핵심은 바로 게니우스는 거짓과 음모, 살인과 은폐에 처음부터 능통하고 자유롭다는 대목이었다.

호정이 무거운 음성으로 말했다.

「그럼 확실한 건 나이와 체격, 갈색 머리칼에 갈색 눈동자인 백인 남성이라는 것밖에는 없다는 거네.」

「표면적으로는. 하지만 한 가지 단서가 더 있어.」

「그게 뭡니까?」

헨리를 비롯한 찰리, 매기까지 한목소리로 물었다.

「찰스 게니우스는 2008년에 23세 혹은 25세였습니다. 그렇다면 이든 리 알랜을 살해했을 당시 나이는 16세에서 18세, 고등학생이었다는 얘기죠.」

호정이 그의 말을 이어 받았다.

「그리고 다이아나가 이든 리 알랜의 죽음을 선물로 받은 것이 소년을 만난 후 2년 후였다고 했으니까, 두 사람이 처음 만난 건 1999년. 그럼 당시 게니우스는 14세에서 16세였다는 얘기네.」

「맞아. 그리고 다이아나는 엠마 브라헤가 살해당했던 날까지 엠마 브라헤는 게니우스의 존재를 알지 못했다고 했어.」

그런데 그녀는 게니우스를 유혹하여 스승이 되었고 연인이 되었으며 창부가 되었다고 했다.

「그 말은 곧 엠마 브라헤 몰래 지속적인 만남을 계속 가졌다는 얘기지. 어떻게 그럴 수 있었을까. 다이아나는 집 밖으로 나가지 못하는 사람이었는데 말이야.」

「소년이 계속 이 집을 찾아왔다면 가능해.」

「맞아. 두 사람은 엠마 브라헤가 로펌으로 출근한 후, 저녁에 퇴근하기 전까지의 시간을 이용해서 바로 이곳, 이 집에서 지속적인 만남을 가진 거야. 그 사실로 알 수 있는 단서 하나. 소년의 집은 알파인은 아니었을지 몰라도 테너플라이 인근의 중산층 가정에서 살고 있었다는 점이야.」

　그렇다면 소년은 당연히 해당 타운의 사립 고등학교에 다녔을 것이다. 1999년에서 2001년 당시 상황을 감안하면, 테너플라이 인근 타운 중 백인 중산층 가정이 거주할 만한 지역은 그리 많지 않다.

　「알파인, 데마레스트, 크리스킬, 클로스터, 잉글우드, 버겐필드, 파라무스 정도겠지.」

　「그럼 그 지역의 사립 고등학교를 모두 조사해 봐야겠네. 그런데 그 나잇대에 그 정도 체격과 외모를 가진 남학생 수는 엄청 많을 텐데…….」

　「범위를 축약해야지.」

　「어떻게?」

　「1차적으로는 그중 컬럼비아대학에 진학한 남학생을 선별하고 2차적으로는 뉴욕 내의 대학에 진학한 남학생들을 선별해서 조사해 봐야겠지.」

　매기가 얼른 끼어들었다.

　「박사는 게니우스가 컬럼비아대학에 다니지 않았을 거라고 생각하는 거군요?」

　「다이아나는 두뇌가 매우 명석한 사람입니다. 그런 사람이 게니우스가 다닌다는 대학을 의심했습니다. 필경 그 말을 의심할 만한 이유가 있었을 겁니다. 아마 여러 각도로 진위를 파악해 보려고 했을 겁니다. 그러나 결국 알아내지 못하고 의심으로 끝낼 수밖에 없었죠.」

　찰리가 끙, 한숨을 내쉬었다.

「그럼 조사 범위가 더 넓어지는 거잖아요.」

「2001년 당시 16세에서 18세로서 이 인근 사립 고등학교에 다니던 남학생 중에서 컬럼비아대학교를 비롯한 뉴욕 내에 소재한 대학교에 재학한 학생은 생각보다 많지 않을 겁니다. 그중에서 체격이나 외모 조건도 암호문과 일치해야 하니까요.」

「글쎄요. 그래 봐야 체격이나 외모는 너무 평범함 그 자체라서…….」

「하지만 그중에 1999년부터 급격히 교내외 활동을 줄이거나 없애고 수업이 끝나자마자 혼자 귀가를 서두른 학생은 그다지 많지 않을 겁니다. 또한 2001년 이든 리 알랜이 사망한 일자를 전후해서 결석한 학생은 거의 없을 겁니다.」

게니우스는 샌프란시스코 인근에 사는 이든 리 알랜을 살해하기 위해서 사건 당일로부터 최소 이삼일은 결석을 해야만 했을 것이다. 자살을 위장한 완전 범죄를 꾸미기 위해선 이든 리 알랜의 일상을 살펴 그에 맞는 계획을 철저하게 세워야만 했을 테니까.

「또한 우리한테는 또 하나의 단서가 있습니다. 다이아나는 게니우스가 10대 후반에서 20대 초반에 부모를 모두 사고사로 잃고 상속자가 되었다고 했습니다. 그 모든 조건에 맞는 사람을 찾는 게 그리 어렵진 않을 겁니다.」

헨리가 턱을 괴고 고개를 끄덕였다.

「그렇겠군요. 그럼 예상외로 찰스 게니우스의 정체가 빨리 파악될 수도 있겠어요.」

다이아나는 찰스 게니우스가 흔적과 증거를 절대로 남기지 않는다고 했지만, 그건 그녀만의 착각이었다. 사람이 진짜 신이나 귀신이 아닌 이상, 흔적은 어떤 식으로든 남게 되어 있다. 그 흔적을 찾기 위해선 아주 작은 단서가 필요할 뿐이었다. 그리고 그 아주 작은 단서란 때론 가장 결정적인 단서가 되어 주기도 한다.

시우는 사건 수사란 일종의 퍼즐 맞추기라고 생각한다. 퍼즐 조각이 수십 개인가 아니면 수백, 수천 개인가에 따라 사건이 해결되는 시간만 달라질 뿐. 포기하지 않고 끈질기게 조각을 맞추다 보면 언젠가 맞춰지게 되어 있다.

이제 공은 다시 FBI 손으로 넘어갔다. 그들이 인근 타운의 사립 고등학교를 샅샅이 뒤져 다이아나의 단서와 시우가 축약해 준 조건에 모두 부합되는 인물을 얼마나 빠른 시일 내에 찾아내느냐에 따라 사건의 향방은 또다시 달라질 터였다.

그리고 그 시간은 결코 길지 않을 터였다.

헨리는 매기와 찰리에게 이런저런 지시를 내리기 무섭게 국장에게 전화를 했다. 헨리가 국장에게 간단하게나마 먼저 보고를 하는 동안, 매기는 현장 보존을 위해 촬영을 하고, 찰리는 뉴욕지부의 에페타팀 지원 요원들에게 연락을 취했다.

시우는 호정에게 다가가 그녀를 조심스럽게 일으켰다.

"가자."

그의 부축을 받으며 의자에서 일어난 호정이 작은 음성으로 물었다.

"어딜?"

"호텔."

"우리만?"

헨리 팀장 말대로 본격적인 수사는 진짜 이제부터인데 호텔로 돌아가자니. 호정의 콧잔등에 절로 주름이 졌다.

시우가 검지 끝으로 주름진 그녀의 콧잔등을 톡 건드리며 옅게 미소 지었다.

"여기서 우리가 할 일은 없어. FBI한테도 일할 기회를 줘야지. 최소 이삼일 동안은 다들 바쁠 거야."

반문하려던 호정은 서늘하게 반짝이는 시우의 눈빛을 보고 금세 그의 속내를 알아차렸다.

그동안 시우는 FBI와는 별도로 다른 무언가를 확인해 볼 생각임이 분명했다. 그것이 무엇인지는 그녀 자신도 지금 당장은 짐작할 수 없었다.

하지만 호정은 더 이상 캐묻지 않았다.

"그래, 그럼. 우리는 호텔로 돌아가자."

두 사람은 제각각의 일로 바쁜 세 사람을 두고 조용히 저택을 나왔다.

10장

호텔에 도착한 시우는 호정에게 긴히 할 말이 있다고 했다. 그런데 그가 말을 시작하려는 순간, 한 통의 전화가 걸려왔다. 정우에게서 걸려 온 전화였다. 조용히 통화를 끝낸 시우가 호정을 돌아보았다.

"미안. 나 잠깐 나갔다 올게. 얘기는 갔다 와서 하자."

"아줌마?"

고개를 끄덕인 시우가 호정의 어깨를 가만히 잡았다.

"누나, 있잖아……."

할 말이 남은 듯 불러 놓고 시우는 잠시 아무 말도 하지 않았다. 그러다 이내 옅게 미소 지으며 가벼운 어투로 말했다.

"아니야. 금방 갔다 올 테니까 방에 꼼짝 말고 있어. 알았지?"

호정은 그가 하려던 말이 무엇일지 알 것 같았다. 정우에게서 걸려 온 전화, 그 전화에 급하게 나가는 시우. 필경 민수에 대한 이야기였을 것이다. 그녀 앞에선 이제 금기어가 되어 버린 이름. 호정은 작게 미소 지었다.

"어. 너 올 때까지 방에서 꼼짝 않고 기다릴 테니까 걱정 말고 빨리 가."

시우는 호정의 뺨을 가만히 어루만졌다. 그녀의 입술에 부드럽게 입을 맞췄다.

시우가 향한 곳은 퀸즈에 위치한 민수의 임시 거주지였다.

그곳에서 시현과 정우는 심각한 표정으로 시우를 맞았다. 시우와 시현, 정우 그리고 민수가 거실에 자리를 잡고 앉았다. 민수는 고개를 푹 숙인 채 그의 얼굴을 제대로 쳐다보지 못했다.

정우가 테이블 위로 두꺼운 파일 하나를 올려놓았다. 시우의 한쪽 눈썹이 힐끗 치켜 올라갔다.

"이게 뭡니까, 어머니?"

"최소 지난 10년간 뉴욕에서 발생한 매춘부 실종 및 살해 사건 파일이야. 그중에서 콜드케이스만 추려 낸 건데도 이렇게 많구나."

시우의 미간에 작은 홈이 파였다.

"어머니, 제가 분명히 부탁드렸을 텐데요. 생각했던 것보다 사건이 위험할 수도 있으니 혼자 움직이시는 건 제발 자제해 달라고요."

"그랬지. 하지만 난 그 부탁 들어준다고 한 적은 없다. 고려해 보겠다고만 했지."

"어머니."

"그리고 너나 네 아빠가 자꾸 잊어버리는 게 하나 있는데 말이야."

가슴 앞으로 팔짱을 낀 정우는 답답하다는 듯 낮은 한숨을 푹 내쉬었다.

"나, FBI BAU팀의 프로파일러로 30년 넘게 일한 베테랑 요원이야. 한창땐 내 손으로 해결한 흉악 범죄가 몇 건이나 되는 줄 아니? 그런데 이제 겨우 FBI 자문으로 현장 사건에 처음 뛰어든 네가 날 걱정해서 나서지 말고 네 뒤에 있으라는 거, 그 마음은 진짜 고마운데 앞뒤가 바뀌어도 한참 바뀐 것 같지 않니?"

"그거야 어머니 말씀대로 한창때 일이었죠. 그것도 어머니 혼자가 아니라 팀으로 같이 움직이셨고요. 그런데 지금은 혼자시 잖아요."

"누가 혼자래?"

입술을 비죽인 정우가 옆에 앉아 있는 시현의 팔짱을 꼭 꼈다.

"여기 이렇게 든든한 최종 병기 이시현 선생이 옆에 꼭 붙어 있는데."

"그러니까 더 걱정이죠."

두 사람의 이야기가 이어질수록 민수의 고개는 땅에 파묻힐 듯 점점 아래로 숙여졌다. 정우는 그런 민수를 눈짓으로 가리키며 시우에게 그만하라고 손을 내저었다.

"알았어. 알았으니까 그 얘기는 나중에 우리끼리 다시 하자.

널 여기까지 부른 이유는 긴히 할 얘기가 있어서니까."

시현도 그 얘기는 그쯤 하자는 눈빛을 아들에게 보냈다. 시우는 할 수 없이 입을 꾹 다물었다.

정우가 얼른 말을 이었다.

"엊그제 밤에 네 아빠랑 차 팀장 사건 현장에 갔었어. 그런 표정 하지 마. 위험한 일은 조금도 없었으니까. 중요한 건 우리가 그곳에서 매우 놀라운 증인을 만났다는 거야."

정우는 그날 밤, 알코올 중독자인 매춘부의 증언을 녹음했던 소형 녹음기를 꺼냈다.

"그녀는 사건 당일 밤에 만난 민수를 기억하고 있었어. 민수는 그날 밤, 차지수를 지켜보던 중에 갑자기 술에 취한 중년의 매춘부가 나타났고, 그녀가 비틀거리다가 넘어지는 바람에 도와줬다고 했었지. 두 사람의 말이 정확히 일치했어."

시현이 정우의 말을 이어 받았다.

"그리고 그녀는 민수가 준 돈으로 또다시 술을 마시기 위해 바에 들어갔었다는구나. 그 후 그녀는 돈이 다 떨어져서 바 후문으로 쫓겨났다고 정확하지는 않지만 그 시간이 대략 자정이 조금 넘은 시간이었을 거라고 하더라."

"그녀가 비틀거리며 거리로 나왔을 때 저쪽 골목 안쪽에 시동을 건 차 한 대를 보았대. 워낙 외진 골목이라 사람의 왕래는 물론 차가 다니지 않는 곳이라서 웬일인가 싶었다는구나."

정우는 소형 녹음기의 플레이 버튼을 눌렀다. 녹음기에서 소리가 흘러나오자 그녀는 머릿속에서 자신의 기억을 함께 끄집어내 다시 그때의 장면을 그리기 시작했다.

「운 좋으면 단돈 10달러라도 벌 수 있겠구나 싶었어요. 그런 외진 곳에 차를 세워 둔 이유야 뭐, 빤하니까. 보나 마나 웬 놈이 년 하나 사서 그 짓을 하고 있겠구나 싶었죠. 여자가 죽는다고 넘어가는 신음 소리도 들리는 것 같았고요. 원래 우리는 그렇게까지 신음을 안 지르는데, 상대 놈이 엄청 잘하나 싶었어요. 나야 더 좋았죠. 그런 놈들은 그럴 때 가면 쓰리섬이라도 할 수 있게 해 줄 테니까 10달러만 더 내라고 하면 십중팔구 다들 오케이하거든요.」

그래서 중년의 매춘부는 잔뜩 들떠서 차로 다가가려고 했다. 그런데 하필 그때 소변이 너무 마려웠다. 할 수 없이 그 자리에 주저앉아 볼일을 봤다.

「그때 골목 반대편에서 웬 놈 하나가 헐레벌떡 튀어 들어왔어요. 깜짝 놀라서 봤더니, 아까 그놈이더라고요. 부축해서 일으켜 세워 주고 돈까지 쥐여 준 젊은 동양인 놈이요.」

그녀는 자신이 술에 취할수록 남자 얼굴을 기막히게 잘 기억한다고 했다. 일종의 직업병이라나?

정우는 확실히 해 두기 위해서 어떻게 생긴 남자였는지, 자세히 설명해 보라고 요구했다.

중년의 매춘부는 정확하게 민수의 얼굴을 설명했다. 검은색 스냅백에, 검은색 점퍼, 짙은 색 진을 입고 있었다는 차림새까지 전부.

「그 젊은 동양인 놈은 쏜살같이 차가 서 있는 곳으로 달려가 골목으로 쑥 들어갔어요. 그러고는 괴상한 비명 소리가 들리더니 바로 다시 튀어나오더라고요.」

다시 튀어나온 남자는 세워 둔 차에 올라타 무서운 속도로 후진해 달려오기 시작했단다.

「난 너무 놀라서 주저앉은 채 벽에 붙어 꼼짝도 못 했어요. 오줌 싸다가 미친 듯이 후진해 오는 차에 깔려 죽고 싶지는 않았거든요.」

시현이 나지막이 물었다.

「혹시 운전자의 얼굴은 보지 못했습니까?」

「그것까지 어떻게 봐요. 무서워서 바닥에 주저앉아 꼼짝도 못 했는데. 하지만 운전했던 놈이 좀 전에 뛰어 들어갔던 젊은 동양인 놈이라는 것만은 확실했어요.」

「운전자 얼굴은 보지도 못했다면서 그렇게 확신하는 이유는 뭐죠?」

「운전자 얼굴은 못 봤지만, 그놈이 다시 골목에서 튀어나와서 차에 타는 건 똑똑히 봤거든요. 검은색 스냅백에, 검은 점퍼, 짙은 색 바지. 그 자식이 맞았어요.」

정우와 시현의 시선이 빠르게 교차했다.

「그다음에는요?」

「차가 쏜살같이 도망친 다음이요? 음, 그리고 얼마 지나지 않아서 빽차가 나타났죠. 그래서 난 거기까지밖에 못 봤어요. 괜히 거기 있다가 짭새한테 걸리면 나만 귀찮아지니까. 얼른 골목에서 도망쳐 나왔죠.」

중년의 매춘부 음성이 갑자기 작아졌다.

「그다음 날 알았지 뭐예요. 그 골목에서 옐로우바니가 칼침 맞고 죽었다는 걸. 그놈, 그 젊은 동양인 놈이 죽인 게 틀림없어요.」

정우가 그녀의 기억을 다시 환기시켰다.

「아까 분명히 당신을 도와주고 돈을 줬던 젊은 동양인 남자가 골목으로 뛰어 들어오기 전부터 차는 골목 끝에 서 있었다고 했죠? 여자의 신음 소리도 그때 들렸고요.」

「그랬죠.」

「그리고 그 남자가 골목 안으로 들어가자마자 바로 괴상한 비명 소리가 들렸고, 그 직후 그 남자와 동일한 복장을 한 남자가 다시 튀어나와서 차를 타고 달아났다. 맞죠?」

「맞아요.」

「경찰차가 오기 전에 그 골목 안쪽에서 또 다른 누군가 나오는 건 못 봤나요?」

중년의 매춘부는 기억을 되살리려는 듯 눈을 치뜨고 한참 동안 눈동자를 굴렸다. 그러고는 이내 확신에 차 고개를 가로저었다.

「못 봤어요. 확실해요.」

「그럼 앞뒤가 안 맞는데요. 당신이 얼굴을 봤다는 동양인 남자는 경찰이 올 때까지 그 골목 안에 피해자와 함께 있었거든요. 그런데 어떻게 그 젊은 동양인 남자가 차를 끌고 도망쳤다는 거죠?」

중년 매춘부의 눈이 휘둥그레졌다. 그녀는 되레 정우에게 반문했다.

「네? 어…… 그러게. 어떻게 된 거죠?」

「또한 그 젊은 동양인 남자가 골목으로 뛰어 들어오기 전부터 당신은 골목 끝에서 여자의 신음 소리를 들었다고 했어요. 차도 이미 그 골목 끝에 서 있었고요.」

정우의 말을 듣던 중년의 매춘부는 무척 혼란스러웠다.

「가만있어 봐요. 다시 찬찬히 생각해 볼게요.」

중년의 매춘부는 양손의 검지를 허공에서 왔다 갔다 하며 중얼거렸다.

「내가 바에서 나왔을 때…… 맞아. 틀림없이 그 차가 저쪽 골목 끝에 서 있었어. 그래서 내가 그쪽으로 가려고 했던 거잖아? 그런데 하필 오줌이 마려웠지. 그래서 오줌을 누는데 젊은 동양인 놈이 헐레벌떡 뛰어 들어왔어. 맞아. 확실해. 그리고…….」

중년 매춘부는 그렇게 한참을 혼자 복기하며 중얼거리더니, 도저히 정리가 안 되는지, 정우한테 또다시 물었다.

「어떻게 된 거예요? 그놈이 마술이나 눈속임 같은 걸 썼던 걸까요? 아님…… 먼저 차 끌고 골목에 들어와 있던 놈이 한 놈, 뒤늦게 헐레벌떡 뛰어 들어온 놈이 또 한 놈, 그렇게 두 놈이었던 건가요?」

「당신이 술에 취해서 헛것을 본 게 아니라면…….」

정우가 일부러 미심쩍다는 듯 눈을 가늘게 뜨고 뒷말을 길게 늘이자 매춘부는 눈이 커다래져선 펄쩍 뛰었다.

「헛것? 천만에요! 내가 술에 많이 취해 있긴 했지만 그 정도 마시고 헛것을 볼 정도는 아니라고요! 그랬으면 내가 그 젊은 동양인 놈 얼굴을 똑똑히 기억하겠어요? 그리고 그 차도 대충 기억난다니까요. 어두워서 차 색깔까지는 잘 모르겠는데 어쨌든 짙은 색 왜건이었던 건 확실해요. 엄청 오래된 구식 왜건.」

혹시라도 돈을 못 받게 되는 건 아닐까, 조바심이 난 중년 매춘부의 얼굴은 금세 벌겋게 달아올랐다.

「아, 진짜라니까 그러네. 안 그럼 내가 미쳤다고 목숨 줄 내놓고 댁들한테 이 얘기를 하겠냐고요! 그 젊은 동양인 놈이 진짜 후커헌터든 아니든, 아님 그놈 말고 또 다른 놈이 거기에 있었든 말든 어쨌든 내가 이 얘기한 걸 알면 두 놈 중 한 놈은 나한테 앙갚음을 하려고 들 텐데. 난 진짜 지금 내 목 내놓고 얘기하는 거라고요!」

정우의 눈매가 꿈틀거렸다.

「후커헌터라니, 그건 또 무슨 말이죠?」

「쥐도 새도 모르게 우리 같은 매춘부만 잡아가는 미친 개새끼가 있어요. 한 15년쯤 됐을 거예요. 그 새끼가 여기하고 퀸즈, 브루클린, 브롱즈 어디 할 것 없이 뉴욕 바닥에서 일하는 년들만 노리고 잡아가기 시작한 게.」

「잡아간다는 게 정확히 어떤 의미죠? 혹시 포주나 인신매매 조직에 팔려 가는 걸 말하는 건가요?」

「포주 새끼들은 아니에요. 나도 15년 전에는 그 새끼들 밑에서 일했는데, 그때 사건이 있을 때마다 지들 년 몇 명 없어졌다고 한바탕 난리 치고 대단치도 않았었거든요. 인신매매 조직도 아닐 거예요. 이미 이 바닥에서 구르고 있는 년들 잡아다 뭐에 쓰게요. 개네들은 남미나 러시아 같은 곳에서 마구 잡아 오거나 아님 겁 없이 지들끼리 여행 온 어리고 싱싱한 애들만 잡아요. 그래야 포주들한테 비싼 값에 넘길 수 있으니까. 개네들은 우리 같은 년들은 안 건드려요. 돈이 안 되거든요.」

정우는 신중하게 다른 가능성들을 제시했다.

「그럼 스스로 도망쳤거나 뉴욕이 아닌 다른 곳으로 이동했을 가능성도 있잖아요. 그런데 왜 후커헌터라는 자에게 잡혀갔다고 생각하는 거죠? 그럴 만한 이유라도 있나요?」

「내가 이 바닥 생활을 한 지 몇 년이나 됐는지 알아요? 20년이 넘었어요. 20년이 뭐야. 30년이 다 되어 가는데. 그동안 내가 죽을 뻔한 적이 몇 번이나 되는지 알아요? 셀 수도 없을 정도로 많아요. 여기엔 진짜 별의별 미친놈들이 다 오거든.」

중년의 매춘부는 호기심이나 재미로, 혹은 더러움을 정화시켜야 한다며 처음부터 매춘부들을 죽일 목적으로 이곳을 찾는 자들이 결코 적지 않다고 했다.

「우리 같은 건 죽어 봐야 뒤탈이 안 난다 이거지. 캬, 퉤!」

그녀는 바닥에 가래침을 대차게 뱉었다.

「그래서 돈은 뺏겨도 포주 새끼들 밑에서 일하는 게 좋은 점도 있어요. 그 새끼들은 우리가 지들 돈벌이라서 우리한테 수상한 놈이 접근한다 싶으면 바로 와서 처리해 주거든. 그 새끼들 밑에 있으면 적어도 목숨만은 안전한 셈이죠.」

그러나 그것도 완벽한 보호막은 아니라고 했다. 그래서 예나 지금이나 뒷골목에서 죽어 나가는 매춘부들이 심심치 않게 생기는 거라고. 하여 매춘부들끼리 나름의 정보들을 교환하고 서로를 지켜 주며 스스로를 보호한다고 했다.

「완벽한 건 아니지만 어쨌든 어떤 년이 도망치거나 다른 지역으로 옮길 예정이다, 하는 소식은 우리끼리는 웬만하면 미리 다 알아요. 그런데 그런 기미가 전혀 없던 년들이 어느 날 갑자기 휙휙 사라져 버리니까 웬 미친놈한테 잡혀갔다고 의심할 수밖에요.」

없어진 이들 중 그녀와 나름 친하게 지내던 매춘부들이 여섯 명이나 된다고 했다. 그녀들 모두 갑자기 이 바닥을 떠나거나 도망칠 이유가 전혀 없었다고 했다.

「차라리 그렇게 사라졌다가 시체로 발견이라도 됐으면 훨씬 나았을 거예요. 그럼 적어도 경찰이 수사라도 해 줬을 테니까. 그런데 증거도 증인도 없이 그냥 연기처럼 사라져 버린 거라 아는 경찰들한테 얘기도 하고, 실종 신고를 해 봐도 아무 소용이 없었어요. 도통 수사를 해 줘야 말이죠. 한마디로 우리 같은 것들은 실종이 되든 말든 상관없다, 이거죠.」

그녀가 기억하는 것만 해도 지난 15년간 2백여 건은 족히 넘는다고 했다.

「후커헌터라는 이름도 우리가 지은 거예요. 우리를 잡아가서 뭘 어떻게 하는지는 모르겠지만 그런 미친 개새끼가 있으니까 우리끼리라도 서로 조심하자, 그런 의미에서.」

중년의 매춘부는 피식, 헛웃음을 흘렸다.

「그래 봐야 귀신같은 새끼를 당해 낼 수는 없겠지만.」

정우의 표정이 더없이 심각해졌다. 중년의 매춘부 말이 사실이라면 보통 심각한 일이 아닐 수 없었다. 최소 15년 전부터 매춘부를 대상으로 한 어떤 사이코 연쇄 살인마가 뉴욕 일대를 활보하고 다닌다는 얘기니까.

그럼에도 어떠한 증거나 증인도 남기지 않았다는 점과 시체가 발견된 적이 없다는 점이 정우의 신경을 예민하게 잡아챘다.

느낌이 안 좋아.

정우는 속으로 크게 심호흡을 하고 다시 물었다.

「그런데 이번 사건의 범인을 왜 후커헌터라고 생각하게 된 거죠? 당신 말대로 하자면, 후커헌터는 지금까지 당신들을 납치만 했을 뿐, 거리에서 살인을 저지른 경우는 없었잖아요. 어떠한 증거도 증인도 남기지 않았고, 시체도 남기지 않았다면서요. 그런데 왜?」

「그 차 때문에요.」

「차? 당신이 봤다는 짙은 색 왜건말인가요?」

「네. 한 2, 3년쯤 됐나? 어떤 년이 그 차를 봤다고 했거든요. 살쾡이 앤이라고, 이 바닥에서 쌈쟁이로 꽤 유명한 년이 하나 있었는데, 그때 그년도 갑자기 실종됐어요. 그런데 실종되기 전날 밤에 어떤 년이 살쾡이 앤이 짙은 색 왜건에 타는 걸 우연히 봤다고 했어요. 그게 아마 살쾡이 앤의 마지막이었을 거예요. 그 후로는 걔를 봤다는 사람이 아무도 없었으니까.」

그래서 한동안 매춘부들 사이에서 짙은 색 왜건은 기피 대상 1호였단다.

「그런데 짙은 색 왜건이 어디 한두 대여야지. 여기 오는 차들 중에 가장 많은 게 픽업트럭이랑 왜건인데. 그년이 봤다는 왜건이 진짜 후커헌터 차였다는 보장도 없고. 나중에는 다들 그런가 보다, 하고 왜건도 다 받았어요. 막말로 우리가 손님 가려서 받을 처지가 아니잖아요? 어쩌겠어요. 녀석한테 걸리면 그게 또제 운명인 거지.」

그래서 그녀도 왜건 따위는 까맣게 잊고 있었단다.

「그런데 옐로우바니가 뒈졌다는 얘기를 듣는 순간, 아! 그놈이 바로 후커헌터구나! 싶더라니까요. 그 새끼가 왜 갑자기 옐로우바니는 안 잡아가고 그 자리에서 칼부림을 했는지는 모르겠지만, 어쨌든 그 새끼가 맞을 거예요. 일단 차가 같잖아요, 안 그래요?」

글쎄. 비단 차 색깔과 차종이 비슷했다는 것만으로 차지수를 살해한 범인과 후커헌터라는 연쇄 살인마가 동일 인물이라고 단정할 수는 없을 터였다. 중년의 매춘부가 말한 대로 짙은 색의 왜건이야 어느 곳에서나 쉬이 볼 수 있는 차종 중의 하나이니 말이다. 두 명의 미확인범이 동일 인물이라고 단정하려면 보다 확실한 단서와 증거들이 필요했다.

정우와 시현은 중년의 매춘부에게 몇 가지를 더 물어보았으나, 그녀에게서 얻을 정보는 더 이상 없었다. 두 사람은 약속대로 그녀에게 두둑한 돈을 건넸다. 신이 난 중년의 매춘부는 고맙다는 말을 연발하며 멀어져 갔다.

두 사람이 녹음한 내용은 거기까지였다. 녹음기가 꺼지자 기억을 떠올리던 정우가 생각을 멈추고 시우를 쳐다봤다. 그녀의 눈빛은 조금 전과는 또 확연히 달라져 있었다. 전설의 프로파일러다운 매섭고 날카로운 눈빛이었다.

"네 생각은 어때?"

가슴 앞으로 팔짱을 낀 시우가 긴 중지 끝으로 자신의 날렵한 턱을 매만졌다.

"흥미롭네요. 15년이나 존재를 드러내지 않은 연쇄 살인마가 뉴욕에서 활개를 치고 있었다는 게 말이에요."

중년 매춘부 말이 사실이라면 일명 후커헌터라는 놈은 연쇄 살인마가 확실했다. 쥐도 새도 모르게 매춘부들을 납치해서 자신의 근거지로 끌고 가 살해한 뒤, 시체는 십중팔구 자신의 사유지에 묻거나 훼손하는 방식으로 처리했을 것이다. 15년간이나 최소 2백여 명의 사람을 납치했는데 지금껏 꼬리가 밟히지 않았다면 그 방법 외의 다른 방법은 없으니까.

"하지만 저도 어머니 생각과 같아요. 2, 3년 전 확실하지도 않은 목격자가 우연히 봤다는 차종 때문에 그 후커헌터라는 자와 차지수를 살해한 진범이 동일범이라고 단정하기에는 무리가 있어요. 우선 패턴 자체만 두고 봤을 때, 동일범이라고 하기에는 갭이 너무 커요."

"그건 나도 네 의견에 동감해. 15년이나 쥐도 새도 모르게 사람들을 납치해서 처리해 온 놈이 이번에만 갑자기 패턴을 바꿨을 가능성은 극히 희박하니까. 하지만 아예 불가능한 일은 아니지."

정우의 말을 시우가 받아서 그 불가능하지만은 않은 가능성에 대해서 말했다.

"15년이란 세월이 지나는 동안 범인의 신상에 변화가 생겼을 가능성 또한 배제할 수는 없죠. 두 분이 만난 목격자가 차민수 씨와 범인을 혼동할 정도였다면, 범인의 연령은 최소 20대에서 최대 40대 초반까지일 겁니다. 그런데 15년 전부터 눈에 안 띄고 일을 처리해 온 걸 보면 현재의 나잇대는 30대에서 40대 초반으로 보는 것이 맞을 겁니다. 그리고 그 나잇대의 남자라면 최근에 이혼 혹은 결혼, 이직, 이사 등을 했을 가능성이 농후하죠."

정우의 생각도 시우와 동일했다. 그녀는 고개를 끄덕였다.

"맞아. 그래서 만약 범인이 그동안의 근거지를 더 이상 이용할 수 없게 되었다면? 혹은 그 외의 개인적인 일이나 금전적인 문제로 구석에 몰리는 상황에 처해 있다면?"

"그렇다면 범인이 갑자기 패턴을 바꾼 것이 설명되죠. 원한 관계도 아닌 피해자를 스물일곱 번이나 찔러 사망케 한 것도 설명이 되고요."

"범인은 피와 사람의 생명을 빼앗는 행위에 심취한 전형적인 사이코 연쇄 살인마일 테니까 말이야."

"때문에 범인은 당시 자신이 피해자를 몇 회나 찔렀는지조차 인지하지 못했을 가능성이 큽니다."

말 그대로 '피를 보고 흥분해서 미친 듯이 찔렀다'라는 표현이 맞지 않을까 싶다.

"그럼에도 범인은 단서나 흔적을 남기는 실수를 일절 하지 않았어요."

어두운 골목 구석 바닥에 주저앉아 있던 중년의 매춘부는 범인의 예상 범주를 뛰어넘는 일종의 돌발 변수였다.

정우가 시우의 말을 이어 받았다.

"흉기를 남기고 간 건도 철저한 계산 하에 이뤄진 고의였을 거야. 어차피 자신의 지문은 어디에도 남아 있지 않을 테고, 그 칼이 있어야 민수가 범인으로 몰릴 가능성이 훨씬 더 높아질 테니까. 범인은 민수가 어머니를 살리기 위해서 본능적으로 몸에 꽂혀 있는 칼을 뽑고 지혈을 하리라는 것까지도 미리 예상하고 있었어."

당시의 끔찍했던 상황이 떠오르는지, 차갑게 굳어 있던 민수의 얼굴이 하얗게 질리기 시작했다. 시현이 얼른 민수의 곁으로 가서 부들부들 떨리는 손을 꼭 잡아 주었다.

그런 민수를 힐끗 쳐다본 시우가 변함없이 냉정한 음성으로 말했다.

"우리가 범인에 대해서 알고 있는 것을 정리해 보면 이렇군요. 하나, 범인은 30대에서 최대 40대 초반의 백인으로 신장 5.8피트(약 177cm)에서 5.9피트(약 180cm)의 체중 약 160파운드(약 73kg)의 오른손잡이인 건장한 남성이다. 둘, 범인은 범행 시 검은색 스냅백과 검은색 점퍼, 짙은 색 바지를 입는다."

정우가 시우의 말을 이어 받았다.

"셋, 범인의 차량은 짙은 색의 낡은 왜건으로 차 번호는 'New York, FAC—7103, EMPIRE STATE'이며 차량은 15년 전, 차의 번호판은 2년 전에 각각 도난 신고되어 있다. 넷, 그럼에도 지금까지 도난 차량으로 검거되지 않은 것으로 보아 범인은 왜건을 철저하게 늦은 밤, 범행 시에만 사용했을 것으로 추정된다."

"따라서 범인에게는 최소 차량 두 대를 상시 주차할 수 있는 개인 차고가 있을 것이다. 때문에 범인은 맨해튼 외곽의 주택에 거주하고 있을 가능성이 크다. 거주지가 아니라고 할지라도 외곽 지역에 별장이나 창고 부지 등을 크게 소유하고 있을 가능성이 매우 농후하다."

미리 정보를 교환하고 말을 맞춘 것처럼 두 사람의 치밀한 프로파일링은 계속 이어졌다. 정우의 눈매가 더욱 날카로워졌다.

"다섯, 범인에게는 평소에 사용하는 다른 차량이 있을 것으로 추정된다. 여섯, 차지수 사건의 진범과 후커헌터는 모두 짙은 색의 낡은 왜건을 소유하고 있다."

"일곱, 따라서 범인은 지난 15년간 뉴욕 일대에서 매춘부들을 납치, 살해한 후 시체를 완벽하게 은닉해 온 연쇄 살인마, 일명 '후커헌터'일 가능성이 있다. 여덟, 범인은 최근 일신상에 변화가 생겼거나 상당한 수준의 심적, 물리적 압박을 받고 있을 가능성이 있다."

시우가 잠시 말을 멈추고 부모님을 조용히 응시했다. 시우의 날카로운 눈매가 실낱처럼 가늘어졌다.

"아홉, 앞서 말한 단서들을 종합해 볼 때 두 사건의 범인으로 추정되는 후커헌터는……."

시우의 목울대가 크게 한 번 오르내렸다.

"FBI가 쫓고 있는 에페타 킬러 사건의 제3의 인물인 찰스 게니우스와 동일 인물일 가능성이 큽니다."

정우와 시현뿐만 아니라 내내 고개를 떨구고 있던 민수도 깜짝 놀라 고개를 번쩍 들었다. 아내와 아들의 기막힌 프로파일링에 심취해 있던 시현이 다급하게 물었다.

"대체 그게 무슨 소리야. 에페타 킬러의 제3의 인물과 그들이 동일 인물일 가능성이 있다니?"

시우는 몇 시간 전에 엠마의 집에서 다이아나의 스키테일 암호문을 찾아냈다는 사실과 그것을 해독한 내용을 부모님께 간략하게 말씀드렸다. 민간인인 민수가 함께 있는 자리에서 사건에 대해 말한다는 것이 신경 쓰이기는 했다. 하지만 그의 추정이 맞는다면 이젠 민수도 본의 아니게 에페타 킬러 사건에 깊숙이 개입하게 된 당사자였다. 그러니 그도 사실을 알아야만 할 터였다.

시선 끝으로 민수를 살핀 시우의 이야기가 계속 이어졌다.

"다이아나에게는 찰스 게니우스라는 제3의 인물이 있었으며 그자가 다이아나를 위해 처음으로 살인을 저지른 것이 이든 리알랜이었습니다. 당시 게니우스의 나이는 10대 중후반이었던 것으로 추정됩니다. 그 후 게니우스의 살인 행각은 본격적으로 시작되었습니다. 다이아나를 위한다는 명목으로요."

시우의 짙은 눈썹이 꿈틀했다. 그는 설명을 계속 이어 갔다.

"하지만 게니우스에게 살인은 그저 유희였을 뿐이었다고 했습니다. 다이아나는 게니우스가 부모 역시 사고사로 위장해 살인한 것 같다고 했습니다."

정우의 표정이 더없이 심각해졌다. 미간에 깊은 홈이 파였다.

"게니우스라면 로마 신화의 그 게니우스를 말하는 거니?"

"네."

"그렇다면 그자는 전형적인 신(神) 콤플렉스를 가진 연쇄 살인마구나."

게니우스란 로마 신화에 등장하는 남성의 수호신이자 인간의 출생, 죽음, 성격, 운명을 관장하는 신이다. 또한 게니우스는 지니어스의 어원이기도 하며, 그리스 신화의 다이몬과 동일시되기도 한다.

그리스 신화의 다이몬은 곧 데빌, 데몬을 의미한다. 따라서 게니우스는 다이몬, 데빌, 데몬과 동일시되는 악마의 또 다른 어원이기도 하다.

그런데 제3의 인물이 스스로를 게니우스라고 칭했다면, 그자는 스스로를 절대악이라고 칭하며 자신을 악마와 동일시했다는 뜻일 터였다.

그런 만큼 그자는 사람을 죽이는 데 있어 일말의 주저도, 죄책감도 가지지 않았을 것이다. 심지어 자신의 부모를 죽이는 데에도……

"그자에게 부모는 성가지고 귀찮은 방해물일 뿐이었을 거야. 더욱이 부모가 그자의 살인 행각을 눈치챘다면, 부모는 그저 하루 속히 처리해야 할 대상, 그 이상도 이하도 아니었을 거야."

시우의 생각도 정우와 다르지 않았다.

"그랬겠죠. 게니우스는 부모의 재산을 상속받은 후, 엠마 브라헤를 살해했습니다. 그리고 다이아나를 자신만의 은신처로 옮긴 것으로 추정됩니다. 다이아나는 그 점을 미리 예측하고 암호문을 남겼던 거고요."

"네가 그들을 모두 동일 인물이라고 추정한 데에는 그 외에도 다른 이유가 있을 것 같은데?"

역시 어머니였다. 시우는 정우의 예리한 질문에 살짝 입술 꼬리를 올렸다.

"게니우스가 이든 리 알랜을 처리함으로서 살인 행각을 시작한 것이 2001년 10월 28일입니다, 지금으로부터 16년 전이죠. 그러나 그건 어디까지나 햇수로 계산했을 경우에만 그렇습니다. 남은 달수가 고작 두 달뿐이었다는 것을 감안한다면 15년 전이라고 해도 무방합니다."

시현의 눈이 흠칫 커졌다.

"그럼 후커헌터가 활동을 시작했던 시기와……."

"짙은 색 낡은 왜건 차량이 도난당한 시기와도 일치합니다."

시우는 낯빛까지 파래진 시현을 돌아보며 잠시 말을 멈췄다. 프로파일링에 익숙하지 않은 아버지와 민수한테는 조금이라도 충격을 가라앉힐 시간을 줘야 할 듯싶었다.

잠시 후, 시현이 고개를 끄덕이며 됐다는 신호를 보내자 시우의 말이 다시 이어졌다.

"다이아나는 소년은 영악하나 아둔했고 습득력은 빠르나 멍청했다고 했습니다. 그 부분은 아마도 자신과 엠마처럼 암호 체계를 습득하지 못했다는 의미였을 겁니다."

그러나 바로 이어진 글에서 그녀는 '뒤늦게 알았다'고 스스로를 자책했다.

"소년은 아둔한 것도, 멍청한 것도 아니었습니다. 그는 에페타 킬러처럼 살인에 의미를 부여하며 암호문을 남기고 표식을 남기는 것을 귀찮아했을 뿐이었습니다. 그에게 살인은 그저 재미난 유희거리일 뿐이었으니까요."

말을 마치자마자 시우의 눈빛이 새파랗게 반짝였다.

"제가 가장 주목하는 건 바로 이 대목입니다. 암호문에는 바로 이런 글이 적혀 있었습니다."

에페타 킬러의 정체를 밝힐 수 있는 기회.

이든 리 알랜을 시작으로 뉴욕 일대에서 벌어진

미해결 살인 사건들의 살인마를 잡을 수 있는 기회.

이번이 아니면 절대로 게니우스를 잡을 수 없다.

게니우스는 피와 죽음 그 자체를 즐길 뿐,

어떠한 흔적도, 증거도 남기지 않으니까.

정우와 시현의 눈이 커졌다. 마른침을 삼킨 정우가 천천히 입술을 달싹였다.

"찰스 게니우스가 이든 리 알랜을 시작으로 뉴욕 일대에서 벌어진 미해결 살인 사건의 살인마라고? 그는 피와 죽음 그 자체를 즐길 뿐, 어떠한 흔적도, 증거도 남기지 않는다고? 정말 암호문에 그렇게 쓰여 있었어?"

시우가 고개를 까딱했다.

천하의 도정우도 이 상황에서는 혼란스럽다 못해 머리가 핑 돌았다. 그녀의 그 좋은 머리로도 정리가 쉬이 되지 않아 어지럽기까지 했다.

"어떻게 이런 일이……."

그저 같은 말만을 반복하며 의자 팔걸이에 팔을 괴고 지끈거리는 이마를 짚었다. 그러다 고개를 번쩍 들어 시우를 쳐다봤다. 시우는 여전히 무심한 듯 무표정한 얼굴로 태연히 자신을 응시하고 있을 뿐이었다.

"시우야, 넌 혹시 이전부터 그 세 명이 동일 인물일 수도 있겠다는 걸 예상하고 있었던 거니?"

"차지수 사건의 진범이 연쇄 살인범일 거라는 건 예상하고 있었습니다. 하지만 '후커헌터'라는 존재는 지금 처음 들었습니다. 어머니 말씀을 들으면서 흩어져 있던 퍼즐들이 맞춰지기 시작했죠. 별개의 사건으로 각각 떨어져 있던 그 세 인물은 틀림없이 동일 인물일 겁니다."

"그럼 혹시 염두에 두고 있는 용의자가 있는 거야?"

시우의 입매가 비스듬히 말려 올라갔다.

"네. 하지만 아직까지는 제 추론일 뿐입니다. 용의자를 특정하기 위해선 보다 확실한 증거가 필요합니다. 그러나 그자를 특정하는 데 오랜 시간이 소요되지는 않을 겁니다."

"그렇겠지. 당시 테너플라이 주변의 사립 고등학교에 재학 중이던 남학생들 중에 네가 말한 여러 정황과 단서들을 모두 충족시키는 인물은 그자 외에는 없을 테니까."

"네, 따라서 곧 범인의 윤곽이 잡힐 겁니다. 찰스 게니우스가 아닌 실명도 곧 밝혀질 테고요. 그럼 차민수 씨의 친모를 살해한 범인과 지난 15년간 뉴욕 일대에서 연쇄 살인을 저지른 후커헌터의 실체도 동시에 밝혀질 겁니다. 그 세 명은 동일 인물이니까요."

그럼 다이아나가 지금 어디에 감금되어 있는지 밝혀내는 것도 시간문제일 터였다.

드디어 각기 개별 사건으로 흩어져 있던 조각들이 하나로 빠르게 맞춰지기 시작했다.

"오래 안 걸릴 거야."

"금방 다녀오마. 부탁한다, 시우야."

시현과 정우는 아들의 어깨를 두드리며 차에 올랐다. 두 사람은 잠시 민수의 상태를 확인하려 들린 참이라 속옷 등을 미처 챙겨오지 못했다. 그런데 상황이 급변한 만큼 두 사람은 불안해서 민수를 혼자 두고 갈 수가 없었다.

그런데 마침 눈치 빠른 아들이 먼저 제안을 해 줬다.

"아버지, 어머니는 사건이 해결될 때까지 차민수 씨와 함께 계셔 주세요. 범인이 차민수 씨와 차지수 씨를 노리고 범행을 저지른 만큼, 수사망이 좁혀 오면 무슨 짓을 저지를지 모릅니다. 제 추정이 맞는다면, 그자는 법원 정보에까지 접근할 능력이 있습니다. 그렇다면 그가 차민수 씨의 임시 거주지로 등록되어 있는 이곳을 알아내는 건 결코 어렵지 않을 겁니다."

정우와 시현도 바로 그 점을 염려하고 있던 참이었다. 그러나 아무리 그렇다고 한들, 보석 상태에 있는 외국인 피의자가 임의로 거주지를 옮길 수는 없는 노릇이었다.

그런데 시우가 먼저 당분간 민수와 함께 있으라고 해 주니, 마음의 부담감이 한결 줄었다. 더불어 든든한 아들은 사건이 해결되기까지 오래 걸리지도 않을 거라고 했다.

"앞으로 이삼일, 길어야 5일 안에는 해결될 겁니다."

하여 두 사람은 일단 민수와 함께 지내기로 했고, 짐을 가지러 호텔로 향하려던 참이었다.

정우가 오른 조수석 차 문을 닫아 주며 시우가 말했다.

"서두르지 말고 천천히 다녀오세요. 두 분 객실 체크아웃은 제가 내일 할게요. 누나한테는 다른 말씀 하지 마시고요."

"알았어. 빨리 다녀올게."

정우와 시현은 시우와 그 뒤에 뻘쭘하게 서 있는 민수를 향해 손을 흔들었다.

시우는 부모님이 탄 차가 보이지 않을 때까지 그 자리에 서 있다가 민수의 임시 거주지로 들어갔다. 그 뒤를 민수가 무거운 걸음으로 따라갔다.

민수는 마음이 무거웠다. 자신 때문에 두 분을 너무 고생시키는 것 같았다. 이래선 안 되는데, 하면서도 못 이기는 척 끌려가는 자기 자신이 더욱 한심하고 원망스러웠다.

못난 놈. 뻔뻔한 새끼.

더욱이 시우의 마지막 말이 그의 마음을 더욱 무겁게 만들었다.

"누나한테는 다른 말씀 하지 마시고요."

호정이한테 자신에 대한 얘기를 하지 말란 뜻일 터였다. 그녀의 이름을 떠올리는 것만으로도 민수의 심장이 통증을 호소했다.

호정 씨가 나 때문에 발작을 일으켰다니…….

아까 낮에 두 분이 나누는 대화를 우연히 듣지 못했다면, 까맣게 모르고 있었을 것이다. 두 분은 그녀의 증상이 많이 호전되어 다행이라고 하시면서도 여간 걱정하시는 게 아니었다.

"차지수 씨가 민수를 열넷에 출산했다는 얘기만으로 유년 시절의 트라우마가 발현될 줄은 생각지도 못했어요. 26년이나 지난 일에 본인은 기억도 못 하는 일이라서…… 게다가 시우 덕분에 많이 호전된 줄 알았는데…… 후우."

"걱정하지 마. 호정이는 이번에는 잘 이겨 낼 거야. 이미 본인 스스로의 의지로 이겨 내고 있잖아. 덕분에 시우와의 마음을 서로 확인하는 계기도 됐고. 좋게 생각합시다."

작년에 재단에서 호정을 처음 봤을 때, 조금만 가까이 다가가도 전신이 뻣뻣하게 굳는 것이 의아하고 이상하다 생각하기는 했었다. 그러나 민수는 그녀가 아직까지 그 일로 고통 받고 있을 줄은 꿈에도 생각하지 못했었다.

그런데 이번 일로, 아니 자신 때문에 그녀가 간신히 이겨 내고 있던 트라우마가 또 발현됐다니. 민수는 너무 미안하고 죄스러워 숨이 막히는 것만 같았다.

"차민수 씨."

차갑지는 않지만 뭔가 오싹할 만큼 서늘한 시우의 음성에 움찟 놀란 민수는 황급히 고개를 들었다.

"나…… 말입니까?"

소파에 앉아 있는 시우와 거실 초입에 엉거주춤 서 있는 민수의 시선이 허공에서 마주쳤다. 조용히 속을 꿰뚫어 보는 것 같은 예리한 시선에 민수는 제 풀에 놀라 다시 고개를 푹 숙였다.

일전에 경찰서에서 한 번 만난 후로 시우와 단둘이 한 공간에 있게 된 것은 처음이었다. 민수는 시우가 무척이나 불편했다. 아니…… 두렵고 무서웠다. 그의 협박 아닌 협박에 벌벌 떨리던 순간이 지금도 눈앞에 생생했다.

시우는 가까이 다가오지도 못하는 딱한 남자를 일별하고는 천천히 자리에서 일어났다. 부모님이 돌아오시기 전에 확인하고 끝마쳐야 할 일이 있었다. 그는 커튼 사이로 내다보이는 스산한 밤거리를 바라보며 입을 열었다.

11장

"1987년 한 남자아이가 태어났습니다. 모두의 축복은 아닐지라도 부모만은 아이의 탄생을 축복하고 기뻐해야만 했습니다. 하지만 아이는 부모에게조차 축복받지 못했습니다. 그렇다고 아이가 태어나자마자 버림받은 것은 아니었습니다. 적어도 아이는 다섯 살이 될 때까지는 부모와 한집에서 같이 살았습니다."

시우의 이야기가 시작되는 순간, 민수는 그가 누구의 이야기를 하는 것인지 대번에 알아챘다. 민수의 전신이 회초리를 맞은 듯 흠칫 크게 한 번 떨리더니 이내 뻣뻣하게 굳었다.

그 모습을 커다란 유리창을 통해 지켜보면서도 시우는 이야기를 멈추지 않았다.

"그 아이는 아마도 엄마, 아빠를 제대로 불러 본 적이 한 번도 없었을 겁니다. 엄마는 엄마라고 하기에는 너무 어리고 앳된 소녀였고, 아빠란 작자는 40대 중반의 잔인하고 무서운 폭군,

공포의 대상이었을 뿐일 테니까요."

민수의 눈이 경악과 두려움에 물들어 부릅떠졌다.

그, 그걸 어떻게……!

"아이는 태어난 순간부터 다섯 살이 될 때까지 이층집의 어느 방에서만 생활해야 했습니다. 아빠라는 작자가 방 밖의 출입을 철저하게 제한했기 때문이죠."

당시 홍수창의 이웃들 중 그 집에서 어린 소녀와 갓난아이 혹은 아장거리는 남자아이를 보거나 소리를 들었다는 사람은 단 한 명도 없었다. 따라서 시우는 차지수와 차민수가 철저하게 집 안에서만 생활했으리라는 것을 추론해 낼 수 있었다.

"하지만 열네 살의 어린 엄마는 시간이 지나면서 어느 정도 자유로워졌을 겁니다. 그것은 아마도 엄마가 된 소녀가 살기 위해서, 다른 소녀들처럼 죽지 않고 살아남기 위해서 그에게 철저하게 복종했기 때문일 겁니다."

어쩌면 엄마가 된 어린 소녀 차지수는 홍수창이 죽인 어린 소녀들의 시체를 마당에 유기할 때 그를 적극적으로 돕기도 했을 것이다. 그 이유는 두려움과 공포만이 전부는 아니었을 것이다. 어린 소녀는 그래야만 홍수창의 신뢰를 얻고, 그것을 바탕으로 살아남을 수 있다는 것을 본능적으로 깨달았을 것이다.

그리고 남자아이는…….

"그러나 남자아이는 다섯 살이 될 때까지 2층 방에서 벗어나지 못했을 겁니다. 하지만……."

시우는 일부러 뒷말을 길게 끌었다.

"과연 2층 방에 홀로 남은 아이는 아래층에서 무슨 일이 벌이지고 있는지 전혀 몰랐을까요?"

시우는 단호하게 부정했다.

"아니, 확실하게는 아니더라도 어느 정도는 알고 있었을 겁니다. 아비라는 작가가 어린 소녀들을 데리고 와서 괴롭히다가 끝내 죽이기도 한다는 사실을 말입니다. 어린아이의 본능적인 지각 능력이란 때론 무서우리만치 정확한 법이니까요."

시우의 이야기가 계속될수록 민수의 두려움은 점점 극으로 치달아 갔다.

"그때마다 엄마가 된 소녀와 아이는 공포에 질려 서로를 부둥켜안고 떨었을 겁니다. 그리고 남자가 소리쳐 부르면 소녀는 눈물을 닦고 아래층으로 내려가 남자가 죽인 다른 소녀들의 시체를 그와 함께 땅에 파묻었을 겁니다."

더 이상 고통을 이겨 내지 못한 민수의 입에서 고통스런 비명이 터져 나왔다.

"그만! 제발 그만!"

"차민수 씨, 지금 내가 누구에 대한 이야기를 하고 있는지 알겠습니까?"

"아니야, 아니야!"

"1987년에 태어난 남자아이는 바로 당신, 차민수 씨였습니다. 그리고 당신의 생모는 차지수, 생물학적 생부는……."

"아니야, 아니라고 했잖아."

소리를 버럭 지른 민수가 자리에서 벌떡 일어나 시우에게 달려갔다. 야차처럼 일그러진 얼굴로 시우의 멱살을 틀어잡았다.

"너 뭐야. 네가 뭔데……! 약속했잖아. 네 제안을 받아들이는 대가로 내 뒤는 더 이상 캐지 않기로 분명히 약속했잖아. 그런데…… 이 개새끼, 날 속인 거냐? 날 가지고 장난 친 거야!"

민수는 시뻘겋게 달아올라 짐승처럼 울부짖었다. 시우는 그런 그를 바로 눈앞에서 내려다보면서도 냉랭하고 차분하기만 했다. 그는 자신의 멱살을 틀어쥐고 부들부들 떨리는 민수의 손을 굳이 쳐낼 생각도 하지 않았다. 그저 소름 끼치도록 서늘하고 고요한 시선으로 민수를 내려다볼 뿐이었다.

시우는 끝내 그가 목숨 걸고 지키고자 했던 마지막 비밀을 잔인하도록 담담한 어조로 말했다.

"차민수 씨의 생물학적 생부는 홍수창입니다."

민수의 몸이 거세게 요동치며 경련하듯 떨렸다.

"이, 이…… 개새끼……."

"홍수창이 어떤 인물인지까지 내 입으로 꼭 말해야만 인정하겠습니까?"

시우의 눈빛이 더없이 서늘해졌다.

"홍수창. 그는 지금으로부터 26년 전에 서울의 서부지역에서 벌어진 아동 실종 사건의 주범이자 아동 성착취범에 연쇄 살인범이었습니다."

민수의 두 눈이 절로 질끈 감겼다.

"홍수창은 3세부터 13세까지의 여자아이들을 납치해 자신의 집 마당에 있는 지하실에 짧게는 두 달, 길게는 3년 동안 감금해 두고 아동 성착취를 일삼았습니다. 그러다 반항이 심하거나 싫증 나면 가차 없이 살해한 후, 마당에 유기했습니다."

민수가 거친 숨을 몰아쉬며 애달픈 시선으로 시우를 바라보았다.

"혁혁, 아, 아니야. 나, 난⋯⋯."

"피해자 중에는 당신도 잘 아는 주호정 씨와 그녀의 언니 주호연 양도 있었습니다. 당시 주호연 양의 나이는 당신과 같은 다섯 살, 주호정 씨의 나이는 겨우 세 살이었습니다. 그리고⋯⋯ 주호연 양은 안타깝게도 짐승만도 못 한 그자에게 살해당하고 마당에 유기됐습니다."

그만해 주길 간절하게 애원하던 민수의 눈에서 결국 뜨거운 눈물이 봇물 터지듯 터져 나왔다. 창백하게 질리고 처참하게 구겨진 그의 얼굴은 금세 눈물로 엉망이 되어 젖어 갔다.

"난, 난⋯⋯."

민수는 끝내 말을 잇지 못하고 오열했다. 시우의 멱살을 틀어쥐고 있던 손에서 서서히 힘이 빠져나갔다. 그는 이내 시우의 몸을 미끄러지듯이 부여잡으며 그의 발치에 풀썩 쓰러졌다.

시우는 그의 발작적인 오열이 잦아들 때까지 기다려 주었다. 한참이 지난 후, 모든 것을 체념한 민수가 힘없이 중얼거렸다.

"그, 그걸 어떻게 다 알아낸 겁니까."

"당시 사건을 해결한 사람이 바로 내 어머니인 도정우 박사였으니까요. 나는 어렸을 때부터 어머니의 사건 보고서와 아버지가 만든 어머니의 사건 스크랩북을 읽었습니다. 그중의 한 사건이 바로 홍수창 사건이었습니다. 그리고 내가 그 사건에 대해서 처음 알게 된 때가 바로 내가 주호정 씨를 처음 만났던 날이었습니다."

"그, 그렇다고 해도 어떻게⋯⋯."

"주호정 씨는 그 사건에서 기적적으로 살아남았지만, 그로 인해 극심한 트라우마에 시달렸습니다. 내가 그 사건에 대해서 처음 알게 되고 주호정 씨를 처음 만났던 그날, 겨우 일곱 살이었던 그녀는 천둥소리에도 정신을 잃을 만큼 발작을 심하게 했습니다. 고작 네 살이었던 내게 그 모습은 무척 충격적이었습니다."

민수는 다시 머리를 감싸 쥐고 흐느꼈다. 여지를 두지 않는 시우의 가혹한 말은 계속 이어졌다.

"그때부터 그 사건은 내 뇌리에 강하게 인식되었습니다. 나는 지금도 수사 보고서나 기사들의 내용을 토씨 하나까지 모두 기억합니다."

시우가 차민수와 차지수를 홍수창의 사건과 결부 지을 수 있었던 결정적인 계기 중 하나는 당시 호정과 함께 구출된 아이 중 2년이나 감금되어 있던 박진아라는 열네 살 소녀의 진술이었다.

박진아는 홍수창의 침실로 끌려가던 어느 날 또래 여자아이의 음성과 어린아이의 울음소리가 2층에서 들려왔다고 진술했었다.

박진아의 진술을 뒷받침하듯, 2층의 한 방에서는 10대 소녀와 어린아이의 물품들이 다수 발견되기도 했었다. 그러나 당시 경찰은 홍수창의 집 마당에서 살해 후 유기된 다수의 사체들이 발견되면서 그 물품들을 범인이 어린아이들을 유인, 납치할 때 사용했던 것으로 결론 내렸다.

하지만 정우는 보고서를 통해 그 부분에 대한 의문을 제기하고 있었으며, 시우 역시 그 부분이 무척 의문스러웠다.

"그런 내가 차지수 씨와 모친을 힘들게 찾아 놓고 눈앞에서 괴한에게 살해당했음에도 그 누명을 뒤집어쓰면서까지 내 부모님이나 주호정 씨에게 악착같이 어떤 비밀을 지키려고 하는 당신의 비정상적인 행동을 보고도 사실을 추론해 내지 못할 거라고 생각했습니까? 그랬다면 당신은 나를 지나치게 과소평가한 겁니다."

"그, 그럼 도 박사님도…… 아, 알고 계십니까? 안 돼!"

민수는 온몸을 벌벌 떨며 흐느꼈다.

"이건 약속이 틀리잖아. 내가…… 당신의 제안을 받아들이면 나에 대해서 더 이상 알아내려고 하지 않겠다고…… 아무것도 하지 않고, 아무에게도 말하지 않겠다고 약속했잖아요."

시우는 구겨진 헝겊처럼 자신의 앞에 무너져 버린 민수를 내려다보며 말했다.

"그 약속은 지금도 유효합니다. 나는 당신과의 약속을 어기지 않았습니다. 당신이 홍수창의 숨겨진 핏줄이라는 사실을 어느 누구에게도 말하지 않았습니다."

하지만 시우는 정우도 이젠 어느 정도 그 사실을 눈치채고 있지 않을까 싶었다. 민수를 임시 거주지에 머물게 하면서 호정 앞에서는 민수의 이름을 절대 거론하지 않는 이유. 그건 필경 일전의 발작 때문만은 아닐 것이다. 그러나 시우는 그것만은 그에게 말하지 않았다.

민수의 전신이 사시나무처럼 연신 부들부들 떨렸다. 그는 이를 악물고 간신히 입술을 달싹였다.

"미, 믿어도 됩니까?"

"내가 믿으라고 하면 믿을 겁니까? 차민수 씨 본인이 판단하십시오. 내가 왜 굳이 두 분을 호텔로 보내고 당신과 이 자리를 마련했는지."

민수는 거친 숨을 몰아쉬며 한동안 오열을 멈추지 못했다. 그는 신음인지, 울음인지 알 수 없는 음성으로 '고맙다'는 말을 중얼거렸다.

"그런데 한 가지 의문은 계속 남았습니다. 경찰이 홍수창을 검거하게 위해서 그의 집을 급습했던 날, 차지수는 어떻게 다섯 살짜리 아들을 데리고 감쪽같이 사라질 수 있었을까."

민수가 가까스로 울음을 참고 시우조차도 의문이라고 한 그날 일에 대해서 이야기하기 시작했다.

"폐, 폐렴이었어요. 밤새 고열로 앓다 까무러치기를 반복했었죠. 엄마가 애원했어요. 제발 병원에 데리고 가게 해 달라고. 이러다간 정말 죽을 것 같다고……."

인면수심의 괴물도 제 핏줄이 죽는 꼴만은 보고 싶지 않았던 걸까. 물론 차지수가 그동안 보여 줬던 충성심도 홍수창의 경계심을 누그러트리는데 한몫을 단단히 했을 것이다.

"병원에서 하룻밤을 보냈어요. 겨우 열이 내리고 의식이 돌아왔죠. 그런데 엄마는 연신 불안해했어요. 돈을 가지러 간 그자가 돌아오지 않았거든요."

홍수창을 애타게 기다리던 엄마가 잠깐 자리를 비웠더랬다. 그리고 잠시 후 돌아온 엄마의 얼굴은 하얗게 질려 있었다.

"엄마는 경찰들이 집을 덮쳤다고 했어요. 그러면서 경찰이 그자를 죽인 것 같다고도 했죠."

겁에 질린 엄마는 '이제 우리는 어떡하지?' 라고 중얼거리며 연신 횡설수설했었다.

"엄마는 경찰이 자신도 잡으러 올 거라고 했어요. 당신 말대로 엄마는…… 그자의 끔찍한 만행을 계속 도왔으니까."

하지만 그건 절대로 그녀가 원해서 한 일이 아니었다. 힘없고 나약한 소녀가 자신과 어린 아들의 생명을 구걸하기 위해서 할 수 있던 유일하고도 처절한 몸부림이었을 뿐이었다.

"그리고 엄마는 바로 나를 안고 응급실에서 몰래 도망쳤어요. 엄마는 멀리 도망쳐야 한다는 말만 미친 듯이 반복했죠. 안 그럼 경찰이 우리도 잡아갈 거라고, 그럼 우리가 죽은 그자의 죗값까지 뒤집어쓰고 평생 감옥에서 썩게 될 거라고……."

하지만 돈 한 푼 없는 열여덟 살의 소녀와 다섯 살 아이가 경찰의 눈을 피해 몸을 의탁할 수 있는 곳은 이 세상 어디에도 없었다.

"어쩌다가 거기까지 흘러갔는지는 기억나지 않아요. 그저 기억나는 것은 아주 오랫동안 지독한 추위와 배고픔에 시달렸다는 것뿐."

그렇게 의정부까지 흘러가서야 겨우 추위와 배고픔을 견뎌낼 만한 방 한 칸이 생겼다. 그러나 그곳도 지옥인 건 마찬가지였다. 아니, 민수에게는 사창가에서 산 3년이란 시간이 더욱 끔찍했다. 이전에는 괴물이 홍수창 하나뿐이었다면, 그곳에서는 홍수창 같은 괴물이 수십, 수백 명이었다.

"그래서 엄마가 자신도 드디어 사람처럼 살게 되었다고, 사람처럼 살고 싶다고 나를 고아원에 버리고 케네스 마클과 미국으로 도망쳤을 때, 나는 차라리 잘됐다고 생각했었어요. 엄마한테나 나한테 모두."

"고아원에 버려졌을 당시, 차민수 씨는 본인의 이름 외에는 아무 말도 하지 않았던 것으로 알고 있습니다. 그 이유가 본인이 홍수창의 핏줄임을 끝까지 숨기기 위해서였나요?"

민수는 힘없이 고개를 주억거렸다.

"엄마가 항상 그랬어요. 그동안 우리가 누구와 함께 살았으며 내가 누구 핏줄인지 다른 사람들한테는 절대로 말해선 안 된다고요."

그를 고아원 앞에 버리고 가는 마지막 순간까지도 엄마는 그 말을 수없이 반복했었다.

"아무 말도 해선 안 돼. 네가 누구인지, 어디서 왔는지 아무것도. 모른다고만 해. 아예 아무 말도 하지 마. 안 그럼 경찰이 와서 너랑 날 잡아갈 거야. 알았지? 약속해. 얼른!"

"응. 약속해."

"……흑. 미안해. 그런데 이젠 정말 이 방법밖에는 없어. 나도 이젠 너무 힘들단 말이야. ……나도 사람처럼 살고 싶어. 그리고 너를 위해서도 넌 여기서 사는 게 더 나을 거야. 민수야, 힘들겠지만 이제까지의 일은 다 잊어. 나도 깨끗이 잊어버려. 그래야 네가 살아. 밥 잘 먹고, 아프지 말고 잘…… 살아."

어린 아들의 손을 부여잡고 몇 번이나 당부와 약속의 말을 반복하며 눈물짓던 어린 엄마의 모습을 민수는 지금도 생생하게 기억한다.

그런데 아이러니하게도 고아원에서 민수는 정우와 시현을 만났다.

"그땐 몰랐어요. 도 박사님이 그…… 사건을 해결한 프로파일러였다는 것을."

"그 사실은 언제 알았습니까?"

"고등학교에 진학하고 얼마 안 돼서……. 박사님들한테 고등학교 입학 선물로 노트북을 받았어요. 그때 처음으로 그……자의 사건을 인터넷으로 검색해 봤습니다. 기사에 도 박사님의 이름이 나오더군요."

민수의 고개가 더욱 밑으로 숙여졌다.

"세상에 어떻게 이런 일이 다 있나, 운명의 장난이라면 나에게 너무 가혹한 것 아닌가 싶었습니다. 너무 놀라고 혼란스러웠어요. 아니, 두려웠어요."

그래서 민수는 두 분의 도움을, 재단의 후원을 더 이상 받아선 안 된다고 생각했었다. 그러나 그 생각을 행동으로 옮길 수는 없었다. 그땐 이미 두 분을 더없이 존경하게 된 후였다. 또한 재단의 후원이 없다면 자신은 대학 따원 꿈도 꿀 수 없을 거라는 비참한 현실이 그를 꼼짝할 수 없게 만들었다.

"그래서 더욱 철저히 감추고 입을 다물 수밖에 없었습니다. 나는 내 몸속에 누구의 피가 흐르고 있는지 들키지 않기 위해서 최선을 다했어요. 죽을힘을 다해 노력했다고요. 내 몸속에는 비록 끔찍한 피가 흐르고 있지만 나는 그자와는 다르다고…… 그것을 내 자신에게만이라도 입증하기 위해서 매 순간 죽을힘을 다해……. 흑."

시우의 추론이 맞았다.

다섯 살 어린아이는 어렴풋이나마 알고 있었던 것이다. 자신의 아비라는 작자가 매일 아래층에서 어떤 짓을 저지르는지. 아마 그것은 태어난 순간부터 두려움과 공포에 길들여져 있던 그에게는 지극히 당연한 인지 본능이었을 것이다.

매일 밤마다 들려오는 아이들의 끔찍한 비명 소리, 살려 달라는 울부짖음, 그러다 한순간 찾아오는 정적.

민수는 비명보다 돌연 조용해지는 그 정적이 가장 무서웠다.

그때마다 홍수창은 엄마를 소리쳐 불렀다. 그러면 자신과 두 귀를 막고 두려움에 떨며 서로 부둥켜안고 있던 엄마는 힘겹게 일어나 방을 나섰다. 그러곤 한참이 지나서야 돌아와 쓰러지듯 그의 옆에 누워 죽은 듯이 잠들곤 했었다.

온몸에 흙과 비릿한 피 냄새를 묻히고서…….

민수를 바라보는 시우의 눈동자가 미세하게 흔들렸다. 민수가 느끼고 있는 잔혹한 고통이 그에게도 자연스럽게 느껴졌다. 시우의 가슴도 그의 고통에 공명하듯 함께 흔들렸다. 그러나 그 순간에도 시우의 냉철한 머리는 잠시의 틈도 허비하지 않은 채 기민하게 돌아갔다.

그때부터였겠군.

민수가 한눈팔지 않고 바르게 살아야 한다는 강박 관념에 스스로를 가두고 이전보다 더욱 큰 두려움과 비밀을 가슴속에 품고 살기 시작한 것이.

대학 졸업 후 재단에 들어간 것도 필시 그 때문이었을 것이다. 그렇게라도 해서 민수는 자신의 몸속에 흐르고 있는 죄에 대해 용서를 구하며 살고 싶었을 것이다.

딱하고 가엾은 사람이었다.

자신이 저지르지도 않은 죄로 말미암아 그 자신도 고통 속에 살아왔음에도 불구하고 평생을 지독한 죄책감에 사로잡혀 살아가야 하는 운명이라니.

그런데 민수는 바로 그 재단에서 사건의 피해자 가족인 호석을 만나고, 피해 당사자인 호정을 만났다.

그때의 심경은 어땠을까.

많이 놀라고 당혹스러웠으리라. 또한 참담하고 두려웠으리라. 자신이 저지르지도 않은 죄책감에 숨도 쉬기 힘들었으리라. 그러나 그보다 그를 더욱 참담하게 만든 것은 자신도 모르게 생겨 버린 호정에 대한 연정이었을 것이다.

그녀에 대한 자신의 마음을 깨달았을 때의 심경은 또 어땠을까. 분명히 제 운명을 비관하고 증오하며 수많은 불면의 밤을 보냈을 것이다.

그리고 어쩌면 그것이 그로 하여금 뒤늦게라도 차지수를 찾게 만든 것인지도…….

"그래요. 내가, 감히 나 같은 놈이 뻔뻔하게도 호정 씨를 마음에 품었습니다. 스스로 생각해도 말도 안 되는, 천인공노할 짓이었죠. 내가 어떤 놈인지, 내 안에 어떤 괴물의 피가 흐르고 있는지를 끊임없이 상기시킬 필요가 있었습니다. 그때 생각난 것이 바로…… 엄마였습니다.”

마침내 자신도 사람처럼 살게 되었다고, 사람처럼 살고 싶다고 미국으로 도망쳐 버린 엄마. 그런 만큼 당연히 잘 살고 있을 거라고 생각했다. 그녀가 꿈꾸었던 것처럼 여느 사람들처럼 평범하게 살고 있으리라 믿었다. 민수는 그런 엄마의 모습을 자신의 두 눈으로 직접 보고 확인하고 싶었다.

“그런데 아니었어요. 엄마의 비극은 미국으로 가서도 결코 끝나지 않았더군요.”

그렇게 힘들게 찾아낸 엄마가 결국 그의 눈앞에서 처참하게 죽임을 당했다.

태어나자마자 부모에게 버림을 받았다는 엄마. 그 후 엄마는 홍수창의 마수에 걸려 모진 시간을 견뎌 내야만 했다. 그것으로도 모자라 참담함 그 자체였던 생을 마감하는 마지막 순간까지도 그녀의 삶은 비참하기 그지없었다.

민수의 어깨가 다시 한번 크게 들썩거렸다. 그는 한참 동안 소리 없이 흐느꼈다. 생의 마지막 순간까지도 비참했던 엄마의 인생이 너무 가엾고 억울해서, 마음속의 지옥을 품고 있는 자신의 삶 또한 죽은 어미와 크게 다르지 않음에 서럽고 억울하고 지독하게 끔찍해서…….

“사람들은 그러죠. 노력 여하에 따라서 운명은 얼마든지 바뀔 수 있다고. 아니요. 그건 모두 개 같은 헛소리일 뿐입니다. 나를 봐요. 우리 엄마를 보라고요. 아무리 벗어나기 위해 안간힘 쓰고 발버둥 쳐 봐도 결국엔 다시 이 자리인 겁니다. 그놈의 끈질긴 운명은 절대로 이길 수가 없어요.”

민수의 형편없이 쉬고 갈라진 음성에는 체념과 더불어 지독한 원망과 한이 서려 있었다.

"엄마가 얼굴도, 이름도 모르는 사람들의 자식으로 태어나 버려진 순간부터 엄마의 비극적인 운명은 정해져 있었던 겁니다. 짐승만도 못한 홍수창의 자식으로 태어난 순간부터 내 운명 역시 정해져 있었던 거고요. 절대로 행복해져선 안 되는 운명. 고통과 두려움 속에 평생을 허덕이며 살아가야 할 운명……."

운명의 수레바퀴에 올라탄 이상 어느 누구도 그를 대신해 살아 줄 수 없다. 아무리 발버둥 쳐도 운명의 수레바퀴에선 절대로 뛰어내릴 수도 없다.

끝을 내고 싶다면…… 오직 죽음뿐.

질끈 감긴 민수의 눈에선 뜨거운 눈물이 쉴 새 없이 흘러내렸다.

"알겠습니까? 이게 나란 놈의 운명인 겁니다. 끝없이 비참하고 고통스럽게…… 그런데 더욱 참담한 게 뭔지 압니까?"

민수의 일그러진 입가에 눈물보다 더욱 지독하게 시린 비소가 아프게 어렸다.

"그럼에도 불구하고…… 이대로는 죽고 싶지 않다는 겁니다. 이대로 죽기에는 너무 억울해서 아니, 실은…… 죽는 게 두렵습니다. 아직까진, 이대로는 절대로 죽고 싶지 않아요."

민수는 제 안의 또 다른 진심을 피를 토하는 심정으로 토해 냈다.

"매 순간 그만 살자고 되뇌면서도 실은…… 내 스스로 더 이상은 못 참고 내 자신을 어떻게 해 버릴까 봐 겁이 납니다."

그래서 끊임없이 희망의 손을 내밀고 잡은 손을 놓지 않는 정우와 시현이 고마우면서도 원망스러웠다. 그럼에도 민수는 염치없는 변명, 비루한 욕심인 줄 알면서도 두 사람 때문에 점점 더 살고 싶어졌다.

조용히 민수의 이야기를 듣고만 있던 시우가 단호하게 입을 열었다.

"그럼 죽을힘을 다해서 사십시오."

크게 들썩이던 민수의 어깨가 움칫 굳었다. 일순 그의 악다문 입에서 흘러나오던 흐느낌도 시간이 멈춘 듯 더 이상 흘러나오지 않았다.

"세상의 그 어떤 사람도 부모를 선택할 권리를 가지고 태어나지 않습니다. 그것을 운명이라고 한다면 네, 그럴지도 모르죠. 하지만 그렇다고 모든 사람들이 운명에 휘둘리며 살아가지는 않습니다. 아무리 노력하고 발버둥 쳐도 정해진 운명에서 벗어날 수 없다고 했습니까?"

시우는 고개를 가로저었다.

"아니요. 차민수 씨, 당신은 이미 그 운명이라는 것을 본인의 의지와 노력으로 극복했습니다. 모르겠습니까? 지금의 당신이 바로 그 증거라는 것을."

시우는 진심을 다해 말했다.

"당신은 놀랍도록 강하고 바른 사람입니다. 당신의 의지가, 그 노력들이 당신을 선하고 강하게 만들었습니다. 그러니 더 이상 빌어먹을 운명이라는 것에 휘둘리지 마십시오."

"하지만 난……."

"차민수 씨가 홍수창의 자식으로 태어난 것은 당신의 잘못이 아닙니다. 이제껏 당신이 저지르지도 않은 죄에 대한 대가를 충분히 갚으며 살아왔습니다."

시우는 천천히 자세를 낮춰 민수의 떨리는 어깨를 가만히 부여잡았다. 이제까지와는 완전히 다른 음성으로 마음을 담아 말했다.

"가혹한 일인 줄 알면서도 내가 오늘 이 얘기를 꺼낸 것은 당신에게 이 얘기를 꼭 해 주고 싶었기 때문입니다. 차민수 씨에게는 아무런 죄가 없다는 것을, 누구의 핏줄이라는 것보다 당신이 어떤 사람인지, 어떻게 살아왔는지가 더욱 중요하다는 것을요."

시우는 속으로 무거운 한숨을 내쉬었다.

"윤리적 관점에서 보면 세상에는 크게 두 부류의 인간이 있습니다. 선인과 악인. 그리고 차민수 씨의 말대로 표현하자면 선인과 악인은 어떤 부모에게서 태어나, 어떤 환경에서 자랐느냐에 따라 운명적으로 결정된다는 뜻이 되기도 됩니다. 정말 그렇게 생각합니까?"

생래적 범죄인설을 주장한 롬브로소에 따르면 그 말이 맞을 수도 있을 터였다. 롬브로소는 범죄학에 실증주의적 방법론을 도입한 범죄인류학의 창시자다. 그는 범죄인은 태어날 때부터 범죄를 저지르도록 운명 지어졌고, 그 같은 운명을 갖고 태어난 사람은 인류학상의 돌연변이라고 주장했다.

그러나 시우는 롬브로소의 이론에 결코 동의하지 않는다.

"아니요. 선인과 악인은 결코 운명으로 결정되는 것이 아닙니다. 주변의 도움과 본인의 의지와 노력에 따라서 운명 따위는 얼마든지 달라질 수 있습니다. 운명이라는 것이 정말 존재한다면 말입니다. 아니라고요? 못 믿겠다고요? 그럼 당신 가까이에 인물들을 한 번 둘러보십시오."

시우의 쌍꺼풀 없이 깊게 파인 긴 눈매가 더욱 깊어졌다.

"내 아버지인 이시현 박사. 그분은 갓난아이 때 끔찍한 실험 대상이 된 적이 있었습니다. 스스로 인지하고 기억하긴 너무 어린 나이였던 것이 천만다행일 만큼, 그들이 아버지에게 가했던 짓은 고문보다도 더욱 끔찍하고 잔인한 일이었습니다."

민수도 그 얘기는 호석에게서 들어 대충 알고 있었다. 어떤 미친 여자가 불치병인 제 아들을 치료하겠다고 갓난아기 때 고아원에 버려진 시현을 입양해서 제 병원의 실험실에 가둬 두고 '아기 앨버트' 실험이라는 끔찍한 짓을 자행했었다고 말이다.

"다른 사람이었다면 미치거나 혹은 지독한 트라우마에 갇혀 자신의 삶을 비관하며 살았을 겁니다. 주호석 씨도 마찬가지입니다. 상황은 많이 다르지만, 가슴속에 커다란 분노를 품고 있는 그는 자칫했으면 악인의 길을 걸었을지도 모릅니다."

시우는 일부러 민수가 신뢰하고 존경하며 고아, 불우했던 유년 시절이란 비슷한 환경을 가진 두 사람의 예를 들었다.

"하지만 두 사람 모두 주변의 도움과 본인의 의지, 노력만으로 그와는 정반대인 삶을 살았고, 지금도 그렇게 살아가고 있습니다."

두 사람은 결코 운명이나 불행 따위에 지지 않았다.

"차민수 씨도 마찬가지입니다. 당신 곁에는 당신을 신뢰하며 돕고자 하는 사람들이 많습니다. 당신이 홍수창의 핏줄이라는 것이 밝혀진다고 해도 그들은 절대로 당신 곁을 떠나지 않을 겁니다. 오히려 그동안 당신 혼자 감당해 온 고통에 함께 가슴 아파할 겁니다. 그 짐을 기꺼이 함께 나눠지려고 할 겁니다. 내가 아는 그들이라면 틀림없이 그럴 겁니다."

민수는 태어난 순간부터 단 한순간도 마음 편히 고개 들고 숨을 쉬어 본 적이 없었다. 두려움과 공포는 늘 그와 함께 있었다. 나이가 들수록 핏줄에 대한 수치심과 죄책감은 더욱 깊어져만 갔다.

그런데 시우의 말 한마디, 한마디에 지독한 고통과 죄책감 속에서 신음하던 심장이 조금씩 밭은 숨을 내쉬기 시작했다.

"후우…… 후우……."

오랫동안 홀로 끌어안고 있던 마음의 고통을 내려놓으라고 위로받는 것 같았다. 그만큼 홀로 아파했으면 됐다고, 수고했다고, 잘 이겨 내고 버텨 왔다고 비로소 인정받고, 이해받는 것 같았다.

어둡고 습하기만 하던 그의 가슴에 난생처음으로 따스한 바람이 불어왔다. 민수의 눈에서 지금까지와는 다른 눈물이 뜨겁게 흘러내렸다.

❧

힘든 시간이 지나고 민수가 차분히 진정되어 갈 즈음, 시우는 그를 일으켜 세웠다. 두 사람은 소파로 자리를 옮겨 서로를 마주하고 앉았다.

시우가 민수의 눈을 정시하며 준비했던 말을 꺼냈다.

"차민수 씨, 솔직하게 말하겠습니다. 내가 오늘 이런 자리를 마련한 이유는 아까 말한 것 외에도 한 가지가 더 있습니다."

흠칫한 민수의 눈동자가 불안하게 흔들렸다. 그러나 그의 시선을 더 이상은 피하지 않았다. 형편없이 갈라지고 쉬어 버린 음성으로 민수가 물었다.

"……뭡니까?"

"차민수 씨는 현재까지 찰스 게니우스를 직접 본 유일한 목격자입니다."

그렇긴 했다. 하지만…….

"미안합니다. 마주치긴 했지만 난 그자의 얼굴을 제대로 보지 못했습니다. 말했잖아요. 철저하게 엄마 뒤에 숨어 얼굴도, 목소리도 감췄다고."

"압니다. 하지만 어쩌면 당신은 본인이 기억하고 있다고 믿는 것보다 더 많은 것을 보고 기억하고 있을지도 모릅니다. 사람의 기억이란 사실 그다지 신뢰할 만한 것이 못 됩니다. 분명히 보거나 들었음에도 불구하고 아주 짧은 시간 보고 지나쳤거나 혹은 큰 충격을 받았을 경우 그 기억된 부분을 잃어버리기도 하거든요."

하지만 뇌에 한 번 저장된 기억은 절대로 그냥 지워지지 않는다. 다만, 망각이라는 기능에 의해 본인이 기억하지 못하는 것일 뿐.

"나는 그 기억을 되살리고 싶습니다. 차민수 씨가 동의만 해 준다면요."

발갛게 짓무른 민수의 눈이 흠칫 커졌다.

"어떻게요? 혹시 최면 같은 걸 말하는 건가요?"

"아니요. 최면은 의식을 해제한 상태에서 당사자의 의사와는 상관없이 기억을 불러내는 겁니다. 때문에 그 기억은 최면을 걸고 묻는 사람의 유도와 제시에 따라 결과가 얼마든지 달라질 수 있습니다. 간접 경험과 직접 경험을 혼동할 가능성도 있고요. 나는 의식이 불분명한 상태에서 진행되는 최면은 신뢰하지 않습니다."

"그, 그럼 어떻게……?"

"인지 면담(Cognitive Interviewing)이라고 들어본 적 있습니까?"

민수의 고개가 가로저어졌다. 시우는 이성적으로 차분하게 설명해 주었다.

"인지 면담이란 분명한 의식 상태에서 연상 작용을 통해 잃어버린 기억을 보다 명확하고 체계적으로 재생할 수 있도록 돕는 일종의 과학적 심리 수사 기법입니다."

미국의 심리학자인 피셔와 가이즐맨이 개발한 인지 면담 기법은 기억의 특성을 기반으로 고안된 목격자 중심의 면담 기법이었다.

"피조사자가 일방적으로 유도되는 최면 기법과 달리, 인지 면담에서는 목격자가 기억을 되살리고 진술하는 적극적인 주체가 됩니다. 나는 그저 당신이 기억하지 못했던 구체적인 사실을 기억하도록 돕는 역할일 뿐이죠."

때문에 조사자와 피조사자 사이에는 신뢰 혹은 공감대가 형

성되어 있어야만 하고, 피조사자의 자발적인 협조가 반드시 필요했다. 안 그러면 올바른 진술을 얻어 낼 수가 없었다.

시우가 민수의 역린인 마지막 비밀을 터트린 이유는 바로 그 때문이었다. 민수 본인이 만든 어둡고 고통스런 알을 스스로 깨고 나오게 만들어야만 했다. 또한 민수가 자신을 신뢰하게 만들어야만 했다.

"CSI(Crime Scene Investigation)가 과학의 힘으로 물적 증거를 찾는 것이라면, 인지 면담 기법은 과학의 힘으로 기억의 저장고를 뒤져서 진술 증거를 확보해 내는 겁니다."

"그, 그걸 이시우 씨가 할 수 있습니까?"

아주 잠깐 시우의 입가에 옅은 미소가 흘렀다.

"심리학 중에서도 인지 심리학은 매우 흥미로운 분야였습니다. 그리고 인지 면담 기법은 인지 심리학에 기반을 두고 있죠. 심리학 학위가 있는 내가 인지 면담 기법을 연구하고 마스터한 것은 지극히 당연한 일이었습니다."

"아······."

민수는 곧 수긍했다. 잠시 잊고 있었다. 눈앞에 있는 이시우라는 사람이 어떤 인물인지를.

민수의 눈빛이 이내 단단해졌다.

"알겠습니다. 한번 해 보죠. 내가 어떻게 하면 됩니까?"

"눈을 감고 마음을 편하게 가지세요."

민수는 시우의 말을 따라 눈을 감고 크게 심호흡을 했다. 잠시 후, 귓가로 서늘하고 차분한 그의 음성이 들려왔다.

"일단 차민수 씨가 기억하기 편한 순간부터 시작해 보죠. 미국에 처음 도착했던 날을 기억합니까. 그날 차민수 씨는 도정우 박사와 이시현 박사를 버지니아에서 만났습니다."

"네."

"두 분과 만난 직후 어떤 일이 있었는지부터 얘기해 볼까요?"

민수는 차분히 기억을 되살렸다.

"두 분이 공항에 마중을 나와 있었습니다. 기쁘고 반가웠지만 죄스러운 마음도 컸습니다. 물론 그건 전혀 새롭지는 않은 일이 었습니다. 항상 드는 감정이었으니까요."

민수는 그날 있었던 일에 대해서 기억의 흐름에 따라 자유롭게 말했다.

함께 차를 타고 집으로 가는 도중에 정우에게 걸려 왔던 전화 한 통. 그 전화는 호정이 롬폭에서 부상을 당했다는 연락이었다. 놀란 정우와 시현은 급히 FBI 연구소로 핸들을 돌렸고 그곳에서 민수는 두 사람과 함께 헨리 팀장과 찰리를 만났더랬다. 요원들은 낯선 사람이 두 사람과 함께 있는 것을 보고 살짝 미간을 찌푸렸었다.

"도 박사님은 요원들한테 나를 소개시켰습니다. 내가 누구고, 당신들의 아들이나 진배없는 사람이니 걱정 말라고, 그러니까 호정 씨의 부상 여부에 대해서 그냥 말해도 된다고요."

그제야 요원들은 호정의 부상에 대해서 자세히 말해 주었다. 그 후, 시우에게서 전화가 걸려 왔다. 롬폭에 와 달라는 아들의 부탁에 안 그래도 호정을 걱정하던 두 사람은 고민 없이 바로 롬폭행을 결정했다.

"두 분만 보내고 나 혼자 버지니아에 남아 있을 수는 없었습니다. 나도…… 호정 씨가 걱정됐으니까요. 그래서 이사장님을 핑계 삼아 나도 같이 가겠다고 두 분한테 부탁드렸습니다."

민수의 자유 회상이 끝나자 시우가 질문을 시작했다.

"두 분과 함께 FBI 요원인 헨리 팀장과 찰리 세이린 요원을 만났다고 했죠?"

"네."

시우는 그들을 만난 구체적인 장소와 시간, 그들이 서 있던 위치와 자세, 옷차림 등에 대해서 세세히 묻고 회상시킨 후에 다시 물었다.

"아까 그들이 차민수 씨를 보고 미간을 찌푸렸다고 했죠? 계속 그랬나요?"

"아니요. 처음에는 두 분 옆에 같이 있는 것이 못마땅한 눈치더니, 나중에는 거의 신경도 쓰지 않았습니다."

"그 두 사람과 말을 나눈 기억은 있습니까?"

"처음에 인사 정도……. 그것도 도 박사님 때문에 어쩔 수 없이 하게 된 거였어요. 그 외에는…… 없어요."

"그랬군요. 그럼 관점을 한 번 바꿔 보죠. 차민수 씨는 두 사람에 대한 인상이 어땠습니까?"

민수의 고개가 갸웃 기울어졌다.

"글쎄요. 실은 나도 그 사람들을 크게 신경 쓰지 않아서……. 호정 씨가 다쳤다는 얘기에 많이 놀란 상태였거든요. 그리고 그때 나는 다른 사람들한테 신경 쓸 만큼 심적인 여유가 없었어요. 엄마와 내 문제만으로도 머릿속이 복잡했으니까."

"그렇군요. 하지만 그 둘의 얼굴을 보긴 봤죠?"

"네. 자세히 기억은 나지 않지만……."

시우는 두 사람의 외모에 대해서 기억나는 대로 자세히 말해 보라고 했다. 자세히 기억나지 않는다며 고개를 갸웃거리던 민수는 시우가 관점을 바꿔 주변부터 역으로 접근시키자 본인이 생각하기에도 놀랄 만큼 두 사람의 외모를 세세하게 기억해 냈다.

"좋아요. 이제 당신이 차지수 씨를 찾았다는 탐정의 연락을 받고 뉴욕에 도착한 날로 가 보겠습니다. 차민수 씨는 오후 늦게 JFK공항에 도착했습니다. 차민수 씨는 공항을 나서자마자 바로 호텔로 향했습니다. 그리고 객실에서 탐정이 보내온 보고서를 읽으며 날이 어두워지기만을 초조하게 기다렸습니다. 그리고 마침내 밤이 되자 웨스트 할렘으로 향했습니다."

그다음부터는 민수가 이야기해 나갔다. 택시를 타고 웨스트 할렘으로 향한 일, 건물 뒤에 숨어 건너편의 차지수를 계속 지켜본 일, 그 순간의 암담하고 비통했던 심정, 그리고 알코올 중독자인 중년의 매춘부와 만났던 일 등을 순차적으로 진술했다.

그리고 차지수가 픽업트럭에 타고 어딘가로 가 버렸던 일과 그 모습에 자신의 가슴이 또다시 얼마나 무너져 내렸는지에 대해서도 이야기했다.

찬 바닥에 주저앉아 자신을 버리고 갔음에도 아직도 고통스러운 엄마의 삶이 가엽고, 밉고, 원통해서 견딜 수 없었노라고. 한동안 그렇게 머리를 부여잡고 오열했노라 이야기했다.

그즈음부터 민수의 음성은 크게 떨리기 시작했다.

"그렇게 주저앉아 얼마나 울었는지는 잘 모르겠습니다. 어쨌든 그렇게 한참 동안 울고 있는데 바로 앞에 웬 차가 멈춰 서는 소리가 들렸어요. 그리고 이내 어, 엄마의 목소리가 들려왔죠."

「저, 저기요. 그래요, 당신. 미안한데 이쪽으로 좀 가까이 와 줄래요? 제발 부탁이에요. 빨리 좀, 네?」

"낡은 픽업트럭을 타고 갔던 엄마가 웬 짙은 색 왜건 조수석에 타 있었어요. 엄마의 얼굴은 공포에 하얗게 질려 있었어요. 아무리 오랜 세월이 지나고, 나이가 들었어도 그 얼굴은…… 하루도 잊은 적 없는 바로 그 얼굴이었어요. 어렸을 때 질리게도 매일 봤던 그 얼굴. 그…… 후우, 그 얼굴로 엄마가 나를 간절하게 불러 댔죠. 제발 가까이 좀 와 보라고요."

스스로도 놀랄 만큼 부리나케 일어나 엄마한테 달려갔었다. 그제야 엄마의 가느다란 목을 위협하고 있는 시퍼런 단도가 눈에 들어왔다.

"엄마의 목에 칼을 대고 있는 자의 얼굴은 보이지 않았어요. 그자는 엄마의 입을 빌어 내게 명령했어요."

「저기요. ……이, 이 칼 보이죠? ……나, 나를 살리고 싶으면 따, 따라오래요. ……흐흐윽! 제발 나 좀 살려 줘요. 난 아직 죽고 싶지 않아. 뭐든 다 할 테니까 제발……. 으악!」

그리고 차는 바로 출발했다. 몇 초쯤 공황 상태에 빠져 있던 민수는 정신을 차리고 미친 듯이 그 차를 쫓아갔다. 그 순간만큼은 정말 아무 생각도 나지 않았다. 오로지 엄마를 살려야 한다는 생각밖에는······.

좁은 골목만을 골라 빠른 속도로 달리던 차는 일부러 간간이 멈춰 서서 민수가 따라오기를 기다렸다. 그리고 그가 거의 따라왔다 싶으면 다시 빠르게 출발했다.

그런 식으로 도망치고 쫓는 일을 얼마나 많이 반복했는지 모른다. 숨이 차올라 폐가 터질 것 같았다. 하지만 민수는 멈추지 않았다. 폐가 터질 것 같은 고통보다 두려움이 더욱 컸다. 필사적으로 차를 쫓았다. 덕분에 민수는 그 차의 번호를 정확히 기억해 낼 수 있었다.

"그러다 어느 골목 끝에 서 있는 차를 발견했어요. 당연히 또 도망갈 줄 알았죠. 이번만은 절대로 놓치지 않겠다는 생각이 들어 전속력으로 달려갔어요. 그런데······."

웬일로 차는 더 이상 도망가지 않았다.

"대신······ 피 냄새가 맡아졌어요."

땀에 흠뻑 젖은 뒷덜미가 쭈뼛 곤두섰다. 순간적으로 뇌리를 스쳐 가던 장면, 그 공포, 소름 끼치던 오싹함을 민수는 평생 잊을 수 없을 터였다.

허겁지겁 차가 세워져 있는 안쪽 골목으로 들어섰다. 순간 민수는 굳은 듯 얼어붙고 말았다. 몇 초 전 뇌리를 스쳤던 최악의 장면, 끔찍한 광경이 바로 눈앞에 펼쳐져 있었기 때문이었다.

가장 먼저 보인 것은 온통 검은 옷을 뒤집어쓴 놈의 어깨 위에 하얗게 떠 있는 엄마의 얼굴이었다. 그리고 무언가로 엄마를 찌르고 또 찌르고 있는 녀석의 빠른 움직임······.

"지금도 생생하게 기억나요. 공포에 질려 부릅떠진 엄마의 눈, 비명도 지르지 못한 채 벌어져 있는 입, 시체처럼 하얗게 변한 얼굴……."

그때 엄마의 얼굴은 이미 산 사람의 얼굴이 아니었다. 미친 듯이 그 차를 쫓아다니면서도 두렵고 무서워 상상할 생각조차 하지 못했던 끔찍한 장면 앞에서 민수는 비명조차 내지르지 못했다. 한껏 벌어진 입에서 새어 나오는 것이라고는 꺽꺽거리는 신음뿐이었다.

"내가 나타나자 그 새끼가 엄마를…… 망가진 인형처럼 바닥에 버리고 나를 지나쳐 차로 도망쳤어요. 그런데도 난…… 바보처럼 꼼짝도 하지 못했어요. 손만 뻗으면 그 새끼를 잡을 수 있었는데……."

민수는 오열이 터져 나오려는 입을 악다물고 부들부들 떨었다. 윗니에 짓눌린 아랫입술이 기어코 터져 붉은 피가 주르륵, 흘러내렸다.

바닥에 내동댕이쳐진 엄마를 보고서야 공포에 굳어 있던 다리가 움직였다. 민수는 허겁지겁 엄마에게 달려갔다. 바닥에는 이미 엄마가 흘린 피로 웅덩이가 잔뜩 고여 있었다. 등신처럼 그 피 웅덩이에 미끄러졌다. 동시에 민수는 엄마를 부둥켜안았다. 그제야 짐승 같은 비명이 터져 나왔다.

"으아아아아!"

엄마의 명치끝에 박혀 있는 단도를 뽑아 던져 버린 것은 본능적인 행동이었다. 그리고 그는 경찰에 체포될 때까지 엄마의 몸 여기저기서 연신 꿀럭꿀럭 흘러나오는 피를 두 손으로 막고 또 막기만 했다. 지독한 패닉 상태에서 그가 할 수 있는 거라고는 고작 그것뿐이었다.

시우는 민수가 그날 일을 기억하는 만큼 마음껏 얘기하도록 내버려 두었다. 그러다 그의 얘기가 모두 끝나고 나서야 이야기를 찬찬히 되짚으며 질문을 던졌다. 그러고는 다시 시간을 역으로 되돌려 가며 동일한 질문을 반복했다.

그 과정에서 시우는 차지수를 태운 왜건이 멀리 가지 않고 근방의 좁은 골목만을 골라 주변을 배회했다는 사실을 알아냈다.

범인은 왜 그랬을까.

아마도 끊임없이 민수를 유인하며 좁은 골목 중에 범행을 저지를 만한 가장 적합한 장소를 물색하기 위해서였을 것이다.

"마지막 골목으로 뛰어 들어갔을 때를 다시 한번 기억해 보죠. 당신은 골목 끝에 왜건이 서 있는 것을 발견하고 미친 듯이 뛰어갔습니다. 그러나 그 전에 골목에 들어선 순간, 그 차보다 먼저 당신의 눈에 들어온 것이 분명히 있었을 겁니다. 그것이 뭐였을까요?"

민수는 모르겠다고 고개를 가로젓다가 문득 정지했다.

"아! 맞아요. 파란색의 네온…… 네온사인을 본 것 같아요."

"거기서 잠깐 멈춰 서요. 그리고 시선을 천천히 돌려 파란 네온사인을 봐요. 뭐라고 쓰여 있습니까?"

엉망으로 구겨진 민수의 미간에 깊은 홈이 파였다. 잠시 후, 민수는 더듬거리며 말했다.

"Fox……."

"맞아요. 당신이 본 것은 그곳에 있는 폭스라는 바의 네온사인이었습니다. 그럼 그 아래에 있는 작은 문이 보입니까?"

"……네."

"그럼 혹시 그 아래 바닥에 웅크리고 있는 검은 물체도 보이나요?"

"아니요. 그런 건 없어…… 아, 아니에요! 뭔가가 있어요. 작은 문에서 조금 떨어져 있는 바닥에 무언가가…… 뭐지? 사람? 맞아요! 사람이에요. 바닥에 쪼그려 앉아 있는 여자!"

시우는 보다 명확하고 구체적인 기억을 재생시키기 위해 좀 더 자세하게 물었다.

"그 여자가 바닥에서 뭘 하고 있죠?"

"……소변을 보고 있는 것 같아요."

"그 여자와 눈이 마주쳤습니까?"

"모르겠어요."

"좀 더 집중해 봐요. ……이젠 여자의 얼굴이 보입니까?"

민수는 시우의 질문에 따라 여자의 얼굴을 보기 위해 안간힘을 썼다. 그러기를 한참. 민수가 헉, 하며 단숨을 몰아쉬었다.

"그 여자예요!"

"누구요?"

"아까 내가 도와줬던 술 취한 중년의 매춘부……."

"확실합니까?"

"네…… 네! 확실해요! 그 여자가 깜짝 놀란 얼굴로 나를 올려다보고 있어요."

시우는 고개를 끄덕였다. 자신의 질문에 따라 기억을 되살리려 안간힘을 쓰는 민수를 격려하는 말도 잊지 않았다.

"잘하고 있어요. 그럼 다시 골목 안으로 들어가 보죠. 차민수 씨는 거친 숨을 몰아쉬며 정신없이 어둡고 좁은 골목 안으로 뛰어 들어갑니다. 뒤쫓던 차에 겨우 다다랐습니다. 그런데 지금까지 당신을 약 올리며 출발과 정차를 반복하던 차가 이번에는 어쩐 일인지 움직이지 않습니다. 그렇죠?"

"네, 움직이지 않아요."

"시동은 켜져 있나요?"

"네."

"차에 겨우 도착했습니다. 그제야 당신은 우측으로 꺾어진 또 다른 좁은 골목이 있다는 것을 발견했습니다. 그 순간 어떤 냄새를 맡았다고 했죠?"

"피 냄새…… 비릿한 피 냄새가 진동했어요."

"이제 안쪽 골목으로 들어가 보죠."

민수의 얼굴이 다시 새하얗게 질리며 숨이 가빠지기 시작했다. 시우는 예리한 눈빛으로 그런 민수의 안색을 살피며 질문을 이어 나갔다.

"무엇이 보이죠?"

"온몸을 검은색으로 뒤집어쓴 어떤 새끼의 뒷모습. 그 새끼가 어, 엄마를 계속 카, 칼로 찌르고 있어요."

"남자의 얼굴은 전혀 보이지 않나요?"

"네."

"차민수 씨, 숨을 크게 들이쉬고 그자의 뒷모습을 다시 한번 자세히 봐요. 검은색 일색인 그자의 머리, 어깨, 등 그리고 다리……. 그 사람이 뒤집어쓰고 있는 검은색은 무엇입니까?"

민수가 다시 한번 인상을 구기고 안간힘을 썼다.

"검은색 스, 스냅백, 검은색 점퍼, 짙은 색 바지……. 헉! 그러고 보니까 나랑 똑같아요. 쌍, 쌍둥이처럼……."

"옷만요?"

"아니요. 체격이나 키, 그런 것들이 다……."

"그렇군요. 그럼 당신이 골목 안으로 들어선 순간, 그자는 어떻게 반응했습니까?"

"엄마를 계속 찌르다가 흠칫 멈췄어요. 그리고 나를…… 살짝 돌아봤어요."

"그럼 그자의 옆얼굴이 보였겠군요. 보입니까?"

"아, 아니요. 아무것도 안 보여요. 너무 어두워요. 사방이 칠흑처럼 너무 어두워……."

민수가 머리를 감싸 쥐고 거친 숨을 몰아쉬었다.

"헉헉……."

"두 눈을 크게 뜨고 다시 똑바로 봐요. 당신을 돌아보는 검은색 스냅백 아래의 얼굴이 조금이라도 보이지 않았습니까?"

민수는 괴로운 듯 머리를 부여잡고 모르겠다는 말만 반복했다. 그러면서도 필사적으로 스냅백 아래의 범인 얼굴을 기억해 내고자 안간힘을 썼다.

칠흑 같은 어둠, 지독한 피비린내, 어둠 속에서 힘없이 흔들리고 있는 엄마의 창백한 얼굴, 공포에 물든 채 이미 생명이 모두 사라져 버린 눈동자, 소리 없는 비명을 내지르는 입 아래에서 빠르게 흔들리고 있는 검은색 어깨, 그 위로 보이는 얼굴……

마침내 짙은 어둠과 스냅백 창의 그림자 속에서 범인의 날렵한 턱이 서서히 보이기 시작했다. 그리고…… 입술…….

그 입술 끝은 귀 끝까지 닿을 만큼 길게 올라가 있었다.

웃음! 그것은 틀림없는 웃음이었다. 재미난 장난감을 가지고 노는 어린아이처럼 진정으로 즐거워하는 웃음. 그래서 더욱 소름 끼치는…….

민수의 전신이 뻣뻣하게 굳었다. 두 눈을 부릅뜬 민수의 얼굴이 허공으로 번쩍 들렸다.

"헉! 보…… 보여요. 그, 그자의 얼굴…….."

비록 어둠과 스냅백 창의 그림자에 가려 자세히 보이지는 않았지만 민수는 자신이 그자의 옆얼굴을 똑똑히 봤다는 것을 마침내 기억해 냈다.

"웃, 웃고 있었어요. 나를 돌아보면서…….."

"거의 다 왔어요. 차민수 씨, 그자의 얼굴에 좀 더 집중해 봐요. 웃는 모습 외에 더 기억나는 건 없습니까?"

"젊, 젊은…… 백, 백인 남자…….."

"이전에 본 적이 있는 얼굴인가요? 아니면 처음 보는 얼굴입니까."

"그, 그것까지는 잘 모르겠어요. 너무 어두워서, 스냅백 때문에…… 미안해요."

"미안해할 필요 없습니다. 당연한 겁니다. 골목은 어둡고 그자와의 거리는 가깝지도 않았으니까. 하지만 이내 가까워졌죠.

아까 그자가 엄마를 내팽개치듯 바닥에 버린 후 차민수 씨를 지나쳐 차로 달려갔다고 했죠?"

민수는 마른침을 꿀꺽, 삼켰다.

"네, 맞아요."

"그 부분을 집중해서 다시 천천히 기억해 보죠. 그자가 차민수 씨가 서 있는 방향으로 돌아선 시점부터."

"돌, 돌아서기 무섭게 내 쪽으로 달려왔어요. 그런데도 난 움직일 수가 없었어요. 바로 내 옆으로 지나가는데도 등, 등신처럼 몸이 완전히 굳어서……."

"자책하지 말아요. 그 상황에서는 누구라도 그랬을 겁니다. 극에 치달은 공포 앞에서 공황 발작이 일어나는 것은 지극히 정상적이고 당연한 일입니다."

"하지만 내가 손만 뻗으면 그놈을 잡을 수 있었는데……. 으으흑."

악다문 민수의 찢어진 입술에서 또다시 붉은 선혈이 흘러내렸다. 시우는 그가 더 이상 흥분하지 않도록 진정시켰다. 시우는 결코 서두르지 않았다. 민수의 거친 숨이 잦아들 때까지 그와 함께 호흡하며 기다려 주었다.

마침내 흥분했던 민수의 호흡이 점차 가라앉자, 시우는 차분하게 다시 시작했다.

"차민수 씨, 힘들겠지만 다시 시작하겠습니다. 거의 다 왔어요. 진정하고 빠르게 달려오는 그자의 얼굴에 집중해 주세요."

"하아…… 네."

"그자가 빠른 속도로 달려옵니다. 뭐가 보이죠?"

"빠르게 다가오는 검은색 점퍼…… 지퍼를 목 끝까지 올리고 있어요. 그리고 검은색 손."

"검은색 손이요?"

"네. ……장갑. 검은색 가죽 장갑을 끼고 있어요."

시우는 고개를 끄덕였다. 장갑을 끼고 있었으리라는 것은 예상했던 바였다. 그자의 손에는 어떠한 상처도 남아 있지 않았으니까.

"그리고요? 시선을 천천히 위로 올려볼까요?"

"아…… 녀석이 바로 한 걸음 앞으로 다가왔어요."

"스냅백 아래의 얼굴이 보입니까?"

"그게 잘……. 하아, 하아…… 아! 네, 보여요. 그 새끼 얼굴이 바로 내 눈앞에……!"

순간 부릅떠진 민수의 눈동자가 거세게 흔들렸다. 그러다 불시에 모든 움직임이 거짓말처럼 우뚝 멈췄다. 굳은 민수의 얼굴이 시우를 향해 뻣뻣하게 돌아갔다. 그는 마지막 힘을 쥐어짜듯 하얗게 질린 입술을 달싹였다.

"이, 이제 알겠어요. 내가 보, 본 적이 있는 얼굴이었어요."

"누구죠?"

보일 듯 말 듯한 마지막 기억을 떠올리기 위해서 민수는 이를 악물고 온 정신을 집중했다. 슬로우 비디오처럼 천천히 진행되던 기억들이 갑자기 빠르게 돌아가는 필름처럼 한데 뒤섞여 정신없이 돌아갔다.

@#$#*&*#$

엄마!

「저, 저기요. 그래요, 당신. 미안한데 이쪽으로 좀 가까이 와 줄
래요?」

@#$#*&*#$

「나, 나를 살리고 싶으면 따, 따라오래요. ……흐흐윽! 제발
나 좀 살려 줘요. 난 아직 죽고 싶지 않아. 뭐든 다 할 테니까 제
발…… 으악!」

부아앙!

「인사해요, 여기는 한국에서 온 차민수 씨. ……괜찮아요. 우리
한테는 아들처럼 한 가족이나 진배없는 사람이니까…….」

헉헉헉!

@#$#*&*#$

그러다가 녀석이 옆을 스쳐 가는 순간으로 기억이 다시 돌아
갔다. 당시의 장면들이 슬로우 비디오처럼 눈앞에서 천천히 돌
아갔다. 그러다 스냅백 창 아래로 보이는 녀석의 얼굴이 점점
더 크게 클로즈업되며 화면이 우뚝 정지했다.

이번에는 확실하게 보였다.

입가에 걸려 있는 소름 끼치는 미소, 광기 어린 눈동자…… 그
얼굴은 이전에 본 얼굴과는 완전히 다른 얼굴이었다. 하지만 그,
그건 틀림없이…….

@#$#*&*#$

「처음 뵙겠습니다. 차민수라고 합니다.」

「헨리 블레이크 팀장입니다.」

@#$#*&*#$

「반가워요. 나는 ㅊ……..」

순간, 민수의 입에서 목이 졸린 듯한 음성이 비명처럼 터져 나왔다.

"차, 찰리…… 세이린 요……원!"

순간 시우의 눈빛이 더없이 매섭게 번뜩였다. 그러나 그는 민수와 달리 조금도 놀라는 얼굴이 아니었다. 시우는 경악으로 물든 민수의 눈동자를 깊이 응시하며 다시 한번 침착하게 물었다.

"차지수 씨를 살해한 범인의 얼굴이 당신과 내 부모님이 롬폭에 오기 전에 버지니아에서 만났던 찰리 세이린 요원의 얼굴과 동일한 것이 맞습니까? 확실합니까?"

민수는 아무 말도 할 수 없었다. 지금 그가 할 수 있는 거라고는 미약하게나마 고개를 끄덕거리는 것뿐이었다. 시우도 그와 함께 고개를 끄덕여 주었다. 그리고 뻣뻣하게 굳어 부들부들 떨리는 민수의 어깨를 강하게 그러잡았다.

"됐어요. 잘했습니다, 차민수 씨. 이젠 그만해도 됩니다."

경악과 충격에 함몰된 민수는 벌어진 입을 다물지 못한 채 소리가 되지 못한 비명을 속으로 내질렀다.

어, 어떻게 그런 일이! 설마…… 이시우 당신은 알고 있었어? FBI인 찰리 세이린이 범인이라는 것을 당신은 예상하고 있었던 거야?

시우는 소리가 되어 나오지 못한 그의 물음에 기꺼이 답해 주었다.

"네. 하지만 나 역시 찰리 세이린을 의심하기 시작한 것은 얼마 되지 않았습니다."

시우가 찰리를 의심하기 시작한 것은 엠마 브라헤의 집에 처음 갔을 때였다. 찰리는 아무리 수사를 위해 방문한 적이 있었다고 해도 집 안을 돌아다니는 모습이 너무 편하고 자연스러워 보였다.

마치 자주 드나들었던 사람처럼, 마치 제집인 것처럼.

그리고 중정의 유리 돔 개폐를 눈을 반짝이면서까지 자랑하듯이 보여 주던 모습은 어이없을 만큼 노골적이기까지 했다.

사람의 입은 거짓말을 해도 몸에 배인 행동이나 눈동자는 거짓말을 하지 못한다.

그러나 거기에서도 가장 기본적인 의문은 뒤따른다.

도대체 왜? 어떻게?

찰리에 대한 시우의 의심은 그렇게 시작되었다. 하지만 그것만으로는 찰리를 제3의 인물이라고 의심할 수 없었다. 차지수를 살해한 범인일 거라고는 더더욱 생각할 수 없었다.

대신 시우는 그때부터 찰리를 유심히 지켜보았다. 호정과 함께 에페타팀에 처음 합류해서 찰리를 처음 봤던 순간부터 현재까지 이어진 그의 모든 모습과 행동들을 천천히 되짚어 보았다.

그러자 의미 없이 지나쳤거나 무시했던 사실들이 하나둘 튀어나와 시우의 신경을 건드렸다.

뉴저지 버겐 카운티 데마레스트 출생으로 현재 거주지 역시 뉴저지 버겐 카운티 클로스터라는 점.

대학도 뉴욕대학교 출신으로 뉴욕을 벗어난 적이 없었으며 뉴욕지부의 일반 수사부 요원이 된 후에도 마찬가지였다. 에페타 재수사팀에 지원해서 버지니아에 3개월 남짓 머문 것 외에 찰리는 뉴욕과 뉴저지 버겐 카운티를 거의 떠난 적이 없다고 봐도 무방할 터였다.

그나마도 시우가 숀쇼어 사쳄을 만나 다이아나와 엠마에 대한 과거 정보와 증거물을 확보했다는 보고가 본부에 전해진 직후 바로 뉴욕으로 되돌아가면서 끝났다.

물론 납득 가능한 명분은 있었다. 생전의 엠마 브라헤 행적과 더스틴 브라헤의 주변 조사를 지원하던 뉴욕지부의 수사 진행 상황이 지지부진했으니까. 그에 찰리는 버겐 카운티 출신이자 뉴욕지부 소속인 자신이 합류해서 결과를 내겠다며 갑자기 뉴욕행을 자청했었다.

그 시기가 공교로웠을 뿐.

그러나 찰리가 합류했음에도 시우와 호정이 뉴욕지부에 합류하기 전까지 엠마 브라헤의 행적과 더스틴 브라헤의 주변 조사는 계속 지지부진했었다.

물론 그것을 찰리의 고의라고 의심하기에는 다소 문제가 있었다. 뉴욕지부의 지원 수사는 찰리가 혼자 뉴욕지부에 합류하기 전부터 계속 지지부진했다. 때문에 그 원인을 지휘권은 고사하고 고작 신입 요원에 불과한 찰리에게서 찾는다는 것은 과도한 의심일 터였다. 하여 시우는 조용히 그를 지켜보기만 했다.

그러다 마침내 오늘, 다이아나가 남긴 암호문을 통해 찰리가 바로 제3의 인물이라는 것을 확신하게 되었다. 암호문이 발견되고 루거 9mm가 발견되었을 때 찰리의 모습은 놀랐다기보다 당황한 모습에 가까웠다.

실수인 척 루거 9mm를 맨손으로 잡은 것은 그의 명백한 실수였다. 요원으로서의 실수가 아닌, 지난 15년간 유령처럼 어떠한 흔적도 남기지 않고 살인만을 즐기던 찰스 게니우스로서의 실수.

그만큼 충격이 컸다는 의미였으리라.

다이아나의 암호문이 해독된 순간, 시우는 찰리의 눈에서 격렬한 분노가 폭발하는 것을 똑똑히 목도했다. 그는 긴 암호문이 해독되는 동안 입을 꾹 다문 채 단 한마디도 하지 않았다.

그럼에도 시우가 그 자리에서 찰리의 정체를 밝히지 않은 이유는 단 하나.

그의 확신은 모두 추론에 기반한 것일 뿐, 그것을 입증할 만한 증거가 아직 하나도 없기 때문이었다. FBI 요원인 그를 확실히 잡기 위해선 확실한 단서와 물증이 필요했다.

헨리에게 일러 준 찰스 게니우스에 대한 축약된 조사 범위는 모두 찰리를 겨냥한 것이었다. 따라서 곧 시우의 추론을 뒷받침할 만한 단서와 물증이 확보될 터였다.

또한 그것은 일종의 덫이기도 했다.

자신을 배신한 다이아나에 대한 분노와 수사망이 좁혀 오는 것에 대한 초조함이 극에 달한 찰리가 스스로 정체를 드러낼 수밖에 없도록 만든 덫.

그런데 오늘 밤, 차지수 사건을 조사한 부모님 덕분에 그녀를 살해한 진범이 찰리 세이린이었다는 놀라운 사실까지 밝혀졌다.

사실 시우로서도 거기까지는 추론하지 못했었다. 솔직히 말하면, 아주 잠깐 충격을 받기도 했었다.

그러나 이내 그는 짜릿한 희열을 느꼈다. 찰스 게니우스이자 후커헌터이며 차지수 사건의 진범인 찰리 세이린을 잡기 위한 가장 확실한 증인이 이미 자신 옆에 있다는 사실을 깨달았기 때문이었다.

바로 차민수. 찰리 세이린의 실체를 본 유일한 목격자.

시우는 아직도 충격에서 헤어 나오지 못하고 있는 그를 안심시켰다. 그리고 서둘러 휴대폰을 꺼냈다.

이젠 더 이상 기다릴 필요가 없어. 지금 당장 찰리 세이린을 검거해야 돼.

그러자면 국장에게 가장 먼저 이 사실을 알리는 것이 순서였다. 유일한 목격자인 민수의 증언이 있는 이상, 아무리 찰리 세이린이 동료 FBI라고 할지라도 국장이든 누구든 그를 체포하는 것에 이의를 제기하지 못할 것이다.

시우가 국장의 번호를 찾아 통화 버튼을 막 누르려던 참이었다.

Rrrr. Rrrr.

벨이 먼저 울렸다. 정우에게 걸려 온 전화였다. 시우는 얼른 통화 버튼을 밀었다.

"네, 어머니. 어머니 덕분에 오늘 밤 범인을 검⋯⋯."

―시우야!

시우의 말이 끝나기도 전에 정우의 다급한 외침이 전화 너머에서 터져 나왔다.

왜였을까.

원인 모를 불길한 기운이 시우의 등골을 빠르게 스쳐 갔다. 일순 무심하도록 무표정했던 그의 얼굴에 싸늘한 긴장감이 어렸다.

"무슨, 일입니까?"

—아무래도 호정이한테 무슨 일이 생긴 것 같아!

시우의 눈이 부릅떠졌다.

—호정이가 아까부터 전화를 안 받았어. 피곤해서 일찍 잠자리에 들었나 보다 싶었어. 그런데 아무래도 이상해서 객실 벨을 눌렀는데도 계속 기척이 없지 뭐니. 혹시 또 발작이 도져서 혼절한 건가 싶어서 지배인한테 부탁해서 마스터키로 열고 방에 들어갔는데…….

천하의 정우도 딸 같은 아이에게 무슨 일이 생긴 것을 받아들이기 어려웠는지 잠시 말을 멈추고 크게 심호흡을 한 뒤에야 간신히 말을 마칠 수 있었다.

—방이 텅 비어 있었어. 휴대폰도, 지갑도 다 그대로 있는데. 심지어 작업 중이던 노트북도 그냥 다 켜져 있는데 호정이만 없었어.

정우와 시현은 불길한 느낌에 호텔 내부 CCTV도 막 확인해 본 참이었다. CCTV에는 절룩거리는 호정이 외투를 걸치며 급하게 로비를 가로지르는 장면이 찍혀 있었다.

그것이 약 두 시간 전에 촬영된 장면이었다. 그 후로 호정이 돌아오는 장면은 호텔 내 어느 CCTV에도 찍혀 있지 않았다.

그리고 호정은 아직까지 돌아오지 않고 있었다.

─밤 10시가 넘은 시간에 호정이가 작업하다 말고 급하게 나갈 이유가 뭐가 있었을까. 지갑도, 휴대폰도 없이⋯⋯. 그리고 나간 지 두 시간이 지난 지금까지 돌아오지 않고 있다는 건⋯⋯. 시우야, 호정이한테 무슨 일이 생긴 게 틀림없어!

허공을 향해 부릅떠진 시우의 눈동자가 두려움에 물들어 거세게 요동쳤다.

설마⋯⋯ 찰리 세이린이?

그의 손이 부들부들 떨리기 시작했다. 순간적으로 무감각해진 손에서 휴대폰이 바닥으로 툭 떨어졌다.

누나!

12장

죽은 듯이 미동 하나 없던 호정의 미간이 꿈틀 움직였다. 힘없이 감겨 있는 속눈썹이 파르르 떨렸다. 맥없이 벌어져 있는 입술 사이로 옅은 신음이 흘러나왔다.

"으……."

무(無)의 심연 속 밑바닥에 가라앉아 있던 의식이 서서히 깨어나려는 순간, 불에 달군 쇠꼬챙이로 뇌를 쑤셔 대는 것 같은 날카로운 통증이 머리를 관통했다.

"윽!"

단말마와 같은 비명이 터져 나왔다. 동시에 내장이 뒤틀리는 듯한 강한 토기가 엄습했다.

"우욱!"

호정은 본능적으로 상체를 앞으로 숙였지만 뜻대로 되지 않았다. 그녀가 앞으로 꼬꾸라질 듯 헛구역질을 할 때마다 머리

위에서 철컹거리는 쇠붙이 소리가 울리며 무언가가 양팔을 위로 잡아챘다. 그때마다 마비된 팔을 통해 둔탁한 통증이 어깨와 척추를 강타했다.

그럼에도 구역질은 멈춰지지 않았다. 속이 타는 듯한 메스꺼움에 호정은 신물밖에 나오지 않는 헛구역질을 쉴 없이 반복했다.

"우욱, 우욱!"

축축하게 젖은 머리카락이 폭포처럼 앞으로 쏟아지며 땀에 젖은 창백한 얼굴에 달라붙었다. 끈적거리는 타액과 함께 흘러나온 위액은 그녀의 턱을 타고 바닥으로 길게 이어져 뚝뚝 떨어졌다.

발작처럼 인 구역질은 한참 동안 이어지다가 점차 잦아들었다.

"으으…… 헉…… 헉……."

절로 가쁜 숨이 신음처럼 터져 나왔다. 호정은 무의식적으로 더러워진 입가를 닦으려고 했다.

철컹!

"으윽……."

그러나 이번에도 마찬가지였다. 소름 끼치는 쇠붙이 소리, 어깨와 척추를 강타하는 둔탁한 통증만이 되돌아올 뿐이었다.

쏟아질 듯 아래로 푹 꺾여 있던 호정이 가까스로 얼굴을 천천히 들어 올렸다. 땀과 눈물로 흠뻑 젖은 무거운 눈꺼풀을 힘겹게 들어 위를 올려다보았다.

처음에는 사방이 온통 수증기로 가득 찬 듯 뿌옇기만 해서 아무엇도 보이지 않았다. 호정은 몇 번이고 힘겹게 눈을 깜박였다. 그제야 흐릿하던 시야에 형체들이 어렴풋이 잡히기 시작했다. 초점이 점점 하나로 모아지며 또렷해졌다.

"헉!"

그녀의 입에서 목이 졸린 듯한 신음이 터져 나왔다. 부릅떠진 눈동자가 겁에 질려 거세게 흔들렸다.

그녀의 양 손목이 넓고 두꺼운 강철 족쇄에 단단히 결박당한 채 천장에서 내려온 굵은 쇠사슬에 매달려 있었다. 얼마나 오래 매달려 있었던 걸까. 족쇄에 조여 있는 살갗은 이미 여기저기 찢어져 벌건 속살을 드러내고 있었다.

찢어진 속살에서 터진 붉은 선혈이 더러워진 흰색 반팔 티 소매 위로 드러난 새하얀 팔뚝을 타고 주르륵 흘러내렸다.

호정은 제 눈으로 보고 있으면서도 도저히 믿을 수 없었다.

자신이 왜, 어떻게 이런 곳에 와 있는 것인지. 왜 차가운 바닥에 반쯤 무릎을 꿇고 쇠사슬에 매달려 있는 것인지. 대체 여기가 어디인지! 누가, 무슨 이유로 자신을 끌고 와서 이런 꼴로……!

이런 꼴……?

순간 그녀의 뇌리로 끔찍한 단어가 빠르게 스쳐 지나갔다.

납……치!

그 단어를 떠올린 순간, 온몸이 발작적으로 연쇄 반응을 일으키며 뻣뻣하게 굳어 버리더니 사지가 제멋대로 경련을 일으켰다. 그녀의 굳은 몸이 앞뒤로 파들파들 거세게 흔들릴 때마다 쇠사슬이 철컹철컹 비웃듯이 요란한 소리를 냈다.

간신히 되찾은 의식이 다시 까무룩 넘어가려고 했다. 부릅떠진 눈에 눈동자가 뒤로 돌아가며 허연 뱃가죽을 드러내고 죽은 짐승의 사체처럼 흰자위를 드러냈다.

그러나 한껏 벌어진 입에선 신음 한 톨 새어 나오지 않았다. 저 깊은 속, 그녀의 내면 밑바닥에서만 새된 비명이 끊임없이 터져 나올 뿐이었다.

그 속에는 어린아이의 비명 소리도 이따금 뒤섞여 있었다. 누구의 비명인지는 알 수 없었다. 어디서 들려오는 건지도 알 수 없었다. 간간이 들려오다 이명처럼 멀어지고, 또 완전히 사라졌다가 한 명이 아닌 여러 아이의 비명 소리로 뒤섞여 버리곤 했다.

"호정아……."

그중에는 그녀를 부르는 앳된 여자아이의 목소리도 있었다. 누구일까. 알 수 없었다. 처음 들어 보는 목소리였다. 그런데도…… 왠지 안심이 되는 목소리.

아이가 울며 속삭였다.

"호정아……."
"괜찮아. 울지 마. 언니가 미, 미안해. 내가 괜히…… 엉엉."

순간, 파들거리는 그녀의 얼굴이 뒤로 휙 젖혀졌다가 이내 앞으로 푹 떨어졌다.

다시 기절한 듯 호정은 한동안 꼼짝도 하지 않았다. 시체처럼 핏기 하나 없이 창백해진 얼굴은 머리카락에 뒤덮여 거의 보이지도 않았다. 그나마 보이는 것은 타액과 위액이 뒤섞인 허연 토사물 흔적이 남아 있는 턱뿐.

텅 빈 잿빛 공간에는 한동안 숨 막히는 정적만이 흘렀다.

잠시 후, 허옇게 인 턱으로 붉은 선혈 한 줄기가 주르륵 흘러내렸다.

그제야 뻣뻣하게 굳어 있던 상체가 꿈틀거리나 싶더니 호정의 입에서 멈췄던 숨이 옅게나마 흘러나왔다.

"하아, 하아…… 시, 시우…… 하아."

그 사이로 시우의 이름이 신음처럼 불분명하게 흘러나왔다. 옅은 호흡에 얼굴을 뒤덮은 머리카락이 미세하게 들썩였다.

머리카락이 들썩이며 그 사이로 감춰져 있던 그녀의 창백한 얼굴이 조금씩 드러났다. 호정의 눈은 질끈 감겨 있었다. 아니, 감겨 있는 것 같았으나 아니었다. 미세한 움직임이었으나 눈두덩 밑에 달려 있는 속눈썹은 틀림없이 한두 번씩 느리게 깜박이고 있었다.

그 속눈썹에 반 이상 가리어져 있는 검은색 눈동자는 놀랍게도 더 이상 흔들리지 않았다. 검은색 눈동자는 무언가를 집요하게 응시하고 있었다.

그 시선 끝에 닿은 것은 목에 걸려 있는 향옥 펜던트.

목이 앞으로 꺾이며 의식이 까무룩 넘어가려는 순간, 호정은 가슴팍에서 밀려오는 달콤한 초콜릿 향을 맡았다. 2년 전부터 그녀의 일부가 되어 버린 향이었다.

"와, 예쁘다. 어머, 돌에서 진짜 초콜릿 냄새가 나네? 신기해."

"예뻐? 그럼 누나 가져. 난 필요 없으니까."

"정말? 에이, 그래도 그건 아니지. 선물 받은 거잖아. 그리고 이거 엄청 비싼 거 같은데……."

"싫으면 버리든가."

그녀를 위해 특별히 준비한 선물이면서 일부러 귀찮다는 듯 툭 던져 버리고 갔던 시우의 첫 번째 선물.

그래 놓고 시우는 그녀가 몇 시간 전에 잠시 머물렀던 장소에서 향기만으로 호정의 존재를 알아챌 만큼 체향과 뒤섞인 향옥 향기를 제 모든 감각 깊숙이 각인해 두었다.

"빼지 마."

"누나하고 잘 어울려. 그래서 줬던 거고. 누나가 걸고 있으면 괜찮아."

"누나의 체향과 섞여서 이젠 단 향도 많이 나지 않거든. 완전히 달라졌어, 향 자체가. 그래서 바로 알 수 있었어. ……누나가 돌아왔다는 거."

숀쇼어 사쳄의 동굴에서도 그녀의 일부가 되어 버린 달콤한 향기로 그녀를 찾았다고 했었다.

향옥 펜던트는 이제 단순한 목걸이가 아니었다. 시우에겐 호정을, 호정에겐 시우를 의미하는 소중하고 특별한 징표였다.

그 특별한 향기가, 그 소중한 의미가, 아니 시우가 혼절하려
는 그녀의 의식을 다시 흔들고 깨워 잡아 주었다.

"주호정, 정신 차리고 내 눈을 똑바로 봐."

"눈 감지 마."

"그래, 그렇게 잡는 거야."

"절대로 놓지 마. 난 무슨 일이 있어도 절대 안 놓을 거니까."

"울지 마, 누나. 누나는 이제 안전해."

"나 용기 내 볼게. 이겨 내 볼게. 준비……됐어."

"하아, 하아……."

시우에게 약속했었다. 그리고 스스로도 다짐했다. 용기 내어
보겠다고, 이겨 내 보겠다고……. 호정은 의식이 거센 소용돌이
에 빨려 들어가기 직전, 마지막 힘을 그러모아 입안의 여린 속
살을 으득, 깨물었다.

한 번이 안 되면, 두 번, 세 번…… 트라우마라는 공포의 괴물
에게 지지 않기 위해서 수없이 여린 속살을 깨물었다.

처음에는 아픔도, 비릿한 피 맛도 느껴지지 않았다. 그러다
어느 한 순간부터 쓰라린 통증과 피 맛이 느껴졌다. 누군지 알
수 없었던 여자아이들의 목소리도, 울음도, 비명도 모두 사라졌
다. 그제야 막혔던 숨이 내쉬어졌다.

그 순간부터 호정은 녹황색의 향옥 펜던트에서 시선을 떼지
않았다. 집요하리만치 필사적으로 펜던트를 내려다보며 속으로
는 계속 같은 말만 반복적으로 되뇌었다.

시우야…… 나, 이거 낼 거야. ……너하고 한 약속 꼭 지킬 거야. 이젠 더 이상 안 질게, 약속해.

"하아, 하아."

가쁜 숨은 여전히 쉴 새 없이 터져 나왔지만 그녀의 눈동자는 더 이상 흔들리지 않았다. 호정은 용기를 내어 고개를 들었다. 두려움을 참고 천천히 주변을 둘러보았다.

가장 먼저 눈에 들어온 건 열 걸음 정도 떨어진 지점에 매달려 있는 작은 백열등 전구였다. 낮은 조도의 연노란 불빛은 모든 어둠을 몰아내기에는 역부족이라는 듯 제 주변의 어둠만 간신히 밀어내고 있었다. 그러나 호정에게는 그나마 불빛이라도 있어 다행이었다.

호정의 눈동자가 불빛을 지나 우측으로 천천히 이동했다. 그러나 얼마 가지 못한 채 커다래진 눈동자는 부리나케 제자리로 돌아와야만 했다. 옅어진 불빛 저 너머는 온통 칠흑 같은 어둠뿐이었다. 전후좌우를 돌아봐도 마찬가지였다.

결국 호정은 주변을 살펴보는 일을 포기했다. 아무리 용기를 내어 눈을 부릅뜨고 둘러봐도 보이는 거라고는 괴괴한 어둠뿐. 아무것도 보이지 않았다.

그녀가 알 수 있는 거라곤 이 시커먼 공간에서 옅게나마 불이 켜져 있는 곳은 오직 자신 주변뿐이라는 것, 그리고 이곳이 어디인지는 알 수 없으나 쇠사슬 소리가 크게 울릴 만큼 넓은 지하일 거라는 점이었다. 지하실 특유의 습하고 퀴퀴한 냄새가 사방에서 진동하고 있었다.

여긴 어디일까. 누가 왜, 무슨 이유로 나를 이런 곳에 매달아 놓은 걸까. 대체 언제부터, 어떻게……!

생각할수록 밀려오는 공포에 질식할 것 같았다. 하지만 호정은 악착같이 이를 악물고 눈앞의 불빛을 노려보았다.

우선 의식을 잃기 전의 상황을 기억해 내야 돼!

그러나 쉽지 않았다. 무언가를 떠올리려고 할수록 두개골이 부서지는 듯한 날카로운 통증이 일었다. 속이 다시 매스꺼워지며 간신히 멈췄던 구역질이 다시금 시작되려고 했다.

그럼에도 호정은 필사적으로 뒤죽박죽 엉망이 되어 버린 머릿속 기억 저장고를 뒤졌다. 그렇게 미친 듯이 고통을 참고 생각하기를 한참, 불현듯 그녀의 눈이 부릅떠졌다.

의식을 잃기 전 상황들이 거짓말처럼 불쑥 튀어 올라 주마등처럼 눈앞을 빠르게 스쳐 지나갔다.

시우가 정우의 전화를 받고 급하게 나간 뒤, 호정은 그와 약속한 대로 객실에서 꼼짝도 하지 않았다. 그가 돌아오기만을 기다리며 오후에 있었던 일들을 빠짐없이 워드로 정리했다.

그녀가 발견한 그림 속의 암호를 단서로 시우가 침대의 비밀 서랍을 발견한 일부터 그 안에 고이 잠자고 있던 다이아나의 암호문과 사진들. 그리고 30년 만에 드디어 모습을 드러낸 에페타 킬러의 총기인 루거 9mm. 충격적이었던 암호문의 내용들. 찰스 게니우스라는 제3의 인물에 대한 단서들까지.

정리할 것들이 너무 많았다. 1차 정리가 끝나갈 무렵 전화 한 통이 걸려 왔다.

발신자는 찰리 세이린 요원이었다.

호정은 전화를 받기 전에 시간을 확인하고 고개를 갸웃거렸다. 밤 10시가 조금 넘은 시간인데 왜 이 사람이 나한테 전화를 했을까.

전화를 받자 찰리는 안도의 한숨부터 내쉬었다.

—후우. 호정 씨도 전화 안 받으면 어쩌나 걱정했는데 다행히 받네요. 호정 씨, 나 찰리 세이린입니다.

찰리는 아무리 전화를 해도 시우가 안 받는다면서 그녀한테 전화했다고 했다. 그러면서 혹시 그와 같이 있으면 바꿔 달라고 했다.

시우가 전화를 안 받아? 호정은 의아했지만 부모님과 꽤 심각한 얘기를 하는 모양이라고 나름 추측했다. 그래서 시우는 잠깐 외출했다고, 무슨 일이냐고 물었다.

—아, 그래요. 난 당연히 둘이 같이 있을 줄 알았는데. 미리 연락해 보고 올걸 잘못했네. 멀리 간 건 아니죠? 금방 돌아오죠?

「글쎄요, 그건 저도 잘 모르겠어요. 그런데 혹시 지금 호텔 앞에 와 계신 거예요?」

—네. 알파인 사립 고등학교 자료가 생각보다 빨리 왔거든요. 헨리 팀장이 박사한테 빨리 갖다 주라고 해서 서둘러 온 건데, 낭패네요. 출력물로 검토하는 게 더 빠르다는 박사 스타일을 생각해서 일부러 출력까지 해 가지고 왔는데.

「어머, 진짜 생각보다 빨리 왔네요. 그럼 제가 지금 내려갈게요. 저한테 주세요. 이 박사 오는 대로 전해 줄게요.」

—그럴래요? 그럼 나야 고맙죠. 그럼 호정 씨, 나 호텔 정문에서 우측 골목에 있는 어, 이름이…… '델라 카페'네요. 거기 있을 테니까 그리로 와요. 내가 커피 한 잔 살게요.

호정은 급하게 작업 중이던 파일을 저장하고 외투만 든 채 서둘러 객실을 나갔다. 외투를 걸치며 호텔 밖으로 나간 그녀는 델라 카페를 찾아 우측 골목으로 들어갔다.

그런데 골목 안의 가게들은 모두 불이 꺼져 있는 상태였다. 이상했다. 방금 전 찰리는 분명 영업 중인 카페를 눈앞에서 보고 있는 것처럼 '거기'라고 말했었다. 그새 영업이 끝났을 리는 없을 텐데, 의아했다.

여기가 아니고 반대쪽 골목인가? 싶어서 호정은 서둘러 돌아 나가려고 했다.

그때였다.

누군가 등 뒤로 바짝 다가서는 느낌이 들었다. 흠칫했다. 그러나 돌아볼 생각은 들지 않았다. 빨리 골목에서 벗어나고 싶어 호정은 그대로 앞으로 내달리려고 했다.

그러나 한 걸음을 내딛기도 전에 뒤에서 뻗어 나온 우악스런 무언가에 입이 틀어 막혔다.

그러고는…….

완벽한 암전.

그 이상은 아무것도 기억나지 않는다. 블랙아웃이라도 된 것처럼 의식의 흐름 자체가 완전히 끊어져 버렸다. 그러나 마지막으로 맡았던 냄새는 확실하게 기억난다.

알싸하면서도 달콤했던 향기.

혹시 클로로포름?

그렇다면 누군가 계획적으로 그녀를 마취시킨 후 이곳으로 끌고 왔다는 얘기일 터.

내가 그 시간에, 그 골목에 나타날지 어떻게 알고…….

헉, 있다! 그 시간에, 그 골목에 나타날지 알고 있었던 사람. 바로 자신을 그곳으로 불러낸 사람.

"찰리 세이린!"

그런데 대체 왜?

부릅떠진 호정의 눈동자가 혼란으로 가득 차 파르르 떨렸다.

그때였다.

「나 불렀어요?」

문 열리는 소리는 나지도 않았건만, 정면의 불빛 너머 어둠 속에서 다정하게까지 느껴지는 찰리의 음성이 부드럽게 흘러나왔다.

헉!

경악한 호정의 심장은 그대로 멈춰 버렸다. 온몸에 소름이 돋고 공포의 전율이 삽시간에 전신을 내달렸다. 간신히 부여잡은 의식이 기겁해서 저 멀리 달아나려고 했다.

「불렀으면 말을 해야지, 표정이 왜 그래요? 내가 너무 놀라게 했나?」

어둠 속의 찰리는 후후, 작게 웃기까지 했다.

철……킹, 철컹. 철컹.

딱딱하게 굳은 호정의 전신이 후드득 떨리며 경련을 일으켰다. 그때마다 머리 위의 쇠사슬이 불길하게 울어 댔다.

친절하고 다정해서 더욱 소름 끼치는 찰리의 음성은 어둠 속에서 계속 흘러나왔다.

「쯧, 그렇게 떨면 손목이 더 아플 텐데. 저 봐, 피가 더 나잖아요. 호정 씨 피부는 되게 얇고 약한가 봐요. 오래 매달아 놓지도 않았는데 벌써 저렇게 까진 걸 보면. 남들이 보면 내가 며칠은 매달아 놓은 줄 알겠네. 다른 사람들은 3, 4일쯤 지나야 그렇게 되거든요.」

「대, 대체…….」

형편없이 갈라진 음성이 부들부들 떨리는 잇새를 비집고 간신히 흘러나왔다.

「왜 그렇게 떨어요. 무슨 말을 하는지 하나도 모르겠어요. 추워서 그래요?」

「대체…….」

「대체 뭐요? 아, 내가 언제부터 여기 있었던 거냐고요? 음, 아까부터요. 주호정 씨가 깨어나는 모습은 어떤가, 되게 궁금했거든요.」

그럼 처음부터 다 지켜보고 있었다는 거야?

호정의 숨이 다시 한번 턱 막혔다. 온몸을 내달린 공포의 전율이 그녀의 목을 조이며 들러붙었다. 숨이 쉬어지지 않았다. 숨통을 틀어막은 공포에서 벗어나기 위해 호정은 고개를 세차게 가로저으며 버둥거렸다.

「그게 아니에요? 그럼…… 아, 호정 씨를 왜 여기로 끌고 왔느냐고요? 에이, 그거야 당연하죠. 호정 씨가 멋대로 설치고 다닌 바람에 내 입장이 엄청 난처해졌잖아요. 그래서 아까 엠마의 집에선 화가 진짜 많이 났었어요. 그 자리에서 목을 그냥 확 따 버리고 싶었을 정도로. 후후.」

엠마의 집? 내가 멋대로 설치고 다녀서 입장이 난처해졌어? 빠르게 움직이던 호정의 눈동자가 이내 경악에 물들어 부릅떠졌다.

「그, 그럼 찰스 게니우스가 바로 차, 찰리 세이린, 당신이었어?」

「어? 진짜 몰랐던 모양이네. 이시우는 오늘 다 알아챈 것 같던데, 왜 말을 안 했지? 난 둘이 뭐든지 다 말하는 사이인 줄 알았는데. 아, 맞다. 하고 싶어도 말할 시간이 없긴 했겠다. 호텔에 도착하자마자 이시우가 바로 다시 나갔으니까.」

그, 그럼 그때부터 계속 지켜보고 있었던 거야? 우리를 미행한 거야? 아니, 그보다 시우는 찰리 세이린이 찰스 게니우스라는 것을 알아챘을 거라는 건 또 무슨 소리일까.

순간 그녀의 뇌리에 호텔에 도착하자마자 시우가 긴히 할 말이 있다고 했던 것이 떠올랐다. 그러나 하필 그때 급히 와 달라는 정우의 전화가 걸려 왔었다.

"누나, 있잖아······."

시우는 할 말이 남은 듯 불러 놓고는 잠시 아무 말도 하지 않았다. 그러나 이내 옅게 미소 지으며 가벼운 어투로 말했다.

"아니야. 금방 갔다 올 테니까 방에 꼼짝 말고 있어. 알았지?"

……아, 그래서 그랬던 거였구나. 아마 그때 시우가 하려던 말은 십중팔구 찰리 세이린에 대한 얘기였을 것이다.

그럼 정우의 전화가 조금만 늦게 걸려 왔다면 어땠을까. 아니, 그 전에 자신이 시우의 생각을 조금이라도 빨리 눈치챘어야만 했다. 그랬다면 자료 핑계를 댄 찰리의 거짓말에 속아 여기까지 끌려오는 일은 없었을 것이다.

호정은 묘하게 어긋난 상황이, 자신의 아둔함이 원망스러웠다.

경악에 찬 그녀의 표정만 보고 호정의 속내를 제멋대로 지레짐작한 찰리가 키득거렸다.

「말했잖아요. 아깐 화가 진짜 엄청 많이 났었다고. 그래서 바로 뒤쫓아 갔죠. 호정 씨도 호정 씨지만, 이시우까지 오늘 중으로 처리하지 않으면 도저히 발 뻗고 못 잘 것 같았거든요.」

그런데 호텔에 들어간 지 얼마 되지 않아 시우 혼자 차 끌고 나가는 것을 보고 찰리는 계획을 바로 수정했다고 했다.

「생각해 보니까 이게 더 훨씬 재미있을 것 같더라고요.」

그제야 찰리가 어둠 속에서 천천히 걸어 나왔다. 찰리는 오늘 오후에 봤던 깔끔한 슈트 복장 그대로였다. 단정하면서도 세련된 헤어스타일, 사람 좋아 보이는 서글서글한 미소, 모두 그대로였다.

가까이 다가온 찰리는 바닥에 반쯤 무릎을 꿇고 매달려 있는 그녀의 눈높이에 맞춰 자세를 낮췄다. 고개를 갸웃 기울인 그는 경악과 공포, 분노에 물들어 부릅떠져 있는 호정과 부드럽게 시선을 맞추고 빙긋 미소 지었다.

「그리고 실은 버지니아에서 호정 씨를 처음 봤을 때부터 이러고 싶었어요.」

작게 속삭인 찰리는 위로 번쩍 올려져 있는 호정의 팔뚝 안쪽을 손등으로 부드럽게 어루만졌다. 손등이 지나간 자리에 코끝이 닿았다. 찰리는 두 눈을 지그시 감고 그녀의 살냄새를 몇 번이나 맡았다.

「바로 이 향기 때문에. 으음, 달콤해.」

그는 황홀한 듯 미소까지 지었다.

「화장품이나 향수 냄새는 아닌데, 어떻게 사람한테서 이런 달콤한 초콜릿 향기가 날까, 너무 신기했어요.」

호정의 달콤한 체취에 취한 듯 중얼거리는 찰리의 얼굴이 팔뚝을 거쳐 호정의 얼굴, 목까지 천천히 내려왔다.

경악한 호정은 비명을 지르며 저리 가라고 소리치고 싶었다. 족쇄에 살갗이 다 까져 뼈가 드러나든 말든 필사적으로 찰리를 밀어내고 도망치고 싶었다.

그런데 꼼짝할 수가 없었다. 삽시간에 전신이 더욱 딱딱하게 경직됐다. 비명을 지르기 위해 한껏 벌어진 입술에선 밭은 숨조차 새어 나오지 않았다.

호정의 달콤한 체향에 취한 찰리는 계속 낮게 중얼중얼 속삭였다.

「그래서 너를 이곳에 데리고 와서 이 달콤한 피부를 한 겹, 한 겹 벗겨 내는 상상을 매일, 매 순간 했어. 널 볼 때마다, 네

체향에 취할 때마다……. 벗겨 낸 피부를 꽃으로 만들어 다이아 나한테 선물로 줄까, 아님 옷을 만들어 줄까. 후후. 상상하는 것만으로도 즐거워서 밤을 꼴딱 샌 적도 있었어.」

「이, 이…….」

호정은 필사적으로 있는 힘을 모두 끌어모아 간신히 입술을 달싹였다.

「미, 미친 사이코…….」

「그런데 가끔 이런 걱정이 들기도 했어. 피부를 벗겨 내면 더이상 향기가 안 나는 거 아닐까. 그럼 힘들게 벗겨 낼 필요가 없잖아, 그런 걱정 말이야. 넌 잘 모르겠지만, 피부를 흠 하나 없이 깨끗하게 벗겨 내려면 고도의 집중력과 기술, 노력, 시간 등이 필요하거든. 이젠 예전만큼 노력한 것에 비해서 재미도 별로고 말이야.」

「저, 저리 가…….」

「그래서 살려 둔 채로 장식품을 만들어야 되나? 싶기도 했지. 보지도, 말하지도 못하게 해서 팔다리만 잘라 버리면 가능하거든. 아무르 반신상처럼. 너도 알지? 아무르 반신상 꽤 근사한 거. 다행히 넌 얼굴도 예쁘고 몸매도 이 정도면 훌륭하니까, 그렇게 해 놓으면 꽤 괜찮겠다 싶더라고. 그럼 달콤한 초콜릿 향기 나는 반신상이 탄생하는 거잖아. 어때, 네가 생각에도 꽤 근사할 것 같지 않아?」

호정은 속으로 미친 듯이 비명을 내질렀다.

아악! 미친 새끼! 저리 가, 제발 나한테서 떨어져!

그러나 호정은 이를 악물고 비명을 삼켰다. 자신이 공포에 휩싸여 비명을 지르길 기대하고 일부러 상상조차 하기 힘든 끔찍한 말을 해대는 것이라 여겼기 때문이었다.

일부러 더 저러는 거야. 저런 놈들은 상대가 겁에 질려 비명을 지를 때 희열을 느끼는 미친 족속들이니까.

그래서 호정은 더욱 악착같이 비명을 참았다.

절대로 네놈이 원하는 대로 되지 않을 거야.

과거의 트라우마보다, 납치와 죽음의 공포보다 더욱 두렵고 끔찍한 찰리 세이린이라는 공포 앞에서 호정은 조금씩이나마 단단해지고 있었다.

찰리의 얼굴은 어느새 그녀의 가슴 부근까지 내려가 있었다.

「그런데…….」

일부러 뒷말을 길게 늘인 찰리가 시선만 들어 호정을 쳐다봤다. 그의 입술 꼬리가 즐거운 듯 씨익, 말려 올라갔다.

「이제 보니 그런 수고를 굳이 할 필요가 없겠어.」

찰리의 갈색 눈동자가 번뜩인다 싶더니 향옥 펜던트를 움켜잡았다.

탁!

"윽!"

펜던트 줄이 끊어지면서 그녀의 목에 기다란 붉은 상흔이 그어졌다. 그러나 호정을 소리치게 만든 것은 살갗이 찢어지는 아픔 따위가 아니었다. 그녀는 찰리의 손으로 넘어간 향옥 펜던트를 보며 절규하듯 소리쳤다.

"안 돼!"

철컹, 철컹.

호정은 어떻게든 향옥 펜던트를 되찾기 위해 몸부림쳤다. 그러나 그녀의 몸부림이 거세지면 거세질수록 족쇄에 쓸리고 찢긴 손목의 상처만 더욱 크게 벌어질 뿐이었다.

상체를 세우며 천천히 뒤로 물러난 찰리가 향옥 펜던트를 코끝에 갖다 대고 깊이 향을 맡았다.

「그래, 바로 이거였어. 돌에서 어떻게 이런 달콤한 향기가 나지? 신기해.」

찰리는 가라뜬 속눈썹 밑으로 버둥거리는 그녀를 내려다보았다. 그의 눈빛은 이제 확연히 달라져 있었다. 몸서리쳐질 만큼 차갑고 잔인해진 눈빛. 그것은 바로 찰리 세이린을 벗어던진 찰스 게니우스의 눈빛이었다.

「이시우는 네 달콤함의 실체가 이 펜던트였다는 것을 잘 알고 있겠지? 후후. 고맙군.」

「무, 무슨 소리야!」

「지금쯤이면 이시우도 네가 사라졌다는 걸 알고 있을 거야. 필요 이상으로 머리가 좋은 놈이니까 내 짓이라는 것도 바로 알아챘을 거고, 그럼 사랑하는 여자를 구하기 위해서 이곳으로 곧 헐레벌떡 뛰어오겠지. 녀석한테 여기를 알아내는 것쯤은 식은 죽 먹기일 테니까.」

안 돼, 시우야. 여기 오면 안 돼!

「녀석이 오면 어떻게 환영 인사를 해 줄까, 고민 중이었는데 네 덕에 일이 좀 더 수월하게 됐어.」

찰리는 비릿한 웃음을 지으며 호정의 눈앞에서 향옥 펜던트를 살랑살랑 흔들었다.

호정은 찰리를 죽일 듯이 노려보며 소리쳤다.

「그는 건드리지 마! 나 때문이라며. 나 때문에 네 정체가 드러나게 된 거라며! 그래, 맞아. 다 나 때문이야. 그러니까 그는 건드리지 마. 날 잡아 왔으면 됐잖아!」

미친 사이코 연쇄 살인마가 시우까지 노린다고 생각하자 뻣뻣해진 척추를 타고 오른 날카로운 소름이 머리끝까지 치솟았다.

「피부를 벗기든 반신상을 만들든, 네 마음대로 해. 하지만 그는 안 돼. 그 사람은 건드리지 마.」

미간을 찌푸린 찰리가 진짜 영문을 모르겠다는 듯 순진한 아이처럼 물었다.

「왜? 난 이제 너한테는 관심 없어. 그렇다고 널 살려 주겠다는 말은 아니야. 날 화나게 한 건 맞으니까 그에 맞는 벌을 받아야지. 게다가 간만에 잡은 젊고 싱싱한 장난감인데 대충 끝낼 수는 없잖아.」

시큰둥하던 찰리의 표정이 돌연 확 달라졌다.

「그런데 이시우는 완전히 달라. 한마디로 특별 케이스라고. 세상에 그런 놈은 그 자식, 단 한 놈밖에 없으니까. 내가 에페타 팀에 왜 지원했는지 알아? 물론 가장 큰 이유는 다이아나 때문이었다. 하지만 어느 정도는 이시우 때문이기도 했어. 어떤 새끼인지 진짜 궁금했거든. 그 새끼 출간 기념회 영상 볼 때마다 손이 근질거려서 미치는 줄 알았어. 고 하얗고 예쁜 얼굴을 따고 뇌를 꺼내 보고 싶어서 말이야. 큭큭.」

찰리는 키득거리며 검지를 세워 이마를 따고 뇌를 꺼내는 시늉까지 했다. 그러고는 어이없다는 표정으로 말을 이었다.

「애초의 내 계획은 완전히 틀어졌지만, 이것도 나쁘지 않아. 더 재밌을 것 같기도 하고. 그런데 내가 왜 그 절호의 기회를 놓쳐야 되는 거지?」

호정의 외침은 예리한 칼처럼 점점 날카로워졌다. 찰리를 노려보는 눈동자에 시퍼런 불길이 일었다. 실핏줄이 터졌는지, 흰 자위는 금세 핏빛으로 물들어 갔다.

그 순간부터 호정의 뇌리에는 오직 시우를 살려야 한다는 생각밖에 없었다. 자신의 안위 따위는 아무래도 상관없었다.

「웃기지 마. 네 말대로 시우는 여기가 어디인지 금방 찾아낼 거야. 어쩌면 벌써 오고 있을지도 모르지. 하지만 네 뜻대로는 절대로 안 돼. 왜인 줄 알아?」

「왜?」

「설마 혼자서 올 거라고 생각하는 건 아니겠지? 찰리 세이린, 네가 무슨 생각으로 FBI가 됐는지는 모르겠지만 그건 네가 한 최악의 실수였어.」

「그건 또 왜?」

「네 말대로 그가 날 구하기 위해서 달려오고 있다면 당연히 FBI도 네가 찰스 게니우스라는 것을 알았을 테니까. FBI로서는 놀란 건 둘째 치고 엄청 치욕스러울 거야. 너 같은 사이코 연쇄 살인마를 요원으로 들였으니까. FBI 역사상 최악의 오점인 셈이지. 그런 FBI가 널 가만둘까? 아니, 그 오점을 조금이라도 상쇄시키기 위해서 이곳에 가능한 모든 전력을 투입할 거야. 시우는 그들과 같이 오고 있을 테고.」

찰리는 심각한 표정으로 고개를 끄덕였다.

「그렇겠지.」

「그런데 그를 잡을 절호의 기회라고? 아니, 넌 그의 몸에 손끝 하나 댈 수 없을 거야. 아니, 얼굴조차 보지 못할걸? 왜냐면 넌 그 전에 FBI 요원들한테 사살당할 테니까.」

「그럴까? 흐음. 그건 곤란한데. 그럼 어쩌지?」

「찰리 세이린, 넌 이제 끝났어.」

호정은 악다문 잇새로 씹어뱉듯이 말했다. 찰리의 표정이 더욱 심각하게 구겨졌다. 호정은 이제 그가 어떤 식으로든 계획을 다시 변경하리라 생각했다. 살기 위해 지금 당장 다이아나와 함께 서둘러 도망을 치든 아니면…… 그 전에 자신만이라도 죽이고 도망을 치든.

둘 중 뭐가 됐든 상관없었다. 시우의 안전만 담보된다면……. 적어도 자신이 미끼가 되어 시우를 위험에 빠트리는 일만은 면할 수 있을 테니까. 그리고 그는 오늘이 아니더라도 조만간 찰리 세이린을 반드시 잡을 터였다.

그러면 된 거 아닌가.

호정도 어떻게든 살고 싶었다. 자신을 위해서가 아니라 시우를 위해서. 하지만 자신이 이미 찰리에게 잡혀 있는 이상, 두 사람 모두 무사하리라는 것은 현실적으로 불가능할 듯싶었다.

그렇다면 한 사람만이라도 무사히…….

호정의 두 눈이 질끈 감겼다. 시우를 믿지 못해서 최악의 상황을 각오하고 찰리를 도발한 것이 아니었다. 시우라면 반드시 그녀를 구하러 올 것이라고 믿는다. 어떤 난관이 있어도 그녀를 구하기 전까지는 멈추지도, 포기하지도 않을 것이리라 믿는다.

때문에 호정은 무섭다. 그런 사람이라는 것을 알기에 두렵다. 자신으로 말미암아 시우에게 끔찍한 일이 생기는 것이.

그것만은 절대로 안 돼!

그런 일이 벌어지느니 차라리…….

그런데 바로 앞에서 난데없는 웃음소리가 더 이상 참지 못하겠다는 듯이 터져 나왔다.

「풉!」

호정의 눈이 번쩍 떠졌다.

「큭큭, 푸하하하.」

방금 전까지만 해도 심각한 표정이던 찰리가 재밌어 죽겠다는 듯 배를 잡고 웃기 시작했다. 그의 갑작스러운 웃음은 몇 분간 지속되다가 차츰 잦아들었다. 웃느라 눈물까지 맺혔는지, 찰리는 손등으로 눈가를 훔쳤다.

「아, 재미있어.」

혼잣말을 중얼거린 그가 호정을 안 됐다는 눈빛으로 내려다보았다.

「네가 무슨 의도로 날 도발하려고 하는지는 잘 알겠는데, 훗. 헛수고하지 마. 그 자식을 잡기 전까지 내가 널 죽이는 일은 없을 테니까. 죽고 싶어? 걱정 마. 죽여 줄게. 말했잖아. 넌 벌을 받아야 한다고. 하지만 나중에. 너 하나 죽이는 건 너무 쉬워, 시시해. 그러니까 좀 기다려. 넌 그 자식 다음이니까.」

「미친……. 그럼 너도 여기서 죽게 될 거야.」

돌아서려던 찰리가 고개만 돌려 호정을 쳐다봤다.

「그래서?」

순간 호정은 벼락처럼 깨달았다. 저 미친 사이코패스에겐 자신의 죽음까지도 하나의 유희일 뿐이라는 것을. 그녀를 돌아보는 갈색 눈동자는 무(無) 그 자체였다. 감정은 고사하고 좀 전까지만 해도 존재했던 차갑고 잔인하던 느낌마저도 없었다. 지금까지와는 전혀 다른 두려움이 삽시간에 몰려와 그녀의 뒷덜미를 낚아챘다.

찰리는 그녀의 대답을 기다리지 않은 채 몸을 돌렸다. 그러다 다시 우뚝 멈춰서 호정을 돌아보았다.

「아 참, 깜박했다. 너한테 소개시켜 줄 사람이 있었는데. 기다려.」

그는 천천히 어둠 속으로 사라졌다. 이내 어둠 속에서 바퀴가 굴러가는 것 같은 낯선 소음이 들려왔다. 그 소음은 어둠 저편에서부터 점차 가까워져 왔다.

그리고 마침내 불빛 속에 정체를 드러냈다.

호정의 눈이 더없이 크게 부릅떠졌다. 그녀의 입에서 목이 졸린 듯한 음성이 흘러나왔다.

「다이아나…….」

다이아나는 9년 전 사진 속 모습 그대로 휠체어에 여왕처럼 당당히 앉아 있었다. 휠체어를 밀고 온 찰리가 그녀의 귓가에 속삭였다.

「다이아나, 인사해요. 내가 아까 말한 주호정이라는 계집애가 바로 저거예요.」

「아, 쟤가 개야? 흐음, 그림 속에 숨겨 둔 내 힌트를 찾아냈다고 해서 되게 똑똑하게 생겼을 줄 알았는데, 전혀 아닌데? 꼴이 저래서 그런가? 어쨌든 실망이야.」

「실망?」

다이아나의 귓가에 속삭이는 찰리의 입술이 뒤틀렸다.

「이런, 다이아나. 네 입에서 실망이라는 말이 나오면 안 되지. 날 실망시킨 건 너잖아.」

「그건…… 정말 미안해, 찰리. 그땐 엠마 죽음 때문에 충격을 받아서 머리가 잠깐 어떻게 됐었나 봐. 하지만 그건 내 진심이 아니었어. 진짜야. 믿어 줘, 찰리.」

「나도 믿어 주고 싶어. 누가 뭐래도 넌 나한텐 특별한 사람이 니까. 그런데 이번에는 아무래도 안 되겠어. 저번에는 처음이라 서 용서해 주고 영생이라는 선물까지 줬지만, 이번 건 정말 너 무 심했잖아. 나 몰래 그런 깜찍한 짓을 했었다니. 난 정말 실망 이 커, 다이아나.」

「찰리…….」

「그런데 그중에서 가장 화나는 게 뭔지 알아? 바로 그 암호문 내용이야. 넌 처음부터 날 사랑한 게 아니었더라? 오직 날 이용 할 생각만 했던 거지. 거기에 넌 나를 비웃고 모욕하기까지 했 어.」

순간 찰리의 눈빛이 또 한 번 달라졌다. 찰리는 갑자기 뒤에 서 다이아나의 목을 조르기 시작했다. 그는 이를 부드득 갈았 다.

「생각할수록 화가 나서 참을 수가 없다. 내가 너한테 어떻게 했는데, 감히 네 따위가 날 배신하다니! 도저히 용서가 안 돼.」

이마에 힘줄이 돋을 만큼 찰리는 다이아나를 단단한 팔뚝 사이에 끼우고 그녀의 목을 조르고 또 졸랐다.

그 모든 광경을 보고 있는 호정의 얼굴은 이전과는 완전히 다른 표정이 되어 하얗게 질려 버렸다. 지금 그녀가 보고 있는 것은 경악과 공포를 뛰어넘는 다른 경계의 그 무엇이었다.

그것은 비단 눈앞에서 누가 누군가의 목을 조르고 있기 때문만은 아니었다. 난생처음 보는 살인의 장면보다 그녀를 더욱 큰 충격에 빠트린 것은……

목이 졸리고 있음에도 어떠한 고통도 느끼지 못하는 듯 편안한 얼굴로 까만 눈동자를 반짝이고 있는 다이아나의 모습, 아니 그 이전에 그녀의 귓가에 입술을 갖다 대고 연신 혼자 말하던 찰리 세이린 때문이었다.

그는 찰리 세이린인 동시에 다이아나이기도 했다.

목소리와 어투만 바뀔 뿐, 대화를 주고받는 사람은 찰리 세이린 혼자였다. 찰리 혼자 대화를 주고받는 동안 다이아나는 핏기하나 없는 얼굴로 미동 없이 가만히 앉아 있기만 했다. 속눈썹하나 흔들리지 않았고, 입술 한 번 달싹거리지 않았다.

그 모습을 본 호정은 알 수 있었다.

다이아나는 그저 빈껍데기뿐이라는 것을.

살아 있되 살아 있지 않다는 것을.

……박제되어 있다는 것을.

박제된 다이아나의 목을 한참 동안 조르던 찰리는 분이 좀 풀리는지 후우, 큰 숨을 몰아쉬며 팔을 풀었다. 그제야 다이아나는 목이 기괴하게 뒤틀린 채로 그에게서 풀려났다. 그 모습을 내려다본 찰리가 마음에 들지 않는 듯 혀를 찼다. 목을 바로 잡으려고 그녀의 얼굴을 잡아 이리저리 흔들었다.

그러나 몸에서 뼈를 다 빼내고 철사로 뼈대를 만들어 박제되어 있던 다이아나의 목은 쉬이 제자리로 돌아가지 못했다. 잠시 후 찰리가 짜증 난다는 듯 에이, 하며 손을 털었다.

그러다 힐긋 호정을 쳐다봤다. 충격과 공포로 완전히 얼이 빠져 버린 그녀를 보고 피식, 웃음을 터트렸다.

「표정이 가관이군. 박제 처음 봐? 아닐 텐데. 사슴, 거북이, 호랑이 등 박제해 놓은 동물들 많이 봤을 거 아니야. 그런데 뭘 그리 놀래? 아, 인간 박제는 처음 보겠구나!」

그는 뿌듯한 시선으로 다이아나를 내려다보았다.

「하긴, 아무 데서나 볼 수 있는 건 아니지. 내가 이걸 만드느라 고생한 걸 생각하면, 후우. 아마 넌 상상도 못 할 거다.」

찰리는 다이아나를 태운 휠체어를 호정의 앞으로 좀 더 가까이 밀었다. 호정이 발작적으로 흠칫 떨며 뒤로 물러나자 그는 어이없다는 듯 실소를 터트렸다.

「박제가 뭐가 무섭다고. 인간들은 참 이상해. 저희들이 다른 동물들 박제해 놓은 건 괜찮고, 인간 박제는 끔찍하다고 생각하다니. 너무 이기적인 발상 아닌가? 어차피 인간도 동물이야. 털이나 단단한 껍질만 없을 뿐 피와 살, 장기 등으로 이루어진 동물. 그런데 왜 인간은 박제하면 안 되지? 보존 가치가 높은 건 이렇게 박제해 놓고 오래 두고 보면 좋잖아.」

들려오는 말마다 너무 끔찍해서 호정은 숨조차 제대로 쉴 수 없었다.

「혹시 다이아나가 불쌍해서 그래? 그럴 것 없어. 그녀가 자초한 거니까. 내가 저를 위해 엠마를 죽여 주고 이 큰 집에 와서 살게까지 해 줬는데 감히 날 죽이려고 하잖아. 어리석게. 안 그랬으면 여기 앉아 있는 건 박제가 아니라 살아 있는 다이아나였겠지.」

찰리는 고개를 갸웃 기울여 다이아나의 창백한 얼굴을 내려다봤다.

「그런데 이렇게 해 놓으니까 늙지도 않고 9년 전 아름다운 모습 그대로라서 훨씬 더 좋은 것 같아. 알겠어? 난 다이아나한테 영생을 선물한 거라고.」

찰리는 휠체어 밑에서 기다란 장총을 하나 꺼냈다. 다이아나의 팔을 조정해 장총을 그럴싸하게 끼워 넣었다.

「좋아. 이 정도면 언뜻 보고 속아 넘어가겠어.」

그는 다이아나의 귓가에 다시 다정하게 속삭였다.

「날 원망하지 마, 다이아나. 이건 네가 날 두 번이나 배신했기 때문이야. 그러니까 너도 벌을 받아야 돼. 오늘은 내 대신 여기서 방패막이 역할 좀 해 줘야겠어. 총알 맞기 싫으면 요령껏 알아서 피해 보든지, 큭.」

찰리는 음음, 낮은 허밍까지 흘리며 호정의 등 뒤 어딘가의 거리를 가늠하고 휠체어 위치를 재조정했다. 그리고 충격과 공포로 입은 물론 온몸이 얼어붙어 버린 호정의 등 뒤로 돌아가 입에 재갈을 물렸다.

찰리가 호정의 귓가에 속삭였다.

「좀 있으면 녀석들이 올 거야. 그럼 너 같은 건 이제껏 보지 못한 스펙터클하고 재미난 광경이 벌어지겠지. 기대해도 좋아. 자, 그럼 좀 이따 보자고.」

호정의 어깨를 툭툭 두드린 찰리는 이내 어둠 속으로 사라졌다.

잠시 후, 스르르 열리는 슬라이딩 도어 소리가 나는 것 같았지만 확실하지는 않았다.

호정은 속으로 소리 없는 비명을 내질렀다.

시우야, 제발 여기 오지 마! 저자는 우리가 생각했던 사이코 연쇄 살인마가 아니야. 저자는…… 진짜 게니우스, 악마야!

❦

「난 아직도 못 믿겠어요. 세이린 요원이 찰스 게니우스였다니!」

방탄조끼를 입고 현장으로 달려가면서도 매기는 얼떨떨한 표정으로 중얼거렸다. 그녀뿐만이 아니었다. 헨리는 물론 그동안 뉴욕지부에서 찰리와 함께 일했던 요원들 모두 같은 표정, 같은 심정이었다.

약 한 시간 전, 헨리 팀장으로부터 국장의 긴급 출동 명령이 떨어졌다는 연락을 받고 사무실로 향했을 때만 해도 그들은 뭔가 단단히 잘못된 거라고만 생각했다.

같은 FBI 요원인 찰리 세이린이 함께 쫓던 제3의 인물 찰스 게니우스라니! 또한 그가 얼마 전 웨스트 할렘에서 발생한 동양인 매춘부 살해 사건의 진범이라니! 더욱 황당하고 기가 막힌

것은 찰리가 지난 15년간 뉴욕 일대에서 현재로선 피해자 추정조차 불가능한 매춘부 납치, 살해범인 '후커헌터'라는 연쇄 살인마라는 얘기였다.

그게 가당키나 한 얘기인가!

무엇 하나 믿을 수 없는 억지 추론이요, 오해, 음해라고만 생각했었다.

그런데 그 억지 추론, 오해, 음해를 제기한 이가 다름 아닌 이시우 박사라고 했다.

다른 누구도 아닌 이시우 박사!

다른 요원들은 몰라도 국장과 헨리, 매기는 그의 놀라운 능력을 직접 눈으로 보고 듣고 경험한 사람들이었다. 그래서 더욱 경악했다. 그의 말이 모두 사실일까 봐. 아니, 그들은 사실 시우의 얘기를 들은 순간부터 마음속으로는 그의 말이 사실이라는 것을 알고 있었다.

더욱이 이번에는 확실한 증인, 찰리의 범행을 목격한 유일한 목격자까지 있었다. 물론 그는 NYPD에 의해 현장에서 검거된 현행범이라서 무조건 신뢰할 수는 없었다.

그러나 당시 현장에 있었다는 또 다른 목격자의 진술과 크로스 체크한 결과 진술이 일치했다. 또한 NYPD가 검거한 용의자에게 유리한 사실 몇 가지를 확인이 안 된다는 이유로 무시했다는 것이 밝혀졌다.

거기다가 결정적으로 이시우 박사의 놀랍고도 명료한 추론이 그 뒤를 단단히 받쳐 주고 있었다.

당연히 뉴욕지부뿐만 아니라 FBI 본부까지 발칵 뒤집어졌다.

FBI 요원인 찰리 세이린이 에페타 킬러 사건의 주요 용의자 중한 명으로 떠오른 찰스 게니우스이며, 희대의 연쇄 살인마라고밖에 할 수 없는 일명 '후커헌터'였다는 것이 외부에 알려진다면 FBI로서는 역사상 최악의 오점이자 치명타가 되기 때문이었다. 국장은 찰리 세이린에 대한 대대적인 검거 작전을 극비리에수행할 것을 지시했다.

무엇보다 화급한 사안은 호정이 찰리 세이린에게 납치되었을거라는 점이었다. 그것이 사실이라면 가장 급한 건 호정을 구출해 내는 일이었다.

그러나 아직 살아 있으리라는 보장은 어디에도 없었다. 그녀가 실종된 지 벌써 네 시간째가 되어 가고 있었다.

시우는 가장 먼저 찰리 세이린 명의로 되어 있는 부동산을 모두 조사해 달라고 요구했다. 말이 요구지, 실은 명령에 가까웠다. 그러나 국장은 물론 헨리 팀장까지 어느 누구도 그의 말에토를 달지 못했다.

정보 요원이 아예 그의 앞에 앉아 데이터를 검색했다. 그러나찰리 세이린 명의로 되어 있는 부동산은 클로스터에 있는 그의현 주거지뿐이었다. 헨리는 그의 집으로 바로 출동하려고 했으나 시우는 고개를 가로저었다.

「거기는 아닙니다.」

헨리는 확인 차원에서 뉴욕지부의 요원들 세 명과 특공대 한팀만 클로스터에 있는 찰리의 집으로 보냈다.

시우는 정보 요원에게 다른 검색 사항을 지시했다.

「찰리 세이린의 부모 명의로 되어 있던 부동산들을 모두 찾아

봐요.」

모니터에 찰리 부모 명의로 되어 있던 부동산 리스트가 한꺼번에 주르륵 떴다. 그중에는 두 사람이 사망하기 훨씬 전에 매각했던 부동산들도 있었다. 시우는 그것들까지 모두 현재는 누구의 명의로 되어 있으며 소유권이 넘어간 시기는 언제인지까지 샅샅이 찾아보라고 했다.

가장 먼저 뜬 부동산은 찰리의 부모가 사망하기 전까지 아들과 함께 살았던 데마레스트의 주택이었다. 그곳은 찰리의 부모가 사망한 후 4개월이 지난 시점에 45세의 리차드 히들턴이라는 사람의 소유로 넘어갔다가 현재는 권상혁이라는 38세 한국인 소유로 되어 있었다.

두 번째로 뜬 것은 찰리의 모친이 소유하고 있던 어퍼새들리버의 전원주택이었다. 그곳은 찰리의 모친이 부모에게 상속받은 것으로, 부부가 사망한 후 1개월도 안 되어 43세의 캘리 퀸이라는 사람에게 매각된 것으로 나왔다. 그리고 9년이 지난 현재까지도 현 소유주는 캘리 퀸이었다.

시우의 눈매가 매처럼 번뜩였다.

「바로 여깁니다. 캘리 퀸이 바로 다이아나입니다. 캘리라는 이름은 그녀가 스스로에게 붙인 칼리 여신에서 따온 걸 거고요. 찰리 세이린의 부모는 9년 전인 2008년에 사망했습니다. 그 시기는 엠마 브라헤가 살해당한 시기와 동일하고 당시 엠마 브라헤와 다이아나의 나이가 바로 43세였습니다. 여기가 확실해요.」

의문을 제기할 새도 없이 시우는 자리를 박차고 뛰어나갔다. 그 뒤를 헨리와 매기, 그리고 대기 중이던 10여 명의 요원들과 특공대 세 팀이 황급히 뒤따랐다.

그들은 새벽이라 한산해진 조지 워싱턴교를 빠른 속도로 질주했다. 맨 끝의 특공대 차량 뒤에는 시우에게 지급됐던 FBI 차량도 빠른 속도로 따라오고 있었다. 그러나 그 차에 시우는 없었다. 시우는 가장 앞 차량에 탑승했고, 그 차에는 정우와 시현, 그리고 민수가 타고 있었다.

부아앙. 부앙. 부아앙.

조지 워싱턴교를 무서운 속도로 통과한 세 대의 전투 차량을 포함한 10여 대의 차량들은 어느새 뉴저지 버겐 카운티로 들어섰다.

13장

버겐 카운티 소재의 타운들 중 뉴저지 끝자락 즈음에 위치한 어퍼새들리버는 뉴욕과 가까운 알파인이나 테너플라이, 데마스트레, 클로스터 같은 타운들보다 확실히 우거진 숲들이 많았다. 그만큼 인구 밀집도가 적어 우거진 숲 사이사이에 전원주택이 드문드문 한 채씩 세워져 있었다.

캘리 퀸, 아니 칼리인 다이아나의 저택은 그중에서도 데인버리 다운즈라는 작은 마을을 지나쳐 한참은 더 들어가야 하는 산속에 위치하고 있었다. 가장 가까운 이웃도 4km 정도 떨어져 있을 만큼 외진 숲 속이었다.

헨리는 진입로에서 모두 내려 소리 없이 진입하려고 했으나 시우는 고개를 가로저었다.

「그럴 필요 없습니다. 녀석은 우리를 기다리고 있을 겁니다. 특히 나를 기다리고 있겠죠.」

호정을 납치한 이유가 바로 그것일 터였다. 그녀가 납치되었다는 사실에 흥분한 자신을 근거지로 끌어들일 목적. 이시우의 절대적인 아킬레스건이 주호정이라는 것쯤은 녀석도 진작 눈치채고 있었을 테니 말이다.

시우는 호정이 아직 무사할 것이리라 확신했다. 그림 속의 힌트를 알아낸 것이 호정이었기에 그녀에게 화가 난 거겠지만, 녀석의 1차 목표는 그녀가 아닌 자신이었다. 호정을 이용해 유인한 후, 자신을 먼저 처리하거나 바로 눈앞에서 그녀를 잔인하게 살해하는 장면을 그리고 있을 터였다.

녀석은 결코 흥분해 날뛰는 충동형 연쇄 살인마가 아니다. 냉철하고 이성적인 놈이었다. 또한 일반적으로 알려진 미친 살인마와는 완전히 다른 유형의 연쇄 살인범이었다. 녀석은 불우한 유년 시절을 보낸 적도 없고, 부모에게 학대를 당한 적도 없으며, 친구들 사이에서 따돌림을 당하거나 괴롭힘을 당한 적도 없었다. 유복한 가정에서 태어나 남들이 부러워할 만큼 평탄하고 성공적인 삶을 산 엘리트였고, 심지어 FBI의 까다로운 심리 테스트까지 통과했다.

녀석은 결코 미친 사이코가 아니다. 그랬다면 결코 FBI가 되지 못했을 것이다.

하지만 그는 10대 때부터 스스로 피에 굶주린 연쇄 살인마가 되었다. 죽음, 살인 그 자체를 유희로 즐기면서도 20년 넘는 긴 세월 동안 철저하게 이중생활을 해 왔다.

따라서 녀석은 그동안의 범죄 사례나 통계, 상식과 일반 사고의 범주를 우습게 뛰어넘는, 전혀 새로운 유형의 소시오패스 연쇄 살인마였다.

그렇다면 그 수준에 맞게 대응해 줘야 한다. 녀석의 입장에서 사고하고, 녀석의 미끼와 함정을 내 것으로 끌고 와 역으로 함정을 파고 감정적으로 흔들어야 한다.

그래야만 누나를 무사히 구할 수 있어.

누나.

호정을 떠올리는 것만으로도 심장이 울컥 피를 토해 냈다. 모두 자신의 잘못이었다. 미리 말해 줬어야 했다. 그때 하필 어머니의 전화가 걸려 왔다는 것은 변명거리도 되지 못한다.

테너플라이에서 차를 타고 호텔로 오는 동안에도 충분히 얘기해 줄 수 있었다. 그러나 신중을 기한답시고 말하지 않았다. 어머니의 요청에 급하게 나가면서도 '찰리 세이런이 찰스 게니우스야'라는 한마디를 하지 않았다.

고작 한다는 말이 '갔다 와서 얘기하자'였다. 자신이 올 때까지 방에 꼼짝 말고 있으라는 되도 않는 말이었다.

그녀의 상태가 아직 많이 걱정스러웠다는, 혼자 불안하게 하고 싶지 않았다는 변명은 모두 헛소리에 불과했다. 녀석이 이렇게 빨리 움직일 거라고는 예측하지 못했다는 건 그야말로 멍청한 개소리였다.

기억도 하지 못하는 26년 전의 납치, 감금 트라우마에서 아직도 온전히 헤어 나오지 못한 그녀를 결국 그 불안 때문에, 그 걱정 때문에 같은 나락으로 아니, 더 큰 위험에 빠트리고 말았다.

모두 내 잘못이야. 내가 누나를 위험에 빠트렸어. 내가 등신이어서, 머저리라서 기어코 누나를……!

꼴좋다, 이시우! 세상에서 가장 똑똑하다고 큰소리치더니, 그 결과가 고작 이거냐? 어떻게 네 목숨보다도 소중한 여자를, 사랑하는 여자를 온전히 지켜 주질 못해!

그래 놓고는 뭐가 잘났다고, 뭘 잘했다고!

만에 하나라도 그녀에게 어떤 위해라도 생긴다면…….

"으윽!"

자괴감과 두려움에 벌벌 떨며 움츠러든 심장이 또다시 울컥 피를 토했다. 날카로운 통증이 울컥한 심장을 찢어 버릴 듯 관통했다.

「박사!」

헨리가 가슴을 부여잡고 비틀거리는 시우를 황급히 부축했다. 몇 걸음 떨어져 있던 매기도 한달음에 달려왔다.

「이 박사, 괜찮……!」

매기는 끝까지 묻지 못했다. 지금 눈앞에 있는 시우는 그들이 처음 봤을 때부터 감정 따위는 없는 사이보그 같다고, 재수 없고 소름 끼친다고 했던 그 이시우 박사가 아니었다.

사실 찰스 게니우스인 찰리한테 호정이 납치되었다고 하면서도 서릿발처럼 차갑고 냉랭하기만 하던 모습에 솔직히 두 사람은 살짝 질려 있었다.

와, 저 사람은 사랑하는 여자가 희대의 연쇄 살인마한테 납치됐는데도 어떻게 저토록 냉정하고 이성적일 수가 있지?

혀를 내두르며 고개를 절레절레 저었다.

그런데 이제야 알겠다. 자신들에게 상황을 설명하기 위해서, 그래서 한시라도 빨리 사랑하는 여자를 구하러 가기 위해서 악착같이 버티고 있었다는 것을.

식은땀이 흘러내리는 시우의 얼굴은 단순히 하얀 것이 아니라 시체처럼 창백해져 있었다. 그의 트레이드마크처럼 되어 버린 무표정한 얼굴과 붉은 입술은 형편없이 구겨져 하얗게 탈색되어 있었다.

헨리와 매기는 시우를 사이에 두고 안타까워하는 시선을 주고받았다. 그러나 그조차도 결코 길지 않았다.

시우는 자신을 부축하는 헨리를 스윽 밀어내고 금세 차갑고 단단한 가면을 뒤집어썼다.

「괜찮습니다. 가시죠.」

헨리와 매기는 다시 한번 빠르게 시선을 주고받았다. 후우. 그나마 저만하길 다행이라는 안도의 숨을 내쉬고 총을 꺼내 들었다.

헨리와 매기, 시우를 위시한 10여 명의 요원들과 특공대 한 팀은 저택 앞으로 진입하고, 다른 팀은 후면, 남은 한 팀은 측면을 에워싸며 접근했다.

정우와 시현, 민수는 호정이 걱정되어 여기까지 쫓아왔지만 작전 현장까지는 다가갈 수 없었다. 그들은 진입로 끝자락에 차를 세워 두고 무사히 끝나기를 기다리기로 했다. 호정과 시우가 모두 다치지 않고 돌아오기만을 간절히 바랐다.

시우와 헨리, 매기 그리고 요원들은 현관 앞에서 두 팀으로 갈라졌다. 헨리와 요원들 일부는 현관을 통해 집 안으로 진입하기로 했고, 시우와 매기는 나머지 요원들과 함께 저택 뒤편으로 향했다.

헨리 팀장이 있는 팀은 현관으로 가 가장 먼저 보안 시스템을 차단했다. 눈빛과 수신호만으로 의사를 주고받은 요원 한 명이 잠겨 있던 현관을 열었다.

삐이꺽.

현관문이 열리자마자 요원들이 일사불란하게 전후방을 경계하며 빠르게 집 안으로 진입했다. 거실은 물론 안의 불은 모두 꺼져 있었다. 요원들의 손과 총에 달린 플래시들이 일제히 켜졌다.

플래시는 저택 뒤편에서도 켜져 있었다. 요원들의 움직임에 따라 불빛도 덩달아 빠르게 움직였다. 저택 뒤편으로 향한 시우와 매기, 요원들은 어둠 속에 있는 헛간을 발견했다.

헛간 옆에는 커버에 덮여 있는 차량 한 대와 찰리가 평소에 타고 다니던 세단 한 대가 세워져 있었다. 매기가 손바닥으로 세단 보닛을 짚고 엔진의 열기를 체크했다. 최소 한두 시간 안에는 운행한 적이 없는지 엔진은 차갑게 식은 상태였다.

다른 요원 한 명이 다른 차량의 커버를 걷어 냈다. 일순 모두의 눈이 흠칫 커졌다가 가늘어졌다. 굳이 불빛이 없어도 그 차가 무슨 차인지 정도는 충분히 알 수 있었다. 그럼에도 요원은 플래시를 비추고 차량과 번호판을 확인했다.

짙은 색의 낡은 왜건으로 차 번호는 'New York, FAC—7103, EMPIRE STATE'.

바로 차지수 사건 당일 민수와 중년의 매춘부가 보았다는 진범의 차량이었다. 조수석에는 틀림없이 죽은 차지수의 지문과 혈흔이 남아 있을 터였다.

요원들은 수신호를 주고받으며 자세를 낮춘 채 헛간 벽에 기대어 섰다. 고참 요원이 고개를 끄덕이자 매기가 먼저 헛간 문을 열고 조준 자세 그대로 재빨리 안을 향해 뛰어 들어갔다. 그 뒤를 시우와 다른 요원들이 뒤따랐다.

요원들을 가장 먼저 맞은 것은 헛간 곳곳에 진득이 배어 있는 비릿한 피 냄새와 뭔지도 알 수 없는 매캐한 약물 냄새였다. 흠칫한 요원들은 얼른 입으로만 옅게 숨을 몰아쉬며 조준 자세로 사방을 경계했다.

둥근 플래시 불빛들이 칠흑처럼 어두운 공간을 더듬으며 내부를 샅샅이 확인했다. 헛간은 상당히 넓었다. 그런데 불빛이 닿는 곳마다 그 너른 공간을 채우고 있는 물건들은 하나같이 기괴하고 섬뜩했다.

시우는 플래시로 좌측부터 면밀하게 확인해 나갔다. 좌측 끝에는 기다란 화장대와 행거가 세워져 있었다. 화장대에는 각기 다른 스타일로 된 다섯 개의 가발과 스냅백, 간단한 화장품, 그리고 검은색 가죽 장갑이 놓여 있었다. 행거에는 상하의 한 벌의 옷들이 총 열 벌 걸려 있었다.

그중 여덟 벌은 일상복으로 점퍼와 진, 점프 슈트, 덕 다운과 진 등이었고 나머지 두 벌은 방역복이었다. 모두 검은색 일색이었고 그 밑에는 옷에 맞춰 신는 운동화와 부츠 등이 각각 놓여 있었다.

저것들 중에서 검은색 가발과 검은색 스냅백, 검은색 가죽 장갑과 검은색 점퍼 세트는 차지수 살해 당시 착용했을 터였다. 거기에선 최소 두 명의 DNA가 발견될 것이다. 찰리 세이린과 차지수.

시우의 플래시가 옆으로 이동했다.

그곳에는 길고 널찍한 테이블 하나가 놓여 있었다. 그 위에는 수십 종의 단도, 장도부터 수술용 메스들까지 온갖 종류의 칼들이 질서 정연하게 놓여 있었다. 그 옆에는 같은 크기의 테이블이 두 개 더 있었다. 한 곳에는 쇠톱, 원형 톱, 전기톱 등 각종 톱들이, 마지막 테이블에는 작은 손도끼부터 커다란 도끼, 해머 등이 놓여 있었다.

세 개의 테이블은 한마디로 녀석의 무기, 아니 흉기 보관소였다.

「클리어.」

저편에서 헛간에는 아무도 없다는 무전을 헨리와 주고받는 매기의 음성이 들려왔다. 잔뜩 긴장한 채 조준 자세를 풀지 않던 요원들이 그제야 자세를 풀었다.

누군가 헛간의 전원 스위치를 찾아 버튼을 딸깍거렸다. 그러나 전원을 차단시켜 놨는지 불은 들어오지 않았다.

시우는 흉기 보관소로 다가가 흉기들을 재빨리 살폈다. 거의 대부분 흉기들에서 검은 얼룩이 묻어 있는 것을 어렵지 않게 발견할 수 있었다.

그건 곧 거의 다 사용해 봤다는 의미였다.

녀석이 저것들을 무슨 일에 사용했는지는 굳이 생각할 필요도 없었다. 시우의 굳은 표정에 더욱 짙은 긴장감이 흘렀다.

다른 요원들의 표정도 시우와 크게 다르지 않았다. 몇 명은 질린 표정으로 거친 욕설을 쏟아 내기도 했다.

「이 새끼 완전 또라이 아니야.」

「개새끼. 이런 미친 새끼가 우리와 한솥밥을 먹은 동료였다니, 빌어먹을!」

그들은 벽에 걸린 각종 채찍과 쇠사슬, 수갑, 족쇄들을 바라보았다. 매기가 서 있는 우측 끝에는 싱글 침대 하나와 수술용 침대 하나가 놓여 있었다. 수술용 침대 옆에는 호스로 연결된 수도와 배수 시설까지 있었다. 녀석이 거기서 어떤 짓을 하고 어떻게 씻어 버리는지 알 것 같았다.

그 옆에는 타일 욕조와 염산이라고 쓰여 있는 커다란 드럼통 여섯 개도 나란히 서 있었다. 수술용 침대와 욕조 사이에는 4단짜리 철제 수납장이 두 개 세워져 있었다. 거기에는 클로로포름, 과산화수소수, 황산 등 각종 마취제와 약품들이 크고 작은 용기들에 담겨 주사기들과 함께 빼곡히 놓여 있었다.

매기는 하얗게 질린 얼굴로 그것들을 죽일 듯이 노려봤다. 권총을 쥔 손에 절로 강한 힘이 실렸다. 그녀는 거친 숨을 몰아쉬며 주변을 돌아보다가 한가운데에 혼자 우뚝 서 있는 시우를 발견하고 서둘러 다가갔다. 찰리를 향한 욕설이 터져 나오려는 것을 꾹 참고 조심스럽게 말했다.

「이 박사…… 너무 걱정하지 말아요. 호정 씨는 꼭 찾을 수 있을 거예요.」

매기는 그녀가 이 끔찍한 살인 헛간에 없는 것이 오히려 천만다행이다 싶었다. 그녀가 여기 없다는 것은 아직 살아 있을 수도 있다는 의미이기도 하니까. 매기는 그렇게 시우를 위로하고 싶었다. 하지만 그 말도 차마 선뜻 건넬 수가 없었다.

시우의 얼굴은 무서울 정도로 차갑게 굳어 있었다. 원래도 표정이 없는 사람이지만 지금은 또 완전히 달랐다. 지금 그의 심정이 얼마나 두렵고 참담할지 잘 알면서도, 무표정한 얼굴이 너무 인간 같지 않아서 소름이 돋을 정도였다.

후우. 속으로 무거운 한숨을 내쉰 매기가 시우를 힐끗 올려다보았다.

「일단 여기서 나가죠.」

그러나 시우는 진짜 석상이라도 된 양 꼼짝도 하지 않았다.

「이시우 박사…… 보다시피 여기에는 아무도 없잖아요. 여기서 이럴 게 아니라 녀석의 집으로 가 봐요.」

그쪽도 텅 비어 있기는 마찬가지라고 했지만 혹시 또 몰랐다.

「헨리 팀장님이 방금 지하실을 발견했다고 했어요. 그러니까…….」

할 수 없이 그의 팔을 잡아끌려고 하는데, 시우가 갑자기 몸을 돌려 욕조 쪽으로 성큼성큼 걸어갔다. 어! 하고 놀란 매기가 서둘러 그를 따라갔다.

시우는 무슨 이유에선지 한쪽 무릎을 굽힌 채 욕조 주변을 천천히 돌며 바닥을 살폈다.

「왜요, 뭐가 이상해요?」

그러나 그는 여전히 아무 말이 없었다. 반 바퀴쯤 돌았을 때, 시우의 움직임이 우뚝 멈췄다. 그의 눈이 실낱처럼 가늘어지며 예리해졌다.

시우는 욕조 아래, 정확하게는 욕조가 얹혀 있는 나무 상판과 바닥의 틈 사이로 손을 밀어 넣었다.

잠시 후 그가 손을 뺐을 때, 놀랍게도 그의 손가락 끝에는 얇은 목걸이 체인 하나가 걸려 있었다. 그리고 체인 끝에는 황록색의 둥근 펜던트가 아슬아슬하게 매달려 있었다.

매기의 눈이 흠칫 커졌다. 그제야 달콤한 초콜릿 향을 느낀 그녀는 어디에서 맡았는지 바로 기억해 냈다. 늘 호정에게서 나던, 매기에게도 익숙한 향기였다.

강하다면 강한 향기임에도 방금 전까지는 전혀 맡지 못했었다. 상판 밑에 깔려 있는데다 주변의 화학 약품들 냄새 때문이었다.

그런데 이 박사는 어떻게 저 향기를 바로 맡았지?

놀라울 뿐이었다. 역시 사랑의 힘은 크고 위대…….

아, 잠깐만. 만약 저게 호정 씨 것이 맞고, 그게 여기 욕조 밑에 떨어져 있었다면…… 헉!

매기의 얼굴이 금세 파랗게 질렸다. 누가 봐도 이 욕조는 찰리 세이린, 미친 사이코 개새끼가 시체를 흔적 없이 처리하기 위해서 사용한 것이 분명했다. 욕조 바로 옆에 있는 여섯 개의 염산 드럼통이 바로 그 증거였다.

녀석은 틀림없이 시체를 욕조에 구겨 넣고 염산을 들이부었을 것이다. 흔적 없이 깨끗하게 녹여 버리기 위해서.

그럼 혹시 벌써 호정 씨도……!

함께 일하는 동안 인간으로서 호정에게 반했던 매기인지라 혹시나, 하는 생각만으로도 눈앞이 핑 돌며 한쪽 무릎이 푹 꺾이려고 했다.

이…… 이 죽일 놈의 개새끼가 기어코 호정 씨를……!

그런데 이상하게도 가장 충격 받았을 시우는 너무 조용했다. 충격이 너무 커서 그런가? 싶었지만 가만히 보니 그건 아닌 듯 싶었다.

펜던트를 움켜쥔 그의 손은 바르르 떨리고 있었지만, 그것을 내려다보는 눈빛만은 변함없이 매섭고 예리했다. 심지어 그는 다시 한번 욕조 주변을 천천히 돌며 전체를 살살이 살펴보고 있었다.

또 뭐가 발견될지 모르기에 매기는 아까처럼 함부로 물어보지 못했다. 어느새 다른 요원들도 두 사람 주변으로 모여들었다.

시우의 움직임이 또 우뚝 멈췄다. 이번에는 뼈대만 남은 밸브 앞이었다. 그는 손끝으로 밸브 파이프를 밑에서부터 천천히 만지며 올리더니, 둥근 형태만 남은 밸브 끝을 엄지로 꾹 눌렀다. 그 상태에서 좌우로 조금씩 흔들더니 이내 확신한 듯 파이프를 왼쪽으로 힘껏 내렸다.

그러자 놀라운 일이 벌어졌다.

욕조가 얹혀 있던 두꺼운 나무 상판이 오른쪽으로 끼긱, 하며 움직이기 시작했다.

상판이 오른쪽으로 완전히 이동하자, 놀랍게도 욕조가 있던 곳에서 가장자리가 부식된 철문이 나타났다. 매기는 물론 요원들의 입에서 깜짝 놀란 외침들이 작게 터져 나왔다.

「어! 이게 뭐야!」

「지하로 내려가는 비밀 통로 같은데? 와, 이 미친 개새끼, 여기에 별짓을 다 해 놨군.」

그리고 그들은 약속이나 한 듯 이내 조용히 입을 다물었다. 그들의 얼굴에 다시 날 선 긴장감들이 어렸다. 매기는 일단 리시버로 헨리에게 그 사실을 알렸다.

「……어떻게 할까요? 네, 알겠습니다. 내려가겠습니다.」

매기가 시우를 향해 작게 소곤거렸다.

「헨리 팀장도 곧 이리로 올 겁니다. 우린 지금 내려갈 거고요. 이시우 박사, 뒤로 물러나세요.」

향옥 펜던트와 녹슨 철문만을 서늘하게 내려다보고 있던 시우가 그제야 입을 열었다. 그의 목소리는 무서우리만치 냉랭하고 깊이 가라앉아 있었다.

「나 혼자 내려갑니다.」

「뭐라고요? 말이 되는 소리를 해요. 그건 절대로 안 돼요!」

시우가 천천히 눈꺼풀을 들어 올려 매기를 고요히 응시했다.

「이 목걸이는 실수로 떨어져 있던 게 아닙니다. 녀석이 그녀의 목에 걸려 있는 걸 강제로 잡아당겨서 취한 후에 여기에 일부러 심어 놓은 겁니다.」

「네?」

「끊어진 체인 끝에 피가 묻어 있습니다. 녀석이 강제로 뜯어낼 때 그녀의 목에 난 상처에서 묻은 피일 겁니다.」

매기도 그 부분은 수긍했다.

「그렇겠죠. 하지만 그게 녀석이 일부러 목걸이를 욕조 상판 밑에 힘들게 쑤셔 넣어 놨다는 걸 증명하는 건 아니에요. 상식적으로 생각해 보자고요. 녀석이 왜 그런 짓을 하겠어요. 자기가 이 밑에 있다는 걸 알려 주는 셈인데.」

「녀석은 나라면 이 향기를 맡고 펜던트를 찾아낼 거라는 걸 예상했을 겁니다. 그래서 일부러 펜던트를 여기에 숨겨 둔 거고요. 그리고 내가 이걸 찾으면 이 비밀 통로까지도 바로 찾아낼 거라는 것도 예상하고 있었겠죠.」

녀석은 펜던트를 여기에 쑤셔 넣으며 꽤나 재미있어 했을 것이다. 시우라면 금세 자신이 전하는 뜻을 알아채겠지만, 그래도 처음 발견한 순간에는 아무리 시우라고 해도 단 몇 초간은 최악의 장면을 떠올릴 수밖에 없을 거라는 것까지 예상하면서 말이다.

빌어먹게도 녀석의 예상은…… 적중했다.

희미하게나마 공기 중에 떠도는 호정의 향옥 향기를 맡았을 때 시우의 심장은 미친 듯이 뛰었었다. 그러면서 마음 한편으로는 향기가 나는 곳이 제발 욕조나 수술용 침대가 아니기만을 간절히 바랐었다.

그런데…… 향기가 퍼져 나오는 곳은 그를 대놓고 비웃듯이 바로 욕조 아래였다. 그래도 설마 하며, 아니길 바랐다. 그런데 결국 상판 밑에서 호정의 향옥을 찾아냈다.

그 순간, 발작처럼 시우의 머릿속에 떠오른 장면은…….

으드득.

꽉 다물린 그의 입에서 절로 이 가는 소리가 새어 나왔다.

녀석에게 우롱당해서가 아니었다. 호정만 무사하다면 이 정도의 우롱쯤은 얼마든지 당해 줄 용의가 있었다. 그러나 그것이 호정의 신변에 관한 거라면, 절대로 용서할 수 없었다.

찰리 세이린, 죽여 버린다!

물론 시우는 몇 초도 안 돼 그것이 실수, 혹은 다른 어떤 끔찍한 일 때문에 그곳에 떨어져 있는 것이 아님을 바로 알아챘다.

실수, 혹은 다른 이유로 떨어진 것이라면 상판 아래가 아닌 욕조 밑에 떨어져 있어야만 했다. 상판 아래에 떨어졌다고 해도 누군가 일부러 깊숙이 밀어 넣은 것이 아니라면, 바닥과 상판 사이의 그 작은 틈새로 펜던트는 절대 들어가지 않는다.

그런데 펜던트는 안에 밀어 넣어져 있었다.

그다음을 추론하는 건 어렵지 않았다. 누군가 이것을 호정에게서 강제로 취해 일부러 이곳에 숨겨 뒀다면 그건 분명 찰리 세이린일 테고, 녀석이 일부러 그런 짓을 했다면 거기에는 반드시 이유가 있을 테니까.

녀석은 펜던트 하나로 총 다섯 가지의 사실과 요구 사항을 그에게 전달했다.

첫째, 자신이 호정을 데리고 있다는 사실.

둘째, 호정이 다쳤다는 사실, 녀석은 그 사실을 알려 주기 위해서 일부러 목걸이를 강압적으로 뜯어냈고 체인 끝에 묻어 있는 피를 닦지 않았다.

셋째, 그러니 그녀를 더 이상 다치게 하고 싶지 않으면 자신이 준 힌트를 쫓아 빨리 찾아오라는 요구이기도 했다.

넷째. 그 힌트의 첫 번째는 바로 욕조였다.

다섯째, 비밀 통로를 발견했다면 시우 혼자 내려와야만 한다는 요구. 그런 이유가 아니라면 그만이 맡을 수 있는 향기로, 그이기에 바로 알아챌 수 있는 단서들로 비밀 통로를 가르쳐 주지 않았을 것이다.

녀석은 그를 기다리고 있었다.

그가 녀석의 뜻대로 혼자 내려가지 않는다면, 녀석은 내려간 요원들을 어떤 식으로든 응징할 것이다. 자신의 지시를 따르지 않았다는 경고의 의미로. 또한 호정을 더 다치게 할지도 모른다. 시우가 혼자 내려올 때까지 살아 있을 정도로만 살려 둔 채로.

그것이 바로 시우 혼자 지하에 내려가야만 하는 이유였다.

시우는 매기와 요원들에게 위의 내용들을 충분히 알아들을 만큼 얘기해 줬다.

「때문에 나 혼자 내려가야만 합니다. 내가 내려간 후에도 따라 내려올 생각은 절대 하지 마십시오. 기다리세요. 내가 별도의 신호를 보낼 때까지.」

그러나 그들 역시 완강했다.

「무슨 말인지는 알겠어요. 하지만 그래도 안 돼요. 절대로 박사 혼자 내려가게 할 수는 없어요.」

「그래요. 그 미친 새끼가 밑에서 어떤 함정을 파고 기다리고 있을지도 모르는데, 안 됩니다. 너무 위험해요.」

「이시우 박사, 이번엔 우리를 믿고 맡겨 주세요. 우린 모두 정예화된 FBI 요원들입니다. 하지만 박사는 아니지 않습니까. 총도 없잖아요. 맨몸으로 어떻게…….」

시우가 매기에게 손을 내밀었다. 매기가 무슨 뜻이냐는 눈빛으로 그를 올려다보았다.

「총, 주시죠.」

요원들과 눈빛을 주고받더니 매기가 고개를 가로저었다.

「안 돼요. 박사는 자문 위원이지, 요원이 아니잖아요. 하다못해! 후우. 총은 쏠 줄 압니까?」

「왜 못 쏠 거라고 생각합니까. 주시죠. 더 이상 지체할 시간이 없어요.」

무시할 수 없는 시우의 위엄과 기운에 요원들은 한숨을 내쉬었다. 대신 요원 중 한 명이 철문을 열고 1차 안전을 확인하는 것까지는 자신이 하겠다며 철문 앞으로 다가갔다. 시우는 그것까지는 만류할 수가 없어 일단 한 걸음 뒤로 물러났다.

매기는 서둘러 서브로 발목에 차고 있던 글록23 자동 권총을 시우에게 건넸다.

「장탄 수는 총 열세 발이에요. 총, 정말 쏠 줄 아는 거죠? 아니에요. 못 쏴도 괜찮으니까 일단 갖고 있어요. 그리고 이거.」

매기는 자신의 목에 걸려 있는 얇은 체인 목걸이를 빼서 그의 손바닥 위에 놓았다. 시우가 의아한 듯 미간을 찌푸리자 매기가 쑥스러운 표정으로 뺨을 붉적였다.

「싸구려라서 좀 그렇긴 한데…… 호정 씨 목걸이 줄 끊어졌잖아요. 호정 씨 찾으면 급한 대로 거기에라도 펜던트 껴서 걸어주라고요.」

그럼 만에 하나 호정이 심각한 부상을 당했거나 의식 불명 상태에서 구출된다고 할지라도 그녀에게 도움이 될지 모른다는 생각이 들었다. 시우, 호정 두 사람에게는 대단히 특별한 의미의 목걸이인 것 같으니 말이다. 매기는 어떤 식으로라도 두 사람에게 도움이 되고 싶었다.

시우는 잠시간 아무 말 없이 손바닥 위의 얇은 금줄만 바라보았다. 그의 입술이 작게 달싹거려졌다.

「……고마워요. 잊지 않을게요.」

「이 박사가 그런 표정 지으니까 또 되게 어색하네. 어쨌든 이 박사, 너무 걱정하지 말아요, 호정 씨 무사할 거예요.」

끽. 끼이이이익. 텅!

드디어 비밀 통로 문이 열리고 지하로 내려가는 계단이 모습을 드러냈다. 언뜻 봐도 계단은 상당히 깊었다. 우측은 벽이고, 좌측은 대여섯 계단을 내려갈 때까지만 벽이었으며 그 이후부터는 트여 있는 듯했다.

그나마 다행이었다. 한쪽이 벽으로 막혀 있으면 내려갈 때 다른 한쪽만 경계하며 내려가면 된다는 얘기니까.

요원들은 모두 숨을 멈추고 컴컴한 계단 아래를 향해 총을 조준했다. 잠시간 정적이 흘렀다.

요원들이 저희들끼리 재빨리 눈빛을 교환했다.

시우는 매기에게 받은 권총을 바지 뒤춤에 꽂아 넣고 걸음을 떼려고 했다. 그런데 젠장! 요원들이 시우보다 한 걸음 빨랐다. 심지어 요원 한 명은 슬금슬금 시우의 등 뒤로 이동해 철문이 열림과 동시에 시우의 양팔을 뒤로 꺾으며 단단히 결박하기까지 했다.

「뭐 하는 겁니까! 이거 놔요!」

「미안합니다. 하지만 이해해 줘요. 박사와 주호정 씨를 위해선 이게 최선입니다.」

시우를 제압한 요원들은 서로 엄지를 주고받으며 한 명씩 재빨리 계단을 내려가기 시작했다.

시우의 추론이 틀렸던 걸까? 처음 내려간 요원이 칠흑 같은 어둠을 경계하며 긴 계단을 중간쯤 내려갈 때까지 지하에서는 아무 일도 벌어지지 않았다.

첫 번째 요원을 따라 연달아 내려간 요원들이 매기까지 포함해 총 여섯 명이었다. 그들은 자세를 한껏 낮춘 채 좌측의 텅 빈 공간만 경계하며 천천히 내려갔다.

맨 앞의 요원이 우뚝 걸음을 멈췄다. 뒤를 돌아보며 수신호를 보냈다.

'좌측 전방에 불빛 발견, 타깃 2인 발견.'

다른 요원들도 불빛과 서로 마주 보고 있는 두 명을 확인했다. 등을 보이고 있는 사람은 무릎만 바닥에 댄 채 천장에서 내려온 무언가에 매달려 있었다. 그렇다면 등을 보이고 있는 사람이 바로 호정일 터였다.

그럼 정면으로 보이는 저 사람이 바로⋯⋯.

그때였다.

타다다, 타다!

「으아!」

「윽!」

「악!」

요원들은 정면의 의자에 앉아 있는 사람이 움직이는 것을 보지도 못했다. 그런데 그곳에서 난데없이 화기의 불똥이 튀어 오르며 기관 단총이 발사됐다. 총알들은 모두 가슴이 아닌 머리를 향해 날아왔다. 선두에 서 있던 요원 세 명은 그 자리에서 목과 얼굴에 총상을 입고 즉사했다.

후미에 서 있던 요원 세 명은 즉각적으로 응사하며 황급히 퇴각했다. 덕분에 그들은 선두의 세 명과 달리 목숨을 구했다. 그러나 모두 무사한 것은 아니었다. 특히 네 번째 서 있던 매기는 좌측 허벅지에 총상을 입고 말았다.

「헉, 헉.」

「으으…….」

계단 위로 올라온 세 사람이 가쁜 숨을 몰아쉬었다. 매기는 부상당한 허벅지를 부여잡고 신음을 흘렸다. 시우는 자신을 결박하고 있는 요원을 뿌리치고 매기에게 달려갔다. 그가 이를 악물고 소리쳤다.

「내가 뭐라고 했습니까. 당신들은 내려가면 안 된다고…… 젠장!」

시우는 황급히 많은 약물이 보관되어 있는 철제 수납장으로 달려갔다. 아까 봤던 과산화수소와 작은 용기의 다른 약품 하나를 챙겨 수도로 달려갔다. 녀석이 보관하고 있는 약품들은 거의 강한 원액 그대로라 소독제로 쓰려면 물과 희석해야 했다.

과산화수소를 일정량 배수구에 따라 버리고 호스를 이용해 원액을 희석했다.

「이 정도면 됐어.」

그는 서둘러 매기에게 돌아갔다. 그를 결박하고 있던 요원은 황급히 달려가 수술용 메스들을 싹 쓸어 왔다. 시우는 피에 젖은 바지를 찢고 총상 입은 부분을 소독했다. 그러면서도 총상 부위를 재빨리 확인했다.

「다행히 살만 뚫고 관통한 것 같군요. 일단은 급한 대로 소독하고 지혈만 하겠습니다. 누가 벨트 좀 주시죠.」

시우는 자신의 벨트를 재빨리 한 번 만지작거렸다. 매기가 신음을 흘리면서도 제 벨트를 풀어 건네주었다. 허벅지에 벨트를 단단히 감아 지혈시킨 후 그가 물었다.

「견디기 힘들면 말해요. 마취제라면 저기에 차고 넘칠 만큼 많으니까.」

「됐어요. 살만 뚫고 관통했다면서요. 이 정도쯤은…… 참을 수 있어요.」

헨리와 다른 요원들 몇 명이 총성을 듣고 뛰어 들어왔다.

「무슨 일이야! 크로닌 요원, 괜찮나?」

「네. 전 괜찮아요. 그런데…….」

매기는 방금 전의 상황을 빠르게 보고했다. 그리고 마지막으로 시우를 보고 말했다.

「매달려 있는 사람, 그 사람이 호정 씨가 틀림없어요.」

그의 표정이 무섭게 굳었다. 움켜쥔 주먹이 부들부들 떨렸다. 매기가 통증을 참으며 계속 말을 이었다.

「미안해요. 박사의 추론이 맞았던 것 같아요. 그렇다고 박사가 무사하리란 보장은 없어요. 저 새끼는 예측 불가능한 사이코 새끼니까. 그러니까 박사, 내려가지 말아요. 다른 방법을 강구해 봐요. 박사 혼자 내려가는 건 너무 위험해요.」

시우가 방탄조끼를 벗으며 천천히 몸을 일으켰다. 더없이 서늘하고 강렬한 눈빛으로 매기와 헨리, 다른 요원들을 쳐다보며 경고했다.

「나 혼자 내려갑니다. 아무도 따라오지 마세요.」

「하지만 박사!」

「물론 나도 위험할 수 있습니다. 하지만 호정이만은 무사히 구할 겁니다. 그러니까 팀장님.」

시우는 헨리를 돌아보았다.

「시간은 내가 최대한 벌겠습니다. 그동안 팀장님은 지하의 다른 출입구를 찾아 주십시오. 아까 집에도 지하실이 발견됐다고 하던데 맞습니까?」

「그래요. 그런데 거기는 위치만 지하였지, 내부는 넓은 침실이었어요. 내 생각에는 다이아나의 침실이었던 것 같아요. 시트나 가구들이 모두 여자 취향이었으니까.」

「그럴 겁니다. 그런데 다이아나는 거기에 없었습니까?」

「텅 비어 있었어요.」

잠시 미간을 찌푸린 시우가 다시 물었다.

「휠체어는요?」

「휠체어도 없었어요.」

시우가 턱을 매만지며 고개를 끄덕였다.

「알겠습니다. 어쨌든 팀장님, 여기 지하와 연결된 출입구를 꼭 찾아 주십시오. 다이아나의 침실에서 연결되는 비밀 통로가 반드시 있을 겁니다. 서둘러 주세요. 그리고 만약 찾게 된다면 제가 별도의 신호를 보내기 전까지는 절대 들어오지 마십시오. 문 앞에서 대기해 주세요.」

「알겠소, 박사. ……조심해요.」

헨리가 먼저 악수를 청했다. 시우도 기꺼이 그의 오른손을 잡았다. 요원들이 방탄조끼라도 다시 입고 가라고 권했으나 시우는 어차피 내려가면 벗어야 할 거라며 거절했다.

시간이 너무 오래 지체됐어.

시우는 지옥의 아가리처럼 입을 벌리고 있는 지하 계단으로 서둘러 내려갔다.

시우는 계단을 끝까지 천천히 내려갔다. 계단 중간쯤에 다다랐을 때 매기가 말한 불빛과 차가운 바닥에 무릎을 대고 매달려 있는 호정의 뒷모습이 보였다. 그러나 시우는 서두르지 않았다. 죽을힘을 다해 참고 또 참았다.

지금부터는 시우와 찰리의 싸움이었다.

호정을 살리기 위해서 녀석이 원하는 구도 안으로 기꺼이 들어오긴 했지만, 시우는 절대로 녀석의 뜻대로 움직여 줄 생각이 없었다. 호정을 살리려면 반드시 그래야 했다. 녀석을 자신의 페이스로 끌고 와야만 할 터였다.

계단을 다 내려온 시우는 바지 주머니에 양손을 찔러 넣은 채 불빛을 바라보고 서서는 한동안 꼼짝도 하지 않았다.

그의 발치엔 머리와 목을 관통당하고 즉사한 요원 세 명의 시체가 나뒹굴고 있었다. 불과 몇 분 전까지만 해도 숨 쉬던 사람들이었다. 그런데 지금은 싸늘한 주검이 되어 그의 발 앞에 쓰러져 있었다. 끔찍했다. 끔찍한 만큼 가슴 밑에서 뜨거운 불길이 치솟았다.

하지만 시우는 참고 기다렸다. 녀석이 먼저 모습을 드러낼 때까지.

그렇게 얼마나 시간이 흘렀을까.

연노란 백열등 불빛 저편에서 마침내 녀석의 음성이 들려왔다.

「여, 이시우 박사. 왔으면 가까이 오지 않고 거기서 뭐 해? 시체 구경해?」

찰리는 재미있다는 듯 키득거리며 웃었다.

「걔네들이 죽은 건 다 네 탓이야. 내 요구 사항을 다 알았을 텐데, 왜 그랬어? 걔들이 먼저 내려간다고 했어도 막았어야지. 그러니까 너 때문에 죽은 거라고.」

「너답지 않군.」

「뭐가?」

「살인이 취미이자 유일한 유희인 녀석이 왜 그 결과를 남한테 돌리지? 그만큼 너한테도 이 상황이 꽤 곤혹스럽다는 얘긴가?」

「하! 뭐래. 말장난 그만하고 빨리 와. 너 기다리느라 목 빠지는 줄 알았어.」

바지 주머니에 양손을 찔러 넣은 채 시우는 천천히 걸음을 옮겼다. 흐릿한 불빛 속에 매달려 있는 호정의 가녀린 뒷모습이 그의 망막을 칼날처럼 아프게 찔러 댔다.

녀석의 입에서 그의 이름이 흘러나온 순간부터 호정은 채찍이라도 맞은 듯 움찔 굳어 바들바들 떨고 있었다. 그런데 그보다 그의 심장을 옥죄며 더욱 고통스럽게 하는 것은 자신의 목소리를 들었음에도 차마 뒤돌아보지 못하는 모습, 두려움에 절규하고 있을 그녀의 마음이었다.

왜…… 왔어. 난 괜찮으니까…… 빨리 돌아가. 지금이라도 당장 빨리!

바들바들 떨리는 뒷모습을 통해 그녀가 가슴으로 토해 내는 절규가 자연스럽게 느껴져 왔다. 시우도 마음으로 온 마음을 전했다. 자신이 호정의 마음을 느낄 수 있듯이 그녀 역시 자신의 마음을 느낄 수 있으리라 믿었다.

괜찮아, 누나. 겁먹지 마. 내가 왔잖아. 조금만 참아. 조금만……. 미안해. 내가 다 미안해.

안 돼, 시우야! 난 괜찮다고 했잖아. 그러니까 제발…… 더 이상 가까이 오지 마. 여기서 빨리 나가! 내가 이렇게 빌게. 나 보지 말고, 날 위한다면 제발…….

미안. 이젠 늦었어. 이번만 용서해 줘. 다음부턴 누나가 하는 말이면 뭐든 다 들을게. 그러니까 지금은 날 믿고 조금만 기다려 줘.

천천히 다가온 시우는 호정에게서 두 걸음 남짓 떨어진 우측에 걸음을 멈췄다. 그는 그제야 목이 괴이하게 뒤틀린 채 휠체어에 앉아 있는 다이아나를 봤다. 다이아나의 전신을 쓱 살피고는 슬쩍 미간을 찌푸렸다.

찰리가 또 키득거렸다.

「큭, 뭐야, 그 표정은. 놀라거나 오싹해하는 게 아니라 짜증난다는 표정이잖아. 역시…… 내 예상과는 다르지만, 재미있네. 신선하기도 하고. 그래도 너무 그러지 마. 그럼 내가 더 짜증 날 것 같으니까.」

진짜 짜증이 났는지 찰리의 음성이 살짝 투박해졌다.

「어쨌든 인사해. 네가 그토록 잡으려고 했던 여자잖아. 소감이 어때?」

「가까이 가서 봐도 되나?」

「좋으실 대로.」

시우는 찡그린 낯빛을 하고도 휠체어에 앉아 있는 다이아나를 이쪽저쪽을 만지며 유심히도 살폈다. 아주 잠깐 그의 눈빛에 새로운 시도에 대한 지적 호기심 같은 것이 어리기도 했다.

그러나 이내 그는 자신으로서는 도저히 이해할 수 없다는 듯 고개를 가로저으며 원래 서 있던 위치로 돌아갔다. 그는 바지 주머니에 양손을 찔러 넣고 뻐딱하게 어둠 저편을 바라봤다.

찰리가 기다렸다는 듯이 다시 물었다. 그의 음성은 기대에 찬 듯 살짝 올라가 있었다.

「어때?」

「별로.」

「별로? 그게 다야?」

「더 있어야 하나?」

웬일로 찰리는 아무 말도 하지 않았다. 잠시 후, 낮게 흘러나온 음성은 좀 전보다 조금 더 투박해져 있었다.

「건방진 새끼. 하여튼 넌 정이 안 가. 그럼 네 여자는? 그것도 별로야?」

시우가 잇새로 씹어뱉듯이 음산한 음성으로 대답했다.

「죽이고 싶지, 네 새끼를.」

「큭, 이제야 말이 좀 통하네.」

기분이 좋아졌는지, 찰리의 음성은 조금 밝아졌다.

「자, 그럼 이제부터 본격적인 대화를 해 볼까. 아 참, 그 전에 먼저. 총 갖고 왔어?」

「물론.」

「야, 이 새끼. 뭐가 이렇게 당당해. 내놔 봐. 뭐야?」

시우는 오른손을 뒤로 돌려 바지 뒤춤에 꽂아 둔 글록23을 꺼냈다.

「글록23이네? 그거야 나도 있지. FBI 되니까 이걸 그냥 막 주더라고. 그래서 이걸로 지금 네 머리통을 정확히 겨냥하고 있지. 쏴 본 적 있어? 그립감도 좋고 쏠 때의 반동도 괜찮고 이 정도면 나름 괜찮은 총인데.」

「아니. 방금 받은 거라.」

「아…… 역시, 위에 요원들이 찔러 줬구나? 하여튼 새끼들. 이쪽으로 던져.」

시우는 목소리가 들려오는 방향을 향해 미련 없이 총을 던졌다. 총이 허공을 날아가는 소리가 휘이, 조용한 공간을 울렸다. 그리고 이내 다음과 같은 소리가 연이어 들려왔다.

쓱. 딱! 툭.

그러곤 다시 슥. 철컥. 부스럭.

딱! 툭. 철컥. 외에는 모두 자세히 듣지 않으면 모를 만큼 아주 희미했다.

「오케이. 그럼 다시 시작해 볼까. 어디까지 했더라? 아, 그래, 대화.」

「그 전에 나도 하나만 부탁하지.」

「뭐?」

「이거.」

눈높이로 들어 올린 시우의 오른손에는 향옥 펜던트가 걸려 있었다.

「너와 나 사이의 쓰임은 다 했어. 주인한테 그만 돌려주고 싶다.」

「음, 달콤해. 향기 진짜 끝내준다. 다시 맡으니까 더 좋은 것 같은데?」

찰리는 이내 다소 못마땅한 음성으로 말을 이었다.

「네 여자한테 그걸 다시 돌려주겠다고? 꼭 그래야겠어? 줄이 끊어져서 걸리지도 않을 텐데.」

「그건 내가 알아서 하지.」

「……좋아. 어차피 곧 내 손에 다시 들어올 텐데, 뭐. 마음대로 해.」

시우는 왼쪽의 호정을 향해 돌아서 자신도 모르게 숨을 급히 몰아쉬었다.

바로 눈앞에서 보는 그녀의 모습은 생각보다 훨씬 심각했다. 얼마나 오래 매달려 있었는지 쇠사슬에 고정되어 있는 양팔이 다 엉망이었다.

족쇄를 수갑 대신 차고 있는 양 손목은 거친 강철에 쓸려 온통 찢어져 있었다. 벌어진 살갗에서는 붉은 선혈이 흘러내리다 새하얀 팔뚝 여기저기에 응고되어 있었다.

바닥에 질질 끌고 오기라도 한 걸까.

새하얗던 반팔 티셔츠는 여기저기 흙먼지에 더러워져 있었고, 산발이 되어 버린 머리카락은 땀에 젖다 마르기를 반복해 뻣뻣하게 뭉쳐 있었다. 지칠 대로 지쳐 축 늘어진 호정은 고개를 제대로 들지도 못했다.

시우의 눈에서 시뻘건 불길이 일었다. 그의 가슴에서는 그보다 더 크고 사나운 불길이 시커멓게 타올랐다. 그도 모르게 굳어 버린 상체가 몇 번이나 후드득 흔들렸다. 단단한 가슴이 세차게 오르내릴 때마다 악다문 입에서 으드득 이 갈리는 소리가 새어 나왔다.

시우는 그녀와 같이 바닥에 무릎을 대고 앉았다. 짐승처럼 터져 나오려는 비명을 안간힘을 다해 참았다. 간신히 인간다운 목소리를 목구멍 위로 밀어 올렸다.

"누나……."

그러나 호정은 흠칫 떨기만 할 뿐, 그를 돌아봐 주지 않았다. 오히려 고개를 더욱 깊이 숙이고 자꾸만 반대편으로 돌리려고 했다. 호정도 억지로 목소리를 밀어냈다.

괜…… 찮아. 목걸이…… 네가 갖고 있어. 어차피 끊어져서 안…… 돼.

그러나 그녀는 실패했다. 입에 물린 재갈 때문에 그녀의 목소리는 입안에서 흩어져 버렸다. 대신 그녀의 가녀린 몸짓으로 전해 오는 마음을 향해 시우는 다정스럽게 속삭였다.

"할 수 있어. 그리고 이건 처음부터 누나만을 위해서 제작된 거야. 세상에 단 하나뿐인 주호정을 위해서 만들어진 세상에 단 하나뿐인 목걸이. 누나가 아니면 안 돼. 이 목걸이도, 나도."

시우는 매기가 빌려준 목걸이 체인에 미리 걸어 두었던 향옥 펜던트를 호정의 목에 걸어 주었다. 바들바들 떠는 그녀의 정수리에 입을 꾹 맞추고 그녀의 얼굴을 가슴 깊숙이 끌어안았다.

그녀에게만 들리도록 작게 속삭였다.

호정이 움찔했다. 시우의 손이 깊숙이 숙여 있는 호정의 턱을 조심스럽게 잡아 들어 올렸다. 그리고 입에 물려 있던 재갈을 빼 주었다. 긴 숨을 내쉰 그녀의 두 눈이 천천히 떠졌다.

비로소 마주 본 두 사람.

순간 시우의 옅은 갈색 눈동자가 몇 시간 만에 피폐해져 버린 사랑하는 이의 얼굴을 담고 격랑에 요동치는 깃발처럼 무섭게 흔들렸다.

서로를 담은 눈동자에 금세 눈물이 차올랐다. 가쁜 숨을 몇 번이나 내쉰 시우가 떨리는 음성으로 간신히 말했다.

"사랑해."

"……사랑…… 해."

호정도 허옇게 트고 갈라진 입술을 달싹여 간신히 화답했다. 시우가 뿌옇게 눈물이 차오르는 검은 눈동자를 빨아들일 듯 응시하여 눈빛으로만 물었다.

됐다. 이제 된 거야, 그치?

응.

방금 내가 한 말 잊지 마.

으응.

그제야 시우는 힘겹게 호정을 품에서 떨어트리고 좀 전의 위치로 돌아갔다. 돌아선 그의 얼굴은 다시 차갑고 시린 얼굴로 바뀌어 있었다.

어둠 저편의 찰리가 짜증스러운 목소리로 비아냥거렸다.

「눈물 없이는 못 봐 주겠네. 왜, 더 하지? 침대 필요해? 하고 싶으면 그냥 해. 안 말려. 나도 오랜만에 구경 좀 해 보자. 왜, 막상 하라니까 못 하겠어? 창피해? 아님 서서는 한 번도 안 해 봤냐? 등신들. 한번 해 봐. 서서 하는 것도 괜찮아. 그리고 너희들, 지금 아니면 영원히 할 기회도 없어. 이제 이 짓도 재미없다 싶으면 너희 둘 다 죽여 버릴 거거든.」

대답할 가치도 없다는 듯 뻐딱하게 허공을 응시하던 시우가 눈을 가늘게 조프리고 어둠 저편을 노려보았다.

「마음대로 해. 우린 죽음 따위는 안 두려우니까.」

「뭐?」

「너한테 살려 달라고 비는 일 따위는 절대로 없을 거다. 우리는 너의 변태적 살인 유희를 충족시켜 줄 생각이 전혀 없으니까.」

「그래? 으음, 너는 그럴지도 모르지. 하지만 과연 네 여자도 그럴까? 아닐걸. 너도 아까 봤었어야 했는데.」

찰리는 호정이 마취에서 깨어날 때 어떤 패닉 상태였는지, 어떤 발작을 일으켰는지를 신나게 떠벌렸다.

「내가 더 놀랐다니까. 난 아무 짓도 안 했는데 저 혼자 별 쇼를 다 보여 줘서. 진짜야. 난 여기 앉아서 얌전히 구경만 했다고. 뭐, 나야 고마웠지. 보는 재미가 쏠쏠했거든. 그런데 네 여자도 죽음을 안 두려워한다고? 살려 달라고 안 빌 거라고? 내기할래?」

찰리는 갑자기 재미있는 생각이 났는지 목소리에 생기가 돌기 시작했다.

「그래! 우리 내기하자, 이시우. 내가 네 여자를 먼저 죽일게. 최대한 천천히, 그리고 고통스럽게. 그런데도 네 여자가 네 말대로 끝까지 살려 달라고 빌지 않으면…… 넌 살려 줄게. 대신 내 말대로 살려 달라고 울고불고 난리 치면 넌 나한테 뭘 줄래?」

시우가 아무 대답을 하지 않자 찰리가 스스로 원하는 답을 내놓았다.

「네 뇌를 줘. 사실 이런 내기를 하지 않아도 난 오늘 네 뇌를 가질 거야. 그런데 그냥 갖는 것보다는 이게 더 스릴 있고 재미있을 것 같아서 그래. 그러니까 결론적으로 말하면 난 밑지는 거고 넌 이득인 거지. 어때, 재미있겠지. 할래?」

「아니.」

「할게.」

시우와 호정의 대답이 동시에 흘러나왔다. 시우는 흠칫 놀라 호정을 돌아보았다. 그러나 호정은 시우를 돌아보지 않았다. 정면만을 노려보며 말했다.

「내가 할게.」

「정말?」

「내가 끝까지 살려 달라고 빌지 않으면 정말 이 사람은 건드리지 않는 거지?」

「오, 멋진데. 네 남자 오니까 사람이 아까하곤 확 달라졌네. 훗. 좋아. 네가 끝까지 버티면 남자는 살려 줄게. 단, 한 번이라도 살려 달라고 빌면 내가 이기는 거야. 그리고 참고로 말해 두겠는데, 아까 말했듯이 저놈 뇌를 꺼낼 때 산 채로 꺼낼 거야.

그래야 싱싱할 테니까. 그래도 할래?」

「어, 해. 단, 나도 조건이 있어. 네가 내기에서 지면 이 사람은 살려 보내 준다는 걸 내가 어떻게 믿지?」

찰리가 큭 웃음을 터트렸다.

「그거야 방법이 없지. 여기서 공중을 받을 수 있는 것도 아니고. 그냥 믿어. 너희들 입장에서는 그 방법밖에는 없어. 그리고 뭔가 대단한 착각들을 하는 것 같은데, 내가 지금 내기 제안을 하는 건 내가 너희를 위해서 엄청난 선처를 베푸는 거야. 그런데 어디다 대고. 하기 싫으면 너희 둘 다 그냥 죽든지.」

호정이 아랫입술을 깨물며 시우를 돌아보았다. 시우가 안 된다고, 아무 말도 하지 말라고 고개를 가로저었다. 그러나 호정은 시우의 눈을 똑바로 바라보며 찰리를 향해 말했다.

「해. 할게.」

어둠 저편에서 큭큭큭, 낮은 웃음소리가 들려왔다.

「오케이, 좋았어. 그럼 시작해 볼까.」

슥.

아까 시우가 총을 던졌을 때 났던 소리와 동일한 소리가 어둠 저편에 미세하게 났다.

그때였다.

시우는 기다리던 그 순간을 놓치지 않았다. 앞으로 몸을 날리며 다이아나의 휠체어를 소리가 난 방향을 향해 있는 힘껏 밀었다.

아까 다이아나를 살펴보겠다며 시우는 휠체어의 정지 레버를 이동으로 올려놓았다. 900g에 가까운 무게의 총을 던지며 녀석과의 거리나 무게와 거리 대비 자신이 어느 정도의 힘을 주어야 하는 가에 대한 계산도 얼추 마쳐 놓은 상태였다.

호정은 시우가 몸을 날리는 동시에 아까 그가 귓속말한 대로 죽을힘을 다해 자리에서 일어났다. 오랜 시간 무릎을 바닥에 대고 있었던 터라 감각을 잃어버린 다리가 풀썩 꺾이려고 했지만, 그녀는 필사적으로 일어나 시우가 서 있던 방향으로 몸을 날렸다. 그녀의 높이에 맞춰 내려와 있던 쇠사슬인지라 호정이 일어나자 어느 정도 여유분이 생겼다. 호정은 그만큼 옆으로 이동할 수 있었다.

쏜살같이 뒤로 밀려간 휠체어가 자리에서 일어나는 녀석의 다리를 정확히 쳤는지, 어둠 속에서 '윽!' 하는 신음이 들려 왔다. 동시에 시우는 바닥을 차고 허공으로 뛰어 올랐다.

바로 다음 순간, 호정과 찰리의 중간 즈음에 매달려 있던 백열구 전등이 찰리의 얼굴을 향해 무서운 속도로 날아왔다. 의자에서 일어나는 순간 갑자기 달려든 휠체어에 허벅지를 정통으로 가격당한 찰리는 아픈 것보다는 예상치 못한 상황에 놀라고 화가 나서 상체를 번쩍 들었다. 재빨리 전방을 향해 총구를 겨누었다.

그러나 찰리는 바로 그 순간 눈앞으로 날아온 백열구 전등에 다시 한번 놀라 방아쇠를 당길 기회를 놓치고 말았다.

「헉!」

두 눈이 휘둥그레진 찰리는 본능적으로 상체를 뒤로 젖혔다. 덕분에 전등에 얼굴을 얻어맞는 불상사는 면할 수 있었다.

그러나 그것으로 끝이 아니었다. 뒤로 젖혔던 상체를 반동을 이용해 황급히 일으킨 순간 이번에는 어둠 속에서 훅 튀어나온 시우의 새하얀 얼굴을 눈앞에서 마주해야만 했다.

그 순간에는 아무리 찰리라고 하더라고 경악하듯 놀랄 수밖에 없었다. 찰리의 입에서 기겁한 비명이 터져 나오려는 순간, 이번에는 얼굴로 액체가 확 뿌려졌다.

「아아아악!」

이번엔 진짜 찰리의 입에서 괴성이 터져 나왔다. 액체에 닿은 찰리의 얼굴이 금세 녹으며 살이 타는 냄새가 사방으로 진동했다. 찰리는 얼굴뿐 아니라 온몸이 타들어 가는 것 같은 극심한 고통에 몸부림치며 울부짖었다.

찰리의 정확한 위치를 확인하기 위해 전등을 이용했던 시우가 앞뒤로 거세게 흔들리는 전등 뒤에서 모습을 드러냈다. 시우의 왼손에는 처음부터 바지 주머니에 챙겨 왔던 300mL짜리 황산 통이 들려 있었다. 그는 빈 통을 미련 없이 바닥에 던져 버렸다.

그리고 바지 뒤춤 벨트 안에 숨겨 가지고 온 수술용 메스를 꺼내 들었다. 얼굴이 타들어 가는 고통에 몸부림치는 찰리의 등 뒤로 재빨리 다가갔다. 차마 타는 얼굴을 감싸지는 못하고 허공에서 허우적거리는 녀석의 양팔을 사납게 잡아챘다.

시우는 좀 전이 자신이 요원한테 당했던 결박을 떠올리며 똑같이 팔을 꺾었다. 요원은 그의 팔꿈치를 바깥쪽으로 꺾으며 결박했었다. 정말 뼈가 부러질 것 같다는 본능적 두려움과 통증에 꼼짝도 할 수 없었다. 시우는 그와 똑같이 찰리의 양팔을 뒤로 꺾어 단단히 결박했다.

그리고 준비해 온 수술용 메스를 녀석의 목에 갖다 댔다. 아까 매기의 질긴 진도 단숨에 찢어 낸 메스였다. 그러니 긋기만 하면 끝일 터였다. 녀석이 날을 워낙 평소에 잘 관리해 온 덕분에 살짝만 그어도 여린 살갗은 예리하게 잘려 벌어질 테니까.

녀석이 호정을 납치했다는 사실을 안 순간부터 시우는 정말 녀석을 죽여 버릴 생각이었다. 그러다 녀석의 살인 헛간을 살펴보고는 그 생각을 굳혔더랬다.

찰리 세이린은 인간이기를 포기한 진짜 악마였으니까.

악마는 당연히 죽여 버려야 한다고 생각했다. 자칫 어설프게 살려 두면 악마는 또다시 되살아나 유희와 분노로 무고한 수많은 생명을 또다시 닥치는 대로 앗아 갈 테니까.

오늘만 해도 무고한 요원 세 명이 죽임을 당했다.

시우는 부상당한 매기를 치료하며 녀석을 죽일 준비를 끝마쳤다. 황산은 과산화수소를 가져오며 가장 작은 크기로 챙겼다. 마음 같아서는 가장 큰 통을 가져다 녀석의 온몸에 들이붓고 싶었지만 지하에 내려가는 즉시 들킬 것이 뻔했다. 해서 아쉽지만 부상만 입힐 정도의 가장 작은 용기로 만족하기로 하고 그는 황산 통을 왼쪽 바지 주머니에 재빨리 챙겼다.

그 후, 날카로운 수술용 메스를 벨트 안에 숨겼다. 아쉬운 대로 챙긴 황산 대신 메스로 녀석의 마지막 숨통을 끊어 버릴 생각이었다.

전등과 휠체어도 모두 염두에 둔 계획이었다. 내부의 사정과 모습은 매기를 통해 전해 들었고, 저택 지하의 다이아나 침실에 다이아나도, 휠체어도 없다는 얘기는 헨리에게서 들었다.

다이아나가 박제되어 있을 것까진 예상하지 못했지만, 충분히 활용 가능할 거라고 생각했었다.

그래서 총도 일부러 챙겼다. 어둠 속에 있을 녀석의 위치를 파악하기 위해선 아무런 의심 없이 이쪽에서 녀석 쪽으로 던져 줄 만한 물건이 반드시 필요했기 때문이었다.

그리고 지하에 내려와 호정을 보고는 그 생각과 결심을 더욱 확고히 다졌더랬다.

찰리 세이린, 넌 오늘 내가 반드시 죽이고 만다.

그런데…… 막상 녀석의 생사 여부를 손안에 쥐고 보니 선뜻 그어지지 않았다. 사람을 죽인다는 것에 대한 두려움? 죄책감? 그런 것 때문은 절대로 아니었다. 놀랍게도 그는 지금 무척 냉정하고 차분해져 있었다.

그럼에도 망설여지는 이유는…… 호정 때문이었다.

전등은 여전히 그네처럼 앞뒤로 흔들리며 저쪽과 이쪽을 번갈아 가며 비추고 있었다.

전등이 한 번 흔들릴 때마다 저쪽에서 이쪽을 바라보고 있는 호정의 창백한 얼굴과 고통에 울부짖는 찰리의 얼굴, 그리고 그의 목에 메스를 대고 있는 시우의 차갑게 벼린 무표정한 얼굴이 서로 엇갈리며 드러났다 사라지기를 반복했다.

한 번씩 오가는 불빛과 어둠 속에서 두 사람은 서로만을 응시하고 있었다.

호정은 한 번씩 드러나는 시우의 무서울 정도로 차가운 얼굴에서 그가 무엇을 하려고 하는지 바로 알아차렸다.

호정의 부릅떠진 눈동자가 세차게 흔들렸다.

시우는 좀 전에 향옥 펜던트를 걸어 주며 이렇게 속삭였었다.

"놀라지 말고 괜한 걱정도 하지 마. 이제부터 난 녀석을 도발할 거야. 그래서 기회를 잡아 녀석을 공격할 거야. 걱정 마. 모든 준비는 끝났으니까. 날 믿고 따라 줘. 내가 신호를 보내면 힘들겠지만 죽을힘을 다해 일어나서 내가 서 있던 방향으로 있는 힘껏 몸을 날려 줘. 그럼 우리 모두 여기를 무사히 나갈 수 있어. 내가 반드시 그렇게 해. ……사랑해."

시우가 예상하지 못한 단 한 가지 변수는 그를 대신한 호정의 도발이었다. 녀석이 자리에서 일어나지 않고 앉은 채 총을 쐈으면 어쩔 뻔했나! 그 때문에 죽을힘을 다해 일어나서 그가 서 있던 방향으로 무조건 몸을 날리라고 한 거였다. 그녀가 그를 대신해 위험을 감수하고 죽음을 조건으로 녀석을 도발할 줄은 정말 생각지 못했었다.

그 몸 상태로 누가 누구를 구한다고…….

정말 말 안 듣는 주호정이었다.

한없이 보호받고, 한없이 사랑만 받아도 부족할 사람이 왜 자꾸 자신을 지키고 보호하려고 하는지 모르겠다.

더 지켜 줘야 하는데. 더 많이 사랑하고 안전하게 보호해 줘야 하는데…….

이시우에게 있어 주호정은 사랑 그 자체이자, 사랑 그 이상의 절대적인 존재였다.

그런 절대적인 존재가 그를 염려하고 안타까워하는 눈빛으로 지켜보고 있었다. 그녀를 고문한 악마 그 이상도, 이하도 아닌 놈의 생명 같지도 않은 생명을 거두려 하는 것을…….

그녀가 염려하고 안타까워하며 아파하는 것은 찰리 세이린의 목숨 따위가 아니었다. 오롯이 그. 이미 제압한 녀석의 목숨을 분노만으로 가차 없이 취한 다음에 찾아올지도 모를 그의 심리적 상태를 걱정하고 있었다.

완벽히 제압한 상태에서 녀석의 숨통을 끊어 놓는다면, 그것은 엄밀히 말해 또 다른 살인이기도 하니까.

그래서 시우는 선뜻 목을 그을 수가 없었다. 그녀가 보고 있는 앞에서는.

어떡한다…….

답은 의외로 빨리 나왔다.

이시우는 주호정의 뜻과 바람에 반하는 행동은 절대로 하지 않는다. 아니, 하고 싶어도 그럴 수가 없다. 그녀는 그를 인간답게 숨 쉬고 살게 해 주는 절대적인 존재이니까. 그것은 시우의 생이 다하는 날까지의 절대 불변의 법칙이오, 가치일 터였다.

「헨리 팀장님!」

시우는 아직도 고통 속에 버둥거리는 찰리를 결박한 채 헨리를 소리쳐 불렀다. 그렇게 네 번쯤 불렀을 때에야 좌측 어둠 속의 문이 스르르 열리며 환한 불빛이 쏟아져 들어왔다.

깜짝 놀라 뛰어 들어온 헨리 팀장 이하 요원들은 황산에 얼굴 일부가 타들어 가는 찰리를 시우가 완벽하게 결박하고 있는 모습에 너무 놀라서 한동안 움직이지 못했다.

시우는 헨리와 요원들에게 찰리를 넘겼다. 찰리 세이린이 그동안 저지른 모든 악행과 죄악을 단죄하는 일은 이제 FBI와 사법부의 손으로 넘어갔다.

시우는 찰리의 전신을 뒤져 족쇄 열쇠를 찾아 전속력으로 호정에게 달려갔다. 안도한 그녀는 이미 울고 있었다.

시우는 자신을 마주 안아 주지 못하는 호정의 손목을 황급히 풀어 주었다. 그제야 호정이 양팔을 뻗어 시우를 온몸으로, 온마음으로 끌어안았다.

"시우야, 시우야……."

"누나…… 호정아!"

안도, 감사, 두려움, 사랑, 온갖 감정의 홍수들이 서로를 한 몸처럼 부둥켜안고 웃고, 눈물 흘리는 두 사람을 덮쳤다. 두 사람은 기꺼이 감정들의 홍수에 몸을 던지고 휩쓸려 가도록 내버려 두었다. 이마를 맞대고 쉼 없이 서로의 얼굴과 몸을 어루만지며 무사함을 확인했다.

요원들을 제치고 정우와 시현, 민수가 뛰어 들어왔다.

"시우야, 호정아!"

"호정 씨, 이 박사!"

검거 작전이 무사히 끝나기만을 가슴 졸이며 초조하게 기다리던 그들은 연락이 오기 무섭게 부리나케 달려온 참이었다.

한달음에 달려온 세 사람은 무사한 모습의 두 사람을 보고 와락 끌어안았다. 두 사람에서 다섯 사람으로 한 덩이가 된 그들은 또다시 서로의 무사함에 감사하고 기뻐하며 울고 웃음을 터트렸다.

한 덩이.

말 그대로 그들은 한 덩이, 한 가족이었다.

어느덧 밖에는 길고 길었던 어둠을 몰아낸 먼동이 떠오르고 있었다.

Epilogue

FBI는 어퍼새들리버의 집 마당에서만 백여 구가 넘는 백골과 사체를 발굴했다. 집 지하의 다이아나의 침실에서는 아홉 개의 USB가 발견되었다. 그 USB에는 164건에 달하는 살인 동영상이 저장되어 있었다.

동영상에는 이든 리 앨런과 엠마 브라헤가 자살로 위장되어 살해당하는 장면부터 상상조차 하기 힘든 온갖 방법으로 고문을 당하는 피해자들의 모습이 고스란히 담겨 있었다.

그중에는 찰리의 부모가 의식을 잃은 채 운전석과 조수석에 앉혀진 뒤, 차와 함께 낭떠러지로 굴러떨어져 폭발하는 장면도 있었으며, 차지수가 살해당하는 장면도 생생하게 담겨 있었다. 헛간의 살인 도구가 다양했던 것처럼 찰리가 사람들을 살해하는 방법은 피해자 수만큼이나 다양했다.

화면 속의 찰리는 매번 다른 방법으로 사람들을 고문하고 살

해하며 아이처럼 재미있어 하고 즐기고 있었다. 영상을 보던 수
사관들 중 몇 명은 더 이상 참지 못하고 밖으로 뛰어나가 속에
있는 것을 모두 게워 내기도 했다.

　가장 충격적인 장면은 단연 다이아나를 박제하는 모든 과정
이 담겨 있는 영상이었다.

　찰리가 묵비권을 행사하든 하지 않든, 백골과 사체들 그리고
모든 살해 장면이 찍힌 영상이 있는 이상, 그에게 법정 최고형
이 내려질 것은 자명했다.

　황산으로 얼굴과 목 일부가 녹아내린 찰리는 수술 후 계속 묵
비권을 행사했다. 그러던 어느 날 문득 펜과 종이를 요구했다.

　너희들이 다 알아냈다고 생각해?
　천만에. 너희 수준으로는 불가능해.
　진실을 알고 싶어?
　이시우 박사를 만나게 해 줘.
　그럼 모두 말해 주지.

　그러나 시우는 찰리 세이린의 요구 조건을 들어주지 않았다.
이유는 간단했다. 시우는 찰리가 아직도 사람들의 공포심을 즐
기며 장난을 치고 있다는 사실을 알고 있었다. 그에게 남은 여
죄 따위는 없었다.

　그것을 어떻게 확신하느냐고?

　녀석 스스로 '진실'이라는 단어를 사용했기 때문이었다. 찰
리 세이린에게 진실 따위는 존재하지 않았다. 존재한다면, 아쉬

운 대로 살인 대신 만끽하고 있을 공포심에 대한 '유희'일 뿐.

시우는 찰리 세이린에게 남은 마지막 유희를 충족시켜 줄 생각이 터럭만큼도 없었다. 뿐만 아니라 시우에게는 아직 할 일이 남아 있었다.

찰리 세이린이 체포되고 딱 한 달째 되는 날.

팀 해체를 앞두고 시우의 집에 모두 모였다. 시우와 정우, 시현은 열흘 전에 퇴원한 호정과 함께 국장과 헨리, 매기를 반갑게 맞았다.

호정과 매기, 두 사람은 건강해진 서로의 모습에 진심으로 안도했다. 두 사람은 손을 꼭 맞잡고 환하게 미소 지었다.

「호정 씨! 잘 있었어요? 집에 와서 그런가? 병원에서 봤을 때보다 훨씬 좋아 보이는데요? 퇴원할 때 못 가 봐서 미안해요. 너무 바빴어요. 그 새끼 때문에 처리할 일이 좀 많았어야죠.」

매기는 시우와 정우, 시현하고 얘기를 나누고 있는 국장과 헨리를 힐끗 돌아보며 입술을 비죽였다.

「처음에는 엄청 걱정해 주는 척하더니 다 쇼였다니까요. 총알이 허벅지 살만 관통했다는 걸 알고는 퇴원하자마자 어찌나 부려먹는지. 악덕 상사들이 따로 없다니까.」

국장과 헨리가 좀 더 휴식을 취하라고 했어도, 이 정도 부상쯤은 별거 아니라면서 퇴원하자마자 곧장 팀에 복귀한 것이 자신이면서도 매기는 괜히 투덜거렸다.

호정의 표정이 금세 흐려졌다. 그녀는 걱정스러운 눈빛으로 매기의 허벅지를 내려다보았다.

「그러게요. 좀 더 쉬어야 하는데.」

어, 이게 아닌데, 싶어 매기가 얼른 손을 내저었다.

「농담이에요, 농담. 호정 씨 보니까 좋아서 괜히 엄살 부려 본 거예요. 하여튼 호정 씨 앞에선 농담도 못 하겠다니까. 다 나았어요. 말짱해요.」

「그래도 아직 걷는 거 불편하잖아요.」

총알이 살만 관통한 덕분에 후유증 없이 빠른 속도로 회복했지만, 걸을 땐 아직 절룩거리는 그녀였다. 매기는 자신의 튼튼한 허벅지를 손으로 툭툭 치며 어깨를 으쓱였다.

「이 정도 불편쯤은 감수해야죠. 그래도 총알맛을 본 건데. 후후. 걱정 말아요. 두세 달만 지나면 다시 펄펄 날아다닐 테니까.」

매기는 호정의 양쪽 손목, 긴 소매 끝에 언뜻 보이는 하얀 붕대를 보곤 오히려 인상을 찌푸렸다. 붕대 속에는 족쇄에 찢어지고 벌어졌던 상흔이 띠처럼 손목을 빙 두른 채 아직 흉물스럽게 남아 있을 터였다. 그것은 평생 사라지지 않는 끔찍한 흉터로 남을 것이다.

매기는 속으로 욕설을 터트렸다.

찰리 세이린, 이 개새끼.

두 여자는 잠시 아무 말 없이 안타까운 시선을 주고받았다.

호정이 먼저 화제를 바꾸며 옷 속에 넣어 둔 향옥 펜던트를 꺼내 보였다.

「매기, 이거 말이에요.」

응? 하고 시선을 내린 매기의 눈이 살짝 커졌다. 향옥 펜던트 때문이 아니었다. 펜던트가 걸려 있는 얇은 금색 체인 때문이었다. 자신이 급한 대로 쓰라고 시우의 손에 쥐여 줬던 싸구려 체인. 매기는 지금쯤이면 당연히 튼튼하고 좋은 목걸이로 바뀌었을 거라고 생각했었다. 그런데…….

호정이 빙긋이 미소 지으며 말했다.

「고맙다는 말을 미처 못 했어요. 정말 고마워요, 매기.」

「아, 그거야 뭐, 별것도 아닌 걸 가지고…….」

「매기만 허락해 주면 내가 계속하고 싶은데, 그래도 돼요?」

「에이, 왜요? 그거 싸구려예요. 14K도 아니고 도금한 거라니까요.」

호정은 카디건 주머니에서 길쭉한 케이스 하나를 꺼내 매기에게 건넸다.

「대신 이걸 받아 줄래요?」

얼떨결에 케이스를 받아 든 매기가 뚜껑을 열었다. 그녀의 눈이 휘둥그레 커졌다. 케이스에는 한눈에 봐도 엄청 비싸고 좋아 보이는 금목걸이가 들어 있었다. 체인 사이의 납작한 금판 뒤에는 M.K라는 그녀의 이니셜과 함께 작은 문구가 적혀 있었다.

고마운 마음을 담아. JHJ.

휘둥그레진 매기의 눈이 빠르게 깜박였다. 매기가 침을 꿀꺽 삼키고 말했다.

「이건…… 받을 수 없어요.」

「왜요?」

「너무…… 고급이잖아요. 엄청 비쌀 거 같은데. 그냥 그걸 날

도로 줘요. 이건 호정 씨가 하고…….」

「받아 줘요, 매기. 부탁이에요.」

두 사람의 시선이 따스하게 마주쳤다. 잠시 후, 큰 숨을 몰아쉰 매기가 얼른 젖은 눈가를 훔치고 괜히 입술을 비죽였다.

「아이씨, 진짜. 나 이렇게 간지러운 거 엄청 싫어하는데. 흠흠. 알았어요. 받을게요. ……고마워요, 호정 씨.」

두 여자는 다시 환하게 웃으며 서로를 꼭 끌어안았다.

시현 덕분에 맛난 저녁 식사로 배를 두둑이 채운 그들은 거실로 자리를 옮겨 본격적인 회의에 들어갔다. 그들이 오늘 한자리에 모인 가장 큰 이유.

바로 작전명은 WCO(Wyatt Capture Operation).

즉, 와이어트 포획 작전이었다.

바로 다음 날 시우와 헨리, 매기는 롬폭으로 날아갔다. 그들은 계획대로 보안관 사무실을 먼저 찾았다. 깜짝 놀라 달려온 보안관에게 헨리는 강압적인 분위를 팍팍 풍기며 기밀 유지 및 수사 협조를 요청했다.

「에페타 킬러가 남긴 핵심적인 증거와 34년 전에 범인을 외부에 빼돌린 인물이 있었다는 단서가 있습니다. 둘 다 아직 확실한 건 아니지만, 마지막으로 확인해 볼 필요가 있어서 온 거니까 협조 부탁합니다.」

일전에 임시 사무실로 사용됐던 회의실에 다시 FBI 임시 사무실이 꾸려졌다. 시우, 헨리, 매기 세 사람만의 회의가 바로 시작되었다.

그리고 얼마 지나지 않아 LA지부에서 파견된 현장 지원팀이 도착했다.

본격적인 수색 작업은 오후 4시부터 시작되었다. 세 명씩 팀을 이룬 요원들은 사방으로 흩어져 롬폭 외곽부터 샅샅이 훑었고, 그동안 시우와 헨리, 매기는 시내에 머무르며 주민들을 만나 탐문을 시작했다.

소문은 삽시간에 퍼져 나갔다. 평온했던 작은 시에 긴장감이 다시 흐르더니 주민들 중에는 롬폭 시내, 외로 본격적인 탐문과 수색을 재계한 FBI에게 노골적으로 불만을 토로하는 이들도 있었다.

「다 끝났다 싶었더니 또 시작이군. 이놈의 재수사는 대체 언제 끝나는 겁니까! 끝나긴 해요?」

때문에 제대로 된 답변은 들을 수 없었다. 물론 시우는 처음부터 기대도 하지 않았었다. 그러자 기다렸다는 듯이 보안관이 부보안관들을 잔뜩 데리고 나타났다. 그들은 주민들 불안을 달래고 수사를 돕는다는 명분으로 세 사람 뒤를 계속 따라다녔다.

탐문과 수색은 저녁 8시가 되어서야 중단되었다. 1차 탐문과 수색을 마친 세 사람은 요원들과 함께 호텔로 돌아갔다.

그날 밤에는 미션, 즉 과거 인디언들을 개화시키고 포교할 목적으로 세워진 오래된 교회들을 감시 중인 요원들에게선 아무런 연락이 오지 않았다.

생각보다 와이어트는 신중했다.

WCO의 첫날 밤은 그렇게 조용히 지나갔다. 그리고 두 번째 날이 밝았다.

외곽수색팀의 범위는 점차 좁혀져 들어오고, 내부탐문팀의 조사는 더욱 끈질겨졌다. 그러나 역시 별다른 소득은 없었다. 당연했다. 외곽에는 아무것도 없고, 주민들 중에 진실을 알고 있는 사람은 아무도 없으니까.

시우와 FBI는 두 번째 날에도 저녁 8시에 2차 탐문과 수색을 끝냈다. 그날 밤에도 어제와 다를 것은 없었다. 모든 것이 똑같았다. 적어도 겉으로 보기에는 그랬다.

자정이 넘어 새벽 1시가 가까워져 오는 시간.

롬폭 시내를 빠져나온 차 한 대가 동쪽으로 빠르게 달려갔다. 2마일가량을 달려간 차는 어둠에 묻혀 있는 거대한 미션 근처에서 멈춰 섰다. 잠시 숨을 고른 차는 전조등마저 죽인 채 미션 후문으로 천천히 접근했다.

멈춰 선 차에서 내린 사람은 세 명의 남자였다. 그들은 주위를 경계하며 어둠 속에 숨어 미션 안으로 스며들었다. 공동묘지를 지나 점차 안으로 진입한 그들은 여러 개의 건물을 빠르게 지나쳤다.

스산한 바람이 그들을 에워싸고 적요한 공간을 울렸다. 스산한 바람에 흔들리는 나뭇잎들이 서로의 몸통을 때리며 을씨년스럽게 울어 댔다.

건물 몇 개를 그대로 지나친 그들은 어느 한 지점에 다다르자 우뚝 멈췄다. 그들은 한동안 건물 외벽 뒤에 숨어 꼼짝도 하지 않았다. 가쁜 숨을 몰아쉬며 컴컴한 어둠에 가려져 있는 전방만 무섭게 응시할 뿐이었다.

근처에 쥐새끼 한 마리 없다는 확신이 든 다음에야 다시 움직인 그들은 전방에 있던 커다란 우물 같은 곳에서 걸음을 멈췄다.

그들 중 한 명이 잔뜩 숨죽인 목소리로 빠르게 명령했다.

「여기 어딘가에 그게 있을 거야. 빨리 찾아!」

「네. 그런데 시장님, 여기가 진짜 맞긴 한 건가요?」

「제리가 들은 말이 확실하다면.」

입 다물고 있던 배불뚝이가 말했다.

「확실합니다. 제 두 귀로 똑똑히 들었습니다. 갇혀서 길들여진 열한 번째의 추마시 여자들이 씻었다는 곳에 녀석들이 찾는 그것이 있다고요. 그래서 과거에 추마시 여자들이 몸을 씻는 장소가 어디였는지를 사람들한테 묻고 다니는 거 아닙니까.」

「그렇다면 여기가 확실해. 과거에 추마시들을 단체로 가두고 교화시켰던 곳은 미션뿐이었거든. 그 미션들 중에서 열한 번째로 지어진 곳이 바로 이 라 푸리시마 미션이고 말이야. 추마시 여자들이 씻고 빨래하던 장소는 여기밖에 없어.」

「그렇긴 하죠. 그런데 이 공중목욕탕 어디에 그게 있다는 걸까요? 관광객들이 많은 곳이라서 눈에 띄지 않게 하려면 땅에 묻는 방법밖에는 없었을 텐데요. 대체 그 위치가…….」

「그런데 집사님, 대체 '그게' 뭡니까? 정확히 뭘 찾아야 되는 거죠?」

「그건 나도 모릅니다, 보안관. 시장님한테 여쭤보세요.」

「시장님?」

「자네가 나한테 그걸 물어보면 어떻게 해! 내가 몇 번이나 그게 뭔지 알아 오라고 시켰는데도 그 새끼들이 거기까지는 얘기들을 안 해서 모르겠다고 한 사람이 누군데!」

「죄, 죄송합니다. 돌아가신 여동생분이 모든 진실을 밝힐 만한 무언가를 숨겨 놨다는 말밖에는 하질 않아서…….」

「끙. 됐네. 어쨌든 그 자식이 찾는 장소가 여기인 것만은 확실하니까. 멍청한 새끼. 아이큐가 200이 넘는다더니, 알고 보니 그 새끼도 별것 아니었어. 하긴, 칭크가 별수 있겠나. 하여튼 다 저능한 족속들이라니까. 뭐 해! 그냥 다 파 봐! 그럼 뭔가 나오겠지. 일단 저기 십자가 있는 데부터 파. 빨리!」

와이어트의 낮지만 날카로운 호통 소리에 집사라고 불린 남자와 보안관은 황급히 가지고 온 삽으로 공중목욕탕 터에 세워져 있는 십자가 구조물 아래의 땅을 파기 시작했다.

그러나 아무리 파도 아무것도 나오지 않자 두 사람은 와이어트의 눈치를 살피며 그 옆으로, 또 그 옆으로 자리를 옮기며 계속 땅을 파 댔다. 그래도 여전히 나오는 것은 아무것도 없었다. 초조함과 짜증이 극에 달한 와이어트가 버럭 소리를 질렀다.

「Fuck! 대체 그년이 어디에 뭘 숨겨 놨다는 거야! 미친년. 어디 미칠 데가 없어서 그깟 인디언 계집년한테 미쳐서는. 그 인디언 년을 병원에 데려가는 게 아니었어. 죽도록 내버려 뒀다면 이런 일은 벌어지지 않았을 텐데 말이야. 그리고 엠마 년은 할아버님과 아버지가 깨끗이 덮어서 내빼게 해 줬으면 감사한 줄 알고 조용히 살 것이지, 왜 또 사람들은 죽…….」

「시장님!」

집사가 황급히 와이어트를 부르며 턱으로 보안관을 가리켰다. 끙, 신음을 흘린 그가 다시 한번 욕설을 내뱉었다.

「하여튼 그년이나 그놈이나 우리 가문의 수치야. 그것들은 애초에 태어나지 말았어야 했다고. 특히 엠마, 그년. 늦게라도 지가 알아서 죽어 줘서 겨우 끝났구나, 싶었는데 죽을 년이 언제 여길 기어들어 와서는 흔적을 여기저기 남기고 갔다는 거야.」

와이어트는 여동생 생각만으로 치가 떨릴지, 이를 바득바득 갈았다. 그러면서도 저는 손 하나 까딱하지 않고 열심히 땅을 파고 있는 두 사람만 닦달했다.

「곧 해가 뜬다. 날이 밝으면 FBI 수색팀이 오늘 중으로 여기로 들이닥칠 거야. 그럼 다 끝이라고. 서둘러!」

그때였다.

칠흑같이 어두웠던 사방에서 갑자기 팍팍팍팍! 작은 불빛들 수십 개가 한꺼번에 켜지며 세 사람에게 쏟아졌다. 동시에 점만 한 작은 크기의 붉은 불빛들이 세 사람의 급소를 노리며 달라붙었다.

「뭐, 뭐야!」

갑작스런 불빛에 기겁한 그들은 팔뚝으로 눈을 가리며 우왕좌왕했다. 보안관과 집사는 삽을 집어 던지고 허리에 찬 권총을 꺼내려고도 했다. 사색이 된 와이어트는 벌써 권총을 빼 들고 불빛 여기저기를 향해 정신없이 겨누고 있었다.

불빛 너머에서 누군가 소리쳤다.

「움직이지 마! 모두 총 내려놔!」

스스스스. 사방에서 발소리들이 울리며 불빛들이 세 사람 주변으로 점차 조여들며 빙 둘러싼 채 멈췄다. 불빛 너머에서 세 명의 사람들이 천천히 걸어 나왔다.

그중의 한 명은 여자, 두 명은 남자였다. 여자와 남자 한 명은 총구로 세 사람을 겨누고 있었고 나머지 남자 한 명은 산책이라도 나온 양 무심하고 서늘한 표정을 짓고 있을 뿐이었다.

매기가 경고했다.

「와이어트 시장, 이제 다 끝났습니다. 총 내려놓으시죠.」

「대체 어, 언제부터…….」

시우가 싸늘하게 말했다.

「처음부터.」

「어, 어떻게…….」

「오늘 밤에는 당신이 나타날 줄 알았으니까.」

「그, 그럼 전, 전화, 수색, 탐문 다 계획적으로……?」

「나는 미끼가 너무 빈약해서 당신이 물지 않으면 어쩌나 걱정했었습니다.」

우월한 신장으로 와이어트를 내려다보는 시우의 입술 꼬리가 살짝 말려 올라갔다.

「그런데 기우였군요. 당신이 내 생각보다 훨씬 더 어리석어서 한결 수월해졌습니다.」

시우가 눈짓만으로 주변의 나무들과 뒤의 건물, 그리고 바로 앞의 공중목욕탕을 가리켰다. 그곳들에는 요원들이 미리 설치해놓은 초소형 카메라들이 설치되어 있었다.

「이곳에는 지금 총 열두 개의 초소형 카메라가 설치되어 있습니다. 방금 당신 입으로 한 말들과 모습들이 모두 녹화되었고요. 이거면 송치, 기소, 선고까지 당신과 집사 그리고 보안관의 유죄를 입증하고 확정하는 데 무리가 없을 겁니다.」

「이, 이……!」

와이어트가 부들부들 떨며 다시 총을 번쩍 치켜들자, 매기가 다시 한번 경고했다.

「2차 경고한다, 와이어트 브라헤. 총 내려놔! 당신들도 모두 총 버려.」

이번에는 헨리가 경고했다.

「모두 셋 셀 때까지 천천히 총을 바닥에 내려놓고 이쪽으로 차. 그리고 바닥에 엎드려 양손을 위로 들어. 경고에 따르지 않을 경우, 발포한다. 하나, 둘, 셋!」

헨리가 셋을 세는 동시에 집사와 보안관은 그의 지시대로 총을 멀찍이 차고 바닥에 납작 엎드렸다. 그러나 와이어트는 끝까지 경고를 따르지 않았다.

이렇게 잡히면 우리 가문은 끝난다. 그러느니 차라리 죽는 게 낫다!

「으아아아아!」

와이어트는 실핏줄이 터진 눈으로 시우를 증오에 차 노려보며 괴성을 질렀다. 동시에 방아쇠를 당겼다.

그보다 매기가 한 발 빨랐다. 그녀는 다른 요원들에게는 '사격 중지!'를 외치며 방아쇠를 당겼다.

탕!

탕!

와이어트와 매기 두 사람에게서 각각 한 발씩의 총성이 터져 나왔다. 한 발은 검은 밤하늘로 사라졌고 다른 한 발은 목표물을 향해 정확히 날아갔다. 와이어트의 입에서 외마디 비명이 터져 나왔다.

「윽!」

와이어트의 팔에서 붉은 피가 터져 나오며 그가 들고 있던 총이 허공으로 날아갔다.

군인 시절부터 최고의 명사수라는 타이틀을 달고 살았던 사람답게 매기는 총을 든 와이어트의 팔뚝을 정확하게 명중시켰다.

와이어트와 보안관, 집사를 향해 헨리와 요원들이 재빨리 달려갔다. 매기도 앞으로 절룩거리며 바닥에 쓰러진 와이어트의 손목에 수갑을 채웠다.

「와이어트 브라헤, 당신을 1983년 6월 4일에 발생한 마이클 쉬렉, 제시 브라운 사망 살인 사건의 범인인 엠마 브라헤의 범죄를 은폐하고 도주시킨 사법방해죄로 체포한다. 당신은 묵비권을 행사할 수 있고, 변호사를 선임할 권리가 있으며……」

미란다 원칙 문구가 울려 퍼지는 가운데 시우는 하늘을 올려다보았다.

100년 전 추마시 여인들이 모여 함께 목욕을 했다는 곳. 그곳에서 올려다보는 하늘은 유난히 어둡고 스산했다.

숀쇼어 사쳄, 약속 지켰습니다.

아득한 어둠 저편에서 별똥별 하나가 반짝 빛을 발했다. 흐느끼듯 바르르 떨리던 별똥별은 이내 트랭퀼런 산 저편으로 떨어졌다.

"시우야!"

현관문이 열리자마자 사랑하는 이의 목소리가 들려오자 그의 입가에 절로 미소가 지어졌다. 시우는 손에 들고 있던 가방을 아무렇게나 던져 버리고 와락, 품으로 뛰어드는 호정을 으스러 트릴 정도로 강하게 끌어안았다.

그녀와 고작 나흘 떨어져 있었을 뿐이건만, 4백 년은 족히 지 난 것 같았다. 시우는 그녀의 목덜미에 얼굴을 파묻고 숨을 깊 이 들이마셨다. 호정만의 달콤한 초콜릿 향기가 폐부를 채우고 이내 온몸으로 퍼져나갔다.

"하아."

그제야 제대로 된 숨이 쉬어졌다. 지난 나흘 동안은 숨을 쉬 어도 쉬는 것 같지 않았었다. 타는 듯했던 그리움이 빠른 속도 로 채워졌다. 그의 목소리가 절로 탁하게 가라앉았다.

"미안. 하루 늦었어."

"……고마워."

"뭐가?"

"너하고 한 약속, 지킬 수 있게 해 줘서."

시우는 무슨 소리인가 싶어서 그녀를 품에서 살짝 떼어 냈다. 호정은 환하게 웃고 있으면서도 울고 있었다. 아픔이나 슬픔의 눈물이 아닌 기쁨과 반가움의 눈물이었다. 시우도 그 눈물의 의 미가 무엇인지 모르지 않았다. 그럼에도 시우는 호정의 눈에서 흐르는 눈물은 무조건 다 마음에 들지 않았다. 그의 수려한 미 간이 절로 찡그려지는 이유였다.

시우는 엄지 끝으로 그녀의 눈물을 조심스레 걷어 냈다. 촉촉하게 젖어 더욱 황홀하게 반짝이는 호정의 검은 눈동자와 시선을 맞췄다.

"나하고 한 약속?"

"오늘까지만 기다려 보고 내일은 무조건 너한테 갈 생각이었거든."

시우의 한쪽 눈썹이 슬쩍 위로 치켜 올라갔다.

"그건 명백한 약속 위반인데."

시우가 헨리, 매기와 롬폭으로 떠나면서 두 사람은 각각 하나씩의 약속을 했었다. 시우는 3일 만에 와이어트 문제를 해결하고 보스턴으로 무사히 돌아오기로. 호정은 그동안 부모님과 함께 보스턴에서 그를 기다리며 체중을 최소 0.66파운드(약 300g) 늘리기로 약속했었다.

호정이 그를 따라 한쪽 눈썹을 삐죽 추어올렸다.

"엄밀히 따지면 네가 먼저 어긴 거지. 오늘이 3일째는 아니잖아."

"그래서 달랑 하루 기다리고 내일 바로 비행기를 타려고 했다고? 통화도 계속했는데?"

"그래서 하루 더 기다린 거지. 안 그랬으면 오늘 오전에 바로 비행기 탔어."

시우는 뜨악한 표정으로 호정을 내려다보다 이내 웃고 말았다. 깜박했다. 자신이 사랑하는 여자가 어떤 사람인지를.

한없이 여리고 연약해 보이지만 호정은 결코 약한 사람이 아니다. 놀라울 만큼 강하고 현명하며 용감하다. 제 안의 트라우마에 시달리면서도 다른 이들의 고통과 아픔에 함께 아파하며 기꺼이 먼저 손을 내미는 사람이다. 그러면서 그들과 함께 이겨 내고 스스로 더욱 단단해져 간다.

그녀 스스로 납득하고 결정을 내리기 전에는 어느 누구도 위험하니 무조건 가만있으라, 기다리라는 말 따위를 할 수가 없다. 해 봐야 그따위의 강요는 그녀에겐 절대로 통하지 않으니까.

특히 호정은 사랑하는 이를 지키고자 하는 의지가 타의 추종을 불허할 만큼 강하다.

예전에는 그녀의 그러한 의지와 인성이 타고난 성품인 줄로만 알았다. 하지만 지금은 그 이유가 단지 그 때문만이 아니라는 것을 안다.

시우의 기억은 호정이 병원으로 후송됐던 시기로 빠르게 달려갔다.

호정은 다행히 병원에 입원하고 빠르게 안정을 되찾아 갔다. 그런데 닷새째 되는 날부터 갑자기 상태가 악화됐다.

천둥, 번개에 발작을 일으켰을 때처럼, 아니 그때보다 더욱 심한 발작을 보였다. 호정은 이틀이나 혼수상태에 빠졌더랬다. 그리고 3일째 되는 날, 가까스로 의식을 차렸다.

그 후 그녀는 이틀간 먹지도, 자지도 않은 채 멍하니 허공만 바라보며 소리 없이 눈물을 흘렸다. 호정의 납치 소식을 듣고 부리나케 뉴욕으로 날아온 오빠 호석은 물론 정우, 시현, 심지어 시우까지 나서서 달래고 애원해도 소용없었다.

389

호정은 그저 시우의 손을 강하게 움켜쥔 채 소리 없이 눈물만 흘릴 뿐이었다.

그러다 하루 반 동안 죽은 듯이 잠들었다가 스르르 깨어났다.

깨어난 호정은 주변을 찬찬히 둘러보곤 자신 때문에 병실을 지키고 있는 가족들을 한동안 가만히 바라봤다. 그러고는 힘없이 미소 지으며 그들을 되레 달래고 위로했다.

타 버린 속 때문에 얼굴까지 까맣게 탄 오빠 호석을 위로하며 산적 같다고 놀리기까지 했다. 또한 차마 가까이 다가오지 못하고 한 걸음 뒤에 서 있는 민수를 살갑게 챙기기까지 했다.

"죄송해요. 자꾸 걱정 끼치고 못난 꼴만 보여서……. 그런데 이젠 괜찮아요. 정말이에요. 이젠 정말…… 괜찮아요."

다음 날부터 호정은 다시 씩씩해졌다. 많이 웃고, 말하고, 식사도 주는 대로 깨끗하게 비웠다. 덕분에 가족들은 가슴을 쓸어내리며 안심할 수 있었다. 하루 종일 병실에 함께 있다가 밤이 되면 호정의 성화에 등 떠밀려 집으로 돌아가 잠을 청할 수도 있게 되었다.

그러나 시우만은 병실에 남아 호정의 밤을 지켰다.

그렇게 이틀이 지난 날 밤.

시우는 호정이 잠든 척 돌아누워 있는 좁은 침대 위로 조용히 올라갔다. 그날 밤, 그녀는 쉬이 잠들지 못하고 있었다.

시우는 아무 말 없이 그녀를 등 뒤에서 꼭 끌어안아 주었다. 흠칫 놀란 호정은 잠시 후 그를 향해 흐릿하게 미소 지으며 저를 안고 있는 품에 파고들었다. 그제야 그녀의 입에서 떨리는 숨이 깊이 흘러나왔다. 시우는 아무 말 없이 그녀의 등만 하염

없이 쓸어내려 주었다.

한참이 지난 후에야 호정은 그의 가슴에 얼굴을 파묻은 채 웅얼거렸다.

"시우야. 나 이제 알 것 같아. 내 안의 공포의 원인이 무엇 때문이었는지……. 그냥 기억이 났어. 기억이…… 나 버렸어."

마취에서 깨어난 직후였다. 움직여지지 않는 팔을 올려다본 순간 머릿속에서 '납치'라는 단어가 떠올랐다. 그러자 여지없이 사지가 뻣뻣하게 굳으며 발작이 일어났다.

"그런데 어디선가 어린아이들의 비명 소리가 들려왔어. 그중에는 낯선…… 아니, 분명 처음 듣는 목소리인데 전혀 낯설지 않은 어린 여자아이의 목소리도 있었어."

"호정아."

낯설면서도 낯설지 않은 목소리의 여자아이가 그녀를 다정하게 불렀다. 그 다정한 목소리는 이내 엉엉 우는 울음소리로 변했다.

"괜찮아. 울지 마. 언니가 미, 미안해. 내가 괜히…… 엉엉."

"그 목소리…… 기껏해야 대여섯 살밖에 되지 않을 것 같은 어리고 앳된 음성이었어. 그런 어린 여자아이가 분명히 그랬어. ……언니라고."

이상했다. 그러나 눈앞에 닥친 더 큰 위험과 고통, 충격 때문이었을까. 그 여자아이와 다른 아이들의 울부짖음, 외침은 불시에 들려왔던 것처럼 또 불시에 사라져 버렸다.

"그래서 까맣게 잊고 있었어."

그런데…… 며칠 전에 그 목소리들이 불쑥 기억나 버렸다. 목소리들이 들려왔던 장소, 장면, 그 순간들이 고요한 수면 위로 갑자기 떠올라 터지는 기포처럼 하나둘 떠오르기 시작했다.

물론 하나로 길게 이어지는 기억들은 아니었다. 명확하지 않았다. 그저 단편적으로 막연하게 느껴지는 기억들이었다.

그러나 한 가지는 확실했다.

그곳은 깊고 어두운 지하실의 철창 안이었다. 습하고 축축한 공기, 바닥에서 스며오는 냉기와 차가운 물기. 그곳에 아이들이 있었다.

그녀 자신도…….

그리고…….

"언니……가 있었어. 진짜, 진짜 언니였어. 호…… 호연 언니……."

부릅떠져 있던 시우의 두 눈이 질끈 감겼다. 그는 경련하듯 떨리는 호정을 온 힘을 다해 감싸 안았다. 어쩌면 그 순간, 두려웠던 건 그녀보다 자신이었는지도 모르겠다.

그랬구나. 며칠 전, 혼수상태까지 갔었던 갑작스런 발작의 이유가 바로 이것 때문이었구나.

몰랐다. 그녀 스스로 묻고 단단히 채웠던 기억의 봉인이 마침내 풀려 버렸다는 것을. 바보처럼 찰리 세이린에게 갇혀 있던 그날의 끔찍했던 기억, 공포 때문이라고만 생각했다.

괜찮다고, 이젠 모두 지난 일이라고, 그것도 아주 오래전 일이라고 말해 주고 싶었다. 힘들면 그만 말해도 된다고, 굳이 다말할 필요 없다고…… 그녀가 말하지 않아도 다 아니까, 이젠자신도 그녀가 왜 혼수상태까지 갈 정도로 고통스러워했었는지다 알게 됐으니까, 그만해도 된다고…….

그러나 말할 수 없었다.

호정을 위해서…… 힘들어도, 고통스러워도 한 번은 그녀 스스로 모든 것을 털어놔 버려야만 이 모든 고통이 끝나리라는 것을 알기에, 시우는 부서지는 가슴으로 호정을 부둥켜안고 견뎠다. 참았다.

시우도 그녀와 함께 소리 없이 울었다. 그의 눈에서 처음으로흘러나온 뜨거운 눈물이었다.

"자세한 건 기억나지 않아. 언니한테 업혀서 어딜 막 갔던 기억밖에는……."

봉인된 기억이 풀렸어도 너무 어린 나이였던 호정은 당시의상황을 모두 기억해 낼 수 없었다.

그러나 시우는 모두 기억한다. 당시 호정이 어떤 환경에서 살았는지, 홍수창에게 호연과는 어떻게 납치가 되었는지, 납치된호연과 호정이 어떤 곳에서 어떻게 버텼었는지…….

물론 그가 직접 보고 겪은 기억들은 아니었다. 어린 시절의호정이 천둥, 번개에 발작을 일으킬 때마다 그녀의 할머니가 부모님께 억울함을 하소연하듯 울며불며하시던 말씀 등으로 미뤄짐작할 뿐이었다.

없는 살림에 산 입은 네 식구. 그중에 푼돈이나마 벌어 올 사람이라고는 늙은 할미뿐이었다. 늙은 할미는 새벽부터 밤늦게까지 발이 부르트도록 폐지를 모아 간신히 어린 손주들을 입히고 먹여 키웠다.

새벽에 할미가 일을 나서면 열 살인 호석이 그다음으로 집을 나섰다. 어린 동생들이 걱정돼도 호석은 집을 나설 수밖에 없었다. 할미와 약속한 대로 학교에는 하루도 빠짐없이 가야만 했으니까. 그럼 호석이 학교를 마치고 돌아올 때까지 쓰러져 가는 달동네 판자촌의 텅 빈 집을 지키는 이들은 다섯 살배기 호연과 막내인 세 살배기 호정, 단둘뿐이었다.

자기도 어린아이면서 호연은 두 살 터울 동생인 호정을 끔찍하게 돌봤다고 했다. 할머니는 언젠가 자신이 했던 말 때문이었다고 했다.

"하늘나라에 간 니들 엄마, 아빠 대신 이제부터 호석이가 아빠고, 호연이 네가 엄마가 돼서 호정이를 돌봐 줘야 한다. 알았지?"

어린 마음에 그 말이 꽤나 깊이 각인됐었나 보다. 그때부터 호연인 자신이 엄마가 보고 싶고 그리울 때마다 스스로가 엄마가 되어 호정이를 끔찍하게 돌봤다고 했다.

집에서 오빠를 기다리는 게 심심해질 때면 그 어린 등에 호정이를 업고 굽이굽이 좁은 골목길을 따라 저 아래에 있는 구멍가게까지 내려가곤 했다. 자신들만 보면 눈을 반짝이며 간지럽게 뺨을 핥아 대는 구멍가게의 누렁이와 놀기 위해서.

그날도 호연이는 호정이를 등에 업고 구멍가게로 내려갔다.

그런데 누렁이가 보이지 않았다. 누렁이를 찾는 호연이에게 가게 주인이 누렁이는 이제 없다고 달래서 집으로 돌려보냈다.

호연은 울먹이며 돌아섰다.

그것이 호연의 마지막 모습이었다.

아마도 그 모습이 새로운 아이를 납치하기 위해 달동네를 찾은 홍수창의 눈에 띄었을 것이다. 어린 동생을 업고 울먹이며 가파른 골목을 되짚어 올라가는 가냘픈 어린아이의 뒷모습이.

호정도 울고 있었다. 한숨처럼 흘러나오는 호정의 가느다란 목소리는 그녀의 눈물에 흠뻑 젖어 버린 그의 앞섶처럼 축축하게 젖어 있었다.

"하지만 어둡고 춥고 축축한 곳에서 언니가 나를 꼭 끌어안고 있었던 건 확실하게 기억이 나."

호정이 춥고 배고프고 무서워서 큰 소리로 울면 언니도 엉엉 울면서도 그녀를 안고 울지 말라고 달랬었다.

"언니가 그랬어. 큰 소리로 시끄럽게 울면 무서운 아저씨가 와서 나만 어디로 끌고 갈지 모른다고. 그러니까 울지 말라고."

"언니 뒤에 가만히 엎드려 있어. 저번에 언니랑 숨바꼭질하던 거 기억나? 그때처럼 움직이면 안 돼. 말도 하면 안 돼. 알았지?"

그러고는 이렇게 말했다.

"괜찮아. 울지 마. 언니가 미, 미안해. 내가 괜히…… 엉엉."

뭐가 미안하다고 했던 걸까. 자기가 괜히 뭘 어쨌다는 얘기였을까. 호정으로선 거기까지는 알 수 없었다.

그러던 어느 날 하늘이 쪼개지는 것 같은 천둥, 번개가 들리더니 지하실까지 빗물이 들어차기 시작했다.

"그때도 우르르 쾅쾅 하는 괴물 소리가 요란했어. 그리고 갑자기 철문 열리는 소리가 들렸어. 그리고 철창이 열리고……"

커다란 덩치의 무서운 아저씨가 호정을 제 작은 등 뒤에 감추고 벌벌 떠는 호연을 강제로 끌고 갔다. 끌려가면서도 호연은 호정을 향해 소리쳤다.

"가만있어. 움직이지 마! 언니 곧 올 거니까…… 꺄악! 살려 주세요. 엄마! 할머니! 아악!"

쾅!

언니의 비명 소리가 점점 멀어지더니, 철문이 부서질 듯 닫히는 소리가 났다. 그리고 기다렸다는 듯이 다시 시작된 천둥소리.

우르르 쾅!

"그…… 그게…… 마, 마지막이었어. 언니…… 호, 호연 언니의……! 으흐흑!"

호정의 입에서 각혈하듯 오열이 터져 나왔다. 지난 26년간 그녀 안에 깊이 쌓이고 쌓여 딱딱하게 굳어 버린 감정들이 한꺼번에 분출되어 터져 나오는 순간이었다. 그것들은 두려움과 그리움과 한스러움과 분노, 미안함이란 단어로 표현되는 온갖 감정

등의 거대한 홍수였다.

그날 밤, 두 사람은 지쳐 쓰러질 때까지 서로의 품에서 울었다. 두 사람 모두 그만하라고, 진정하라고 말하지 않았다. 그만해도 좋을 슬픔도, 아픔도 아니었다.

바닥까지 무너지고 부서져도 모자란 무게의 고통, 아픔, 슬픔.

그래도 두 사람 모두 더 이상 무섭거나 두렵지는 않았다.

비통한 슬픔에 철저하게 무너지고 부서져도, 두 사람에게는 다시 일으켜 세워 줄 서로가 있으니까.

그날 이후로 호정의 상태는 눈에 띄게 호전되었다. 양 손목에 남은 상흔은 아직 그대로였지만 그녀는 이전보다 더욱 단단해지고 강해졌다. 그리고 이전보다 더욱 환하게 미소 지었다.

그 환한 미소에 시우는 안심했다.

그리고 깨달았다.

자신의 전부인 사랑이 얼마나 강하고 아름다운 여자인지.

기억의 봉인이 깨어지기 전부터 그녀가 왜 트라우마에 고통받으면서도 누군가의 뒤에 숨어 가만히 숨죽여 기다리는 것에 대한 본능적인 거부 반응을 보였는지를, 스스로의 힘으로, 판단으로 능동적으로 움직이며 왜 사랑하는 이를 필사적으로 지키고자 하는지를.

끔찍한 두려움과 공포에서 자신을 보호하기 위해 홍수창에게 납치당했던 두 달간의 기억을 스스로 지웠음에도 호정은 기억하고 있었던 거다.

필사적으로 자신을 뒤에 감추고 지키고자 했던 언니를.

어쩌면 자신이 언니의 말대로 바닥에 엎드려 숨죽인 채 가만히 있었기 때문에 언니가 죽었다는 강한 죄책감에 기인한 것이었는지도 모른다.

찰리 세이린의 위험으로부터 시우를 살리겠다고 죽음을 각오했던 것 또한 그 같은 기반에서 우러나온 강한 의지이자 용기였을 것이다.

때문에 시우는 고작 하루 늦었다고 직접 찾아 나서려 했다는 호정을 탓하지 못한다. 자신 같아도 하루 정도 기다려 보고 곧장 그녀한테 달려가려고 했을 테니까. 육체적으로 연약한 여자라고 해서 어떻게 무조건 참고 가만히 기다리라고만 할 수 있겠는가.

호정은 육체적으로는 연약한 여자일지 몰라도 그가 아는 세상 어느 누구보다도 강하고 현명한 사람이었다.

시우는 호정을 사랑한다.

그리고 존경한다.

때문에 그녀를 믿는다.

어떤 상황에서도 호정은 그녀 자신과 그, 사랑하는 모두를 위해 고민하고 판단하고 결정하리라는 것을. 그 결정은 항상 옳으리라는 것을.

오늘만 해도 그랬다. 그녀는 초조하고 불안해하면서도 그를 믿고 하루를 더 기다려 주었다. 솔직히 자신 같았으면 어림없는 일이었다. 진작 그녀를 따라…….

"이시우, 무슨 생각해?"

턱 밑에서 들려오는 호정의 달콤한 음성에 시우의 상념은 그쯤에서 멈추었다. 시우는 가라뜬 속눈썹 밑으로 고개를 갸웃거리는 호정을 내려다보며 씨익, 미소 지었다.

"누나 생각."

"응?"

시우가 고개를 내려 그녀의 귓가에 낮게 속삭였다. 호정의 뺨이 부끄러운 듯 금세 발갛게 물들었다. 도둑이 제 발 저린다고, 괜스레 쑥스럽고 민망해진 호정은 얼른 옆을 돌아보았다. 그 바람에 자신들 차례를 기다리며 두 사람을 흐뭇하게 바라보던 있던 정우, 시현과 그만 눈이 딱 마주치고 말았다.

제 풀에 놀란 호정의 얼굴은 이내 귓불까지 빨갛게 달아올랐다. 그 사랑스러운 모습에 시우의 미소는 더욱 깊어지고, 정우는 모른 척 웃음을 삼켰으며 시현은 괜스레 뺨을 긁적였다.

정우가 앞으로 나섰다.

"수고 많았어. 이제 에페타 사건은 완전히 끝난 거지?"

"네."

"잘됐다. 그럼 이제 마음 편히 나갈 수 있겠네. 그죠, 여보?"

갑작스러운 정우의 물음에 응? 하고 눈을 깜박인 시현. 그러나 이내 아내의 재빠른 눈짓을 찰떡처럼 알아들었다. 시현이 씨익, 미소 지으며 다가가 아내의 허리에 팔을 둘렀다.

"그러게. 시우가 마침 시간도 딱 맞게 와 줘서 지금 바로 출발하면 늦지도 않을 것 같군."

시우와 호정이 동시에 물었다. 물론 두 사람의 음색이나 표정은 판이하게 달랐다. 시우는 물어야 할 타이밍이라서 형식적으로 묻는 것뿐이었고, 호정은 정말 깜짝 놀라서 묻는 거였다.

"어디 가세요?"

"어, 실은 시우가 돌아온다고 했던 게 어제였잖니. 보스턴 오페라 극장에서 맘마미아 공연을 한다기에 오늘 저녁 공연으로 예약해 놨었어. 내가 워낙 좋아하는 뮤지컬이기도 하고, 오랜만에 홀가분한 기분으로 데이트 좀 하고 싶어서."

"아, 네."

"그런데 시우가 어제 안 와서 아무래도 오늘 공연은 못 가겠다 포기하고 있었거든. 그런데 딱 시간 맞춰서 와 줬지 뭐야. 취소 안 하길 정말 잘했다, 그죠, 여보?"

시현이 응, 하며 얼른 맞장구를 쳐 줬다. 두 사람은 서둘러 가야 한다며 재빨리 차 키와 지갑만 챙겨 집을 나갔다.

눈치 빠른 부모님 덕분에 호정과 단둘이 된 시우. 등 뒤로 재빨리 현관문을 잠그고 아직 얼떨떨해하는 호정을 번쩍 안아 올렸다.

"꺄악."

깜짝 놀란 호정이 작게 비명을 질렀다. 허둥대며 그의 목에 팔을 감았다. 시우가 환하게 미소 지으며 그런 그녀의 입술에 쪽쪽, 입을 맞췄다. 그윽한 눈빛으로 호정을 바라보며 속삭였다.

"사랑해."

호정의 몸은 이제 더 이상 그의 손길이나 키스에 흠칫 놀라거나 경직되지 않는다. 동그래진 눈을 깜박거리던 호정도 이내 환한 미소를 머금었다. 그의 목에 더욱 단단히 팔을 감고 아랫입술을 살짝 깨물었다.

"나도, 사랑해."

두 사람은 속삭임만큼이나 달콤한 키스를 나눴다. 시우는 발에 거치적거리는 가방을 아무렇게나 차 버리고 성큼성큼 계단을 올랐다. 호정이 쑥스러운 표정으로 소곤댔다.

"두 분, 일부러 자리 피해 주신 거 맞지?"

"아마도."

윽, 하고 신음을 흘린 호정의 얼굴이 또 금세 빨개졌다. 시우가 큭, 낮은 웃음을 흘렸다.

"창피해?"

"음, 창피하다기보다는…… 조금 민망하다고나 할까?"

"난 너무 고마운데. 눈치 빠른 두 분이 알아서 자리를 빨리 피해 주셔서."

호정도 그와 같은 마음이었으나 민망한 건 민망한 거였다. 그가 빨아들일 듯 그녀를 응시하며 짓궂게 말했다.

"그럼 정말 약속 잘 지켰는지, 확인하러 가 볼까?"

"무슨 약속? 무슨 확인?"

"나 갔다 올 때까지 0.66파운드(약 300g) 찌워 놓기로 했잖아. 이렇게 안고 있는 것만으로는 잘 모르겠어. 눈으로 직접 확인해 봐야지."

호정의 얼굴은 이제 목까지 발갛게 물들었다.

시우는 긴 다리를 이용해 계단을 두세 칸씩 성큼성큼 뛰어 올라갔다. 금세 2층에 도착한 그는 지체 없이 자신의 침실로 방향을 틀었다.

시우는 다급하게 침실로 걸어가면서도 호정의 입술을 찾았다. 보드라운 입술을 살짝 머금었다가 벌리며 그녀만의 달콤한 숨결을 들이마셨다.

"으음."

호정이 낮게 신음하며 그의 목에 더욱 깊이 팔을 둘렀다. 호정도 깊어진 그의 키스에 기꺼이 화답했다. 서로를 간절히 원하는 뜨거운 호흡이 하나로 뒤섞였다.

손끝으로 대충 문손잡이를 내린 시우가 발로 침실 문을 뻥 차고 그대로 침대로 돌진했다.

"꺄악!"

그와 함께 침대로 풀썩 떨어진 호정은 깜짝 놀라 비명을 지르면서도 그와 함께 소리 내어 웃었다. 이내 그 웃음소리는 야릇한 신음 소리와 가쁜 숨소리로 변해 가더니 점점 크고 가팔라지다가 어느 한순간 급박해져 갔다.

"하아, 아! 아! 시우야!"

"으읍, 호정아!"

거칠게 터져 나온 아찔한 교성과 함께 서로를 간절하게 찾는 젖은 음성이 뜨겁게 터져 나왔다.

* * *

2017년의 마지막 달인 12월에 들어서고도 열흘이 지난 날.

매기에게서 뜻밖의 소식이 날아왔다. 990년이라는 법정 형량을 판결받고 교도소에 수감된 찰리 세이린이 수감된 지 6일 만에 재소자들에 의해서 끔찍하게 살해되었다는 소식이었다.

그 소식을 전하는 매기의 음성은 무척이나 신나 있었다. 찰리 세이린의 범행이 거의 뉴욕주에서 벌어진 만큼, 그의 1심 관할권은 뉴욕 법원에서 이뤄졌었다. 매기는 그 점을 매우 유감스러워했더랬다. 뉴욕주에서는 사형 제도가 폐지되었기 때문이었다.

그런데 악의 코어라고 할 수 있던 찰리 세이린이 저와 비슷한 범죄자들의 손에 의해 무참히 도륙당하듯 살해되었다는 사실에 매기는 속이 다 시원하다고 했다.

―그 새끼는 그렇게 죽어도 싸요. 안 그래요?

시우는 묵묵부답으로 긍정의 뜻을 넌지시 전했다.

다음 날 정우와 시현, 그리고 호정과 시우는 예정대로 한국행 비행기에 몸을 실었다. 롬폭에서의 부상도, 어퍼새들리버에서의 부상도 모두 회복한 호정은 어느 때보다도 건강해졌다.

공항에는 호석이 네 사람을 마중 나와 있었다. 몰라보게 건강해지고 밝아진 호정을 본 호석의 눈에서는 기쁨의 미소보다 감사의 눈물이 먼저 터져 나왔다. 남매는 서로를 꼭 끌어안고 한동안 뜨거운 눈물을 흘렸다.

그들은 바로 정우와 시현의 서울 집으로 향하지 않았다. 그들이 향한 곳은 서울 외곽에 위치한 수목장이었다.

할머니와 호연이가 함께 잠들어 있는 곳.

누구보다 호석의 감회가 새로웠다.

홍수창의 집 마당에서 한 달도 안 된 호연의 사체를 찾았다는 연락을 받고 할머니는 급기야 혼절하고 말았었다. 일주일 넘게 식음을 전폐하던 할머니가 스스로 기력을 찾고 일어나신 건 호석과 호정 때문이었다.

호정이 한 달 넘게 중환자실에서 나오지 못하고 있다고, 호정이마저 죽을까 봐 무섭다고, 그런데 할머니마저 이러고 있으면 자신더러 어쩌라는 거냐고…… 제발 일어나라고 울부짖는 호석이의 애원에 할머니는 안간힘을 써 자리를 털고 일어나셨다.

우는 호석을 달래 병원으로 향한 할머니는 의사와 간호사를 붙잡고 호정의 상태를 몇 번이나 확인하고 또 확인했다. 아직 안심할 단계는 아니지만 다행히 위급한 상황은 넘겼다고, 이대로 아이가 조금만 더 힘을 내어 준다면 머지않아 의식을 차릴 거라고, 그럼 일반 병실로 옮길 수 있다는 말에 할머니는 다시 힘을 냈다.

그제야 할머니는 안치실에 보관되어 있던 호연의 시신을 찾아 화장을 했다. 그리고 쌈짓돈을 긁어모아 바로 이곳, 수목장으로 왔다. 가장 튼튼하고 오래 산다는 소나무를 골라 호연의 유골을 안치했다.

"우리 호연이, 여서 무럭무럭 잘 크거라. 난중에는 이 할미보다, 오빠보다 더 크게 자라서 오래오래 살 거라. 흐흐흑, 가엾은 것. 우리 가여운 호연이……."

그 후로 돌아가실 때까지 호연의 생일이 돌아오면 호석과 함께 이곳으로 와 그녀의 생일상을 차려 주었다. 당연히 호정이는 함께하지 못했다. 호정이에게 호연의 존재는 그 자체로 비밀이었으니까.

할머니가 돌아가신 후, 호석은 호연이의 나무에 할머니를 함께 안치했다. 살아서 함께해 주지 못한 호연이와 하늘나라에서나마 함께 있고 싶다는 할머니의 뜻을 받들기 위해서였다.

그제야 호석은 호정과 함께 이곳을 찾을 수 있었다. 그러나 호정에게는 늘 할머니의 제사를 위해서라고만 말했었다. 호정은 눈앞에 걸려 있는 주호연이라는 이름을 보고도 언니를 기억해 내지 못했었다.

그런데 이제야…… 할머니와 함께 잠들어 있는 호연이 앞에 호정이와 함께 서 있는 것이다. 호정이와 함께 할머니, 호연이를 처음으로 함께 기리는 자리.

"언니, 나 왔어. 너무 늦었지? 미안해. 정말 미안해, 언니."

언니를 부르는 호정의 애달픈 목소리에 호석의 눈에서 다시 한번 뜨거운 눈물이 솟구쳐 흘러내렸다. 호정의 눈에서도 뜨거운 눈물이 끊임없이 흘러내렸다.

손을 꼭 마주 잡고 할머니의 바람대로 호석의 키보다 훌쩍 커 버린 늠름한 소나무를 어루만지고, 또 어루만지는 남매를 바라보는 시우와 정우, 시현의 눈에서도 눈물은 소리 없이 흘러내렸다.

그런 다섯 사람의 머리 위로 하얀 눈송이가 한두 개씩 떨어졌다.

예보에도 없던 올해의 첫눈이었다.

겨울치곤 따스한 기온 탓에 내린 눈송이는 나뭇가지에, 머리 위에, 어깨에, 바닥에 떨어지기 무섭게 흔적 없이 녹았다. 나뭇가지에 떨어져 녹은 첫눈은 눈물처럼 이내 흘러내렸다.

흘러내린 눈송이는 시리기보다는 따스했다.

눈물처럼…….

이 자리에 함께 있는 사람들의 따스한 마음처럼…….

다음 날, 호정은 시우와 함께 민수의 집으로 향했다.

시우와 호정의 무사함을 확인하고 정우, 시현과 얼싸안으며 울고 웃었던 민수는 호석과 함께 한국으로 돌아간 뒤로 자신이 홍수창의 핏줄이라는 자각이 다시 들었는지, 완전히 변해 버렸다.

호석과 정우, 시현의 만류에도 불구하고 끝내 청운복지재단을 그만뒀다고 했다. 세 사람이 전화를 하면 꼬박꼬박 받기는 하지만 그가 먼저 연락하는 법은 없다고 했다. 만나는 것은 더 더욱 힘들다고 했다. 호석이 아무리 화를 내고 언성을 높여도 쉬이 만나 주지 않는다고 했다. 민수의 말은 늘 똑같다고 했다.

"죄송합니다. ……죄송합니다."

호석은 민수를 만나려면 그의 집으로 쳐들어가는 수밖에 없다고 했다. 그럼 할 수 없이 만나 주기는 한다고.

그러나 여전히 그에게서 다른 말은 들을 수 없다고 했다. 그저 빙긋이 미소 지은 얼굴로 바닥만을 바라보고 있다가 결국 한다는 말은 '죄송합니다'가 전부라고 했다.

다행히 민수의 집은 아직 재단 근처에 있는 원룸이었다. 호석은 그가 재단을 그만둔 후 방을 빼고 다른 곳으로 옮길 계획이었다고 했지만 천만다행으로 방이 아직 나가지 않았다고 했다. 안 그랬다면 민수는 진작 아무도 모르는 곳으로 사라져 버렸을지도 모른다고 했다.

시우는 주차장에 남아 그녀를 기다리기로 했다. 민수의 집에는 호정이 혼자 올라갔다.

호정은 아무런 연락도 없이 불시에 찾아온 게 못내 마음 쓰였지만, 이렇게 찾아오지 않으면 민수가 자신을 만나 주지 않을 것 같았다. 시우도 틀림없이 그럴 거라며 그냥 가서 만나보라고 했다.

지잉.

호정은 초인종을 누르고 기다렸다.

—누구세요?

다행히 그는 집에 있었다.

"안녕하세요, 민수 씨. 저 주호정이에요."

호정은 최대한 밝게 인사를 건넸다. 그러나 초인종 스피커로 돌아오는 것은 적막한 침묵뿐이었다. 침묵은 꽤 오랫동안 이어졌다.

마침내 민수의 떨리는 음성이 흘러나왔다.

—호, 호정 씨가 여기는 어떻게…….

"저 밖에 계속 세워 두실 거예요?"

현관문은 한참 후에야 열렸다.

딸깍.

살며시 열리는 문 너머로 창백하게 질린 민수의 굳은 얼굴이 보였다. 그의 얼굴은 두 달 전 병원에서 마지막으로 봤을 때보다 형편없이 상해 있었다. 체중이 얼마나 줄었는지 두 눈은 퀭하고 얼굴은 피골이 상접할 정도로 말라 버렸다. 바깥출입은 아예 하지도 않는지 수염은 덥수룩했다. 머리카락도 아무렇게나 자라나 목을 완전히 뒤덮고 있었다.

속으로 무거운 한숨을 내쉰 호정은 어색하게 미소 지으며 그를 지나쳐 안으로 들어갔다.

"실례하겠습니다."

호정은 혹여 그가 다시 마음을 바꿔 내쫓기라도 할 새라 얼른 신발을 벗고 거실이자 유일한 방인 내실로 올라갔다. 여덟 평 남짓한 방은 그의 모습을 생각하면 의외로 깨끗하게 정리되어 있었다.

다만 각종 서적들이 식탁이자 책상인 유일한 탁자에 한가득 펼쳐져 있을 뿐이었다. 그것들은 대부분 공무원 시험에 대비한 책들이었다.

9급부터 7급 공무원 응시 서적이 있는가 하면, 경찰 공무원과 소방 공무원에 대한 서적도 있었고, 각종 NGO 단체에 대한 책들도 수북이 쌓여 있었다.

민수가 황급히 달려와 그것들을 아무렇게나 덮어 탁자 밑으로 내려놓았다. 얼굴이 벌겋게 달아오른 그는 어쩔 줄 몰라 하며 호정에게 의자를 권했다.

"앉을 데가 여기밖에 없어서…… 여기라도 괜찮으면……."

주변을 가만히 둘러본 호정은 의자를 탁자 밑으로 밀어 넣고 편하게 바닥에 앉아 민수를 올려다보았다.

"여기가 더 편할 것 같아서요. 민수 씨도 앉으세요."

"······인스턴트커피밖에 없는데 그거라도 괜찮으면······."

호정이 빙긋이 미소 지었다.

"주시면 고맙죠."

잠시 후, 두 사람은 김이 모락모락 피어오르는 머그잔을 하나씩 손에 든 채 바닥에 마주 보고 앉았다. 그러나 민수는 머그잔만을 내려다볼 뿐, 그녀를 바라보지 않았다.

호정이 먼저 입을 열었다.

"잘 계셨어요?"

"네······. 그런데 호정 씨가 어쩐 일로······."

"어제 아저씨, 아줌마랑 시우랑 다 같이 들어왔어요."

"아, 네. 이사장님이 무척 좋아하셨겠네요."

"네."

그리고 다시 어색한 침묵이 이어졌다.

한참이 흐른 후, 이번에는 민수가 먼저 입을 열었다.

"그런데 여기까지는 어쩐 일로 왔어요. 혹시 이사장님이 억지로······."

"아니요. 내가 원해서 온 거예요. 한국에 들어온 이유 중 하나가 민수 씨를 만나 보기 위해서였거든요."

"나를 왜······."

호정이 숨을 깊이 한 번 들이마신 후 조심스럽게 물었다.

"주제넘은 질문이라는 건 알지만 여쭤볼 수밖에 없네요. 재단은 왜 그만두셨어요?"

"더 이상 내가 있을 곳이 아니라는 생각이 들어서요."

"왜 그런 생각이 들었는데요?"

"그냥…… 적성이 맞지 않는 것 같아서요."

"그래서 공무원 시험 준비하시는 거예요?"

뒤를 힐끗 돌아본 민수가 어색하게 미소 지었다.

"아, 저건…… 그냥 나랑 맞는 게 뭐가 있나 한번 살펴보고 있는 중이에요. 그런데 아직 잘 모르겠네요."

"이상하네요. 나는 물론 오빠, 아저씨, 아줌마까지 모두 민수 씨만큼 재단 일에 열성적인 분은 없다고 생각했었는데 말이에요. 사실 누구보다 열심히 일하셨잖아요. 재단 일을 좋아하기도 하셨고 보람도 많이 느끼셨고요. 그런데 왜 갑자기……."

호정은 다시 한번 속으로 무거운 한숨을 내쉬었다. 마른침을 꿀꺽 삼킨 그녀는 천천히 시선을 들어 민수를 조용히 응시했다.

"혹시…… 나 때문인가요?"

민수의 어깨가 움찔했다. 그가 급하게 단숨을 들이켜는 것이 느껴졌다.

호정은 차분한 음성으로 말을 이었다.

"그러실 필요 없어요. 아니, 제발 그러지 마세요. ……민수 씨 잘못이 아니잖아요."

민수의 어깨가 뻣뻣하게 굳었다.

"난 오랫동안 그 일을 기억조차 하지 못했어요. 언니가 나를 대신해서 죽었던 건지도 모르는데 말이에요. 언니는 처음부터 날 지킬 생각만 했어요. 언니도 많이 무서웠을 텐데, 언니도 겨우 다섯 살밖에 안 됐었는데……."

뻣뻣하게 굳은 민수의 어깨가 세차게 떨리기 시작했다.

"그런데 나는 언니 뒤에 숨어서 가까스로 목숨을 구해 놓고…… 언니를 기억에서 지워 버렸었어요. 아무리 어렸다고 해도 어떻게 그럴 수 있었을까. 이해가 안 돼요. 내가 누구 덕분에 거기서 버틸 수 있었는데, 누구 덕분에 살 수 있었는데……. 제 마음 하나 편하자고 어떻게……. 난 그런 내 자신이 도저히 용서가 안 돼요."

"헉, 허억……."

"거기에는 나나 언니 말고도 다른 아이들도 있었어요. 모두 두려움과 공포에 질려 있었죠."

호정은 깊이 심호흡을 했다.

"찰리 세이린한테 붙잡혀 있었을 때, 그리고 병원에서 갑자기 기억이 나 버렸어요. 그때 일들이 전부……. 우리 못지않게 두려움과 공포에 질려 살았던 아이들이 그 집 안에도 있었다는 사실을 알게 됐죠."

그의 전신이 부들부들 떨리고 있었다. 호정은 진심을 담아 한 자, 한 자 힘주어 말했다.

"우리는 모두 힘없는 어린아이였어요. 마땅히 안전하게 보호받아야 할 존재들이었지만 그러지 못했죠. 오히려 죽음이라는 극한의 공포에 내몰려 있었죠."

그중에 많은 아이들이 목숨을 잃었다. 호연 언니처럼. 그 지옥에서 살아남은 아이는 단 다섯 명. 호정을 비롯한 지하실에서 구출된 두 명의 아이와 외부에 알려지지 않은 다른 두 명의 아이, 바로 차지수와 차민수가 바로 그 다섯 명 중의 두 명이었다.

"그리고 중요한 건 그때 그 지옥에서 기적적으로 살아남은 아이들이 다섯 명이었고, 그중의 두 명이 지금 이 자리에 있다는 거예요. 나와 차민수 씨."

"호, 호정 씨…… 나, 나는……."

"민수 씨 몸 안에 누구의 피가 흐르고 있는지는 중요하지 않아요. 중요한 건 민수 씨가 어떤 삶을 살아왔고, 어떤 사람인가 하는 거죠. 내가 보고 겪은 차민수라는 사람은 좋은 사람이에요. 힘들고 어려운 사람들을 보면 그냥 지나치지 못하고 어떻게든 도움을 주고 싶어 하는 사람이죠. 사회적 약자를 돕고자 하는 신념이 확고하고 책임감이 큰 사람이에요. 자신이 받은 도움에는 한없이 감사해하고, 자신이 다른 이에게 행한 도움은 당연한 거라고 생각하는 사람이기도 해요. 놀라울 만큼 이타적인 삶을 실천하는 사람이에요."

민수는 세차게 고개를 가로저었다.

아니다. 나는 그런 놈이 아니다. 그저 내 몸 안에 흐르는 더럽고 사악한 피가 너무 끔찍해서, 이 피가 언젠가는 나도 모르게 발현될지도 모른다는 두려움 때문에 선하고 밝은 가치에 악착같이 매달린 것뿐이다. 그렇게 하면 그자의 핏줄이라는 죄를 용서받을 수 있을 것 같아서, 그자와 같은 끔찍한 괴물만은 되고 싶지 않아서.

하지만…… 아무리 그렇게 노력한다고 해서 내가 홍수창의 아들이 아니게 되는 것은 아니지 않은가!

그것이 민수에게는 가장 끔찍한 두려움이자 생지옥이었다.

아주 잠깐 그 같은 두려움에서, 지옥에서 구원받은 것 같은 기분이 들기도 했었다. 이시우로부터 예상치 못한 위로를 들었을 때, 그리고 그들과 한 덩이가 되어 울고 웃었을 때.

하지만 그것이 얼마나 당치도 않은 뻔뻔한 착각이었는지는 한국에 돌아온 직후 바로 깨달았다. 내가 살던 공간, 현실의 내 자리로 돌아오니 정신이 번쩍 나는 기분이었다.

그래서 사람같이 살기 위해, 용서를 구하기 위해 악착같이 주변을 맴돌며 매달리던 그들과의 연결 고리를 끊고 아주 멀리 사라져 버릴 생각이었다.

그러나 자신이 사라져 버리면 정우와 시현이 가만있을 것 같지 않았다. 그들이라면 자신이 어디에 숨어 지내더라도 반드시 찾아내리라는 생각이 들었다.

그래서 생각을 바꿨다. 그들이 안심할 만한 모습으로 천천히 헤어지자고. 그래서 조용히 사라지자고.

그런데 왜 호정까지!

그녀에게만은 이런 자신의 끔찍한 정체를 들키고 싶지 않았다. 호정에게만은…… 호정에게만은…….

그러나 그마저도 자신에게는 허락되지 않는 사치였나 보다.

결국 민수의 입에서 꺽꺽거리는 울음이 흘러나왔다.

호정의 눈에서도 뜨거운 눈물이 소리 없이 흘러내렸다.

가슴이 아팠다. 자신의 잘못도 아닌 잘못으로 끝없이 고통 받고 있는 민수의 모습이.

안타까웠다. 그 고통에서 스스로를 가둔 채 헤어 나오지 못하는 그의 여린 영혼이.

호정은 민수에게 조용히 다가가 앉았다. 손을 뻗어 부들부들 떨리는 그의 주먹을 가만히 감싸 잡았다.

민수의 전신이 벼락이라도 맞은 것처럼 크게 한 번 떨렸다. 일순 상처 입은 짐승처럼 흐느끼던 울음소리도 멈추었다. 그는 숨조차 쉬지 않고 뻣뻣하게 굳어 버렸다.

호정은 진심을 다해 다시 한번 말했다.

"나는 민수 씨한테 너무 고마워요. 만약 민수 씨가 그런 사람이 아니었다면, 내 두 눈으로 그런 민수 씨를 직접 보고 겪을 기회가 없었다면, 나는 지금처럼 온전히 과거에서 벗어나지 못했을 거예요. 여전히 가슴 한구석에서는 누군가에 대한 분노로 두려움에 떨며 그런 나 자신을 들키지 않기 위해 또다시 애를 쓰고 노력해야만 했을 거예요."

민수의 손을 잡은 호정의 손에 점점 더 강한 힘이 실렸다.

"그런데 민수 씨 덕분에 온전히 벗어나 자유로워질 수 있었어요."

물론 언니에 대한 죄책감과 그리움, 아픔은 영원히 사라지지 않고 남아 있을 터였다. 그러나 이젠 그 때문에 숨고 움츠러들지는 않을 터였다.

"그러니까 민수 씨도 이제 그만 자유로워지세요. 모두 다 잊고 민수 씨 본인만을 위해 살아 주세요."

민수가 천천히 고개를 들어 호정을 바라봤다. 그녀는 울면서도 환하게 미소 짓고 있었다. 그녀가 진심을 다해 또다시 말해 주었다.

"나는 민수 씨가 행복해졌으면 좋겠어요. 진심으로요. 내가 아는 민수 씨는 그럴 자격이 충분한 사람이거든요."

"호, 호정 씨…… 그, 그럼 나를 요, 용서……."

호정은 고개를 가로저었다.

"아니요. 난 민수 씨를 용서할 수 없어요. 말했잖아요. 민수 씨는 놀라울 만큼 이타적인 삶을 실천해 온 사람이라고요. 그런 사람을 내가 어떻게 감히 용서라는 것을 할 수가 있겠어요. 더구나 민수 씨는 나뿐만 아니라 어느 누구에게도 용서를 구할 만큼의 잘못을 한 적이 없는걸요."

"호, 호정 씨……. 크흑."

"다만, 한 가지 부탁은 있어요."

호정이 다른 어느 때보다 환하게 미소 지으며 말했다.

"그 행복한 모습으로, 당당한 모습으로 우리 곁에 있어 주세요. 오빠와 나에게 아줌마와 아저씨, 시우가 이미 한 가족이고, 그들에게 역시 우리가 한 가족인 것처럼, 민수 씨도 우리에게는 이미 가족이나 진배없으니까요."

아니, 어쩌면 이미 한 가족이 됐는지도 모르겠다. 서로의 무사함을 확인하며 얼싸안고 함께 울고 웃었던 날. 그 순간 그들은 굳이 말하지 않아도, 굳이 눈에 보이지 않아도 모두가 한 덩이, 한 가족이라는 느낌을 강하게 받았더랬다.

민수도 그 순간에는 믿기 힘든 충만된 합일감을 느꼈더랬다. 그래서 자신도 모르게 그들과 함께 얼싸안고 울고 웃을 수 있었던 것이 아닌가.

호정이 떠나고 난 뒤, 민수는 오랫동안 바닥에 앉아 움직이지 못했다. 그의 시선은 호정이 자신의 주먹을 힘껏 잡아 주던 손등에 못 박힌 듯 고정되어 있었다.

차에서 얌전히 호정을 기다리던 시우는 건물을 나오는 그녀의 모습을 보고 쏜살같이 차에서 내려 달려갔다. 대번에 그의 미간에 깊은 주름이 졌다. 고운 얼굴 여기저기에 눈물의 흔적이 고스란히 남아 있었기 때문이었다.

마음에 들지 않았다.

하지만 시우는 아무 말도 하지 않았다. 그저 호정의 어깨에 한 팔을 두르고 깊숙이 끌어안아 주었다. 그의 단단한 어깨에 폭 싸인 호정의 입에서 나지막한 한숨이 흘러나왔다. 그의 힘찬 고동 소리가 귓가를 울리자 그녀의 입가에 절로 미소가 지어졌다.

마음이 한결 차분해지고 안심이 되었다. 따스한 기운이 금세 목 끝까지 차올라 찰랑찰랑, 여린 감각을 간질였다.

시우는 그녀의 이마에 입을 맞추며 차로 이끌었다. 그와 함께 차로 걸어가며 호정은 시우를 올려다보았다.

세상의 그 어떤 무엇과도 바꿀 수 없는 소중한 사람.

그로 인해 그녀는 사랑을 배웠고,

소중한 것은 저절로 주어지는 것이 아니라 온 힘을 다해 지키는 것이라는 깨달음과 용기를 배웠으며,

그러기 위해서는 보다 당당하고 강해져야만 한다는 것을 배웠다.

이제 더 이상은 과거의 어둠과 불안정한 두려움 따위에 흔들리고 움츠리지 않을 것이다.

더욱 단단해지고 당당해질 것이다.

이 소중하고 아름다운 사람을 위해서.

그 사람과의 하나뿐인 우리의 사랑을 위해서.

이시우, 사랑해.

호정이 눈빛으로만 건넨 말은 시우가 보지도 않고 화답했다.

"나도 사랑해."

두 사람은 함께 바라보며 미소 지었다.

눈물이 날 만큼 아름답고 따스한 미소였다.

◈◈◈◈◈

따스한 봄볕에 앙상했던 가지마다 작은 새싹들이 앙증맞게 피어났다. 얼어붙었던 대지가 녹으며 산속의 작은 시냇물들도 너른 바다를 향해 다시 힘차게 흘러가기 시작했다.

모처럼 정우와 시현에게서도 반가운 소식이 날아왔다. 두 사람은 지금 사하라 사막에서 몇 개월 남지 않은 안식년을 보내고 있었다.

여긴 정말 환상적이구나.

끝없이 펼쳐져 있는 짙은 갈색의 땅을 걷고 또 걷다 보면 사막이야말로 우리의 삶의 축약판이라는 생각이 들어.

도대체 얼마나, 어디로 가야 할지 몰라 지칠 대로 지쳐 고개를 숙이면 척박하고 거친 땅을 비집고 자라난 이름 모를 풀포기가 보인단다. 그럼 그 강인한 생명력에 감탄하며 다시 걸어갈 힘을 얻게 되지.

지친 우리를 태우고 묵묵히 앞으로 걸어가 주는 낙타도 더없이 감사하고 고마운 존재란다. 마치 우리가 힘들 때 아무 말 없이 손 내밀어 주는 고맙고 든든한 가족, 친구 같은 존재라고나 할까.

　사막을 여행한다는 건 우리가 살아가는 모습과 비슷하다는 말이 정말 맞는 것 같아. 보이지 않는 목표를 향해 끝없이 걸어가고 또 걸어가고.

　그러나 그 끝은 결코 보이지 않지. 그 끝에, 꿈에 도달할수록 사람은 또 다른 꿈을 꾸기 시작하니까. 그래서 끝없이 걸어가고 또 걸어가는 거야.

　그러다 가끔은 지쳐 쓰러지기도 하지. 그렇게 한참을 쓰러져 있다 보면 다시 일어날 힘이 생기는 거야. 이름 모를 풀포기 덕분에, 묵묵히 손 내밀어 주는 가족이나 친구 덕분에.

　그래서 용기 내어 다시 걷다 보면 마침내 우리의 타는 목을 시원하게 적셔 주고 살게 해 주는 오아시스를 만나게 된단다.

　그 순간의 행복이란!

　아, 그건 도저히 글로 표현할 길이 없구나.

　마치 사막이 우리에게 끊임없이 속삭이며 일깨워 주는 것 같아. 모든 걸 포기하고 싶을 만큼 힘들고 고달픈 난관에 봉착한다고 할지라도 우리네 삶이란, 살아 볼 가치가 충분한 거라고 말이야.

　그렇게 다시 힘을 내어 걷다 보면 언젠간 반드시 그토록 찾던 오아시스를 만나게 될 거라고 말이야.

　다행히 우리는 그 오아시스를 이미 찾았단다.

　우리, 그리고 너희라는 오아시스를.

사랑한다, 얘들아.

시우, 호정. 너희들은 우리의 가장 소중한 오아시스야.

—뜨거운 사막의 정점에서 엄마, 아빠가.

"아주머니와 아저씨는 저한테도 가장 소중한 오아시스예요. 사랑해요."

눈시울이 뜨거워진 호정은 눈가를 훔치며 시우의 어깨에 살포시 기댔다. 물기 어린 그녀의 낮은 중얼거림에 시우는 호정의 어깨를 꼭 끌어안아 주었다. 그녀의 이마에 가만히 입을 맞췄다.

그가 긴 속눈썹 아래로 호정을 내려다보며 물었다.

"나는?"

은근히 퉁명스러운 목소리에 호정이 고개를 갸웃거렸다.

"응?"

"어머니 아버지가 누나의 소중한 오아시스면 나는 뭐냐고."

하아. 호정은 낮은 한숨을 내쉬었다. 이럴 때 보면 철부지 꼬맹이가 따로 없다. 하지만 이내 그녀의 입가에는 잔잔한 미소가 맴돌았다. 그의 이런 모습은 세상에서 오직 한 명, 그녀만이 볼 수 있는 거니까. 이런 모습의 시우도 마냥 멋지고 사랑스럽기만 하니까.

호정은 살짝 고개를 들어 그의 턱에 쪽, 입을 맞췄다.

"넌 나의 하나뿐인 특급 오아시스."

그제야 시우가 입술을 실룩이며 피식, 웃음을 흘렸다. 그녀를 으스러져라 품에 꽉 끌어안고 시선을 맞췄다. 호정의 달콤한 입술에 쪽쪽, 입을 맞추며 속삭였다.

"나도. 누나는 나의 하나뿐인 특급 오아시스야."

손가락이 오그라들 만한 낯간지러운 멘트를 아무렇지 않게 주고받을 수 있는 것도 서로이기에 가능한 일이었다.

가벼운 뽀뽀로 시작한 두 사람의 입맞춤은 이내 깊은 키스로 이어졌다. 정우와 시현이 보내온 엽서가 바닥으로 스르르 떨어졌다. 호정의 팔이 그의 목을 휘감았다. 그녀의 허리와 등을 감싸 안은 시우의 팔에는 보다 강한 힘이 실렸다.

얼굴의 위치가 바뀔 때마다 달콤한 숨결과 타액이 오가는 키스는 점점 더 깊어졌다. 옅은 신음과 가팔라진 호흡이 두 사람의 겹쳐진 입술 사이를 비집고 간간이 흘러나왔다.

그에게 밀린 호정의 등이 소파에 거의 닿을 즈음, 시우가 갑자기 '아, 잠깐만' 하며 몸을 일으켰다. 호정이 '어?' 하고 어리둥절해 있는 사이, 시우가 벌게진 얼굴로 '잠깐만'을 연신 외치며 황급히 2층으로 뛰어 올라갔다.

그러고는 눈 깜짝할 새 거친 숨을 몰아쉬며 뛰어 내려왔다. 헐떡거리는 시우의 손에는 A4 용지 반만 한 크기의 상자가 들려 있었다. 시우는 커다란 리본까지 달려 있는 상자를 호정에게 내밀었다.

키스하다 말고 갑자기 웬 선물인가 싶어 눈만 깜박이던 호정이 얼떨결에 상자를 받아들었다.

"뭐야, 갑자기······."

"열어 봐."

"선물은 갑자기 왜? 오늘 무슨 날이야?"

"열어 보라니까."

시우는 앉지도 않고 앞에 서서 채근만 했다. 호정은 시선을 들어 그를 올려다보았다. 조금 전에 흥분한 탓일까? 시우의 얼굴은 벌겋게 달아올라 있었다. 아니, 조금 전보다 더욱 붉어져 있는 것 같기도 했다. 섹시한 목울대가 크게 오르내리는 것을 보니, 긴장한 것 같기도 했다.

대체 왜?

영문을 알지 못하는 호정은 고개를 갸웃거리면서도 그의 모습에 절로 웃음이 나왔다. 뭔지도 모르면서 그녀의 심장도 그를 따라 괜스레 긴장해선 콩콩 뛰어 댔다.

호정은 눈을 반짝이며 상자의 뚜껑을 천천히 열었다.

순간, 호정의 눈이 휘둥그레 커졌다. 그녀는 한동안 상자 안의 내용물만 멍하니 바라봤다.

상자 안에는 책 한 권이 들어 있었다.

그냥 책이 아니었다.

무려 동화책이었다.

'강아지풀의 대모험'이라는 제목의 동화책.

그리고 제목 아래에는 '이시우 저'라는 글씨가 선명하게 인쇄되어 있었다. 호정이 깜짝 놀란 이유는 바로 그 때문이었다.

'이시우 저'라니……. 설마 시우가 이 동화책을 썼다는 거야? 너무 유치해서 동화라곤 태어나 단 한 번도 본 적 없다는 그 이시우가?

커다래진 눈을 깜박거리던 호정이 멍하니 고개를 들어 그를 올려다보았다.

"이거 설마…… 진짜……?"

쑥스러운 듯 그가 뺨을 긁적였다. 어깨를 으쓱이며 짧게 대답했다.

"어."

"언제?"

"시작한 진 오래됐어. 거의 2년이 다 되어 가니까."

2년이 다 되어 가?

"그럼 혹시 내가 동화책 쓰겠다고 한국에 들어갔을 때?"

시우가 고개를 끄덕였다. 호정은 여전히 멍하니 물었다.

"네가 왜 이런 걸……?"

"누나를 위해서."

호정의 눈이 다시 빠르게 깜박였다. 시우가 쑥스러운 표정으로 말을 이었다.

"누나는 아이들한테 희망과 꿈을 주고 싶다고 했잖아. 아이들의 동심을 지켜 주고 싶다고도 했지. 난 그런 누나를 비웃었었고."

당시 시우는 분명 호정의 생각을 비웃었었다. 아이들에게 동심이 있다고 생각하는 건 어른들의 바람일 뿐이라고. 아니, 동심이라는 것이 존재할지도 모르지만, 그것이 반드시 순수하리라는 보장이 어디 있느냐고도 했었다.

자신은 어른들이 말하는 순수한 동심이라는 것을 단 한 번도 가져 본 적이 없다고. 어른들이 말하는 순수한 동심이라는 것은 달리 말해 어리석고 멍청하다는 뜻이라고도 했었다.

따라서 순수한 동심, 아이들의 희망, 꿈같은 것들은 어른들이 자신들의 바람에 따라 만들어 낸 환상일 뿐이라고 말이다.

그랬던 이시우가 무려 동화책을 썼다니! 호정은 보고 있으면서도 믿을 수가 없었다.

시우가 살짝 미간을 찌푸렸다.

"누나가 가고 나니까 아무것도 할 수 없었어. 세계 7대 미스터리인 수학 난제도, 복잡하고 해괴한 미제 사건들도 모두 시시하기만 했어. 완벽한 의욕 상실 상태였지. 머릿속에는 온통 누나 생각뿐이었어."

그러다 문득 자신도 까짓 동화책이나 한번 써 보자는 생각이 들었다.

"인정하기는 싫지만…… 아마 나도 누나가 말하는 아이들의 꿈과 희망, 동심이라는 동화라는 거, 끝장나게 잘 쓸 수 있으니까 그만하고 나한테 돌아와라, 그런 유치한 오기였을 거야."

시우는 피식, 헛웃음을 흘렸다.

"그런데 쓰다 보니까 점점 생각이 바뀌었어."

"어떻게?"

시우의 미간에 굵은 주름이 졌다.

"내가 접해 본 그 어떤 학문보다도 어렵고 심오한 게 바로 그거였어. 도저히 어떻게 해야 할지를 모르겠더라."

족히 수백 번은 넘게 썼다 지우기를 반복했을 것이다. 그러다가 호정과 함께 보냈던 유년 시절을 떠올렸고, 그녀를 처음 만났던 날의 기억을 떠올렸다.

'강아지풀의 대모험'은 그 기억 속에서 착안한 소재였다.

어디서나 흔하게 볼 수 있는 강아지풀. 가녀린 줄기에 솜털처럼 보드라운 몸통. 때문에 아무렇게나 밟히고 부러지는 여리고 약한 존재.

그러나 시우의 동화 속에 주인공인 강아지풀은 여리고 약하기만 한 존재가 아니었다. 우악스런 사람의 손길에 꺾였지만, 강아지풀은 포기하지 않고 바람에 몸을 맡겨 신기하고 재미난 모험을 펼쳐 나간다.

거기까지 이야기의 플롯이 만들어지자 그다음은 수월할 듯싶었다. 그러나 그건 착각이었다. 과학적 논리와 냉철한 이성을 배제한 채 상상만으로 허구의 이야기를 만들어 나간다는 것은 그에겐 엄청나게 어려운 일이었다.

그래서 반년 넘게 혼자 끌어안고 끙끙 앓았었다. 호정이 정우의 연락을 받고 갑자기 돌아왔을 때가 바로 그때였다.

호정이 떨리는 목소리로 물었다.

"그러니까 나를 위해서 이걸 썼다고?"

"어."

"천하의 이시우 박사가 오직 나 한 사람을 위해서…… 이 동화책 한 권을 쓰기 위해서 2년이나 매달렸다는 거야?"

"어."

그 이유는 굳이 물어볼 필요도, 말할 필요도 없었다.

사랑.

사랑하는 사람을 위해서라면 자신의 그 무엇도 바꿀 각오와 의지가 있다는 강력한 마음 그리고 노력.

호정의 눈에 금세 눈물이 차올랐다. 호정은 자리에서 벌떡 일어나 시우의 품으로 뛰어들었다.

"넌 정말…… 고마워, 고마워, 시우야."

그리고 온 마음을 다해 속삭였다.

"사랑해."

시우도 온 마음을 다해 속삭였다.

"나도. 사랑해, 주호정."

이시우의 영원한 사랑.

*

—*fin*

작가 후기

* *

안녕하세요, 김도경입니다.

〈프로파일러Ⅱ 에페타(éfeta)〉는 저의 전작인 〈프로파일러〉와 연작인 로맨스추리물입니다.

〈프로파일러〉의 주인공이었던 정우와 시현의 아들인 시우와 외전에 잠시 나왔던 사건의 피해자였던 호정이 주인공이죠.

1권에 이미 여러 번 나와서 이젠 잘 아시겠지만, 시우는 부모의 우월한 유전자를 모두 물려받은 천재 중의 천재로서, 세계에서 두 번째로 IQ가 높은 IQ 225의 소유자랍니다.

이 부분은 현실에서 아이템을 착안해 왔는데요, 실제로 세계에서 두 번째로 IQ가 높은 사람의 IQ가 225랍니다. 82년생의 크리스토퍼 이라타라는 사람인데 정말 놀랍죠? 세계 최고의 IQ는 230의 테렌스 타오라는 36살 청년이래요.

참고로 우리나라의 김웅용 씨가 IQ210으로 세계 3위에 랭크되어 있다네요. 왠지 뿌듯~

시우는 당연히 IQ187인 정우를 가뿐히 뛰어넘습니다. 그는 어머니인 정우에 이은 천재 프로파일러이지만 현재 벌어지는 사건보다 과거의 사건 중 해결되지 못한 채 남아 있는 콜드케이스(장기 미제 사건)에 아주 관심이 많습니다.

이유는? 당연히 아무리 날고 기는 요원들도 풀지 못하는 난제를 자신만은 풀 수 있다는 자신감 때문이죠.

네, 그렇습니다. 이시우는 너무 잘나고 잘나서 한없이 거만한 천상천하 유아독존 캐릭터로 모르는 것이 너무 없는 탓에 인생이 시시하기까지 한 살짝, 재수 없는 캐릭터입니다. 게다가 뛰어난 두뇌와 냉철한 이성으로만 똘똘 뭉쳐 있어 감정이 거의 없는 인물이기도 하죠.

반면, 호정은 여리고 섬세하며 풍부한 감성의 소유자입니다. 유년 시절에 겪은 끔찍한 사건 때문에 지독한 트라우마를 겪고 있기까지 합니다. 그럼에도 호정은 굉장히 밝고 긍정적이며 강하고 현명한 사람입니다. 다른 사람의 아픔에 공감할 줄 알며 때로는 사랑하는 이를 지키기 위해 죽음을 불사하는 강한 여자랍니다.

이 글은 로맨스추리인 동시에 전혀 다른 성향의 남녀가 사랑하고, 그 사랑을 이뤄 가며 서로에게 부족만 면을 채워 나가면서 변하고 성장하는 일종의 성장드라마이기도 합니다.

한마디로 호정은 지극히 냉철하고 이성적인 시우에게 인간적인 감정과 사랑을 일깨워 주는 존재로서 시우에게는 절대 없어서는 안 되는 존재입니다.

물론 호정에게도 시우는 절대로 없어서는 안 되는 존재죠. 시우는 유년 시절의 트라우마를 겪고 있는 그녀의 아픔과 비밀을 알고 든든하게 지켜 주는 존재니까요.

이 글의 사건은 1960년대 말에서 1970년대 초까지 미국에서 벌어졌던 실제 연쇄 살인 사건을 모티브로 하고 있습니다.
우리에게도 잘 알려져 있는 일명 [조디악] 사건이죠.
따라서 이 글은 과거에 벌어졌던 실제 사건을 작가의 창작으로 재해석한 글입니다.

[조디악] 사건은 미국의 희대 연쇄 살인범 사건 중에서 대표적인 미스터리 미제 사건으로 늘 빠지지 않고 등장하는 매우 유명한 사건입니다. 영화나 책으로도 많이 소개되어 있어서 아는 분들은 잘 아실 겁니다.

제가 이 사건을 처음 접한 건 굉장히 오래전인데요, 이 사건에 대한 글을 읽을 때마다 빠짐없이 드는 의문이 바로 그거였답니다.

범인은 왜 피해자들에게 한 번도 성적 위해를 가하지 않았을까, 하는 점 말입니다. 통상 연쇄 살인범들은 어떤 식으로든 피해자들을 성적으로 유린하는 데 말입니다. 특히 범인이 남자일 경우에는 그 비율이 월등히 높아지는데도 말이에요.

그래서일까요.
문득 그런 의문이 들더군요.
혹시 범인이 여자 아니야?

이 글의 시작은 바로 그런 의문에서 출발했습니다. 제 나름대로의 의문과 논리, 추론으로 [조디악] 사건 이라는 뼈대 위에 상상의 나래를 펼치기 시작한 거죠.

거기에 저는 인간은 과연 태어날 때부터 선한 존재일까, 아니면 악한 존재일까? 하는 저의 아주 오래되고도 근본적인 질문을 독자분들에게 던져 보고 싶었습니다. 그리고 만약 태어날 때부터 선, 악이 결정된다면 그 기준은 무엇일까? 하는 의문도 함께요.

이 의문의 대칭점에 각각 서 있는 인물들은 '이시우 VS 찰리 세이린', '주호정 VS 다이아나', 그리고 '차민수 VS 브라헤 가문 사람들' 입니다.

여러분의 의견은 어떠신가요?

이 글을 집필하는 동안, 광범위한 자료 조사에 많이 지치고 힘들기는 했지만 그만큼 무척 흥미롭고 재미도 있었답니다. 전작인 '프로파일러'를 쓸 때와는 또 많이 다르더라고요. 스케일이 커지면서 등장인물들이 많이 등장했기 때문인지 모르겠습니다.

남편은 옆에서 계속 시즌3를 한 번 더 가자고 꼬드깁니다. 그런 남편과 이런저런 얘기를 나누다 보니 벌써 시즌3에서는 어떤 범죄 이야기를 다루는 것이 좋을까, 하는 구상이 대충 떠올랐지 뭡니까.

하여 현재 목하 고민 중입니다.

시즌3를 가? 말아?

아무래도 조만간 시즌3로 다시 찾아뵐 듯한데 여러분 의견은 어떠신가요?

마지막으로 이 글을 읽어 주신 모든 독자님들께 진심으로 감사드립니다.

이 글을 연재하는 동안 많은 격려와 응원을 보내 주신 〈로망 띠끄〉의 독자님들께도 무한 감사를 드립니다. 특히, 이 글을 출간하느라 고생한 봄 미디어의 김지우 담당자님과 사장님께도 진심으로 감사드립니다.

이 글은 남편이 없었다면 끝까지 마치지 못했을지도 모릅니다.

항상 옆에서 최고의 열혈 독자이자 든든한 응원군이 되어 주는 남편에게 감사의 말과 온 마음을 다 한 사랑을 전합니다.

당신을 만난 건 내 인생 최고의 행운입니다.

사랑하고 존경합니다!

당신에게 이 책을 바칩니다.

—2017년 12월,

김도경 배상.

참고 자료

샤나 호건 외 4인, 『범죄의 책』, 지식갤러리(2017)

박지선, 『범죄심리학』, 그린(2015)

네이버, "비즈네르 암호", http://blog.naver.com/koromoon/220569113249

다음, "세기의 미제 사건 조디악 킬러, 암호들", http://nomystery.tistory.com/1

표창원(2009), "범죄심리 수사로 미제 사건을 해결하라!", KISTI의 과학향기

두산백과

지식백과